Anatoli Pristawkin

Schlief ein goldnes Wölkchen

aufbau

ANATOLI PRISTAWKIN

Schlief ein goldnes Wölkchen

ROMAN

Aus dem Russischen von Thomas Reschke
Neu überarbeitet von Ganna-Maria Braungardt
und Christina Links

Mit einem Nachwort
von Navid Kermani

aufbau

Die erste Buchausgabe unter dem Titel
Notschewala tutschka solotaja
erschien 1988 bei Sowjetski pissatel, Moskau.

Erstmals abgedruckt wurde der bereits 1981 geschriebene Roman 1987 in der Literaturzeitschrift Snamja (Nr. 4). Für diese Publikation nahm die Zensur einige Kürzungen vor, die in der ersten Buchausgabe wieder zurückgenommen wurden. Einzelne Unstimmigkeiten, die während dieses Korrekturvorgangs entstanden, sind für die vorliegende Ausgabe in Absprache mit den Erben des Autors richtiggestellt worden.

FSC
www.fsc.org
MIX
Papier aus verantwortungsvollen Quellen
FSC® C083411

ISBN 978-3-351-03821-2

Aufbau ist eine Marke der Aufbau Verlag GmbH & Co. KG

1. Auflage 2021

Die deutsche Übersetzung von Thomas Reschke erschien erstmals 1989
bei Volk & Welt, in unzensierter Fassung erstmals 1992
Einbandgestaltung zero-media.net, München
Satz LVD GmbH, Berlin
Druck und Binden CPI books GmbH, Leck, Germany
Printed in Germany

www.aufbau-verlag.de

Diese Erzählung widme ich allen, die dieses Kind der Literatur als ihr eigenes annahmen, als es kein Obdach fand, und so ihren Autor nicht verzweifeln ließen.

1

Das Wort kam ganz von selbst auf, so wie auf dem Feld der Wind entsteht.

Es kam auf, raschelte, huschte durch die nahen und fernen Winkel des Waisenhauses: »Kaukasus! Kaukasus!« Wieso Kaukasus? Wo kam der plötzlich her? Tja, das konnte keiner vernünftig erklären.

Komische Idee, in dem schmuddeligen Moskauer Vorort vom Kaukasus zu reden. Den kannte das Waisenhausvölkchen doch nur vom Vorlesen in der Schule (Lehrbücher hatten sie ja keine!), jedenfalls gab es den früher mal, in einer weit zurückliegenden unbegreiflichen Zeit, als der tollkühne, schwarzbärtige Bergbewohner Hadshi Murat auf seine Feinde ballerte, als der Anführer der Muriden, Imam Schamil, sich in der belagerten Festung verteidigte und die russischen Soldaten Shilin und Kostylin in einer tiefen Grube hockten.

Und Petschorin, einer von diesen »überflüssigen Menschen«, der ist auch im Kaukasus rumgereist.

Na, und die Papirossy! Einer der Kusmin-Zwillinge hatte sie bei einem Oberstleutnant aus dem Lazarettzug gesehen, der auf der Station Tomilino steckengeblieben war.

Ein paar gezackte Schneeberge, davor ein Reiter im schwarzen Filzumhang auf einem wilden Pferd. Er reitet nicht, er fliegt fast durch die Luft. Darunter in ungleichmäßiger, eckiger Schrift das Wort: KASBEK.

Der schnauzbärtige Oberstleutnant, ein schöner junger Mann mit Kopfverband, betrachtete eine bildhübsche Krankenschwester, die ausgestiegen war, um sich die Bahnstation anzusehen, und klopfte vielsagend mit dem Fingernagel auf die Pappschachtel mit den Papirossy, ohne zu bemerken, dass neben ihm der zerlumpte kleine Kolka mit verblüfft aufgesperrtem Mund und angehaltenem Atem auf die kostbare Schachtel starrte.

Eigentlich wollte Kolka ein Stückchen Brot von einem Verwundeten abstauben, stattdessen entdeckte er die Schachtel KASBEK!

Aber was hatte der Kaukasus damit zu tun? Das Gerücht?

Rein gar nichts.

Und es blieb unbegreiflich, wie dieses Wort, das funkelte wie eine gezackte glitzernde Eiskante, hier geboren worden war, wo es eigentlich nicht geboren werden konnte, nämlich im Waisenhausalltag, der bestimmt war von Kälte und ewigem Hunger. Das ganze mühselige Dasein der Kinder drehte sich um nichts anderes als um eine winzige gefrorene Kartoffel oder um Kartoffelschalen oder – als Gipfel aller Wünsche und Träume – um ein Stückchen Brot, mit dem sie weiterexistieren, den nächsten Kriegstag überleben konnten.

Der sehnlichste und zugleich unerfüllbarste Traum jedes der Kinder war es, wenigstens einmal ins Allerheiligste des Waisenhauses vorzudringen: in den BROTSCHNEIDERAUM – großgeschrieben, denn dieser Raum war in den Augen der Kinder höher und unerreichbarer als irgendein KASBEK!

Dort arbeiten zu dürfen, das war, wie vom Herrgott ins Paradies geschickt zu werden, das traf nur die Auserwählten, die Erfolgreichsten, man kann auch sagen: die Glücklichsten auf der Welt!

Zu denen gehörten die Kusmin-Zwillinge nicht.

Und es war nicht daran zu denken, dass sie je dort hineinkommen würden. Dies war das Vorrecht der Kriminellen unter den Zöglingen, die der Miliz entwischt waren und in dieser Zeit das Waisenhaus und sogar die ganze Siedlung beherrschten.

In den Brotschneideraum hineinzugelangen, aber nicht wie die Auserwählten als Herren, sondern als Mäuschen, nur für eine Sekunde, für einen winzigen Augenblick, das war es, wovon sie träumten! Nur um ein einziges Mal den ganzen gewaltigen Reichtum der Welt zu sehen, nämlich die sich auf dem Tisch türmenden buckligen Brotlaibe.

Um dann einzuatmen, nicht mit der Brust, sondern mit dem Bauch. Den berauschenden, benebelnden Brotgeruch einzuatmen.

Nur das. Mehr nicht.

Sie träumten nicht einmal von den Krümeln, die ja zurückbleiben mussten von den gestapelten, sich mit ihren Krusten aneinander reibenden Brotlaiben. Die sollten ruhig die Auserwählten einsammeln und genießen. Das stand ihnen rechtmäßig zu.

Aber wie sehr sie sich auch an die eisenbeschlagene Tür des Brotschneideraums schmiegten, das war kein Ersatz für die phantastische Vorstellung in den Köpfen der Kusmin-Brüder, denn der Geruch drang nicht durch das Eisen.

Legal durch diese Tür zu schlüpfen war aussichtslos. Das war abstrakte Phantastik, die beiden Brüder aber waren Realisten. Dennoch träumten sie auch ganz konkret.

Und dieser Traum führte Kolka und Saschka im Winter des Jahres vierundvierzig zu einem Entschluss: Sie mussten in den Brotschneideraum eindringen, in das Reich des Brotes. Unbedingt, egal wie.

In diesen besonders trostlosen Monaten, in denen es unmöglich war, eine gefrorene Kartoffel zu erbeuten, geschweige denn einen Krümel Brot, ging es über ihre Kräfte, an dem Häuschen mit der eisernen Tür vorbeizugehen. Daran vorbeizugehen und zu wissen, sich beinahe bildlich vorzustellen, wie hinter diesen grauen Mauern, hinter dem verdreckten und vergitterten Fenster die Auserwählten mit Messer und Waage hantierten. Und wie sie das etwas feuchte, lockere Brot säbelten und schnitten und kneteten und sich die warmen, leicht salzigen Krümel in den Mund schütteten, die dicken Bruchstücke aber für den Pachan, den Oberganoven, aufhoben.

Der Mund füllte sich mit Speichel. Ein Krampf zog den Bauch zusammen. Der Kopf trübte sich. Sie hätten heulen, brüllen und schlagen mögen, schlagen gegen die eiserne Tür, damit sie aufschlossen, öffneten und endlich begriffen: Wir wollen auch! Sollen sie uns hinterher in den Karzer stecken oder sonst wohin … Sollen sie uns bestrafen, verprügeln, totschlagen … Aber erst einmal wollen wir es sehen, das Brot, und sei es von der Tür aus, wollen sehen, wie es aufragt, ein großer Haufen auf der von Messern zerkerbten Tischplatte, wie ein Berg, wie der Kasbek … Und wie es riecht!

Dann könnte man wieder leben. An etwas glauben. Wenn ein Berg Brot daliegt, dann existiert die Welt … Dann kann man dulden und schweigen und weiterleben.

Ihre winzige Ration, die minderte den Hunger nicht, selbst wenn sie noch ein Stückchen Brot mehr bekamen. Der Hunger wurde nur noch stärker.

Einmal hatte ihnen die dumme Lehrerin was von Tolstoi vorgelesen, da verspeiste der alternde Kutusow während des Krieges ein Hähnchen und knabberte lustlos, fast mit Abscheu am zähen Flügel …

Den Kindern kam diese Szene reichlich phantastisch vor. Was der Mann sich ausdachte! Der Flügel schmeckte ihm nicht! Sie selber wären auf der Stelle selbst für den abgenagten Knochen sonst wohin gelaufen. Nachdem die Lehrerin das vorgelesen hatte, zog es ihnen noch mehr den Bauch zusammen, und sie verloren für immer den Glauben an die Schriftsteller: Wenn die darüber schreiben, dass einer ein Hähnchen nicht essen will, dann haben die sich wohl selber überfressen!

Seit der Geier, der schlimmste Verbrecher des Waisenhauses, davongejagt worden war, waren viele große und kleine Ganoven durch das Waisenhaus Tomilino gegangen, hatten hier, fern der Miliz ihrer Heimatorte, für den Winter ihr Diebsquartier eingerichtet.

Unverändert blieb nur eines: Die Starken fraßen alles weg und überließen den Schwachen die Krümel, oder nur den

Traum von Krümeln, und trieben die Kleinen in die sicheren Netze der Sklaverei.

Für eine Brotrinde kam man für einen Monat oder für zwei in die Sklaverei.

Die vordere Kruste der Ration – die knusprigste, schwärzeste, dickste und begehrteste, also die obere vom Brotlaib – kostete zwei Monate; die hintere Rinde, also die untere vom Brotlaib, blasser, dünner und weniger knusprig, kostete einen Monat Sklaverei.

Und wer erinnerte sich nicht daran, wie Waska Morchel, der auch elf Jahre alt war wie die Kusmin-Zwillinge, für eine hintere Rinde ein halbes Jahr als Sklave gedient hatte, bis sein Onkel, ein Soldat, ihn mitnahm. Er hatte alles Essbare abgeben müssen und sich von Baumknospen ernährt, um nicht zu krepieren.

Die Kusmin-Zwillinge verkauften sich in den schweren Zeiten manchmal auch. Aber sie verkauften sich stets zu zweit.

Klar, man hätte aus den beiden Brüdern einen Menschen machen können, so wäre ihnen im ganzen Waisenhaus niemand an Alter und möglicherweise an Kraft gleichgekommen.

Aber die Kusmin-Zwillinge wussten auch so um ihre Überlegenheit.

Mit vier Händen klaut sich's leichter als mit zweien; vier Beine entwischen schneller. Und vier Augen erst, die sehen viel schärfer, wann es zuzugreifen gilt, wenn irgendwo was schlecht verwahrt liegt.

Während zwei Augen mit der Arbeit beschäftigt sind, halten die anderen zwei Wache. Und sie passen obendrein auf, dass ihnen beiden nichts weggeschnappt wird, ein Kleidungsstück, die Matratze, auf der sie schlafen und im Traum Bilder aus dem Brotschneideraum sehen. Denn: Was starrst du auf den Brotschneideraum, wenn sie dich selber beklaun!

Die Möglichkeiten der Kusmin-Zwillinge waren nicht zu zählen. Wollen mal sagen, einer von ihnen wird auf dem Markt geschnappt und soll zum Kittchen geschleppt werden. Er wimmert, heult, sucht Mitleid zu wecken, der andere aber lenkt ab. Und drehen sich die Greifer nach diesem zweiten um, so macht der erste flitz und ist weg. Und der zweite hinterher. Beide Brüder waren flink, wendig und geschmeidig, und waren sie einmal losgelassen, so fasste man sie nicht wieder.

Die Augen guckten, die Hände schnappten, die Beine trugen davon.

Aber das Ganze musste vorher in einem Köpfchen ausgebrütet werden. Ohne einen zuverlässigen Plan, wie, wo und was gemaust werden sollte, ließ sich schwer überleben.

Die beiden Köpfe der Kusmin-Zwillinge brüteten verschieden.

Saschka, eher nachdenklich, ruhig und still, holte die Ideen aus sich heraus. Wie und auf welche Weise sie in ihm entstanden, wusste er selber nicht.

Kolka, gerissen, zupackend, praktisch, erwog blitzschnell, wie diese Ideen ins Leben umzusetzen waren. Denn das bedeutete Beute. Genauer gesagt: was zum Futtern.

Wenn sich etwa Saschka den weißblonden Kopf kratzte und sagte, ob sie nicht, wollen mal sagen, zum Mond fliegen sollten, dort gebe es haufenweise Ölkuchen, dann würde Kolka nie sofort antworten: »Nein.« Er würde zunächst die Idee mit dem Mond durchdenken, würde erwägen, auf was für einem Luftschiff sie dorthin fliegen könnten, und erst dann fragen: »Wozu? Klauen können wir auch in der Nähe.«

Es kam aber auch vor, dass Saschka seinen Bruder verträumt ansah und der wie ein Radio Saschkas Idee aus dem Äther fischte. Und sogleich darüber nachsann, wie sie zu verwirklichen sei.

Ein goldenes Köpfchen hatte Saschka, beeindruckend wie der Palast der Sowjets. Den hatten die Brüder mal auf einem Bild gesehen. Amerikanische Wolkenkratzer mit hundert Etagen reichten längst nicht so hoch. Wir sind nämlich die Ersten, die Größten!

Die Brüder waren in etwas anderem die Ersten. Sie begriffen als Erste, wie sie den Winter vierundvierzig überstehen konnten, ohne zu krepieren.

Bei der Revolution in Petersburg hat man bestimmt nicht vergessen, außer der Post, dem Telegrafenamt und dem Bahnhof auch den Brotschneideraum zu besetzen!

Die Brüder schlichen um den Brotschneideraum herum, wie schon oft. Obwohl solche Spaziergänge die Qualen vermehrten. Aber an diesem Tag war's kaum noch auszuhalten.

»Ach, hab ich einen Kohldampf … Ich könnt die Tür durchnagen! Die gefrorene Erde unter der Schwelle essen!« So wurde es laut ausgesprochen. Saschka hatte es ausgesprochen, und plötzlich kam ihm die Erleuchtung. Wozu die Erde essen, man konnte … Man konnte sie doch … Ja, ja! Genau! Man konnte sie weggraben!

Graben! Aber natürlich, graben!

Er sagte es nicht, er sah nur Kolka an. Und der empfing das Signal, wiegte den Kopf, ging die Varianten durch, schätzte sie ab. Aber er sagte nichts, nur seine Augen funkelten raublustig.

Wer es erlebt hat, weiß: Der Mensch wird besonders erfinderisch und zielstrebig, wenn er hungert, zumal ein Waisenhauskind, das im Krieg sein Gehirn darauf trainiert hat, was wo zu erbeuten ist.

Ohne ein Wörtchen zu sagen (sie waren von Hungermäulern umgeben, wenn die was hörten, trugen sie's rum, und dann war's mit jeder noch so genialen Idee von Saschka aus), begaben sich die Brüder gradewegs zu dem kleinen Schuppen, von dem es bis zum Waisenhaus an die hundert, bis zum Brotschneideraum an die zwanzig Meter waren. Der Schuppen stand genau hinter dem Brotschneideraum.

Im Schuppen schauten sich die Brüder um. Wie auf Kommando blickten sie gleichzeitig in den entlegensten Winkel, wo hinter nutzlosem Schrott und Ziegelbruch der Schlupfwinkel von Waska Morchel gewesen war. Damals, als hier noch Brennholz aufbewahrt wurde, wusste niemand außer den Kusmin-

Zwillingen, dass sich dort sein Onkel Andrej versteckte, der Soldat, dem sie die Waffe geklaut hatten.

Saschka fragte flüsternd: »Ist es nicht zu weit?«

»Von wo soll's näher sein?«, fragte Kolka zurück.

Beide wussten, dass es keinen näheren Ausgangspunkt gab.

Das Schloss aufzubrechen wäre viel einfacher gewesen. Es kostete weniger Arbeit und weniger Zeit. Und sie hatten ja nur noch wenig Kraft. Aber es hatten schon andere versucht, das Schloss vom Brotschneideraum aufzubrechen, nicht nur die Kusmin-Zwillinge waren auf diesen blendenden Gedanken gekommen. Die Direktion hatte daraufhin ein Speicherschloss vor die Tür gehängt, acht Kilo schwer! Das war höchstens mit einer Handgranate wegzusprengen. Häng das einem Panzer vor den Bug, und keine feindliche Granate kann ihm was anhaben.

Das kleine Fenster war nach einem vergeblichen Einbruchsversuch vergittert worden, und zwar mit so dicken Stäben, dass ihnen weder mit Meißel noch mit Brecheisen beizukommen war – da musste ein Schweißgerät her.

Auch den Gedanken mit dem Schweißgerät hatte Kolka erwogen, er wusste eine Stelle, wo Karbid lag. Aber wie sollten sie das herbeischleppen und anzünden, bei den vielen Augen ringsum?

Nur unter der Erde gab es keine fremden Augen.

Die letzte Variante, nämlich auf den Brotschneideraum gänzlich zu verzichten, kam für die Kusmin-Zwillinge nicht in Betracht.

Im Laden, auf dem Markt und erst recht bei den Leuten zu Hause war jetzt nichts Essbares zu holen. Obwohl Saschkas Kopf voll war von solchen Varianten. Ein Jammer, dass Kolka keine Möglichkeit zur Realisierung sah.

In dem kleinen Laden war die ganze Nacht ein Wächter, ein böser alter Zausel. Er trank nicht und schlief nicht, dazu reichte ihm der Tag. Der reinste Kettenhund.

Die unzähligen Häuser ringsum aber waren voller Flüchtlinge. Da stand es schlecht mit was zum Futtern. Die Leute sahen selber zu, wo sie was erwischen konnten.

Die Kusmin-Zwillinge hatten ein Häuschen auf dem Kieker, aber das war zu Zeiten des Geiers von den Älteren ausgeräumt worden.

Allerdings hatten der Geier und seine Kumpane damals weiß der Kuckuck was geklaut: Klamotten und eine Nähmaschine. Die hatten sie nachher in diesem Schuppen lange der Reihe nach gekurbelt, bis das Handrad abging und schließlich auch alles Übrige auseinanderfiel.

Genug von der Nähmaschine. Den Zwillingen ging es um den Brotschneideraum. Nicht um die Waage und die Gewichte, nur um das Brot, nur dafür ließen die Brüder ihre beiden Köpfe wild rauchen.

Und kamen zum Ergebnis: »In unserer Zeit führen alle Wege zum Brotschneideraum.«

Der war die reinste Festung. Aber bekanntlich gibt es keine Festung, das heißt keinen Brotschneideraum, dem ein hungriges Waisenhauskind nicht beikäme.

Im tiefsten Winter, als die ganze Bande verzweifelt daran scheiterte, auf der Station oder auf dem Markt irgendwas Essbares zu schnappen, und sie alle ständig froren, selbst am Ofen, wenn sie Hintern, Rücken und Kopf dagegenpressten, um einen winzigen Hauch Wärme einzusaugen, und sich wenigstens einbildeten, warm zu werden – ihre Körper hatten die Tünche schon bis auf die Ziegelmauerung abgewetzt –, im tiefsten Winter also schritten die Kusmin-Zwillinge zur Realisierung ihres unwahrscheinlichen Planes, und genau in diesem Unwahrscheinlichen lag die Möglichkeit des Erfolgs.

Sie begannen die Aufschlussarbeiten, wie ein erfahrener Baufachmann es genannt haben würde, im hintersten Winkel des Schuppens mit Hilfe einer krummen Brechstange und einer Sperrholzplatte.

Sie umklammerten die Brechstange (da waren sie, die vier

Hände!), hoben sie hoch und schlugen sie mit einem dumpfen Laut gegen die gefrorene Erde. Die ersten Zentimeter waren die schwersten. Die Erde dröhnte.

Auf der Sperrholzplatte trugen sie den Aushub in die andere Ecke des Schuppens, bis sich dort ein Hügel gebildet hatte.

Einen ganzen Tag lang, an dem es schneite und so stürmte, dass der Schnee den Kusmin-Zwillingen die Augen verklebte, schafften sie die Erde weit weg in den Wald. In den Hosentaschen, unterm Hemd – sie konnten sie schließlich nicht offen in den Händen tragen. Bis sie auf die Idee kamen, dafür eine ihrer Schultaschen zu benutzen.

In die Schule gingen sie jetzt abwechselnd, und sie gruben abwechselnd: Einen Tag wühlte Kolka, einen Tag Saschka.

Wer von beiden in die Schule ging, saß zwei Stunden als er selber ab (Kusmin? Welcher Kusmin ist heute da? Kolka? Wo ist denn der andere, Saschka?) und dann als sein Bruder. So waren sie wenigstens den halben Unterricht da. Nun, ständige Anwesenheit verlangte auch niemand von ihnen. Wäre ja auch noch schöner! Hauptsache, man strich ihnen im Waisenhaus nicht das Mittagessen.

Das Mittagessen aber oder das Abendbrot konnten sie nicht abwechselnd einnehmen, das würden die Älteren, die Schakalen, sofort wegputzen. Da stellten sie das Graben ein und gingen gemeinsam in den Speiseraum wie zum Sturmangriff.

Niemand fragte, niemand interessierte sich, ob da Saschka mampfte oder Kolka. Beim Essen waren sie ein Ganzes: die Kusmin-Zwillinge. Einer wäre nur die Hälfte. Aber einzeln sah man sie hier selten, eigentlich nie.

Gemeinsam kamen sie, gemeinsam aßen sie. Auch schlafen legten sie sich gemeinsam.

Wenn man sie verprügelte, dann verprügelte man sie beide und fing mit dem an, den man als Ersten zu fassen bekam.

2

Das Graben war in vollem Gange, als sich die sonderbaren Gerüchte vom Kaukasus verdichteten.

Ohne jeden Anlass, aber hartnäckig wurde in den Winkeln des Schlafsaals bald leise, bald lauter immer dasselbe wiederholt: Das Waisenhaus solle von seinem angestammten Platz in Tomilino verlegt werden, und sie müssten allesamt in den Kaukasus ziehen.

Die Erzieher sollten mit, der dumme Koch, die schnurrbärtige Musiklehrerin und der invalide Direktor … (»Invalide der geistigen Arbeit!«, hieß es halblaut.)

Kurzum, sie alle sollten abtransportiert werden.

Es wurde viel herumgerätselt und alles durchgekaut wie eine Kartoffelschale vom Vorjahr, aber niemand konnte sich vorstellen, wie man diese ganze wilde Horde irgendwohin ins Gebirge treiben wollte.

Die Kusmin-Zwillinge lauschten dem Geschwätz nur mäßig, noch weniger glaubten sie daran. Sie hatten keine Zeit. Zielstrebig, ungestüm trieben sie ihren Schurf voran.

Wozu die Zunge wetzen, wenn selbst ein Idiot begriff, dass es unmöglich war, auch nur ein einziges Waisenhauskind gegen seinen Willen irgendwohin zu schaffen. Man konnte sie ja nicht im Käfig transportieren wie Pugatschow.

Die zerlumpten Gören würden schon beim ersten Halt auseinanderstieben, und sie wieder einzufangen wäre wie Wasserschöpfen mit einem Sieb.

Wenn es dagegen etwa gelänge, einige der Kinder zu überreden, so würde es mit keinem Kaukasus der Welt ein gutes Ende nehmen. Sie würden ihn bis auf den letzten Faden ausplündern, bis auf den letzten Zweig kahlfressen, sämtliche Kasbeks in Steinchen zerlegen … In eine Wüste verwandeln. In eine Sahara.

So dachten die Kusmin-Zwillinge, und sie gingen graben.

Einer von ihnen stocherte mit dem Eisen die Erde los, sie

war locker jetzt, fiel von selber ab, der andere schleppte in einem rostigen Eimerchen den Aushub nach draußen. Als der Frühling kam, stießen sie auf das Ziegelfundament des Hauses, in dem sich der Brotschneideraum befand.

Eines Tages saßen die Kusmin-Zwillinge im hintersten Ende ihres Stollens.

Die dunkelroten, bläulich schimmernden Ziegel, vor langer Zeit gebrannt, ließen sich nur mühsam zerbröckeln, und jedes Stückchen kostete Blut. Die Hände waren voller Blasen, und seitlich schlug es sich nicht gut mit dem Brecheisen.

In dem Stollen konnten sie sich kaum bewegen, Erde rieselte ihnen in den Kragen. Die selbstgemachte Funzel, ein Lappen in einem Tintenfass, das sie im Büro geklaut hatten, biss in den Augen.

Anfangs hatten sie eine richtige Wachskerze gehabt, die auch geklaut war. Aber die hatten sie aufgegessen. Sie konnten nicht anders, der Hunger drehte ihnen die Därme um. Einen Blick gewechselt, ein Blick auf die Kerze – wenig genug, aber immerhin etwas. Sie schnitten sie in zwei Hälften und verspeisten sie, nur der ungenießbare Docht blieb übrig.

Jetzt brannte blakend der Lappendocht; sie hatten eine Nische in die Stollenwand gescharrt, Saschkas Idee war das gewesen, und dort flackerte es bläulich, es gab mehr Blak als Licht.

Die Kusmin-Zwillinge saßen da, angelehnt, verschwitzt, verschmiert, die Knie unterm Kinn.

Plötzlich fragte Saschka: »Na, was ist mit dem Kaukasus? Geschwätz?«

»Geschwätz«, antwortete Kolka.

»Sie werden uns hinjagen, oder?« Da Kolka nicht antwortete, fragte Saschka wieder: »Möchtest du? Hinfahren?«

»Wohin?«, fragte der Bruder.

»In den Kaukasus!«

»Was sollen wir da?«

»Weiß nicht … Interessant.«

»Für mich ist interessant, da reinzukommen!« Wütend schlug Kolka mit der Faust gegen das Fundament. Darüber, höchstens einen oder zwei Meter entfernt, befand sich der ersehnte Brotschneideraum.

Auf dem Tisch, der von Messern zerkerbt ist und säuerlich nach Brot riecht, liegen die Laibe: viele Laibe von graugoldener Farbe. Einer schöner als der andere. Ein Stück Kruste abbrechen, das ist schon Glück. Du lutschst sie, schluckst sie runter. Hinter der Kruste kommt die Krume, eine ganze Wagenladung, musst sie nur rauspuhlen und in den Mund stecken.

Einen ganzen Laib Brot hatten die Kusmin-Zwillinge noch nie in den Händen gehabt. Noch nicht einmal berührt.

Gesehen aber hatten sie schon einen, von weitem natürlich, als im Gedränge des Ladens Brot abgewogen und auf Zuteilungskarten ausgegeben wurde.

Die alterslose hagere Verkäuferin nahm die verschiedenfarbigen Karten: Arbeiterkarte, Angestelltenkarte, Angehörigenkarte, Kinderkarte; nach einem flüchtigen Blick – ihr erfahrenes Auge war wie eine Wasserwaage – auf den Stempel mit der Nummer des Ladens – dabei kannte sie ja bestimmt alle, die in ihrem Laden eingetragen waren – machte sie mit dem Scherchen »schnippschnipp«, und zwei oder drei Abschnitte fielen in den Kasten. In diesem Kasten hatte sie tausend, eine Million von diesen Abschnitten, die jeweils 100, 200 oder 250 Gramm bedeuteten.

Aber jeder Abschnitt, auch wenn es zwei oder drei waren, bedeutete nur den kleinen Teil eines ganzen Brotes, von dem die Verkäuferin mit einem scharfen Messer sparsam ein Stückchen abtrennte. Sie selbst hatte nichts davon, bei dem Brot zu stehen, denn sie war abgemagert und nicht dick geworden.

Ein ganzes, noch von keinem Messer angerührtes Brot hatten die Brüder, sosehr sie auch mit vier Augen Ausschau hielten, niemanden je aus dem Laden tragen sehen.

Ein ganzes Brot, das war ein Reichtum, den man sich nicht vorzustellen traute.

Und was für ein Paradies würde sich auftun, wenn da nicht nur ein oder zwei oder drei Brotlaibe lagen. Ein richtiges Paradies. Ein wahres, gesegnetes Paradies! Wozu da noch ein Kaukasus?

Zumal dieses Paradies gleich nebenan lag, sie hörten schon manchmal durch die Ziegelwand undeutliche Stimmen.

Freilich hörten die vom Ruß blinden und von Erde, Schweiß und Schinderei tauben Brüder in jedem Laut nur das eine: »Brot, Brot ...«

In solchen Momenten gruben sie natürlich nicht, sie waren ja nicht blöd. Wenn sie an der Eisentür vorbei zum Schuppen wollten, machten sie extra einen Bogen, um sich zu vergewissern, ob das schwere Schloss vor der Tür hing, es war kilometerweit zu sehen.

Danach stiegen sie hinunter, um das verdammte Fundament zu durchstoßen.

In alten Zeiten hatte man stabil gebaut und gewiss nicht daran gedacht, dass irgendwer die Ziegel wegen ihrer Härte mit saftigen Schimpfworten belegen würde.

Waren die Kusmin-Zwillinge erst drin, lag der ganze Brotschneideraum im trüben Abendlicht erst vor ihren verzückten Augen, dann waren sie so gut wie im Paradies.

Und dann ... Die Brüder wussten ganz sicher, was dann.

Sie hatten es genau durchdacht, mit zwei Köpfen, nicht bloß mit einem.

Einen Laib Brot würden sie an Ort und Stelle aufessen. Aber nur einen, damit sich ihnen nicht der Magen umdrehte. Zwei weitere Brote würden sie mitnehmen und sicher verstecken. Darauf verstanden sie sich. Drei Brote also. Mehr durften sie nicht anrühren, wie es sie auch juckte. Sonst würde die hungrige wilde Meute das Haus auseinandernehmen.

Drei Brote, das war so viel, wie ihnen nach Kolkas Berechnung sowieso jeden Tag gestohlen wurde.

Einen Teil nahm sich der dumme Koch; dass er ein Dummkopf war und im Irrenhaus gesessen hatte, wussten alle. Fressen aber tat er wie ein Normaler. Einen weiteren Teil klauten die Brotschneider und die Schakale, die sich bei ihnen herumtrieben. Den Löwenanteil aber kriegten der Direktor, seine Familie und seine Hunde.

Beim Direktor wollten nicht nur die Hunde und das Viehzeug was futtern, da wimmelte es auch noch von Angehörigen und Kostgängern. Und denen allen wurde unentwegt was hingeschleppt vom Waisenhaus … Die Kinder selber schleppten es hin. Und wer schleppte, für den fielen auch Krümel ab.

Die Kusmin-Zwillinge hatten sich genau ausgerechnet, dass wegen des Verschwindens von drei Broten im Waisenhaus niemand Lärm schlagen würde. Man hielt auf den eigenen Nutzen zum Schaden der anderen. Und fertig.

Wer konnte schon Interesse haben, dass Kommissionen von der Volksbildung angesockt kämen (die wollten ja auch gefüttert sein, und sie hatten große Mäuler!), um herauszufinden, wieso geklaut wurde, wie es kam, dass die Kinder von ihren Rationen nicht satt wurden, und wovon die Köter des Direktors so groß waren wie Kälber.

Saschka holte tief Luft und schaute zu Kolkas Faust.

»Doooch«, sagte er versonnen. »Ist ja doch interessant. Ich möcht gern die Berge dort sehn. Die sind bestimmt höher als unser Haus, oder?«

»Na und?«, fragte Kolka wieder; er war sehr hungrig und hatte keinen Sinn für Berge, wie sie auch aussehen mochten. Durch die Erde glaubte er den Geruch des frischen Brotes riechen zu können.

Sie schwiegen ein Weilchen.

»Heut haben wir ein Gedicht gelernt«, erzählte Saschka, der den Unterricht für sie beide abgesessen hatte. »Von Michail Lermontow, ›Der Felsen‹ heißt es.«

Saschka hatte nicht das ganze Gedicht behalten, obwohl es

kurz war, anders als das »Lied vom Zaren Iwan Wassiljewitsch, dem jungen Leibwächter und dem kühnen Kaufmann Kalaschnikow« … Uff! Allein der Titel war einen halben Kilometer lang. Ganz zu schweigen von dem Gedicht selbst.

Aus dem »Felsen« hatte Saschka zwei Zeilen behalten.

Schlief ein goldnes Wölkchen unter Sternen,
an des Felsenriesen Brust geborgen … *

»Geht's da um den Kaukasus?«, fragte Kolka mit welkem Interesse.

»Klar. Ein Felsen …«

»Wenn der genauso blöd ist wie das hier …« Kolka stieß wieder die Faust gegen das Fundament. »Dein Felsen!«

»Ist nicht meiner!«

Saschka verstummte nachdenklich.

Er dachte längst nicht mehr an Gedichte. Von Gedichten verstand er nichts, da gab's auch nichts groß zu verstehen. Wenn man sie mit sattem Magen las, hatte das womöglich einen Sinn. Die Langhaarige quälte sie damit immer im Chor, aus dem sie sich längst verdünnisiert hätten, wäre ihnen dann nicht das Mittagessen entzogen worden. Was sollten sie mit Liedern und Gedichten? Ob sie sangen oder Gedichte aufsagten, sie dachten ja doch nur ans Fressen. Hunger und Not denkt nur an Brot.

»Na, und weiter?«, fragte Kolka plötzlich.

»Wie weiter?«, fragte Saschka zurück.

»Was war mit ihm, mit dem Felsen? Ist er auseinandergefallen?«

»Weiß nicht«, sagte Saschka irgendwie dümmlich.

»Wieso nicht? Steht das nicht in dem Gedicht?«

»Was soll sein … Na, diese … Wie denn gleich … Die Wolke, die ist gegen den Felsen gestoßen.«

»So wie wir gegen das Fundament?«

»Na ja, hat ne Runde gepennt … ist weitergezogen …«

* Nachdichtung: Martin Remané.

Kolka stieß einen Pfiff aus. »Das ist alles?«

»Ja.«

»Was die so zusammenschreiben! Über Hähnchen, über Wölkchen …«

»Was kann ich dafür«, rief Saschka wütend. »Bin ich so 'n Schreiberling?« Aber er war nicht sehr wütend. Er war ja selber schuld, hatte gedöst und nicht auf die Erklärungen der Lehrerin geachtet.

Im Unterricht hatte er sich plötzlich den Kaukasus vorgestellt, wo alles ganz anders war als in ihrem vergammelten Tomilino.

Berge, so groß wie das Waisenhaus, und dazwischen überall Brotschneideräume. Und keiner abgeschlossen. Man brauchte nicht zu graben, man ging rein, wog sich selber was ab und stopfte es in sich hinein. Wenn man rauskam, war da gleich der nächste Brotschneideraum, auch ohne Schloss. Und die Menschen trugen Tscherkessenröcke und Schnurrbärte und waren fröhlich. Sie guckten zu, wie Saschka sich am Essen labte, lächelten, klopften ihm auf die Schulter. »Jakschi«, sagten sie. Oder so ähnlich. Der Sinn war jedenfalls: »Iss doch mehr, wir haben viele Brotschneideräume!«

Es war Sommer. Auf dem Hof wuchs grünes Gras. Niemand verabschiedete die Kusmin-Zwillinge, nur die Erzieherin Anna Michailowna, die dabei bestimmt auch nicht an die Abreise der beiden dachte, denn sie guckte mit kalten blauen Augen über sie hinweg.

Alles war ganz plötzlich gekommen. Das Waisenhaus sollte zwei Ältere auf die Reise schicken, die beiden schlimmsten Kriminellen, aber die hatten sich sofort aus dem Staub gemacht, wie man so sagt, sich in Luft aufgelöst, und da hatten die Kusmin-Zwillinge erklärt, sie wollten in den Kaukasus. Die Papiere wurden umgeschrieben.

Niemand fragte, warum sie plötzlich wegwollten, was für ein Bedürfnis die Brüder in die Ferne trieb. Nur Kinder aus der jüngsten Gruppe waren neugierig, kamen angerannt, zeigten mit dem Finger auf die Kusmins und sagten: »Die da!« Und nach einer Pause: »Wollen in den Kaukasus.«

Doch die Kusmin-Zwillinge hatten einen triftigen Grund für die Abreise, gottlob wusste niemand davon.

Eine Woche zuvor war auf einmal ihr Stollen eingestürzt. An der sichtbarsten Stelle war er zusammengesackt. Damit scheiterten ihre Hoffnungen auf ein besseres Leben.

Als sie ihn am Abend verlassen hatten, sah alles normal aus, sie waren auch schon fast durch das Fundament durch und brauchten bloß noch den Fußboden zu öffnen.

Als sie aber am Morgen aus dem Haus kamen, standen da der Direktor und die ganze Küchenmannschaft und glotzten: So was, unter der Mauer des Brotschneideraums hatte sich die Erde gesenkt.

Und dann kamen sie darauf: Du meine Güte, ein Stollen!

Ein Stollen unter ihrer Küche, unter ihrem Brotschneideraum.

Das hatte es im Waisenhaus noch nicht gegeben.

Die Zöglinge wurden zum Direktor geschleppt. Erstmal knöpfte man sich die Älteren vor, die Kleineren hatte niemand in Verdacht.

Militärpioniere wurden konsultiert. Ist es möglich, so fragte man, dass Kinder so was graben?

Die Pioniere untersuchten den Stollen, krochen auch hinein, vom Schuppen zum Brotschneideraum, bis zur Einsturzstelle. Dann klopften sie sich den gelben Sand ab und zuckten die Achseln. »Unmöglich, ohne Technik, ohne Spezialausbildung ganz unmöglich, so eine Metro zu graben. Ein erfahrener Soldat würde einen Monat dazu brauchen, wollen mal sagen, wenn er Schanzgerät und Hilfsmittel hat. Aber Kinder … Solche Kinder würden wir zu uns holen, wenn sie wirklich solche Kunststücke fertigbringen.«

»Die bringen noch ganz andere Kunststücke fertig«, sagte der Direktor finster. »Aber diesen Zauberkünstler krieg ich schon.«

Die beiden Brüder standen dabei, inmitten der anderen Zöglinge. Jeder von ihnen wusste, was der andere dachte.

Beide Brüder dachten, dass die Fäden, wenn ernsthaft ermittelt wurde, unweigerlich zu ihnen führen würden. Hatten sie sich nicht die ganze Zeit hier herumgetrieben, hatten sie nicht gefehlt, wenn sich die anderen im Schlafsaal an den Ofen drückten?

Und überall waren Augen! Hatte einer nichts gesehen und ein Zweiter auch nicht, so ein Dritter ganz bestimmt.

Und außerdem, in dem Stollen hatten sie an diesem Abend ihre Funzel zurückgelassen und vor allem Saschkas Schultasche, in der sie das Erdreich zum Wald getragen hatten.

Eine lächerliche Schultasche, aber wenn sie gefunden wurde, waren die Brüder erledigt. Dann mussten sie sowieso abhauen. War's da nicht besser, sie zogen von selber ohne viel Trara in diesen unbekannten Kaukasus? Zumal gerade zwei Plätze frei geworden waren.

Natürlich konnten die Kusmin-Zwillinge nicht ahnen, dass in irgendwelchen Gebietsbehörden in einem lichten Moment die Idee entstanden war, die Waisenhäuser rund um Moskau zu entlasten, von denen es im Frühjahr 1944 Hunderte gab. Hinzu kamen die obdachlosen Kinder, die Besprisorniks.

Mit der Befreiung des reichen Kaukasuslandes vom Feind ließen sich mit einem Schlag sämtliche Probleme lösen: Man wurde ein paar Hungermäuler los, verminderte die Kriminalität und tat auch noch ein gutes Werk für die Kinderchen.

Und für den Kaukasus, versteht sich.

So sagte man es auch den Kindern: Wenn ihr euch richtig satt futtern wollt, fahrt hin. Da gibt's alles. Brot gibt's. Und Kartoffeln. Und sogar Früchte, von deren Existenz ihr Schakale nichts ahnt.

Saschka sagte daraufhin zu seinem Bruder: »Ich will Früchte ... Solche, von denen dieser ... Na, der zu Besuch war, der hat davon gesprochen.«

Worauf Kolka erwiderte, eine Frucht, das sei eine Kartoffel, das wisse er genau. Außerdem sei der Direktor eine Frucht.

Kolka hatte mit eigenen Ohren gehört, wie einer der Pioniere beim Weggehen halblaut gesagt und dabei auf den Direktor gezeigt hatte: »Das ist mir ein Früchtchen ... Verkriecht sich hinter den Kindern vor dem Krieg.«

»An Kartoffeln werden wir uns satt essen«, sagte Saschka.

Aber Kolka erwiderte sogleich, diese reiche Gegend würde bald arm werden, wenn man die Schakale dorthin brachte, wo es alles gab. Er habe gelesen, dass die Heuschrecke, die ja viel kleiner sei als ein Waisenkind, nur kahle Erde hinterlasse, wenn sie haufenweis auftrete. Und die habe einen viel kleineren Bauch als unsereiner und könne bestimmt nicht alles durcheinanderfressen. Sie wolle nur diese unbegreiflichen Früchte haben. Wir dagegen würden alles fressen, Laub und Blätter und Blümchen ...

Dennoch willigte Kolka ein zu fahren.

Zwei Monate zog es sich hin, bis sie losgeschickt wurden.

Am Abreisetag führte man sie zum Brotschneideraum, natürlich nur bis zur Schwelle. Sie bekamen jeder eine Ration Brot. Keinen zusätzlichen Reiseproviant. Ihr werdet fett leben, hieß es, wo ihr hinfahrt, gibt's genug Brot, und da wollt ihr hier noch welches!

Die Brüder gingen hinaus und gaben sich Mühe, nicht zu dem Loch an der Wand hinzublicken, das von dem Einsturz geblieben war.

Obgleich das Loch sie magisch anzog.

Sie taten, als wüssten sie von nichts, und verabschiedeten sich in Gedanken von der Schultasche und ihrem geliebten Stollen, in dem sie im Schein der Funzel so viele lange Winterabende verbracht hatten.

Die Rationen in der Jackentasche, die Hand fest daraufgepresst, gingen die Brüder zum Direktor, wie befohlen.

Der Direktor saß auf den Stufen seines Hauses. Er trug eine Reithose, war barfuß und obenherum nackt. Die Hunde waren zum Glück nicht da.

Ohne aufzustehen, sah er die Brüder und die Erzieherin an und entsann sich bestimmt erst jetzt, aus welchem Anlass sie kamen.

Ächzend richtete er sich auf und winkte sie mit dem knorrigen Finger heran.

Die Erzieherin gab ihnen von hinten einen Stups, und die Zwillinge machten ein paar unsichere Schritte vorwärts.

Obwohl der Direktor nie handgreiflich wurde, hatten alle Angst vor ihm. Er schrie so laut. Konnte einen Zögling am Kragen packen und aus vollem Hals brüllen: »Kein Frühstück, kein Mittag, kein Abendbrot!«

Gut noch, wenn er es bei einem Tag beließ. Wenn es aber zwei waren oder drei?

Jetzt schien der Direktor gut gelaunt.

Da er nicht wusste, wie die Brüder hießen, und überhaupt keinen seiner Zöglinge beim Namen kannte, zeigte er mit dem Finger auf Kolka und befahl ihm, die kurze Jacke auszuziehen, die über und über geflickt war. Saschka musste seine Steppweste ausziehen. Die gab der Direktor Kolka und die Jacke seinem Bruder.

Dann trat er zurück und guckte, als hätte er ihnen etwas Gutes getan. Und war mit seinem Werk zufrieden.

»So ist es besser.« Er fügte hinzu: »Ja, also ... Keinen Unfug treiben, nicht klauen! Nicht unter den Waggon kriechen, sonst werdet ihr überfahren ... Klar?«

Die Erzieherin gab den Brüdern einen Schubs, und die beiden flöteten: »Werden wir nicht, Viktor Viktorowitsch.«

»So, ihr könnt gehen. Geht!«

Er hatte es also erlaubt.

Als sie so weit gegangen waren, dass der Direktor sie nicht mehr sehen konnte, tauschten sie wieder die Sachen.

In den Taschen steckten die kostbaren Rationen.

Vielleicht fand der ahnungslose Direktor, dass sie ganz gleich waren. O nein! Der ungeduldige Saschka hatte schon ein Stück der Brotrinde abgeknabbert, während der umsichtige Kolka nur daran geleckt, aber noch nicht zu essen begonnen hatte.

Gut, dass er ihre Hosen nicht gegen fremde getauscht hatte. In Kolkas Hosenumschlag steckte ein zum Streifen gekniffter Dreißigrubelschein.

Das war im Krieg nicht viel Geld, aber den Kusmin-Zwillingen bedeutete es viel.

Es war ihr einziger Besitz von Wert, eine Stütze für die unbekannte Zukunft.

Vier Hände. Vier Beine. Zwei Köpfe. Und dreißig Rubel.

3

Anna Michailowna brachte die Brüder, wie ihr aufgetragen, mit der Vorortbahn zum Kasaner Bahnhof in Moskau und übergab sie mitsamt den Papieren persönlich einem kahlköpfigen Natschalnik im zerknitterten Anzug.

Er hieß Pjotr Anissimowitsch Meschkow und war ihr neuer Direktor.

Flüchtig musterte er die Brüder, machte einen Vermerk in seiner Liste, verwahrte die Liste in der Aktentasche, die er nicht aus den Händen ließ, und murmelte, man hätte ihnen in Tomilino, wie vorgeschrieben, bessere Kleider mitgeben sollen.

»Das ist ja alles nicht zu fassen«, seufzte er.

Die Kusmin-Zwillinge kamen erst jetzt dahinter, warum der Direktor in Tomilino auf so seltsame Weise Weste gegen Jacke vertauscht hatte – sicherlich um sein Gewissen vor Bissen zu schützen. Wenn er eins hatte.

Seine Aktentasche schwenkend, führte Pjotr Anissimowitsch die Brüder am Zug entlang zu den vorderen Wagen.

Leute mit Säcken und Gepäck kamen auf ihn zu, klagten, sie könnten nicht nach Hause fahren, baten, ihnen zu helfen, sie irgendwie mitzunehmen.

Pjotr Anissimowitsch antwortete allen das Gleiche: »Nein, nein. Das geht nicht.«

Einmal brauste er auf und schrie: »Hab ich hier vielleicht ein

Wohltätigkeitsinstitut? Das ist ja alles nicht zu fassen! Ich habe fünfhundert obdachlose Kinder und weiß nicht, wo ich die hinstecken soll.« Dabei zeigte er auf die Kusmin-Zwillinge.

Das Wort »hinstecken« gefiel ihnen nicht besonders, aber sie sagten nichts.

Überall, wo sie vorbeikamen, schoben sich schon Köpfe aus den Fenstern.

Neuankömmlinge wurden mit Pfiffen, Schreien und Gejohle begrüßt, besonders wenn sie erkannt wurden – von den Märkten und Bahnhöfen her, wo man sich gemeinsam rumgetrieben, oder aus dem Kittchen, wo man zusammen gesessen hatte.

Die Kusmin-Zwillinge waren bereits erspäht und erkannt, und es schallte ihnen laut hinterher: »Tomilinoer Laus, wo steht dein Haus? Hast die Jacke voller Kacke!«

Die Brüder besetzten Pritschen ganz oben und stürzten sofort ans Fenster, wo sie ihre Köpfe zwischen den fremden hindurchschoben.

Eben wurden die Jungs aus Ljuberzy gebracht, mit denen sie sich nicht nur öfters gesehen, sondern auch angefeindet und sogar geprügelt hatten. Genau wie die anderen Kinder brüllten und pfiffen die Zwillinge, so laut sie konnten.

»Ljuberzyer Laus, wo steht dein Haus, hast die Jacke …«

Genauso begrüßten sie nach und nach die Jungs aus Ljublino, Moshaisk (diese Halsabschneider!), Serpuchow, Podolsk, Wolokolamsk, Mytischtschi (die kamen alle von der Kindersammelstelle, es waren Bübchen, stille Wasser, aber sie beklauten einen, ohne dass man's merkte), die aus Noginsk, Ramenskoje, Kolomna, Kaschira, Orechowo-Sujewo …

Am schlimmsten war's, als die Moskauer kamen.

Sie waren irgendwie privilegiert, kriegten besseres Essen und trugen nicht solche Lumpen wie die Kinder aus den Vororten.

Der ganze Zug empfing sie mit solchem Gejohle, dass das Klingeln der Straßenbahn von der Kalantschowskaja-Straße nicht mehr zu hören war.

Brüllen, Heulen, Blöken, Muhen.

Sie brüllten, bis es dunkel wurde, begrüßten immer neue Partien von Mitbrüdern.

»He, Moshaisk, Geschmeiß!«

»Kaschira war noch nie da!«

»Orechowo-Su – ohne Kleid, ohne Schuh!«

»Kolomna kann nicht essen, bloß fressen!«

»Einmal wollten uns verprügeln
die Sagorsker Igelfresser,
ließen wir uns nicht gefallen,
schliffen schnellstens unsre Messer!«

Das Liedchen wurde im Chor gegrölt, aber keiner nahm es wörtlich, sie kannten es einfach alle.

Der Zug sammelte aus den Waisenhäusern ein Pärchen von jedem Tierchen, wie die Arche vor der großen Sintflut, und leben würden sie fortan alle zusammen im Kaukasusland.

Früher hatten die Sagorsker denen aus Dmitrow einmal aufgelauert, als die zum Kloster kamen, um zu betteln, und sie grausam verprügelt. Sie richteten sie dermaßen zu, dass die aus Dmitrow sich lange nicht blicken ließen und ihre Wunden leckten. Später schnappten die einen Jungen aus Sagorsk, der in Dmitrow Verwandte besuchen wollte, und sperrten ihn einen Monat lang in eine feuchte Gruft einer kalten, verlassenen Kirche. Die Sagorsker blieben nichts schuldig, sie holten einen Dmitrower aus der Vorortbahn und fesselten ihn für eine Nacht an ein Friedhofskreuz. Der Junge brüllte wie am Spieß. Aber wer kommt schon nachts auf den Friedhof, noch dazu bei solchem Geschrei. Im Gegenteil, Vorübergehende ergriffen die Flucht.

Zwischen den Kolonien und Waisenhäusern in den Städten der Moskauer Umgebung passierten noch schlimmere Dinge – Messerstechereien, Hinterhalte, Belagerungen ganzer Waisenhäuser.

Jetzt hatte das böse Leben sie alle hier im Zug zusammengeführt wie Chemikalien in einem Kolben, die beim Mischen reagieren. Die Reaktionen waren so stürmisch, dass es schien, der Zug müsse gleich zersplittern.

Gottlob hatte er nicht nur einen, sondern viele Waggons.

Sie mischten sich nicht sofort, sondern ganz allmählich, sonst hätte das auch kein Eisen ausgehalten. Da und dort gab es Raufereien, mancher floh unterwegs in einen anderen Waggon oder auch in einen anderen Zug. Auch das kam vor.

Zur Nacht wurde der Transportzug allmählich still. Er war bis obenhin vollgestopft wie eine Schachtel. Jeder, der schon drin war, musste nicht nur die Fremden auspfeifen, sondern auch an sich denken: eine Pritsche finden, den Nachbarn wegdrängen und wegstoßen und sich so hineinzwängen, dass er sitzen, besser noch, liegen konnte.

So machten es auch unsere Kusmin-Zwillinge.

Sie lagerten wie Bojaren jeder auf seiner obersten Pritsche und beobachteten von ihrer Höhe wie im Kino, was sich unten abspielte.

Geplauder, Gelächter, Witze … Einer stimmte ein Liedchen an:

»In dem Kaukasus-Gebirge
lebt ein Mönch in dem Bezirke,
hat im Sand nach Gold gegraben,
wollte niemand bei sich haben,
fand dann wirklich Gold in Haufen,
ging gleich los, um's zu versaufen …«

Wie die Sache mit dem Mönch und seinem Gold im Kaukasus ausging, blieb unbekannt: Der Zug ruckte an.

Alle verstummten. Horchten. Glaubten's und glaubten's nicht. Fuhren sie wirklich schon?

Zögernd ruckte der Zug noch einmal, stärker, es klackte, Eisen knirschte, und wirklich, sie fuhren. Das war deutlich zu spüren am leichten Knarren und am noch langsamen Räderrattern auf den Schienenfugen.

Niemand stürzte ans Fenster, um zu beobachten, wie die Hauptstadt der Welt mit ihren auch ohne Verdunkelung noch spärlichen Lichtern in die Vergangenheit entschwand, zurückblieb in der Dunkelheit.

Darauf war für alle was gepfiffen. Auch für unsere beiden Helden. Moskau, das hatten sie am eigenen Leib erfahren, glaubt den Tränen nicht.

Von den Kindern unten kam ein leises Wimmern, als meinten sie, dass es sich zum Abschied gehöre, eine Träne zu vergießen, der ja doch nicht geglaubt wurde.

»Schade«, piepste eines der kleinen Mädchen.

»Was ist schade?«

»Dass wir wegfahren.«

Was sollte daran schade sein? Das wussten die wohl selber nicht: schade, und basta. Weil wir womöglich nie wiederkommen. Wohin nie wieder? Nach Moskau? Ist doch schön, natürlich kommen wir nie wieder, einen Dreck ist sie uns wert, die Stadt aus weißen Steinen! Die Häuser aus Stein – die Menschen aus Eisen …

Du lieber Gott! Sollte sie doch zum Teufel gehen, weg mit dieser unwirtlichen, ungewaschenen, verfluchten, vom Krieg ausgesaugten Gegend! Dort gab es für alle nur den Kriegsalltag: kaufen und verkaufen … Wer aber an der Werkbank stand und in der eisigen Werkhalle den Sieg über den Feind schmiedete, der bekam nicht nur die obdachlosen Kinder nie zu sehen, auch seine eigenen ließ er verwahrlosen bis zur Verwilderung, denn eine Schicht dauerte zwölf Stunden, darum schlief er gleich in der Werkhalle …

Was die Kusmin-Zwillinge betrifft, so hatten sie in der ganzen weiten Welt keine einzige verwandte Seele. Nicht hier und überhaupt nirgends.

Sich gegenseitig hatten sie, das allerdings.

Mit anderen Worten, wohin man sie auch brachte, ihr Zuhause, ihre Verwandten und ihr Obdach, das waren sie selbst.

Verwahrlost, geflickt, abgerissen, verlaust in dem Moskauer Vorort, laufen wir jetzt freudig gleichsam vor uns selber davon. Fliegen ins Ungewisse wie Samen durch die Wüste.

Durch die Wüste des Krieges, genauer gesagt.

Irgendwo in einem Spalt, einer Ritze, einem zufälligen Erdloch werden wir hängenbleiben. Wenn Zärtlichkeit und Fürsorge uns laben wie Lebenswasser, werden wir wachsen. Wie ein kümmerliches Zweiglein, wie ein Grashalm, wie ein winziger blasser Kartoffelkeim werden wir heranwachsen, denn niemand interessiert sich für uns. Vielleicht gehen die Samen auch nicht auf, sondern verschwinden für immer. Und niemand wird danach fragen.

Was nicht da ist, war nie da. Also wird es auch nicht gebraucht.

Das gilt nicht nur für die Kusmin-Zwillinge, sondern für all die Kinder, die im Jahre vierundvierzig durch den Krieg fuhren, durch das zerstörte, nach der faschistischen Besetzung noch nicht wieder zum Leben erwachte Land, in unserem ganz besonderen, fröhlichen, übermütig-wahnsinnigen Zug.

Kinder haben ein besonderes Gedächtnis, daher kann ich mich an einige meiner damaligen Gefährten noch genau erinnern, nicht nur an ihre Gesichter, sondern auch an ihre Namen. Zehn Jahre später habe ich versucht, sie zu finden.

Ich habe mindestens hundert der gelblichen Postkarten an Auskunftsstellen verschickt und nicht eine Adresse bekommen. Keine einzige Antwort.

Seit fünfundzwanzig Jahren werde ich gedruckt, und die Namen meiner Helden stimmen, ich habe sie nicht verändert, sondern absichtlich in meine Erzählungen und Dokumentarskizzen eingebaut. Auch darauf keine einzige Reaktion. Bin ich etwa der Einzige, der überlebt hat? Sind sie wirklich alle verschwunden, verlorengegangen? Nicht herangewachsen?

Dieser Roman ist wahrscheinlich mein letzter Ruf ins Leere: Meldet euch! Wir waren doch ein halbes Tausend in dem Zug. Irgendwer, wenigstens einer hört mich vielleicht von den Überlebenden, obwohl viele zugrunde gegangen sind, teilweise vor meinen Augen, gestorben in dem neuen Land, in das sie uns gebracht hatten.

Die Kusmin-Zwillinge konnten von den oberen Pritschen aus sehen und noch mehr hören, dass die am besten Versorgten in ihre Taschen, Säcke oder Beutel griffen und Essbares hervorholten.

Eine Möhre, eine rote Rübe, eine Salzgurke, einen Dörrfischkopf oder eine gebackene Kartoffel. Einer hatte sogar Grützbrei, ein festes Klümpchen, in einen Lappen gewickelt. Oder – ein Luxus – eine graue Kotzplinse. Die wurden aus Abfällen und gefrorenen Kartoffelschalen gebacken.

»Kotzplinsen im Krieg, die waren wirklich toll,
isst du ne Kotzplinse, hast du die Hosen voll.«

Doch plötzlich ... Von diesem »plötzlich« begann es in den Därmen zu zwicken. Ein irrsinniger Geruch zog über die Pritschen, durch den Waggon, durch den ganzen Zug. Und durch die Därme, wie ein Messer. Jemand hatte eine länglich-ovale goldschimmernde amerikanische Fleischbüchse geöffnet.

»Diese Moskauer Fressen, in Ziegelhäusern gesessen und Brot gefressen!«

Dieser Spruch, laut geschrien von den Waisenhauskindern aus der verelendeten Moskauer Umgebung, galt denen, die mit Büchsenfleisch reisten.

Sie alle zu beschimpfen war natürlich ungerecht, aber von fern, von hinter den Wäldern, konnte man schon den Eindruck gewinnen, dass hier in der Hauptstadt, mit dem Genossen Stalin um die Ecke, der mit der kleinen Mamlakat auf dem Schoß in Büchern abgebildet war, dass hier die Dicken (wie ihr Direktor) noch nicht alles weggestohlen hatten. Denn wo sonst, sagt mir das, flüstert's mir ins Ohr, kam die Fleischbüchse her, die goldene Sonne, die da unten blinkte?

Dieses Büchsenfleisch kannten unsere Kusmin-Zwillinge

nur vom Erzählen. Und vom Geruch her: Zweimal im Leben hatte Saschka diesen unvergesslichen, unvergleichlichen Duft gerochen, der einem wie ein Messerstich in die Rippen fuhr, und Kolka davon erzählt.

Wie in dem Witz von der Hühnerkeule: Hühnerkeule schmeckt gut. Ach, hast du mal eine gegessen? Nein, ich nicht, aber ich hab gesehen, wie unser Herr eine gegessen hat.

Jetzt spähten beide nach unten wie in einen dunklen Brunnen, in dem ein Stern blinkt. Doch nicht allein die Brüder, nein, bestimmt alle guckten. Und horchten und schnupperten. Wann würden sie so ewas jemals wieder erleben? Und riechen?

Dann, wie auf Kommando, wandten sich beide Brüder ab und blickten einander an, und jeder wusste, was der andere dachte.

Saschka dachte: Man müsste sich mit irgendwas den Mund verstopfen, um nicht zu schreien, zu brüllen vor Hunger, dass es durch den ganzen Waggon schallt! Nicht wegen der Büchse, zum Teufel mit diesem unerreichbaren Traum. Aber wegen dem Direktor in Tomilino, diesem Hund, dem schriftlich befohlen worden war, das hatten sie aus den Gesprächen der anderen erfahren, ihnen Brot und Reiseproviant für fünf Tage mitzugeben. Was hatte er sich gedacht, dieser Aaskerl, als er auf den Stufen saß und sich die pickligen Achselhöhlen kratzte, wo war es gewesen, sein elendes Gewissen? Er hatte doch gewusst, natürlich hatte er gewusst, dass er die beiden Kinder auf eine viele Tage lange Hungerreise schickte. Und es hatte sich nicht gerührt, dieses Gewissen, in seiner versteinerten Jammerseele hatte keine Fiber gezuckt.

So nehmt jetzt, in den achtziger Jahren, verspätet entgegen, was von meinen Kusmin-Zwillingen und von mir damals nicht ausgesprochen wurde, ihr fetten Hinterlandratten, von denen es auf unserer Arche mit den im Ozean des Krieges aufgelesenen Kindern nur so wimmelte: Es gibt kein Verzeihen!

Wladimir Nikolajewitsch Baschmakow, so hieß einer von

denen. Er war der Direktor des Internats von Talowski, herrschte über unsere Schicksale, quälte uns mit Hunger.

He, wo bist du, du kleiner Napoleon mit den kurzen Ärmchen und dem herrschsüchtigen Charakter, der du deine Freude daran hattest, einem Zögling mehrere tödliche Tage und Nächte aufzubrummen?

»Kein Mittag, kein Abendbrot, kein Frühstück, kein Mittag, kein Abendbrot ...«

Und das Herz krampfte sich zusammen in schmerzlichem Vorgefühl, während er dieses Urteil sprach: Wie viele Male würde er dich mit dieser Aufzählung quälen und den Hunger unendlich verschlimmern?

Die Kusmin-Zwillinge holten jeder den Rest von dem Stück Brot hervor, das man ihnen mitgegeben hatte. Sie hatten unterwegs schon so viel davon abgezupft, dass die Stückchen jetzt so klein waren wie Mäuseköttel.

Kolka schnupperte an seinem Stück, leckte daran, hielt es Saschka hin.

»Willst du?«

»Und du?«

»Ich bin noch von heute Morgen voll«, sagte Kolka. Dabei dachte er, wenn Saschka beide Stückchen isst, wird er satter. Zur Nacht lohnt es nicht mehr, zu essen, weil die ganze Sattheit im Schlaf sozusagen nutzlos vergeht.

Kolka steckte sein Stückchen Saschka zu und wandte sich ab. Der Wurstgeruch brachte ihn um, zerfetzte ihm die Eingeweide wie ein Sprenggeschoss.

Wenn die Schweine wenigstens nicht mit dem Löffel am Blech kratzen würden! Dieses Geräusch erzeugte einen Krampf im Bauch, als ob man selber ausgekratzt wurde wie die Büchse.

Aufheulen hätte Kolka mögen, an der Holzpritsche nagen, auf der er lag. Er drückte das Gesicht auf die nackten Bretter, umschlang den Kopf mit beiden Armen und spürte, dass nicht viel fehlte, bis er es nicht mehr aushielt. Dann würde er schreien, brüllen wie ein Tier, dass es durch den ganzen Waggon schallte, so sehr peinigte ihn das Festmahl der anderen. Saschka ging es sichtlich nicht besser. Er gab Kolka das Stückchen Brot zurück. Gehetzt an die Decke blickend, knurrte er leise: »Bloß bis morgen durchhalten … Morgen, wenn der Zug hält …«

Kolka griff das auf und hauchte: »Auf den Markt. Ja!«

Ein Markt, das bedeutete für die beiden, sie konnten diese Reise überleben, wenn auch mehr schlecht als recht.

Ihre Reisegefährten aus Moskau hatten Proviant für mehrere Tage mitbekommen. Auch die Verwandten mochten Essbares beigesteuert haben. Die nächsten Verwandten der Kusmin-Zwillinge waren Marktfrauen, die schlecht auf ihre Ware aufpassten.

»Ich hab mir überlegt, wie wir das morgen hinkriegen können«, sagte Saschka und kramte in seinem Kopf. Dort in der Tiefe, im unbekannten Dunkel, entstanden Saschkas großartigste Ideen.

»Machen wir«, sagte Kolka knapp und grimmig. Und beide wussten: Er würde alles tun, was Saschka ersonnen hatte. Vom Reden wird keiner satt, wenn er etwas Brot nicht hat!

4

Der Zug hielt mit einem Ruck.

»Was ist los? Woronesh?«

»Am Po dresch!«, antwortete eine Stimme von unten.

Die Brüder erwachten wie auf Kommando und starrten durchs Fenster. Auf der grauen Fassade stand mit brauner Ölfarbe: WORONESH.

Die Kusmin-Zwillinge hatten gehört, dass sie durch diese Stadt kommen würden.

Aber nicht die Stadt interessierte sie, nur der Markt am Bahnhof.

Beide wälzten sich von ihren Pritschen auf die Köpfe der Jungs, die unten gedrängt aus dem Fenster äugten. Die Brüder zwängten sich durch bis zur Plattform und stießen auf den schnauzbärtigen, kurzbeinigen Zugbegleiter in der schmutzig blauen Uniform eines Militäreisenbahners. In seinem Stiefelschaft steckten zwei Signalfähnchen. Schon schleppte er einen Sack herbei, der Schnauzbart schwitzte vor Anstrengung, die Augen glotzten.

»Onkel, wie lange hält der Zug?«

Der Zugbegleiter drängte sie mit der Brust zum Ende der Plattform und warf den Sack dumpf krachend hin. Er drehte sich um, reckte die Schultern. Guckte.

»Wieso?«

»Wir wollen zum Markt«, sagte Kolka. Er fragte hoffnungsvoll, der Mann musste ja den Sack von irgendwo angeschleppt haben. Da waren Kartoffeln drin, das sah Kolka. Den Sack sollten sie übrigens im Auge behalten.

»Ach! Hinterm Bahnhof ist der Markt«, murmelte der Zugbegleiter und zeigte mit der Hand in Richtung Ausgang. »Aber seht zu, dass ihr nicht zu spät kommt. Der Zug hält nicht lange. Beim ersten Pfiff müsst ihr angewetzt kommen. Beim zweiten fahren wir schon.«

Die Kusmin-Zwillinge wechselten einen Blick.

Beide dachten: Gut, dass er nicht lange hält. Das hätten sie gar nicht gebrauchen können. Je eher er abfuhr, desto besser. Für sie beide. Sie hatten alles genau geplant.

Der Platz hinter der langen Mauer, die an das halbzerstörte Bahnhofsgebäude stieß – hier hatte es bestimmt schwere Kämpfe gegeben –, war voller Menschen. Die Brüder sprangen über Ziegeltrümmer und über einen Wassergraben und stürmten genau wie Dutzende anderer Jungs zum Markt.

In vollem Lauf drangen sie in ihn ein, wie ein Dolch in sein Opfer.

Am Eingang wie immer Säcke mit Sonnenblumenkernen und handgemachte Besen. Weiter drinnen Gemüse: Kartoffeln, Rote Bete, Rüben, Gurken. Gemüse gab's hier offenbar mehr als in der Moskauer Umgebung, auch Milch, die wurde mit bräunlicher Haut in Gläsern angeboten. Warenez nannte sich diese Milch aus dem Backofen. Langgedehnte Rufe: »Wa-re-nez! Wer möchte Wa-re-nez!« Eine Frau rief ihnen etwas hinterher. Das tat sie, weil aus Kolkas Tasche der rote Dreißigrubelschein hervorsah. Und dahinter waren noch irgendwelche blauen Scheine zu sehen. Ohne den Dreißiger hätte die Frau sie gar nicht bemerkt, sie auch mit Sicherheit nicht »meine Lieben« genannt. Hier kam ja alles mögliche Gesindel her!

Das war ja grade Saschkas Idee, dass der kostbare Dreißigrubelschein, für den ganzen Markt sichtbar, aus der Tasche hervorsehen sollte. Die blauen Scheine dahinter waren von einer zerschnittenen Papirossyschachtel Marke Belomor-Kanal. Wer sollte das schon auf Anhieb unterscheiden, ein Päckchen war ein Päckchen, und der Geldschein zeigte, dass da Geld steckte.

Natürlich riskierten die Brüder viel. Einen echten Dreißigrubelschein zur Schau zu stellen war gefährlich, einer von den Gaunerbrüdern aus dem Zug konnte ihn leicht klauen. Aber auch das war berücksichtigt. Kolka stolzierte voraus, demonstrierte den Geldschein, und Saschka lief hinter ihm, ließ kein Auge von dem Schein, drängte jeden ab, der ihn ins Visier nahm und zu nahe rankam.

Rundum brodelte die Menge. Knackte Sonnenblumenkerne. Die ganze Erde lag voller Schalen.

Ganz in der Nähe Geschrei: Jemand war erwischt worden und bekam folglich Prügel.

Dieses Bild war den Brüdern nicht neu, sie waren mehr als einmal gefasst worden und hatten gebrüllt wie am Spieß, damit sich vielleicht jemand für sie einsetzte. Ertrug man es schweigend, so rissen sie einem wegen dem Privateigentum womöglich den Kopf ab, kannten kein Erbarmen.

Vielleicht brüllte da einer von ihnen aus dem Zug, aber die Brüder bogen schleunigst zur anderen Seite ab. Hier passten die Leute zu sehr auf.

Nach fünfzig Schritten sahen sie: Da ist es. Da lag, was sie suchten.

Auf einem flachen Brettertisch, nicht in der Mitte, wo man schlecht rankam, sondern am Rand, lag auf einem Lappen ein hausgebackenes Roggenbrot, säuberlich in gleichmäßige Scheiben geschnitten. Daneben etwas ganz Wunderbares, Weißes, Längliches: Kolka sah es und stolperte fast im Gehen. Starrte hin wie verzaubert.

Saschka puffte ihn sacht in die Seite.

»Was glotzt du wie die Kuh vorm neuen Tor! Das ist ein Weißbrot! Eine Art großes Brötchen, hab ich mal im Kino gesehen.«

Er flüsterte es, dabei schien ihm ein Lehmklumpen im Hals steckengeblieben, den er weder hinunterschlucken noch ausspucken konnte. Alles wegen dem verdammten Weißbrot, das ihm vor den Augen flimmerte.

Saschka hatte vor dem Krieg mal im Kino gesehen, wie in einer Straße ein Brotladen war, und jemand ging hinein und kaufte solch ein weißes Ding. Und sagte: »Ich hab mir ein Weißbrot gekauft.« Das wurde ernsthaft verkauft. Und ohne Marken. Und wirklich ein ganzes Brot!

Die Brüder sahen sich um, ob ihnen jemand zuvorkäme. Die Käufer mussten sich ja geradezu stürzen auf dieses herrliche Ding. Aber nein. Niemand griff danach, niemand hielt Geld hin. Ein paarmal fragte einer nach dem Preis und zog wieder ab. Es schien mächtig teuer zu sein, das schöne Brot, da lag's unberührt, wartete auf reiche Herren, strahlte in die Welt hinein mit seiner goldenen Kruste, über die sich eine ungleichmäßige Kerbe zog.

Und wie es duftete! Auf hundert Meter hätten die Brüder diesen Geruch wahrgenommen, womöglich waren sie deshalb auch hier gelandet, weil er ihre hungrigen Mägen angelockt hatte wie etwas Süßes die Bienen.

Die Brüder beteten im Stillen: »Lieber Gott, gib es keinem, pass drauf auf, bis unsere Zeit heran ist. Führ sie woanders hin, lieber Gott, die mit der dicken Marie, die uns dieses weiße Wunder wegschnappen könnten. Du siehst doch, lieber Gott, wir müssen weiterfahren, und wenn wir diese Gelegenheit verpassen … Wir möchten doch was futtern, lieber Gott. Du hast Tausende mit Broten gespeist (alte Frauen hatten's erzählt), also gib auch uns beiden ein bisschen was.«

Vielleicht waren es nicht genau diese Worte, aber für den Sinn kann ich mich verbürgen und für die Aufrichtigkeit dieses Gebets erst recht.

Die Brüder teilten sich jetzt die Arbeit folgendermaßen: Einer stellte sich mit dem Gesicht zum Zug, der andere zu dem Brot, neben dem auch noch Stücke von Honigwaben lagen.

Ja, jetzt wurden sie gebraucht, die vier Augen! Und all das hatte sich der Tollkopf Saschka mit hungrigem Bauch ausgedacht. Rücken an Rücken, so konnte der Dreißiger nicht geklaut werden, alles ringsum war überschaubar, und war ein Signal zu geben, so genügte ein Stoß mit dem Ellbogen.

Saschka hörte die Lokomotive pfeifen. Heiser, langgedehnt, als wollte sie rufen: »Ich fahre ab!«

Das war zugleich das Signal zum Handeln. Die Posaune des Erzengels, die unsere Helden aufrief, ihr gerechtes Werk in Angriff zu nehmen.

Jetzt vorwärts! Nur vorwärts! Zu dem Weißbrot, dem Wunder, zu den Roggenbrotscheiben, zu den Honigwaben, die von frechen Wespen umschwärmt wurden … Aber als Erstes zu dem herrlichen goldenen Weißbrot. Los, Kolka! Los!

Saschka stieß dem Bruder den spitzen Ellbogen in die Rippen. »Mach«, flüsterte er.

Kolka zog das Päckchen mit dem Dreißiger etwas höher, damit es besser zu sehen war, und ging gradewegs zu dem Markttisch. Er wusste, sie hatten ein oder zwei Minuten, nicht mehr. Er trat dicht an den Stand heran, stellte sich so hin, dass das Geld zu sehen war, und fragte: »Und was gibt's hier?« Ganz im Ton eines Vorbeischlendernden, der von vornherein weiß, dass es hier für ihn nichts gibt, was sich lohnt. Nur Plunder.

Das junge Marktweib starrte mit reglosen blauen Augen, die wie Knöpfe vorstanden, in den Himmel. Sie war mehr breit als hoch. Saschka würde sagen: »Die ist ja breiter als ihr Tisch.«

Donnerwetter, war die auseinandergegangen, bestimmt von dem Futter, das es hier auf dem Markt gab, sah ja aus wie ein gemästetes Schwein.

Neben ihr ein Männlein, verglichen mit ihr schwächlich, wahrscheinlich hatte sie ihn so klein gequetscht mit ihren dreißig Zentnern Lebendgewicht.

All das schoss Kolka durch den Kopf wie ein leichter Zugwind, während er widerwillig, mit unzufriedener Miene das Brot betrachtete.

»Was die hier alles für Zeug anschleppen«, sagte er lässig und blickte weg, gleich würde er weitergehen. »Nichts Brauchbares bei.«

Das Marktweib knabberte Sonnenblumenkerne und spuckte die Schalen gleichmütig zur Seite. Das ging so schnell wie ein Maschinengewehr. Aber der Hieb hatte gesessen.

»Zeug?«, fragte sie, und eine Schale blieb an ihrer Unterlippe hängen. »Das soll Zeug sein?« Sie hielt Kolka das Weißbrot unter die Nase.

Kolka tat, als wollte er gehen, aber er zögerte, nahm das Weißbrot in die Hand, und die federnde Rinde und der betäubende Geruch machten, dass ihm Übelkeit in die Kehle stieg.

»Aus Kleie, was?«, fragte er und verzog das Gesicht. Es war deutlich zu sehen, dass er's nicht mochte, wenn man ihm irgendwelchen Mist aus Kleie andrehte.

»Selber aus Kleie!«, rief das Marktweib aufbrausend. »Aus reinem Weizen! Guck doch hin!«

Kolka aber schloss die Augen, gleich würde es ihm das Innerste nach außen kehren. Wenn er hier vor diesem fetten Weib kotzen musste, dann konnten sie alle ihre Pläne begraben. Da saß der Haken! Sie hatten alles durchdacht, jede Bewegung vorausgeplant, aber an Übelkeit aus Hunger, an Darmkrämpfe hatten sie nicht gedacht.

Kolka ruckte mit dem Kopf, holte tief Luft, einmal, noch einmal. Dann hielt er zum Schein die Hand vor den Mund, als müsste er gähnen. Es geriet ihm sogar sehr natürlich: Der Kleine gähnt, es langweilt ihn, hier zu stehen, ein kümmerliches Weißbrot anzuschauen, angeblich nicht aus Kleie.

»Na, wie viel?«, fragte er und schob das Weißbrot lässig zu dem Weib hin. Aber nicht so weit, dass er's nicht wieder nehmen konnte.

»Hundertfünfzig.«

»Bisschen weniger?«

»Wieso weniger? Sieh's dir an! Reiner Weizen!«

»Hundert«, knurrte Kolka und machte eine wegwerfende Handbewegung: von wegen reiner Weizen. Was der schon wert ist am Markttag.

»Hundertvierzig«, sagte das Weib. Und spuckte wieder Sonnenblumenschalen aus.

»Hundertzwanzig«, warf Kolka hin und wandte sich ab. Schon war er ein paar Schritte zur Seite gegangen, ohne das Weib und ihr Weißbrot anzusehen. Uninteressant.

»Hundertdreißig«, rief ihm das Weib hinterher. Die Schalen sprudelten ihr aus dem Mund.

»Gut«, ließ sich Kolka herab, kehrte um und klopfte auf seine Tasche, um wieder auf das Geld hinzuweisen. »Mein Schaden, dass du's weißt.«

Er nahm das Weißbrot und stopfte es in die Tasche, in der er das Geld hatte. Um der dicken Markthändlerin keine Zeit zur Besinnung zu lassen, zeigte er mit dem Finger auf das Roggenbrot.

»Und was soll das kosten?«

»Dreißig pro Stück. Auch der Honig dreißig.« Das Weib bewegte so eifrig die Lippen, dass die Schalen nach allen Seiten sprühten.

»Nehm ich. Obwohl du mir das Fell über die Ohren ziehst wie einem Hasen«, sagte Kolka verwegen, geradezu lustig auf einmal und stopfte zwei Scheiben in dieselbe Tasche, in der schon das Weißbrot steckte. Und damit das Weib erst gar nicht zu sich kam, tat er zwei Stücke Honigwaben unters Hemd. »Ach, egal, wo unsereins pleitegeht … Ich nehm alles. Alles!«

Dem Weib schien etwas zu dämmern, sie spuckte keine Schalen mehr und richtete die Knopfaugen auf Kolka.

»Bezahl! Was soll das, du begrapschst ja alles. Bezahl, sag ich dir!«

Das Männlein neben ihr, das bis jetzt gedöst hatte, zuckte von dem Schrei der Frau zusammen und sah sich um. Vor seinen Augen wurden die Lebensmittel nationalisiert, und er hatte das Nachsehen!

Da war er, der zweite kritische Moment! Wenn alles eingesackt war und man bildschön verblühen musste. Wie es im offiziellen Frontbericht heißen würde: Die Einkesselung der feindlichen Truppenteile bei Stalingrad ist abgeschlossen. Jetzt gilt es, den letzten Schlag zu führen.

Zu diesem Zweck stand Saschka in Bereitschaft. So wie die Abteilung von Dmitri Bobrok bei der Schlacht gegen Mamai auf dem Kulikowo-Feld. Das hatten sie in der Schule durchgenommen. Klarer Fall, Mamai, das war die dickärschige Weizenbrothändlerin …

Die Mongolo-Tataren bedrängten die Russen, das Weib schrie zum zweiten Mal: »Bezahl!« Sie fasste Kolka am Ärmel. »Geld her!«

In diesem Moment befahl der wolynische Wojewode Dmitri Bobrok dem Reserveregiment, zum Angriff überzugehen und den entscheidenden Panzerschlag gegen die Faschisten zu führen.

Wie der Teufel hinterm Ofen hervor sprang Saschka neben Kolka.

»Schnell! Schnell!«, schrie er, um die Händlerin noch mehr durcheinanderzubringen. »Der Zug fährt ab!«

Kolka drehte den Kopf, und unwillkürlich blickte das Weib ebenfalls dorthin: Der Zug, ihr Zug setzte sich langsam in Bewegung.

Die Räder ächzten, als ob sie Kraft sammelten. Eine Meute Jungs umwimmelte die Türen, drängte hinein.

»Lauf!«, dröhnte Saschka noch lauter, um Panik zu machen. »Später … später kriegst du's!«

Da wusste das Weib, was gespielt wurde. Mit festem Griff umklammerte sie Kolkas Ärmel.

»Später? Jetzt, los!« Und sie kreischte: »Geld her!«

»Gib ihr doch das Geld!«, schrie Saschka. »Sonst bleiben wir zurück!«

»Aber ich hab's unter dem Weißbrot!«

»Gib her das Brot!«

Saschka schnappte das Weißbrot, aber da steckten noch die Roggenbrotscheiben. Kolka suchte unter dem Brot, ruckte mit dem Arm, so als wie, lass los, wie soll ich sonst rankommen.

Das Weib ließ den Ärmel los, und Kolka stürmte davon. Saschka mit dem Weißbrot lief vor ihm her zum Zug.

So sah das aus: Vornweg Saschka mit dem Weißbrot, dann Kolka und, ihm auf den Fersen, die Weizenbrothändlerin und ihr Mann.

Das Weib war so wutgeladen, dass Kolka ihre Hitze im Rücken spürte.

Aber ihm war nicht nach Lachen zumute, denn obschon das Weib mehr breit als hoch war, legte es solches Tempo vor, dass es nicht zurückblieb. Er kriegte es mit der Angst. Wenn sie ihn einholten, schlugen sie ihn tot. Die würden ganz sicher kein Mitleid haben. Auch die anderen Markthändler würden dabei mittun, für sie war eine Diebsjagd ein Vergnügen. Und einen Dieb zu verprügeln, das war eine reine Freude und Abwechslung.

Ein Schrei gellte über den Markt: »Haltet den Diiieb!«

Die ganze Zugbelegschaft guckte aus den Fenstern. Für sie war es auch ein Spektakel, wie im Theater.

»Unsre frechen Jungs aus Moskau
sind mit Klauen sehr vertraut:
Fuhr ein Opa Mist zum Acker –
sogar den ham sie beklaut.«

In allen fünfzehn Waggons, in hundert Fenstern fünfhundert spöttische Gesichter, fünfhundert giftige Zungen. Geschrei, Gelächter, Gebrüll, Gekreisch, Anfeuerungsrufe. Jeder, wie er konnte.

»He, Woronesh, am Po dresch!«

»Hol ihn ein, fettes Schwein!«

»He, guck doch, die hat ihren Mann verlorn!«

»Das Weib ist die reinste Lokomotive! Lass Dampf ab, sonst platzt du!«

»Vielleicht hilft sie den Zug schieben?«

»Mann, hat die Riesentitten!«

Einer grölte ein populäres Liedchen, und alle fielen ein:

»Und der Zug kommt aus Tambow,
fährt nach Moskau hin,
ich lieg oben auf der Pritsche,
weil ich müde bin.
Tra-ra-rib! Halt den Dieb!«

Aus den Fenstern flogen Apfelgriebse, Flaschen, Büchsen, und die bremsten auch wirklich den feindlichen Vormarsch der faschistisch-tatarischen Horden. Wie immer in der Geschichte entschied den Ausgang der Schlacht letzten Endes das Volk.

Saschka erreichte als Erster seinen Waggon, fasste die Griffstange, sah sich um.

Kolka rutschte aus, verlor ein Stück Brot, das er in der Hand gehalten hatte. Bückte sich, um es aufzuheben, verlor das zweite.

Das Weib, das mit der Faust in Richtung Fenster drohte, trampelte schon dicht hinter ihm. Gleich würde sie nach ihm greifen. Und hinter ihr lief ihr Männlein. Und noch ein Freiwilliger, ein junger Kerl, der sich einen Spaß machen wollte. Weiter hinten kamen noch mehr gelaufen.

»Lass liegen!«, schrie Saschka aus Leibeskräften, verzweifelt, es schallte über ganz Woronesh. »Lass! Lass! Lass!«

Kolka war verwirrt, aber schon hörte er ein Schnaufen über sich. Ein Zischen, Knirschen und Klirren: Ein Panzer raste auf ihn zu!

Beinahe auf allen vieren, mit Händen und Füßen, sprang er

und bekam das Trittbrett zu fassen, da schnappte das Weib seinen Fuß.

Saschka und der Zugbegleiter packten Kolka unter den Achseln und zogen ihn zu sich herauf, während das Weib an seinem Fuß zerrte; sie zogen ihn auseinander wie eine Harmonika. Das Weib brüllte, schrie, kreischte wie ein Ferkel. Und neben ihr der junge Kerl.

Sie zerrten dermaßen an dem armen Kolka, dass das Weib eins seiner Hosenbeine in der Hand behielt.

Dem jungen Kerl aber, der schon heran war und die Arme ausstreckte, dem schlug der Zugbegleiter seine Signalfähnchen in die Visage und trat mit dem Stiefel nach.

»Hau ab!«, schrie er. »Hamsterer lassen wir nicht rein! Ha! Schiebergesindel! Spekulantenpack!«

Und wieder flogen aus den Fenstern Flaschen und Büchsen auf die Verfolger, einer versuchte sogar, sie durchs Fenster anzupinkeln.

Unter Gejohle und Gelächter nahm der Zug Fahrt auf.

»Tra-ra-rib – halt den Dieb!«

5

Das Weißbrot ernährte die Kusmin-Brüder lange.

Sie hatten es ausgehöhlt bis auf den letzten Krümel, bis auf das letzte Körnchen und das Weiche aufgegessen. Die hohle Kruste aber …

Die harte Kruste wurde für sie zum Gefäß, und sie hüteten sie sorgsam. Genau genommen wurde sie zu einem Zaubergefäß. Nach Saschkas Idee konnte man aus ihr doppelten, dreifachen, fünffachen Nutzen ziehen.

Auf den Stationen und den winzigen Ausweichstellen liefen sie mit dem hohlen Weißbrot und dem bewährten Dreißiger, der aus Kolkas Hosentasche schaute, zu den Marktweibern und baten sie, ihnen Sauerrahm, Sauermilch oder Warenez hineinzufüllen.

Dann spielte sich zwischen den Brüdern eine kleine heftige Szene ab: Der eine schrie, das sei zu teuer und der Zug fahre ab …

Das Milcherzeugnis wurde wieder ausgegossen. Das, was sich in das Weißbrot eingesaugt hatte, kratzten sie im Zug mit Löffeln heraus. Die Löffel bekamen sie von den Moskauern geliehen.

Aber wie alles auf dieser Welt war auch das Weißbrot nicht ewig.

Die Kruste wurde allmählich immer dünner und weichte auf. Am soundsovielten Tag hinter Woronesh zerfiel das nährende Gefäß in kleine Stückchen. Nicht ohne Bedauern aßen die Brüder sie auf.

Auch der Honig ging zu Ende. Während Kolkas Flucht waren ihm die Waben unterm Hemd ausgelaufen, hatten das Hemd und seinen Bauch mit Honig getränkt. Mit dem Hemd war es einfach, es wurde mehrmals ausgesaugt, ausgekaut und ausgeleckt, bis es Löcher bekam.

Seinen Bauch aber ließ Kolka nicht anrühren. »Sonst bin ich ohne Hemd und ohne Bauch«, sagte er.

Wenn er durch den Waggon ging, war er von Wespen umschwärmt. In der ersten Zeit konnte die Jungsschar sie daran sogar unterscheiden: Kolka, das ist der Süße, und Saschka demnach der Bittere.

Die Spitznamen wären ihnen geblieben, aber die Brüder, die ihre Umwelt gern täuschten, indem sie sich einer für den anderen ausgaben, streuten allen bald wieder Sand in die Augen, besonders nachdem der Honiggeruch weg war. Es war eine in langen Jahren entwickelte Selbstschutzmethode.

Von unten schrie es: »He, Süßer! Schnapp dir das Brot, gleich kommt ein Bahnhof!«

Dann antwortete Kolka: »Das müsst ihr ihm sagen. Das ist Kolka.« Und er zeigte auf Saschka.

Sie tauschten auch die Plätze und zogen einer des anderen Sachen an. Einen Sinn, einen erkennbaren Nutzen schien das nicht zu haben.

Für die anderen machte es keinen Unterschied, wer von ihnen was trug und wer wo schlief. Auch die Brüder wussten sehr genau, dass das einstweilen egal war. Gab es jedoch Unannehmlichkeiten, weil sie etwas ausgefressen hatten, dann war's wichtig, die anderen durcheinanderzubringen und so die Spur zu verwischen. Wie sie es schon so manches Mal gemacht hatten.

Aber die Brüder blickten jetzt nicht zurück, sondern nach vorn.

Bald zogen neue Gerüche durch den Waggon, die alle anderen überlagerten, auch Honig, Schweiß und Urin. Der Zug fuhr in die sogenannte Schwarzerdezone ein, wie sie in der Schule genannt worden war. Einen gewieften Besprisornik zu verblüffen ist nicht leicht. Doch nun staunten sie: Die Erde hier war wirklich schwarz. Fast baumlos, ohne Wälder und Birken und so, dehnte sie sich bis zum Horizont und war so schwarz wie die Fingernägel eines Waisenhausschakals, der auf sich hält. Saatkrähen, die sich auf diese Erde setzten, waren nicht davon zu unterscheiden. Auch die Lokomotive verschmolz damit.

Und noch etwas war erstaunlich: Ohne Aufsicht, ohne Wächter wuchs auf dieser schwarzen Erde alles mögliche Obst und Gemüse. Was für welches, war auf die Entfernung während der Fahrt nicht zu erkennen. Wäre der Zug doch ein bisschen sachter gefahren, hätte er doch mal gebremst! Aber als wolle er sie ärgern, sauste er daran vorbei, immer vorbei, er sauste, raste wie verrückt.

Und da beteten sie in den Waggons: Lieber Zug, nun halte doch mal für eine Sekunde … Ganz kurz, damit wir uns wenigstens ein Möhrchen, ein Rübchen holen können … Bremse, halte, was macht's dir schon aus, liebe Lokomotive.

Und plötzlich – hielten sie wirklich.

Vielleicht war ihr Gebet erhört worden? Vielleicht hatte die Kraft des Gedankens den Dampf gestoppt inmitten der Felder?

Der Zug fuhr langsamer, zischte und hielt.

Der Lokführer, ein wortkarger alter Mann mit kurzen Haaren, knurrte seinem Heizer zu:

»Basta. Hier gibt's für unsere Bande was zu futtern. Nimm den Dampf für zwei Stunden weg und gib kochendes Wasser her, wir wollen Tee trinken.«

Der ganze Zug, fünfhundert Knirpse bis auf die Kleinsten, Zaghaftesten und Kranken, strömte aus den Waggons, um nachzusehen, wieso sie hielten. Ein paar aber stürmten sofort aufs Feld und zu den grünen Beeten der Gemüsegärten am Bahndamm und rupften drauflos. Anfangs taten das die Dreistesten, Gerissensten. Die Übrigen standen da und sahen zu. Und plötzlich ging auch ihnen ein Licht auf, und sie stürmten los. Eine wilde Horde warf sich auf die grünen Saaten, die unter ihr verschwanden.

Der Lokführer brummte nur, als er durchs Fenster die Verwüstung sah: Im Grün wimmelte, hastete, sprang die Kinderschar herum wie Käfer im Gras. Er füllte den großen Blechbecher mit kochendem Wasser, hob ihn mit zitternden Händen hoch, nippte behutsam und sagte: »Russland wird schon nicht zugrunde gehen, wenn sich die Kinder einmal im Leben sattessen.«

Auf dem Feld tat sich Unvorstellbares. Jeder raffte, wie er nur konnte. Sie nahmen alles, was ihnen unter die Hände kam. Sie pflückten nie gesehene Maiskolben mit noch jungen, milchigen Körnern. Mit den Zähnen trennten sie winzige Kürbisse von der Ranke, kauten sie an Ort und Stelle wie Äpfel mitsamt der Schale. Andere rissen sie mitsamt den Ranken ab und schleppten sie zum Zug. Gurken, Möhren, junge Rüben verschwanden unterm Hemd und im Mund, die fade schmeckende schwarze Erde wurde ausgespuckt. Sie drehten unreifen Sonnenblumen die Köpfe ab, und wenn die Kraft dazu nicht reichte, rissen sie sie mitsamt den Wurzeln heraus und schleppten sie wie Brennholzbündel zu den Waggons.

Was es aber auch für komisches Gemüse gab! Kolka stopfte sich gewaltige Gurken unters Hemd, und später stellte sich heraus, dass es keineswegs Gurken waren, sondern Zucchini, die sich nur mühsam essen ließen. Aber sie verschlangen sie, das gute Zeug durfte ja nicht umkommen.

In diesem, wollen mal sagen, ungewöhnlichen Moment fand die Begegnung der Kusmin-Zwillinge mit Regina Petrowna statt.

Die Brüder schleppten ihre Beute und hatten nichts anderes im Kopf, als sie auf ihren obersten Pritschen zu verstauen und noch mehr zu holen. Ihre Hände und Zähne waren gleichzeitig in Aktion. Sie bissen im Gehen von den Sonnenblumen die saftigen süßlichen Kerne ab, kauten sie aus und spuckten die Reste ins Gras.

Die Frau aber stand an der Tür ihres Waggons.

Saschka riss den Mund auf vor Verwunderung, und der nicht durchgekaute Brei aus unreifen Kernen fiel heraus. Auch Kolka war hingerissen, war ganz von den Socken, starrte sie an. So außergewöhnlich war diese Frau.

Sie war jung, ja jung, und dunkelhaarig, die langen dichten Haare waren lässig nach hinten geworfen. Ihre Augen waren schwarz und funkelten von innen, sie waren von unbegreiflicher Tiefe und einhüllender warmer Zärtlichkeit; und ihre Lippen, die waren groß, lebendig, schienen ein Eigenleben zu führen und waren nicht geschminkt, was den Brüdern ganz besonders gefiel. Außerdem hatte das Gesicht der Frau etwas orientalisch Stolzes. Sie trug den Kopf hoch erhoben wie eine Göttin oder Zarin.

So sahen die Brüder diese Frau. Und verliebten sich schlagartig. Hoffnungslos, fürs ganze Leben.

Aber davon sagten sie einander nichts. Es war das Einzige, was sie gemeinsam hatten wie alles, zugleich aber jeder für sich allein. Und den Kusmin-Zwillingen gefiel Verschiedenes an der Frau. Saschka gefielen ihre Haare, ihm gefiel ihre Stimme, besonders wenn sie lachte. Kolka gefielen mehr ihre Lippen und ihr ganzer Zauber; sie glich der Scheherezade, die er einmal in einem Buch mit orientalischen Märchen gesehen hatte.

Aber das wurde ihnen nicht sofort bewusst. Das kam erst später.

Jetzt standen die Brüder vor ihr wie angewurzelt, als sähen sie nicht einen Menschen, sondern einen vom Himmel herabgestiegenen Engel. Mit vollgestopftem Hemd, das einen halben Meter vorragte, die Hände voller Sonnenblumen, die Münder voller junger unreifer Kerne, die sie noch nicht recht ausgekaut hatten, standen sie starr vor ihr und wussten plötzlich nicht mehr, wie sie weiterleben sollten.

Die Frau sah sie an und lachte. Ihre Stimme war tief und samtig und machte, dass ihnen ein Schauer über den Rücken lief.

»Sieh mal einer an«, sprach die Frau, als sänge sie in tiefem Alt, und musterte unsere Brüder. »Wo kommt ihr denn her? Ihr seht ja ganz gleich aus. Wie ein Paar Stiefel. Nein!«, rief sie und beugte sich vor, um sie noch besser in Augenschein zu nehmen. »Nein, ihr seid wie zwei Stiefel für denselben Fuß.«

Und wieder lachte sie herrlich leicht, gleichsam funkensprühend (rote Funken in dunkler Nacht).

Und da die Brüder schüchtern schwiegen und Saschkas Mund nur die nicht ausgekauten weißen Kerne fallen ließ, sagte die Frau zu ihnen wie zu guten alten Bekannten: »Ich habe in meinem Waggon auch zwei Männlein, aber die sind kleiner als ihr. Viel kleiner. Zusammen sieben Jahre alt. Sie heißen Jaurès und Marat; das sind sehr ernsthafte, sehr gewichtige Männlein, kann ich euch sagen. Mich dürft ihr Regina Petrowna nennen. Merkt ihr euch das? Re-gi-na-pe-trow-na. So, und wer seid ihr?«

Erst da fiel Saschka ein, den Mund zu schließen; Kolka hustete, spuckte die Reste der Sonnenblumenkerne aus und sagte mit vor Erregung heiserer Stimme, sie seien die Kusmins.

»Nichts weiter?«, fragte die Frau vergnügt.

Die Brüder nickten gleichzeitig.

»Das kann nicht sein!«, rief die Frau fröhlich, und ihre Lippen bebten, sie unterdrückte wohl ein Lachen. »Soll ich euch vielleicht Kusmin-eins und Kusmin-zwei nennen?«

»Nein«, sagte Kolka finster. »Einzeln sind wir Kolka und Saschka. Zusammen sind wir die Kusmins, also die Kusmin-Zwillinge.«

Die Frau schüttelte den Kopf wie verwundert über das Gesagte, dabei gerieten ihre dunklen Haare in Bewegung und fielen ihr ins Gesicht und auf die Schultern.

»Wer von euch ist wer? Who is who, wie die Engländer sagen? Aber nein, wenn ihr's mir sagt, kann ich euch das nächste Mal ja doch nicht auseinanderhalten, ihr seid ja wie kopiert, wirklich, wie kopiert.«

Die Brüder wussten mit »kopiert« nichts anzufangen, einigten sich aber später darauf, dass es wohl Ausländisch war, was sie mit ihnen gesprochen hatte. Saschka geriet in Schweiß, und Kolka machte sich in die Hose.

Aber das bemerkte die Frau nicht. Sie beugte sich ganz, ganz nah über die Brüder, ihnen wurde die Luft knapp, und sie nahmen einen starken, geheimnisvollen Duft wahr, den sie noch nie gerochen hatten. Auch die Haare der Frau kamen ihnen erregend nahe. Mit gesenkter Stimme, wie man nur zu sehr Vertrauten spricht, sagte sie: »Meine kleinen Freunde, wir sehen uns noch, denn ich werde eure Erzieherin sein. Ja, ja! Ihr werdet mir immer sagen, wer von euch wer ist, und ihr werdet mich nicht bemogeln, nicht wahr? Andere bemogelt ihr doch, oder? Mit eurer Ähnlichkeit könnt ihr doch bemogeln, wen ihr wollt, stimmt's?«

Die Brüder blickten zu Boden.

Sie war die erste Frau, die sie auf Anhieb durchschaute.

»Macht's gut, ihr lieben Kusmins«, sagte die Frau und holte tief Luft. »Ich reise mit zwei wichtigen Männlein, die können nicht lange ohne mich sein. Wir sehen uns doch noch? Sagen wir, an der nächsten Station? Also abgemacht, bis dann.«

Sie ging.

Die Kusmin-Zwillinge stiegen in den Waggon und luden auf der obersten Pritsche ihren Reichtum ab, hatten aber nicht mehr die rechte Freude daran. Sie warteten nur noch ungeduldig auf die Abfahrt, damit die nächste Station so schnell wie möglich käme. Und als es dann nach vielen Minuten schmachtenden Wartens so weit war, zeigte sich die Frau mit dem seltsamen Namen »Reginapetrowna« nicht am Waggon. Auch an den nächsten Stationen kam sie nicht. Die Brüder befürchteten schon, dass es diese Frau gar nicht gab.

Tags darauf aber brach im Zug Durchfall aus.

6

Auf einmal hatten alle Dünnpfiff, denn die entwöhnten Mägen der Kinder konnten das ungewaschene Gemüse nicht in solchen Mengen verdauen.

Der schnauzbärtige Zugbegleiter stieß nur einen tiefen Seufzer aus, als er einen Blick in die Toilette warf. Alles war besudelt, der Klositz und der Fußboden darum herum und der Wasserhahn und das Becken darunter und das Seifenschälchen, sogar die Wände waren vollgespritzt bis fast zur Decke. Es reichte schon bis zur Plattform, dem Durchgang zum nächsten Waggon, und ein paar hatten sogar in den Kanonenofen des Waggons gemacht.

Der Zug hielt jetzt öfter, und dann lief die Kinderschar nicht ins Feld nach Beute, sondern erleichterte sich am Bahndamm. Sie hatten nicht mehr die Kraft, weit zu laufen, und so hockten sie sich gleich neben oder unter die Waggons. Die ganz Schwachen schafften es gerade noch unter die Waggons, danach musste man sie wieder hervorziehen.

Der Lokführer, ganz verrußt, in speckigen schwarzen Sachen, klein und runzlig, lief jetzt, bevor er weiterfuhr, den ganzen Zug ab, bückte sich und flehte: »Kinder! Ihr Lieben! Ich kann doch nicht weiterfahren, wenn ihr unter den Rädern sitzt! Verhüte Gott, dass ich eins von euch überfahre, so eine Sünde. Ich hab doch die Front versorgt, ich hab Truppenzüge nach Stalingrad gefahren auf Gleisen, die auf der bloßen Erde verlegt waren … Nachts bin ich gefahren. Und so gut wie nie ist was passiert. Aber hier …«

Er schüttelte den grauen Bürstenkopf und rief Pjotr Anissimowitsch zu Hilfe.

Der erschien, lief hektisch von Waggon zu Waggon, bückte sich und bat, die Aktentasche an die Brust gedrückt: »Kommt raus! Wir müssen los! Der Zug fährt ab! So kommen wir nie weiter, versteht doch!«

Die Kinderschar schwieg und rührte sich nicht. Nur ihre in einer Reihe ausgerichteten nackten Hinterteile antworteten mit lauten Tönen.

Der Direktor richtete sich auf, zuckte die Achseln und sagte mit einem Blick auf den Lokführer: »Das ist ja alles nicht zu fassen!«

»Doch, zu fassen ist es schon«, murmelte der Lokführer. »Aber was machen wir?«

Auf der nächsten Station, die Kuban hieß, standen sie drei Tage und drei Nächte. Die provisorische Brücke über den reißenden Fluss, während des Vormarschs vom Militär errichtet, war vom entfesselten Element davongetragen worden, und die neue war noch nicht fertig.

Der Zug wurde auf ein Nebengleis gebracht. Die Kinder mussten in einen mit Heu ausgelegten Güterzug umsteigen, in dem zuvor Pferde befördert worden waren.

Saschka, der ungeduldigere der Zwillinge, hatte doppelt so viel gegessen wie Kolka, hatte sich mit Gemüse, Sonnenblumenkernen, grünen Melonen, Auberginen und sonstigem Zeug vollgestopft. Er war auch der Erste, der es im Bauch bekam. Jede Stunde lief er mit den anderen auf die Plattform. Er brachte es sogar fertig, sich in dem Durchgang zwischen zwei Waggons auf den klirrenden Eisenplatten so hinzuhocken, dass der Strahl durch eine Öffnung abging. Irgendwann war nichts mehr da, was abgehen konnte. Erst war Grünes gekommen, dann Gelbes und sogar Schwarzes. Zum Schluss nur noch Schleim mit Blutgerinnseln.

Gegen Abend kam der Direktor mit einem Mann und einer Frau in weißem Kittel. Die Kinder wurden untersucht. Saschka auch. Sie befühlten seinen Bauch, warfen einen Blick auf seine Zunge.

Saschka lag bleich und still im Heu.

Kolka versuchte ihn aufzumuntern, erzählte ihm von der Station, die Siedlung hieß, und von den gelben Pflaumen, die hier in den Gärten wuchsen. Sie hingen bis auf die Straße, und man konnte pflücken und futtern bis zum Gehtnichtmehr. Und am Bahndamm wachse noch eine Frucht, auch kostenlos, die heiße Schlehe. Ebenfalls massenhaft. Von all diesen Früchten lägen am Bahndamm so viele Kerne herum, dass die Erde nicht zu sehen sei. Die ganze Bande, sämtliche Schakale, die gehen könnten, legten die Kerne auf die Gleise und schlügen sie mit einem Stein auf. Die ganze Station halle wider von dem Gekrache.

»Ich hör's«, stieß Saschka hervor und lächelte. In seinen Lippen war kein Blut mehr. Kolka sah ihn an und staunte. Alles hatte es aus ihm herausgepresst.

Aber von einem, was er hier gesehen hatte, erzählte er nichts. Auf einem entlegenen Abstellgleis hinter der Wasserpumpe standen nämlich seltsame Waggons. Darauf war er rein zufällig gestoßen, als er am Bahndamm Schlehenfrüchte sammelte. Aus einem Waggon, aus einem vergitterten Fenster ganz oben rief jemand. Er blickte hinauf und sah Augen, zunächst nur Augen: ein Junge oder ein Mädchen. Schwarze glänzende Augen, dann ein Mund, Zunge und Lippen. Dieser Mund schob sich nach außen und brachte nur einen sonderbaren Laut hervor: »Hi.« Kolka wunderte sich und zeigte die Hand mit den festen dunkelblauen Beeren: »Das hier?« Denn es war ja klar, dass er um etwas gebeten wurde. Und um was schon, außer den Beeren hatte er ja nichts.

»Hi! Hi!«, rief die Stimme, und plötzlich erwachte das Innere des Waggons. An das Gitter drängten sich Kinderhände, andere Augen, andere Münder, immer neue, als stießen sie einander weg, und zugleich schwoll ein seltsames Stimmengewirr an, es klang wie das Gluckern in den Eingeweiden eines Elefanten.

Kolka prallte zurück und wäre fast hingefallen. Da tauchte auf einmal ein bewaffneter Soldat auf. Er schlug mit der Faust gegen die hölzerne Waggonwand, nicht sehr stark, aber die Stimmen verstummten schlagartig, und es wurde totenstill. Die Hände verschwanden. Es blieben nur die Augen, Augen voller Angst. Sie alle waren jetzt auf den Soldaten gerichtet.

Er legte den Kopf in den Nacken, hob die Faust und sagte drohend: »Ruhe da drin! Tschetschmeken! Was hab ich euch gesagt! Ruhe!«

Er machte einen Schritt zu Kolka, der noch nicht wieder bei klarem Kopf war, drehte ihn grob in Richtung Station, als wüsste er, wo der Junge herkam, und gab ihm einen Stoß in den Rücken.

»Verschwinde, verschwinde von hier! Das ist kein Zirkus, hier gibt's nichts zu sehen.«

Kolka lief bis zur Station, in der Faust die blöden Beeren. Wäre Saschka nicht in so schlimmer Verfassung gewesen, er würde ihm sogleich die Neuigkeit erzählt und ihn gefragt haben, was Tschetschmeken sind. Eine Jugendbande vielleicht oder Besprisorniks oder Gauner oder Banditen? Diese Wörter kannte er. Tschetschmeken, das war neu, das musste er erst mal verdauen. Aber Saschka ging's schlecht. Es sah so aus, als ob er im Sterben lag.

Die Frau im weißen Kittel brachte ihm noch Tabletten und ein Fläschchen mit was Flüssigem. Aus Mitleid mit dem Bruder schluckte Kolka die Hälfte der Tabletten (das reinste Gift) und trank das Zeug. Er wusste, wenn nur Saschka die Arzneien nahm, konnte er nicht durchkommen. Er steckte sich sogar an Saschkas Stelle das Thermometer unter die Achsel, aber dabei wurde er erwischt.

Die scharfäugige weiße Ärztin trennte die Brüder und verlangte, dass Kolka vorerst in einem anderen Waggon blieb.

Kolka widersetzte sich, ging nicht und probierte es sogar mit Gebrüll, aber alles umsonst. Die Ärztin war steinhart. Fast mit Gewalt, mit Unterstützung des Mannes in Weiß, wurde Kolka hinausgesetzt und erhielt Befehl, sich nicht mehr bei Saschka blicken zu lassen. Sonst, so drohte die Ärztin, würde der weggebracht.

Kolka überlegte, kroch unter den Waggon und nahm von dort über den Fußboden Verbindung mit dem Bruder auf. Waren die Ärzte nicht bei ihm, gab Saschka dumpf Antwort. Wenn Kolka das Ohr ans Holz legte, konnte er ihn verstehen.

Er warf einen Haufen Gras und Klettenblätter zwischen die Schienen und schlief auf diesem Lager unter der Stelle, wo sich Saschka befand. Damit der wusste, dass Kolka stets bei ihm war, klopfte er immer wieder mit einem Stein gegen den Waggonboden. Saschka antwortete ihm.

So vergingen zwei Tage und Nächte.

Ihr ehemaliger Transportzug, der nebenan stand, wurde in Ordnung gebracht. Man wusch, scheuerte, säuberte, verstänkerte ihn mit Kalklauge und Karbolsäure. Die Ersten, die den Zug wieder beziehen wollten, bekamen keine Luft, und ihre Augen tränten. Darum wurde noch einen Tag und eine Nacht abgewartet, bis der ganze Dreck herausgelüftet war.

In dieser Zeit schlich Kolka noch einmal zu dem sonderbaren Güterzug. Er schlug extra einen Bogen durch das stachlige Gebüsch – das war die verschlagene Gewohnheit eines jeden Schakals: Kreise zu ziehen wie Wespen, die man verjagt. Denn wo man verjagt wird, gibt es immer was zu erhaschen. Wenn nicht mit dem Mund, dann mit den Augen. Bei uns wird auch fürs Gucken bezahlt! Und bei Waisenhausschakalen ist ein scharfes Auge so viel wert wie eine zweite Ration.

Aber sosehr Kolka, der im Gebüsch am Bahndamm hockte, auch spähte, sosehr er auch horchte, er konnte nichts entdecken. Er sah einen Soldaten, aber nicht den, der ihn verscheucht hatte, sondern einen anderen, größer und wuchtiger, der schritt an dem Zug entlang, bemüht, sich vor der Sonnenglut im schmalen Schatten der Waggons zu bergen.

In ihrem Leben, seinem und Saschkas, hatten sie alle möglichen Züge durch Tomilino fahren sehen: Lazarettzüge mit dem roten Kreuz auf den Wänden, Militärzüge mit abgedeckten Panzern, Züge mit Flüchtlingen, mit Arbeitsverpflichteten, sogar mit Häftlingen ... Einmal hatten sie gesehen, wie gefangene Faschisten transportiert wurden, ebenfalls in Güterwaggons, während ihre Generäle in einem schicken Abteilwagen reisten. Später wurden die Gefangenen kolonnenweise durch Moskau geführt. Aber in diesem Transportzug hier, das hätte Kolka schwören können, waren weder Faschisten noch Flüchtlinge. Er erinnerte eher an ihren Kinderzug: Dort gab's offenbar auch nichts zu essen. Die Schakale konnten sich ja selber Nahrung beschaffen, daran waren sie von klein auf gewöhnt. Aber wenn man eingesperrt war, wie sollte man sich da was beschaffen?

Kolka wusste, wie schwer es ist, eingeschlossen zu sein, Saschka und er waren mehr als einmal ins Kittchen geraten, das letzte Mal, weil sie auf dem Markt eine Salzgurke stibitzt hatten. Während sie weggeschleppt wurden, verschlangen sie die Gurke, und dann saßen sie die ganze Nacht da und brüllten vor Durst. Nun, die Kusmin-Zwillinge hatten immerhin die Salzgurke geklaut oder was anderes, aber die hier? Ob sie ihren Direktor bestohlen hatten? Oder hatten sie allesamt den Brotschneideraum gestürmt?

Kolka überlegte noch, da setzte sich der Zug mit einem Pfiff in Bewegung und fuhr los. Der Soldat warf einen letzten scharfen Blick am Zug entlang, sprang aufs Trittbrett, und da ertönten wieder die Stimmen. Nicht nur in einem Waggon, in allen Waggons. Heulen, Schreien, Weinen ...

Der Zug entfernte sich in die Richtung, aus der die Brüder gekommen waren, aber merkwürdig – die Töne und Stimmen aus den Güterwaggons schwebten noch lange in der Luft hinter der Station, bis sie sich in der warmen Dämmerung auflösten.

Aber das war natürlich nur in Kolkas Einbildung so, denn außer ihm hatte, wie sich herausstellte, niemand das Schreien und Weinen gehört. Der grauhaarige Lokführer schritt friedlich ihren Zug ab und beklopfte mit seinem Hammer die Räder, die Schakale umschwirrten den Zug, die Menschen auf der Station gingen in aller Ruhe ihren Angelegenheiten nach, und aus den Lautsprechern schmetterte schneidige Marschmusik: »Vaterland, kein Feind soll dich gefährden …«

Als beschlossen wurde, dass alle wieder in ihren Zug umziehen sollten, der bald abfahren würde, sagte man Saschka und noch zwei Jungen, sie dürften nicht mit, sie seien zu schwach und gehörten überhaupt ins Krankenhaus.

Kolka lag unter dem Waggon, das Ohr an dessen Fußboden, und horchte. Er verstand nicht alles, begriff aber das Wichtigste: Mit Saschka war's aus. Zuerst hatten sie ihn mit Tabletten vergiftet, mit irgendwelchen Tropfen, und nun hieß es: Nein! Er darf nicht zurück in den Zug, zu Kolka. Das war sein Ende.

Kolka hockte unter dem Waggon, flüsterte Saschka die letzten Neuigkeiten zu, hetzte ihn gegen die weiße Ärztin auf, die ihn nicht weiterfahren lassen wollte.

Dabei musste Saschka in den Kaukasus. In diesem Dorf, das sich Siedlung nannte, hatte er nichts verloren. Zwar wuchsen hier jede Menge gelbe Pflaumen und Schlehen, und der Bahndamm war von Millionen Kernen übersät, doch überleben konnten die Brüder nur gemeinsam, im Zug.

Da machte Kolka den Vorschlag – woher ihm nur der Gedanke kam –, die Plätze zu tauschen. In der Nacht, wenn alle schliefen, wollte er sich statt Saschka ins Heu legen und Saschka in den Zug schicken. Und wenn der abfuhr, hinten aufspringen.

Vielleicht würde sich Saschka noch Besseres ausgedacht haben, bestimmt sogar. Aber Kolka war stolz auf seinen Plan; ihm war etwas eingefallen, was den Bruder retten konnte.

Aber Saschka verwarf die Idee. Sie beide sahen zu verschieden aus. Der entkräftete und ausgezehrte Saschka war mit dem gesunden, rotwangigen Kolka kaum zu verwechseln. Und eine Nacht hatten sie auch nicht, der Zug fuhr bald ab. Sie mussten sich etwas anderes ausdenken.

Saschka schwieg ein Weilchen, dann fragte er: »Kann die uns nicht helfen? Diese … Resina?«

»Resina?«, fragte Kolka. »Wen meinst du?«

»Na, die Erzieherin, heißt die nicht Resina?«

Bei diesem verstümmelten Namen sprang Kolka auf und knallte mit dem Kopf gegen den Waggonboden. Funken tanzten ihm vor den Augen. Wieso war er darauf nicht selbst gekommen? Aber natürlich! Wer sonst konnte ihnen helfen, wenn nicht diese Wundertäterin, diese orientalische Königin, diese Scheherezade. Schnell, schnell, er musste sie suchen!

»Regina Petrowna, so heißt sie«, sagte Kolka und rieb sich den Kopf. »Bleib liegen. Tu so, als ob du schläfst, und nimm keine Tabletten, sonst vergiftest du dich. Und lass dich nicht wegbringen! Ich geh los, ich finde sie. Hörst du?« Er schlug dreimal gegen den Waggonboden. Saschka sollte beruhigt warten können. Der antwortete nur einmal. Er sparte die wenige Kraft, die er noch hatte. Kolka stürzte zum Zug, denn ihm blieb nur wenig Zeit.

Durch alle Waggons lief Kolka, blickte auf die Pritschen und unter die Pritschen, doch nirgends war die orientalische Frau mit dem Namen Regina Petrowna. Und niemand kannte sie.

Kolka wurde überall begrüßt, von oben und unten rief es:

»He, Kusmin! Wo ist dein zweiter Kusmin?«

»Welcher biste denn, Saschka oder Kolka?«

»Ich bin Petka«, sagte er.

Kolka dachte noch, die Frau, diese Regina Petrowna, würde das auf Ausländisch gefragt haben: »Chu is chu?« Unverständlich, aber kernig, wie ein saftiger Fluch.*

* »Chu«, Anspielung auf (russ.) »Chui«: Schwanz, Schimpfwort und Bestandteil vieler drastischer russischer Flüche.

Zu anderer Zeit würde Kolka aus diesem Text einen Witz gebastelt und den ganzen Waggon damit erheitert haben, aber jetzt ... Er gelangte zur Lokomotive, warf einen Blick in den Tender, wo zwei Schieber saßen und Eier mit Gurken mampften, doch die Frau war nicht zu sehen.

Kolka begriff: Er und Saschka waren verloren. Die Lokomotive stand schon unter Dampf, der Lokführer klopfte mit einem Hämmerchen gegen das Vorderrad mit der roten Felge und prüfte, ob es sich wohl drehen würde oder nicht.

Kolka lief zu ihm und fragte hoffnungsvoll: »Wir halten doch noch eine Weile?«

Der grauhaarige Lokführer, der heute nicht voller Ruß war, bestimmt hatte er das Dampfbad besucht, schlug mit dem Hammer zu, horchte und sagte: »Wozu warten, wir sind schon zu spät dran. Gleich geb ich das Signal, dann fahren wir. In einer halben Stunde. Wenn du noch was besorgen musst, beeil dich.«

Kolka musste nichts besorgen. Den Bruder hatte er nicht retten können. Vielleicht sollte er in den Güterzug eindringen und Saschka rauszerren; bis die sich da besannen, konnten sie beide zum Waggon laufen. Aus lauter Verzweiflung gingen Kolka die unsinnigsten Gedanken durch den Kopf, aber es war keiner dabei, der dem Bruder helfen konnte. Bis zur Abfahrt würde er Regina Petrowna nicht mehr finden.

Er blickte auf und erstarrte: Direkt vor ihm stand sie auf den Gleisen und schaute gedankenversunken in die Ferne. Sie sah Kolka nicht. In der Hand hielt sie – hätte es ihm einer gesagt, er würd's nicht geglaubt haben – eine richtige Papirossa. Diese Papirossy der Marke Belomor-Kanal in der blauen Schachtel, die kannte Kolka doch.

Regina Petrowna zog also an ihrer Papirossa, stieß warmen Rauch aus. Wäre Kolka nicht in so verzweifelter Lage gewesen, er würde sich nie im Leben getraut haben, zu dieser seltsamen, schönen und noch dazu rauchenden Frau zu treten.

Aber jetzt durfte er nicht zögern. Er stürzte zu ihr, als wäre sie eine Vertraute, und erklärte ihr alles, es wurde eine verworrene Erklärung. Vom Durchfall erzählte er, von den Tabletten und Pülverchen und von der weißen Frau, weil sie einen weißen Kittel trug, und sie wollte Saschka dabehalten und ihn, Kolka, wegjagen. Und sie hatte ihn ja schon weggejagt. Und wenn Saschka allein hierbliebe, würden sie ihn umbringen, dann würde er sterben auf dieser Station. Und ohne ihn würde auch Kolka sterben. Sie waren ja bis jetzt nur deshalb nicht umgekommen, weil nichts sie hatte trennen können.

Regina Petrowna warf die Papirossa zu Boden und fragte sofort: »Du bist also Kolka? Dann komm.«

Der Zug mit uns Waisenhauszöglingen setzte sich in Bewegung, in Richtung Kaukasus, den niemand von uns kannte. Die sonderbare Begegnung auf der Station Kuban mit dem Güterzug, aus dem uns Gleichaltrige die Hände entgegengestreckt und »Hi! Hi!« gerufen hatten, geriet in Vergessenheit, verwischte sich im Gedächtnis. Beide Züge hatten Seite an Seite gestanden wie Zwillingsbrüder, einander aber nicht erkannt und sich dann für immer getrennt, und es hatte rein gar nichts zu bedeuten, dass der eine nach Norden fuhr, der andere nach Süden.

Uns verband das gleiche Schicksal.

Saschka konnte nicht sehen, wie sie den Fluss Kuban überquerten; sie fuhren über eine wacklige, erst kürzlich vom Militär errichtete neue provisorische Brücke, die unter dem Druck der reißenden Strömung zitterte.

Alle klebten an den Fenstern. Kolka streckte den Kopf hinaus, um alles genau zu beobachten und es Saschka zu erzählen.

Unten tobte der schmutzig braune Fluss, bildete gewaltige kreiselnde Strudel und brandete gegen die steinernen Pfeiler der zerstörten früheren Brücke.

Der Zug fuhr langsam, wie tastend, und der Lokführer mit dem grauen Bürstenhaar dachte sicherlich mehr als einmal an seine Frontfahrten, besonders nach Stalingrad, wo er auf Gleisen rollen musste, die auf kahlen Schwellen durch die Wolgasteppe führten.

Die hölzernen Pfosten und die Brücke selbst schwankten, nicht stark, aber durchaus spürbar. Wenn man, wie Kolka, nur auf das unten brüllende Wasser sah, hatte man das Gefühl, dass die Brücke langsam zuckend nachgab und in den tiefen Abgrund sank. Kolka prallte zurück und schüttelte den Kopf, er hatte Angst gekriegt.

Aber die Brücke ging schon zu Ende, und zu beiden Seiten des hohen Bahndamms – gottlob, sie waren hinüber, waren nicht abgestürzt – lagen Gärten und Gemüseschläge, von Wasser überschwemmt.

So etwas hatte keines der Kinder je gesehen. Was musste das Flusswasser für eine Kraft haben, dass es alles ringsum unter sich begrub! Nur die Baumwipfel schauten heraus.

Regina Petrowna, die für die Brüder eine Art Patin geworden war, da sie der weißen Ärztin versprochen hatte, sich um die beiden zu kümmern, besonders um Saschka, erklärte ihnen, dass in der warmen Jahreszeit, also jetzt, auf den Bergen der Schnee schmolz und die Flüsse im Kaukasus über die Ufer traten. Der Kuban sei so ein Gebirgsfluss.

»Was bedeutet das?«, fragte Kolka ungläubig. »Sind wir etwa schon im Kaukasus?«

Regina Petrowna sah ihn mit schwarz glänzenden Augen an, als denke sie an etwas anderes, und antwortete, ja, natürlich, sie seien schon im Kaukasus. »Wir haben's geschafft, kleiner Freund.«

»Und die Berge?«, fragte Kolka verwirrt.

Saschka sagte nichts, er war zu schwach. Aber er würde natürlich das Gleiche gefragt haben. Das war also der Kaukasus – überschwemmte Gärten!

Aber Regina Petrowna lächelte sanft, ihre Lippen, ungeschminkte volle Lippen, zuckten, und ihre Augen waren erfüllt von tiefer Traurigkeit.

»Wartet bis heute Abend«, sagte sie und beugte sich hinunter, als verrate sie ein großes Geheimnis. »Heute Abend, meine lieben Kusmin-Zwillinge, werdet ihr die Berge sehen.«

Regina Petrowna gab jedem von ihnen ein Stück Brot mit amerikanischer weißer Butter ohne Geruch und Geschmack, dann ging sie. Ihre beiden Männlein warteten, Marat und Jaurès.

Saschka leckte an der Butter, aß aber nicht. Kolka tauschte auf der nächsten Station beide Brotstücke gegen ein Literglas voll großer gelber Kirschpflaumen. Für Brot konnte man alles eintauschen. Saschka kostete die Pflaumen ganz langsam und sagte mühsam: »Ach, wenn wir die in Tomilino gehabt hätten …«

Kolka verstand den Bruder sofort, der sagen wollte, in Tomilino habe man von solchem Reichtum nicht mal träumen können – ein Literglas Pflaumen! Und es sei schade, dass sie, die Kusmin-Zwillinge, damit weder prahlen noch den anderen davon abgeben konnten.

Kolka malte sich aus, wie er und sein Bruder mit diesen Pflaumen in den Schlafsaal des Waisenhauses kommen würden. Alle würden auf sie zustürzen, betteln und die nie gesehenen Früchte anstarren, und dann würde Kolka lustlos erklären, das sei eine Frucht vom Kaukasus, vom Ufer des Gebirgsflusses Kuban, sie heiße Kirschpflaume und es gebe sie dort haufenweise, man könne sich damit bis obenhin vollschlagen.

Und dann würde er die Schakale bewirten, jedem der Bittenden etwas zuteilen: Bonja würde drei Stück kriegen, er war der Älteste und hatte sie nie geschlagen; Waska Morchel zwei, der hatte immer Hunger. Tolka der Burshui sollte auch eine haben, er hatte die Zwillinge mal den Löffel ablecken lassen, als der graue Soldat, sein Vater, ihm ein Kochgeschirr voll Kascha mitbrachte, an der er sich vor ihren Augen vollfraß.

Der Erzieherin Anna Michailowna würde Kolka eine Pflaume geben. Obwohl sie eine kalte, gleichgültige Frau war und die Zwillinge nie beachtete, gar nicht wahrnahm und nie wiedererkannte, tat sie Kolka leid. Sie wartete ja auf ihren General, also war sie nicht ganz gleichgültig, und sie trieb sich nicht mit

Soldaten herum wie manche andere. Außerdem – sie waren einmal in ihr winziges Zimmer eingedrungen in der Hoffnung, irgendwas Brauchbares zu ergattern, hatten aber nichts gefunden, nicht ein Stückchen Brot. Nur ein gelbliches beinernes Döschen mit Puder. Auf dem Markt riss ein Schieber es Kolka gierig aus der Hand und gab drei Kartoffeln dafür. Später erzählte Anna Michailowna allen, ihr sei eine Kostbarkeit aus Elfenbein abhandengekommen. Vielleicht würde Kolka ihr sogar zwei Pflaumen geben, mochte sie sich vollfuttern für ihr Döschen.

Dem diebischen Direktor Viktor Viktorowitsch würde Kolka auch eine Pflaume geben. Und der schnurrbärtigen Musiklehrerin. Es tat ihm nicht leid drum. Im Kaukasus gab's viele Pflaumen, sollten sie essen! Sie hatten es auch nicht leicht im Krieg. Und wollten auch Pflaumen.

So überlegte Kolka, während er alle Kirschpflaumen verdrückte. In Gedanken beschenkte er Bonja und Tolka und Waska und Anna Michailowna. Er nahm eine Pflaume in den Mund, manchmal auch zwei oder drei. Im Traum ist es leicht, den Nächsten Pflaumen zu schenken, die in Wirklichkeit im eigenen Magen landen.

Kolka fühlte sich voll und war müde. Aber er dachte daran, dass Regina Petrowna gesagt hatte, er solle die Berge nicht verpassen. Wenn Saschka gesund gewesen wäre, hätten sie sich natürlich abwechseln können, der eine würde geschlafen und der andere zum Fenster hinausgeschaut haben, denn herrlich schöne Berge warteten auf sie.

Jetzt guckte Kolka für sie beide, doch Berge sah er nicht. Hügel gab es nun freilich, Anhöhen, aber die gab's auch bei Moskau haufenweise, die beachtete Kolka gar nicht. Es wurde schon Abend, der Horizont färbte sich dunkelblau, und die grauen Wolken vorn schienen aufzuquellen. Enttäuscht trat Kolka vom Fenster weg.

Dem Bruder, der Kolkas Gesichtsausdruck gierig beobachtete, rief er ärgerlich zu: »Berge, Berge, nichts als Zwerge!«

»Gar nichts?«, flüsterte Saschka, und auch er war geknickt.

»Chu is chu«, wollte Kolka ausländisch fluchen, ließ es aber. Immerhin hatte Regina Petrowna diese Worte benutzt.

Da kam sie auch schon selber, und sie sagte irgendwie seltsam, mit tiefer Stimme: »Na, meine Kusmin-Zwillinge, habt ihr die Berge gesehen? Oder habt ihr sie verpasst?«

Kolka sprang auf und stürzte ans Fenster.

»Aber da sind doch gar keine!«

Er rief es verzweifelt, denn er glaubte plötzlich, im Kaukasus gäbe es überhaupt keine Berge, nur leeres Gerede darüber.

»Aber nanu, meine Lieben, meine kleinen Freunde«, sagte Regina Petrowna herzlich und feierlich und lachte leise. Saschka wurde warm ums Herz von diesem gluckernden Lachen, und es war klar, dass es im Kaukasus Berge geben musste, wenn selbst Regina Petrowna von ihnen sprach.

Die Erzieherin trat ans Fenster und nickte zum Horizont.

»Da, da sind sie.«

»Wo?« Kolka beugte sich hinaus, und auch die anderen Kinder guckten.

»Seht ihr sie?«

»Nein«, antworteten sie im Chor.

»Ich auch nicht«, sagte Kolka, aber nicht sehr überzeugt, denn er wusste ja, dass Regina Petrowna nur die Wahrheit sagte. Wenn sie auch rauchte, ihre Papirossa qualmte, das war ihre Sache. Aber sich mit den Kaukasusbergen leichtsinnig einen Spaß machen, das würde sie nie tun.

Regina Petrowna zeigte auf die Wolken, deren Grau in ein zartes Rosa überging, und sagte: »Und was ist das da?«

»Das da?«, echote Kolka im gleichen Ton. »Na, das sind doch ...«

Er wollte sagen, das seien Wolken, gewöhnliche Wolken, die ewigen Wanderer am Himmel. Aber plötzlich begriff er und stockte. Und flüsterte ganz, ganz leise: »Die Berge, ja?«

Und dann brüllte er wie verrückt, dass es durch den ganzen Waggon gellte: »Die Berge! Die Berge!«

Alle, die noch nichts wussten, stürzten zu den Fenstern, zeigten einander die Wolken und erklärten, das da seien keineswegs Wolken, sondern, fern am Horizont, weiß und blau, die glitzernden Gipfel der Berge. Der Anblick verschlug ihnen den Atem, und nun glaubten sie wirklich, dass alle ihre Träume von Überfluss, von einem satten, großartigen, friedlichen Leben voller Freude bestimmt in Erfüllung gehen würden.

Saschka, der begriffen hatte, was sie da sahen, sie alle, nur er nicht, bettelte aufgeregt: »Zeigt sie mir, zeigt sie mir!« Und er rückte ans Fenster, und Kolka rief: »Na da, da vorn!« Saschka wurde blass und fragte: »Wo? Wo?« Dann sah auch er die Berge und lächelte müde, erschöpft.

So gelangten sie in den Kaukasus, zu den richtigen Bergen.

Und wenn sie nach ihrer Rückkehr ins Waisenhaus Tomilino mit etwas angeben würden, dann bestimmt nicht mit den Pflaumen und Schlehen, die massenhaft am Bahndamm wuchsen, und nicht einmal mit dem reißenden Fluss Kuban und der neuen wackligen Brücke, auf der ihr Transport vor allen anderen Zügen den schrecklichen schäumenden Fluss überquert hatte. Nein, nein. Sie würden sogleich das Wichtigste erzählen: Wie sie vom Zug aus im fernen fliederblauen Dunst hoch überm Horizont weiße Wolken gesehen hatten, die die Gipfel und Kämme der Kaukasusberge waren.

»Hurra! Es leben die Berge!«, brüllte Kolka aus vollem Hals, und alle fielen ein, und sie trommelten gegen die Pritschen und Wände, und sie tanzten und schlugen Purzelbäume. Es wurde ein Fest, der ganze Waggon schien außer Rand und Band. Und aus dem allgemeinen Lärm, aus dem undirigierten und doch harmonischen Kinderchor klang immer wieder das Wort »Berge« heraus.

Aber sie fuhren noch eine Nacht, einen Tag und eine weitere Nacht, bis sie in die Nähe der Berge kamen und zu ihrer Station.

7

Früh am Morgen wurden sie geweckt.

In allen Waggons hieß es: Aussteigen, und wer Sachen hat, nicht vergessen, sie mitzunehmen. Der schnauzbärtige, kurzbeinige Zugbegleiter Ilja rief es aus und zwinkerte im Vorbeigehen den Brüdern zu.

»Nun sind wir im Kaukasus, ihr Zwerge, steigt aus, ihr könnt ihn anfassen und dran schnuppern!«

Er lief zur Tür, und die zusammengerollten Signalfähnchen ragten aus seinem Stiefelschaft.

Die Kusmin-Zwillinge sahen einander an und dann aus dem Fenster.

Der Zug hielt inmitten von niedrigen öden Hügeln. Keine Station, kein Bahnhof. Alles war während der jüngsten Kämpfe niedergebrannt. Der Name – »Kawkasskije Wody« – war mit Kohle auf ein Sperrholzbrettchen geschrieben, das schief an eine Telegrafenstange genagelt war.

Rechts von der Bahnstrecke lag im Morgendunst ein weites Tal, das sich bis zum Horizont dehnte – viereckige grüne Felder, Baumreihen längs der von hier aus unsichtbaren Wege und, in dieses Grün eingesprenkelt, weiße Häuschen, vielleicht auch Siedlungen.

Jenseits des Tals, in der kaum noch erkennbaren Ferne, graubraune Hügel, darauf wie Rostflecke rötliche Waldstücke, hinter den Hügeln glitzerten, wie aus dem Nichts, die Eisgipfel der höchsten Kaukasusberge.

Schon vorher, auf irgendeinem Haltepunkt, hatte ihnen Ilja, mit den Fähnchen nach oben zeigend, sachkundig erklärt, wie diese Berge hießen, welches der Kasbek war und welches der Elbrus – der habe zwei Köpfe und nur einen Rumpf, sei also auch so etwas wie Zwillinge.

Den Kusmin-Zwillingen fiel auch gleich wieder die Papirossyschachtel in der Hand des schönen Oberstleutnants ein, mit der Zickzacklinie der schroffen Berggipfel, die ganz anders aussahen als die hier.

Sie hatten diese Berge schon während der Fahrt gesehen, wie durch einen Schleier, real, aber nicht real genug, um sie als echt zu empfinden. An diesem klaren Morgen waren die Falten der Bergschluchten an den grauen Hängen genau zu erkennen, ebenso die Eiszungen, die wie krumme weiße Striche abwärtsliefen. Die Berge schienen ganz nah, sogar näher als die rötlich bewaldeten Hügel, über denen sie schwebten.

Doch bald wurde deutlich, dass die rötlichen Hügel hinter dem Tal weit, sogar sehr weit weg waren und die Gipfel, die über ihnen im Himmel schwebten, noch viel weiter.

Links der Bahnstrecke und der nicht mehr existierenden Bahnstation erhoben sich direkt neben den Gleisen sanft ansteigende unbewaldete Hügel, von der Sonne gelb gebrannt. Auf einem dieser Hügel stand ein Pavillon mit weißen Säulen, der durch Zufall den Krieg überlebt hatte.

Zu diesem Pavillon wurden die Kinder geführt, in einer Kolonne zu fünfen. Aber es zeigte sich sogleich, dass die Kinder nicht in Reih und Glied gehen konnten und es auch gar nicht wollten, sie liefen grüppchenweise nach den Waisenhäusern, aus denen sie kamen, und erinnerten an einen Flüchtlingszug.

Während die Vordersten, die gleich hinter dem Direktor gingen, schon in eine weite Schlucht hinabstiegen, umwimmelten die Letzten noch die Waggons und konnten sich nicht von ihnen trennen.

Nachdem die Kinder den schmalen, aber festgetretenen Pfad zwischen den Geländebuckeln zurückgelegt hatten, erreichten sie eine ausgedehnte Fläche, die hinter diesen Buckeln von der Station nicht zu sehen gewesen war.

Hier lag die weiße Ruine eines ehemaligen Sanatoriums, und inmitten von Müll und Ziegeltrümmern sahen die Kinder sonderbare viereckige Betongruben voller Wasser. Das Wasser schäumte und warf Bläschen, leichter Dampf schwebte über der Fläche, und von dem Wasser kam ein fauliger Geruch.

»Igitt! Das stinkt ja wie Furz!«, rief jemand. Andere wiederholten den Scherz und lachten laut, lösten so die Spannung der ersten schweren Momente auf fremdem Boden.

Keuchend lief Pjotr Anissimowitsch herbei, der wie ein Weberschiffchen längs der Kolonne vor- und zurückgeflitzt war, schwenkte seine Aktentasche und rief: »Halt!«

Aber sie waren ohnehin stehengeblieben, denn sie wussten nicht, wohin weiter. Es stellte sich heraus, dass sie am Ziel waren.

Pjotr Anissimowitsch zeigte auf die Gruben und sagte: »Schwefelhaltiges Wasser. Nie gehört? Seht ihr ... Also, das ist sogar gesund, wenn sich einer waschen will ...«

Die Kinder schwiegen. Die von hinten Nachrückenden lärmten noch; sie hatten nichts gehört, darum stießen sie die Vorderen an und fragten: »Was ist das, unser Haus? Wir sind da, ja?«

»Also, ihr solltet ... ihr solltet da reinsteigen. Euch ausziehen und den ganzen Reisedreck abwaschen«, fügte der Direktor etwas lauter hinzu und warf einen unsicheren Blick auf die Gruben.

Es war deutlich, dass auch er nicht wusste, wie man darin badet.

»Steig doch selber rein«, kam es laut aus der Menge der Kinder. »Wir sind ja nicht blöd! Sollen wir uns zu Suppe kochen lassen?«

»Zu Suppe?« Pjotr Anissimowitsch hatte nicht verstanden. »Warum zu Suppe?« Er sah den Kindern in die Gesichter, suchte Unterstützung. Aber die Gesichter waren eins wie das andere spöttisch, neugierig, allenfalls misstrauisch oder verängstigt.

»Das ist ja alles nicht zu fassen!«, sagte er und wischte sich die Stirn. »Warum denn zu Suppe?«

»Weil wir darin gekocht werden wie die Krebse«, sagte einer, ohne sich zu verstecken. »Das Wasser kocht ja. Wie das brodelt!«

»Ach so«, murmelte der Direktor und holte tief Luft. »Schwefelwasser … Habt ihr noch nie gesehen … Verstehe.«

Pjotr Anissimowitsch blickte zu den Gruben, trat von einem Bein aufs andere und ging zu der nächstgelegenen. Ohne die Kinder weiter anzusehen, die er sogar vergessen zu haben schien, zog er sich langsam aus. Er schlüpfte aus dem Jackett, faltete es mit dem Futter nach außen und legte es auf seine Aktentasche, als handele es sich um eine Kostbarkeit. Dann zog er Hose, Ober- und Unterhemd und komischerweise zuletzt die Schuhe aus.

Nur mit der knielangen dunklen Satinturnhose bekleidet, ging er langsam ächzend und schnaufend zu der Grube. Er hielt einen Fuß ins Wasser, befühlte es mit der Hand und traute sich noch immer nicht hinein. Wie der Zar im Märchen vom buckligen Pferdchen vor dem siedenden Kessel, in dem er dann gekocht werden soll.

Plötzlich glitt Pjotr Anissimowitsch ächzend vom Rand direkt ins Wasser; Spritzer flogen auf die Steine. Durch die Menge der Kinder, die sich um dieses Schauspiel drängten, liefen Gelächter, Ausrufe, Kichern, Scherze.

»Das ist ja alles nicht zu fassen!«, sagte einer im Tonfall des Direktors.

»Doch, es ist zu fassen! Gleich gibt's Fleischbrühe!«

»Mit Fettaugen!«

»Direktorsuppe!«

»Vielleicht sollten wir ihn retten, Leute, ihr Holzköpfe seid viele, aber Direktor haben wir nur einen!«

»Werft ihm die Aktentasche rein! Ohne die ertrinkt er!«

So mancherlei wurde gerufen, Pjotr Anissimowitsch aber planschte und beachtete weder die Kinder noch ihre Sprüche.

Er prustete, kratzte sich unter den Achseln, tauchte den Kopf unter, spuckte eine Wasserfontäne aus und gab mit alldem zu verstehen, welchen Spaß es ihm machte, sich in der faulig riechenden Grube zu tummeln.

Die Späße verstummten allmählich. Der Argwohn wich der

Neugier. Die Keckten näherten sich den Gruben und prüften kichernd das Wasser. Und sprangen sogleich zurück. Den Neugierigsten, der am Grubenrand stehenblieb und gaffte, stießen sie in seinen Sachen hinein. Er versuchte gar nicht, wieder herauszukommen, sondern paddelte unter Gelächter und Beifallsgeschrei darin herum.

Nun stiegen noch ein paar Kinder mit Ah und Oh hinein, als hätten sie Angst vor dem fauligen Wasser, doch sie hatten keine Angst, denn sie trieben sofort Unfug: Sie spritzten, planschten, spien Wasserfontänen. Da riss es auch die Übrigen mit. Sie hatten endlich begriffen, dass sie nicht in Gefahr waren, zu Suppe verkocht zu werden, sondern dass das ein Bad war, noch dazu ein fröhliches Bad, kurzum, ein Vergnügen.

Mit Gebrüll und Hurrageschrei besetzten sie die Gruben, in denen bald kein Platz mehr war, und nun kam es zu Raufereien und gegenseitigem Bespritzen. Nur die kleinen Mädchen drängten sich abseits und beobachteten das Gekabbel furchtsam und neugierig.

Aber da kam Regina Petrowna und nahm die Mädchen mit.

Hinter dem zerstörten Sanatorium, am Rande einer Lichtung, dampfte ein großes viereckiges Wasserbecken. Es war nicht gleich bemerkt worden. Hierher führte Regina Petrowna die Mädchen. Rasch zog sie ihre zwei kräftigen, schweigsamen, finster blickenden Jungen von drei bis vier Jahren aus und tunkte sie nacheinander in das Becken. Die Mädchen, kreischend wie üblich, stiegen auch hinein.

Von außen betrachtet, war dies gewiss ein sonderbares Bild.

Fünfhundert Kinder – jetzt war noch deutlicher zu sehen, dass es Kinder waren, ganz gewöhnliche Kinder – tobten inmitten der Ruinen, da sie endlich einmal baden konnten. Sie hüpften von einer Grube in die andere, bespritzten einander, das warme Wasser schwappte auf die Ziegelsteine. Nur Pjotr Anissimowitsch, der sich wieder angezogen und seine spärlichen ergrauenden Haare gekämmt hatte, saß etwas abseits, drückte die Aktentasche an die Knie und blickte besorgt auf die tollende Kinderschar.

Neben ihm hockte gelassen der alte Lokführer mit dem grauen Bürstenhaar und rauchte eine Selbstgedrehte. Er war es, der dem Direktor die ungewöhnliche Badeanstalt gezeigt hatte. Wahrscheinlich war er nicht das erste Mal hier.

Nur mit Mühe ließen sich die badenden Kinder dazu bewegen, aus den Gruben herauszukommen und wieder in Kolonne anzutreten. Einige hatten sich schon angezogen, während andere noch im Wasser herumtobten, sie waren nicht herauszukriegen.

Kolka und Saschka hatten anfänglich auch nicht hineingewollt, das Wasser roch gar zu garstig, es drehte einem den Magen um. Aber dann gefiel es ihnen, sie hatten eine winzige und dennoch bequeme Grube erwischt, hellblau gekachelt. Die Brüder rieben sich gegenseitig ab, und sie tauchten gleichzeitig unter, um zu sehen, wie sie unter Wasser ausschauten. Aber da sie sich nirgends festhalten konnten, tauchten sie gleich wieder auf. Sie prusteten ins Wasser, schlugen Wellen, bespritzten andere, die aus der Grube nebenan zu ihnen kriechen wollten, und zogen sich wieder an. Ihnen hatte die Zeit gereicht, überdies konnte der von der Krankheit geschwächte Saschka nicht so lange im Wasser bleiben.

In nassen Sachen, wie viele andere, standen die Brüder mitten in der Kolonne und blickten zu den Bergen, die hoch oben gleißten. Erstaunlich, sie waren von überall zu sehen, und man konnte sie beschauen, solange man wollte, es wurde einem nicht über.

Pjotr Anissimowitsch rief alle nach seiner Liste auf, obwohl noch einige in den Gruben saßen. Dabei stellte sich heraus, dass sie während der Fahrt sieben Kinder verloren hatten, einige waren wohl zurückgeblieben, andere vielleicht abgehauen, das war normal.

Sie liefen den schmalen Pfad zurück zur Bahnstrecke (jetzt war klar, warum dieser Ort »Kawkasskije Wody«, Kaukasuswasser, hieß, obwohl man ihn besser »Faules Wasser« hätte nennen sollen) und gingen an der Station vorbei hinunter ins Tal.

Die Kolonne zog sich auf einem breiten staubigen Weg zwischen grünen Feldern dahin. Die Kusmin-Zwillinge versuchten sich einzuprägen, was wo wuchs, für alle Fälle natürlich, ohne besonders zu glauben, dass es ihnen zupasskommen würde, denn sie wussten ja nicht, wohin und wie weit sie noch zu gehen hatten.

Nach einer kurzen Rast, während der alles losstürmte, um zu raffen, was ihnen in die Hände fiel, allerdings schon nicht mehr so gierig, denn sie hatten während der Fahrt genug gefuttert, trotteten sie weiter, bis inmitten der grünen Felder weiße Häuschen in Sicht kamen.

Sie durchquerten auf der staubweichen und seltsam menschenleeren weißen Straße die Siedlung, die Berjosowskaja, also Birkenhain, hieß, obwohl nirgends Birken zu sehen waren.

Hinter der Siedlung lag ein Feld mit aufragenden hohen Steinen, größer als die Kusmin-Zwillinge; es waren viele, von grauer Farbe, ähnlich den Betonhöckern, die vor Moskau als Sperren gegen die faschistischen Panzer errichtet waren. Es muss auch hier Abwehrkämpfe gegeben haben, dachten die Brüder, wenn sie hier so viele Steine eingerammt haben! Aber ihr Blick war jetzt nach vorn gerichtet, auf die Straße, die allem Anschein nach bald zu Ende war.

Drei Kilometer hinter der Siedlung wurde haltgemacht. Unmittelbar am Fuß der grünen Berge waren hinter Bäumen Gebäude zu sehen: ein Haus, weiß, zweigeschossig, zwei weitere, eingeschossig, aber langgestreckt, ähnlich wie Baracken.

Da, wo in der stachligen grünen Hecke der Eingang war, hing an einem Pfahl ein Schild: LANTWIRSCHAFSTÄCHNIKUMM.

Dieses Wort war mit Kreide kreuz und quer durchgestrichen, und darunter hatte eine eilige Hand geschrieben: »Für Umsiedler aus dem Mosk. Geb., 500 P. Besprisorniks.«

Pjotr Anissimowitsch musterte sorgenvoll die heranziehende Kolonne. Die Aktentasche an sich drückend, las er das Schild am Pfahl, schüttelte den Kopf und wandte sich an die Kinder.

»Also, wir sind da«, sagte er und wischte sich den Schweiß von der Stirn. »Hier werden wir also leben. Also, Disziplin und alles, ihr wisst ja Bescheid. Dass mir kein Unfug getrieben wird. Und lauft nicht weit weg, es kann euch keiner suchen. Dann seid ihr verloren.«

In diesem Moment gab es irgendwo hinter den Bergen einen dumpfen Knall, der lange nachhallte. Die Kinder blickten nach oben, aber von Gewitterwolken keine Spur.

Pjotr Anissimowitsch blickte ebenfalls nach oben, wollte schon sagen: Das ist ja alles nicht zu fassen, aber dann sagte er etwas anderes: »Sie sprengen Minen … von den Faschisten. Na schön.« Er wischte sich wieder mit der Hand den Schweiß ab. »Also, nachher zeigen wir euch, wo der Schlafsaal ist, der Speisesaal, die Toilette … Jetzt habt ihr erstmal frei.«

Allem Anschein nach war das eine Art Begrüßungsrede.

Der überarbeitete Mann, der bislang für ein Warenlager verantwortlich gewesen war, konnte sich nicht anders ausdrücken. Er wusste auch nicht, was er sagen sollte, in dieser Rolle befand er sich zum ersten Mal. Er hatte Anweisung bekommen, die Kinder herzubringen, und er hatte sie hergebracht.

Früher hatte er für die Arbeiterversorgung Kartoffeln, Seife und Kanister mit Pflanzenöl transportiert. Darauf verstand er sich am besten. Er galt in seinem Bezirk als zuverlässiger Lagerverwalter.

In seiner Aktentasche lagen, wie früher die Frachtpapiere, Dokumente über die Kinder. Die musste er noch studieren. Natürlich nur, wenn er Zeit fand.

Bei den Worten »ihr habt jetzt erstmal frei« hatte Pjotr Anissimowitsch mit der Hand in Richtung der Häuser gedeutet, denn er nahm an, die Kinder würden schleunigst dorthin laufen, um ihre Eisenbetten zu besetzen. Aber er hatte sich geirrt.

Die Kolonne blieb stehen, wie sie gestanden hatte. Alle blickten zu den Häusern und warteten auf etwas.

Dem Direktor war schon aufgefallen, dass diese unbegreifliche, unlenkbare Masse von Kindern sich unter verschiedenen Umständen unvorhersehbar verschieden benahm, aber oft taten diese fünfhundert Menschen, ohne sich abgesprochen zu haben, alle zusammen ein und dasselbe.

Jetzt erinnerte die Menge an einen großen stachligen Igel. Kein Scherz, kein Lachen, nicht mal irgendein Laut. Die unterbewusste Unruhe, die während des langen Fußmarschs von der Station hierher aufgekommen war, hatte sich mit der Ankunft an Ort und Stelle nicht gelöst, sondern noch verstärkt. Dazu die unaufhörlichen Detonationen, sie ängstigten die Kinder, erinnerten sie an etwas, was sie eigentlich längst hätten vergessen sollen. Die Kinder waren hergekommen, um in Frieden zu leben, und die gesegnete Bergregion hätte sie mit Frieden empfangen sollen. Mit goldener Spätsommersonne, mit reichlich Obst an den Bäumen, mit stillem Vogelgesang am Abend.

Ich erinnere mich an die Unruhe, die uns auf dem Weg von der Station bis zum Fuß der bewaldeten Berge erfasste. An den Zug, an den Waggon und ans Unterwegssein hatten wir uns gewöhnt. Das war unser Element. In Zügen, auf lauten Bahnhöfen, Märkten, inmitten von Schiebern und Flüchtlingen fühlten wir uns vergleichsweise sicher. Ganz Russland war in Bewegung, ganz Russland war unterwegs, und wir waren mitten in seinem Strom, Fleisch von seinem Fleisch, wir waren seine Kinder.

Jetzt wurden wir einen festen Weg mit tiefen Rissen entlanggeführt, wo Blumen blühten, die niemand pflückte, wo Äpfel an den Bäumen reiften und schwarze Sonnenblumen, schon fast ohne Kerne, sich der Sonne entgegenreckten. Und kein Mensch war zu sehen. Kein einziger Mensch …

Während unseres stundenlangen Marsches war uns kein Fuhrwerk, kein Auto, kein zufälliger Wanderer entgegengekommen. Die ganze Gegend war menschenleer. Die Felder waren bald erntereif. Jemand hatte sie bestellt und gejätet und würde sie abernten wollen. Aber wer? Auf unserem Weg hatte ein Dorf gelegen, darin musste doch jemand wohnen.

Warum empfing uns dieses schöne Land so einsam und menschenleer? Warum war selbst im Gebäude des Landwirtschaftstechnikums mit dem so eilig veränderten Schild, das uns an uns, an unsere Einsamkeit gemahnte, kein einziger Mensch zu sehen?

Wir erinnerten ja wirklich an kleine Tiere, die man für ein unglaubliches Experiment in der Wüste ausgesetzt hatte: »500 P. Besprisorniks«. Das war die Bezeichnung unserer Art. Aber was bedeutete das »P«? Penner, Pechvögel, Parasiten? Oder vielleicht Pflaumendiebe?

Hinter uns in den Bergen gab es wieder eine dumpfe Detonation, und in der Kolonne sagte ein kleines Mädchen – wir hörten es –, »ich will nach Hause«. Und begann zu weinen.

Alle kamen in Bewegung, drehten sich nach ihr um, hörten zu, wie sie getröstet wurde.

Man sagte ihr: »Aber was weinst du denn? Hab keine Angst. Da ist unser Haus. Siehst du? Alles hier gehört jetzt uns, das Haus und der Fluss und die Berge ... Wir sind hergekommen, um hier zu leben.«

In den Bergen krachte es schon wieder. Wir standen am Tor zu einem neuen Leben und hatten es nicht eilig, hindurchzugehen.

Ich glaube, wir alle durchlebten und fühlten das Gleiche. Unsere Gedanken waren unklar, nicht zu fassen, aber sie drehten sich keineswegs darum, dass wir nun hier zu Hause seien und das alles jetzt uns gehöre.

Was uns gehörte – hier, das waren nur wir selbst. Wir und unsere Beine, die ständig auf dem Sprung waren, abzuhauen, wenn irgendwas passierte. Und unsere Seelen, die es angeblich gar nicht gab.

Wie kam es nur, dass es in diesem Moment, wie ich noch

heute weiß, in meinem Inneren so schrecklich weh tat und bestimmt nicht nur in meinem?

Vielleicht kam es von der entsetzlichen Vorahnung, dass uns hier am neuen Ort nicht das Glück erwartete. Im Übrigen wussten wir gar nicht, was das ist, Glück. Wir wollten einfach leben.

8

Man soll den Tag nicht vor dem Abend loben.

Einstweilen wurden im Hof, der auf drei Seiten von Häusern und auf der vierten von der stachligen Hecke umschlossen war, die Vorräte abgeladen, die man uns auf die Reise mitgegeben hatte: ein paar Kisten Konservenbüchsen mit ausländischen Etiketten, ein kleiner Kanister mit ranzigem Pflanzenöl, den der Direktor persönlich aus den Beständen der Arbeiterversorgung mitgenommen hatte, sonderbare Geschenkbeutel mit fremden Etiketten und ein Berg Klamotten.

Glücklicherweise waren in dem zweigeschossigen Haus in sämtlichen Räumen Betten mit Matratzen vorhanden, und wer kein Bett mehr abbekam, dem wurde auf dem Fußboden ein Lager bereitet.

Die Mädchen, weniger an der Zahl, wurden im Erdgeschoss untergebracht, die Jungen im ersten Stock, die Ältesten aber, Schüler der sechsten und siebenten Klasse, kamen in einer Hälfte des eingeschossigen Seitengebäudes unter. In der anderen Hälfte wurden die Küche und der Speisesaal eingerichtet. In das zweite eingeschossige Gebäude zogen der Direktor und die Erzieher. Hier befanden sich auch das Lager und weitere Wirtschaftsräume.

Aber das war die äußere scheinbare Ordnung, die im Verlauf mehrerer Wochen geschaffen wurde. Alles andere regelte sich spontan, also eigentlich gar nicht. Drei Erzieher und der Direktor, das war das ganze Personal dieser Waisenkolonie. Keiner kannte keinen, und es gab keine Möglichkeit, diesen fünfhundertköpfigen Koloss, den der Zufall zusammengebracht hatte, zu überblicken.

Es gab keinen Koch, und es war auch nichts zum Kochen da. In den schönen amerikanischen Büchsen befand sich Brennesselsuppe. In den Geschenkbeuteln, die ungeprüft in den Gruppen verteilt worden waren, fanden sich ein Brief von den englischen Gewerkschaften, die Zeitung »Der britische Verbündete«, mehrere Schachteln Zigaretten, Präservative, flache Papierstreichhölzer wie auch Reklameschönheiten in unzüchtigen Posen.

Als Pjotr Anissimowitsch dahinterkam, dass diese Päckchen keineswegs für Kinder gedacht waren, qualmte die Hälfte der Zöglinge bereits Zigaretten, die Präservative hingegen wurden aufgeblasen und in die Luft geworfen. Die Schönheiten wurden an den Wänden befestigt, nachdem sicherheitshalber mit Bleistift dazugeschrieben worden war, was bei ihnen wie hieß. Der »Britische Verbündete« war zum Hinternabwischen zu gebrauchen, und da die einzige Toilette schon vom ersten Tag an bis unters Dach besudelt war und alles ringsum ebenso, wurde das Geschäft nunmehr hinterm Haus bei der Hecke verrichtet, und Fetzen der ungewohnt harten Verbündetenzeitung lagen überall herum. Die Zeitungen waren wohl das Nützlichste von allem.

Die Büchsen von der Brennesselsuppe wurden in zwei Hälften geschnitten und als Teller benutzt. Löffel besorgten sich die Kinder selbst und hatten sie immer bei sich. Viele schnitzten sich ihren aus Holz. Im Übrigen war vorerst nichts da, was sie damit hätten löffeln können. Die Plürre, die von Anfang an draußen in der selbstgebauten Küche auf einem Dreibein gekocht wurde, enthielt nichts Dickes und wurde Mehlplempe genannt: Maismehl, Wasser und das Öl des Direktors; sie wurde direkt aus der Konservenbüchse getrunken. Bald aber war auch das Mehl alle, und die Kolonie ging dazu über, auf eigene Faust Essbares zu organisieren, was übrigens für die meisten nichts Neues war. Das galt auch für die Kusmin-Zwillinge.

Nachdem sich die Brüder in einem Winkel ganz ordentlich eingerichtet hatten, nahe dem Ofen, der noch nicht wärmte, aber der nächste Winter kam bestimmt – die Kusmin-Zwillinge blickten weit voraus, weiter als die anderen –, nahmen sie eine Bestandsaufnahme ihrer Besitztümer vor.

In dem Geheimversteck, das sie in einiger Entfernung am Ufer der Sunsha, eines seichten Flüsschens mit rötlichem Wasser, eingerichtet hatten, lagen die ausländischen Streichhölzer aus dem Verbündetenpäckchen, zwei Präservative, eine schöne durchsichtige Tüte, die Waggonschlüssel, die sie dem Zugbegleiter aus der Tasche geangelt hatten, während er ihnen die Namen der Berge nannte, der Dreißigrubelschein, vom häufigen Gebrauch an den Knicken durchgewetzt, und ein paar Kartoffeln, gleichfalls dem einfältigen, schlafmützigen Zugbegleiter gemaust.

Verglichen mit den Rücklagen in Tomilino war das viel mehr, und mehr ist immer besser.

Ihr Geheimversteck, eine ehemalige Tierhöhle, hatten die Brüder erweitert, um dort noch mehr verstauen zu können, wenn sich etwas fand.

Es fand sich etwas, wenn auch nicht sofort.

Das Nächste, was die Kusmin-Zwillinge in ihrem neuen Leben unternahmen, war eine Erforschung der Kolonie, das heißt, sie untersuchten sorgfältig das Territorium, sämtliche Räume, Winkel und Dachböden.

Aus Gewohnheit begannen sie mit dem Brotschneideraum, der bislang leer war. Außer der Waage und den Gewichten – die sahen sie durchs Fenster – gab es dort gar nichts. Das Vorhängeschloss an der Tür war lächerlich, und die Fenster waren nicht vergittert.

All das empfanden die Kusmin-Zwillinge als einen gewissen Fortschritt im Vergleich zu Tomilino. Interessant war auch, dass der Speisesaal und die Küche wenig umsichtig gleich neben dem Schlafsaal der Jungen eingerichtet worden waren. Bei Gelegenheit mussten sie von dieser unbewachten Seite aus Zugang zur Küche suchen. Freilich, eine Küche in dem Sinne, wie die Brüder es gewöhnt waren, gab es hier auch nicht.

In den Speisesaal konnten sie sich, wenn sie wollten, mehrfach zum Mittagessen hineinstehlen. Zumal sie auch hier schon vom ersten Tag an mit ihrer Ähnlichkeit alle in die Irre führten.

Sie tauschten die Betten, die Kleider, die Löffel, die Schüsseln und sogar die Gewohnheiten, wenn das möglich war.

So kam es, dass eines Tages eines der Kinder ganz aufrichtig rief: »Sagt mal, Brüder, wisst ihr wenigstens selber, wer von euch wer ist? Wer Saschka ist und wer Kolka?«

Ohne zu überlegen, antworteten die Brüder, sie wüssten es nicht, womit sie die Übrigen noch mehr verwirrten. Der Schlafsaal lachte so laut, dass es die fernen Detonationen in den Bergen übertönte, und am lautesten lachten die Brüder selbst. Das Zum-Narren-Halten hatte begonnen, und auf diesem Gebiet fühlten sich die Kusmin-Zwillinge wie Fische im Wasser.

Sie inspizierten auch das Zimmer des Direktors und ganz besonders den Lagerraum gleich daneben.

Beim Direktor gab's vorerst nichts zu holen, und das unterschied den jetzigen Direktor unvorteilhaft von dem Gauner in Tomilino, den die Kinder natürlich mehrfach auszuplündern versucht hatten, woran sie jedoch jedes Mal von den Hundebestien gehindert worden waren.

Im Lagerraum, in den sie die Nase steckten, gab es außer Säcken mit Klamotten nur den Kanister mit dem Pflanzenöl, und den nahmen die Brüder unter Beobachtung. Zumal sowohl das Schloss als auch der Riegel primitiv waren und sich mit links öffnen ließen.

Als sie sich vor der Tür des Lagerraums herumdrückten, stießen sie auf Regina Petrowna. Sie wohnte gleich nebenan, um die Ecke. Ein winziges Zimmerchen an der Stirnseite des Hauses, zwei Eisenbetten, ebensolche wie bei den Kindern, ein Nachttisch.

Aber schon hing vor dem Fenster ein hübsches Gardinchen, auf den Betten lagen, völlig ungewohnt, geblümte Decken, auf dem Fußboden an der Tür ein kleiner Teppichläufer, und an der Wand hing ein kleiner Spiegel mit Holzrahmen.

Die Kusmin-Zwillinge, von der Erzieherin hereingebeten, fanden das alles unglaublich schmuck und festlich. Aber es konnte ja auch nicht anders sein.

Vor der Tür traten sie von einem Bein aufs andere, um nicht mit ihrem Schuhwerk und ihrer Anwesenheit diese Ordnung zu zerstören, aber die Hausfrau schob sie fast mit Gewalt ins Zimmer und nötigte sie, auf den Betten Platz zu nehmen. Stühle gab es nicht.

Regina Petrowna erklärte, ihre Männlein spielten draußen, so gebe es gottlob weniger Schmutz und Gedränge, dabei breitete sie eine saubere Serviette über den Nachttisch und stellte eine Untertasse mit zwei Würfeln Dörrbrot darauf. Dann holte sie aus dem Kessel auf dem Dreibein eine Kelle voll Tee, goss allen ein und tat jedem ein paar Krümel Saccharin hinein, die sie einem weißen Tütchen entnahm, das aussah wie das mit den Tabletten, die Saschka auf der Bahnstation Kuban hatte haufenweise schlucken müssen.

Die Brüder schlürften gierig den süßen Tee und knabberten sparsam an dem Dörrbrot; die Stückchen schmolzen von selbst im Mund und machten den ohnehin starken Hunger noch spürbarer.

Die Hausfrau, die ihre dichten schwarzen Haare zu einem Knoten gewunden hatte, saß am Fenster und rauchte; das Fenster war übrigens so simpel, dass jeder es aufbrechen konnte, der hier hereinwollte. Das bemerkte der erfahrene Kolka sofort.

»Na, habt ihr schon alle mit eurer Ähnlichkeit durcheinandergebracht?«, fragte Regina Petrowna mit einem Blick auf die Brüder. »Ich habe hier die Papiere sortiert; eigentlich habe ich nur mit den Mädchen zu tun, aber eure waren auch dabei. Eine Beurteilung für zwei. Da steht, bei euch wäre nicht nur das

Aussehen gleich, sondern auch die Gewohnheiten und die Neigungen und alles andere. So steht es da. Das klingt, als lohnte es sich gar nicht, für euch zwei Beurteilungen zu schreiben, denn die Kusmins wären sowieso ein einziger Mensch.«

Regina Petrowna wollte noch etwas hinzufügen, ließ es aber.

»Na schön. Später«, sagte sie nach einigem Zögern. »Übrigens, wer von euch ist wer? Who is who?«

Kolka sah das übriggebliebene Stück Dörrbrot seufzend an und sagte: »Saschka, der isst schneller, er hat wenig Geduld. Ich hab ein bisschen mehr. Dafür ist er klüger und flinker mit dem Kopf. Ich bin eher praktisch.«

»Aha, also doch verschieden. Ich hab mir schon gedacht, dass sie euch nicht kennen. Dass ihr sie ordentlich getäuscht habt. Obwohl … Manche braucht man gar nicht zu täuschen, für die sind alle Kinder gleich. Übrigens …« Regina Petrowna fiel etwas ein, und sie blies den Rauch zum Fenster hin. Sie rauchte so hübsch mit gespitzten Lippen, dass die Brüder auch Lust bekamen zu rauchen. »In eurer Beurteilung steht, dass ihr schon ein paarmal bei der Miliz gelandet seid. Wofür, wenn's kein Geheimnis ist?«

Kolka druckste und sah Saschka an. Aber Saschka knabberte an seinem Dörrbrot und schwieg.

»Na … Wir haben einer Frau auf dem Markt eine Salzgurke geklaut.«

»Eine Salzgurke? Nur eine?«

»Nein, zwei! Eine hab ich genommen, die andere Saschka. Damit wir mehr hatten!«

Saschka hatte sein Dörrbrot aufgegessen und fügte hinzu: »Nein, es war anders. Wir waren nicht richtig wachsam. Einer von uns hat Schmiere gestanden. Na, das heißt, wenn was ist, muss er ›Achtung‹ oder ›Pass auf‹ rufen. Der andere hat die Gurke aus dem Fass geholt. Aber dann wollte der, der Schmiere gestanden hat, auch eine grapschen, und da haben sie uns geschnappt.«

Regina Petrowna lachte nicht, sie blickte nachdenklich aus dem Fenster.

Sie rauchte zu Ende, warf die Kippe hinaus und wandte sich den Brüdern zu.

»Haltet durch, meine Lieben. Meine Männlein müssen's auch. Und die Mädchen aus meiner Gruppe hungern nicht weniger als ihr. Unser Direktor ist nach Gudermes gefahren, vielleicht bringt er Lebensmittel mit. Bis dahin ... Ihr besucht mich doch wieder, ja? Besucht mich, wirklich, irgendwas findet sich schon für euch. Das Saccharin reicht noch eine Woche, da können wir zusammen Tee trinken.«

Die Brüder erhoben sich und versprachen wiederzukommen. Und obwohl sie einander nicht ansahen, spürten sie und wussten, dass sie das Gleiche spürten: Sie würden Regina Petrowna nicht oft besuchen, diese einzigartig schöne und gütige Frau, weil nämlich auch sie hungerte. Ja, wenn es ihnen gelänge, irgendwo einen anständigen Happen zu organisieren, dann würden sie kommen, um sie königlich zu beschenken. Mehr noch, ihre Beutezüge mussten erfolgreicher werden, weil Regina Petrowna bestimmt nicht selbst auf Beute gehen konnte. Wie sollte sie mit ihren zarten Fingern ein Schloss aufbrechen? Essen aber mussten sie und ihre Männlein Marat und Jaurès auch.

Das waren ihre Gedanken, als sie sich verabschiedeten. Kolka war es gelungen, sein Stückchen Dörrbrot zu sparen und in die Tasche zu stecken. Das wollte er nachher Saschka schenken.

9

Nachdem die Brüder die Häuser, die Lagerräume, die Schlafsäle und die Dachböden (dort lagerten hinter schlecht verschlossenen Türen ebenfalls Matratzen) untersucht, die stachlige Hecke bis auf den letzten Strauch studiert und zwei geheime Schlupflöcher darin gefunden hatten, wandten sie ihre dringliche Neugier dem Fluss, den nahen Gärten und natürlich der Siedlung Berjosowskaja zu, die drei Kilometer von der Kolonie entfernt lag.

Das, was sie für die Höcker einer Panzersperre auf freiem Feld gehalten hatten, erwies sich als ein alter Friedhof, der keineswegs furchteinflößend war und weder Kreuze noch frische Gräber hatte. Auf den grauen Granitsteinen war etwas in einer unbekannten Sprache eingemeißelt, einige zeigten auch zwei Patronentaschen, wie sie die Brüder in dem Film »Die Schweinehirtin und der Schäfer« auf der Brust des schönen Schäfers gesehen hatten. Der Schäfer hütete seine Schafe und sang aus vollem Hals ein Lied.

Die Brüder berührten einen glatten Stein und die darauf eingeritzten Patronentaschen und dachten gleichzeitig, dass in den hiesigen Bergen im Unterschied zu ihrem Lieblingsfilm, den sie wohl zehnmal gesehen hatten, niemand fröhliche Lieder sang noch Schafe hütete.

Die Brüder beobachteten die Siedlung ein paar Tage lang und kamen zu dem Schluss, dass dort Menschen lebten. Sie lebten irgendwie heimlich, scheu, denn sie kamen abends nicht aus den Häusern und saßen auch nicht davor. Nachts wurde in den Häusern kein Licht gemacht. Niemand spazierte auf den Straßen, niemand trieb Vieh, niemand sang. Der Teufel mochte wissen, wie sie so leben konnten, aber sie lebten, das war die Hauptsache.

Das erste Mal pirschten sich die Brüder übers Feld und von den Gärten her heran. Sie stießen auf Kartoffeln, gruben eine Pflanze probehalber aus und stellten fest, dass die Kartoffeln reif waren; sie mussten am Abend wiederkommen.

Lautlos erreichten sie eine Scheune, warteten, horchten. Da ertönte Husten, schwerer Husten, Männerhusten, und eine Art Murmeln. Sie machten kehrt. Die Begegnung mit einem dörflichen Hausherrn verhieß nichts Gutes. Auf dem Markt von Tomilino hatten die Bauern grausam zugeschlagen, Diebe manchmal zu Tode geprügelt. Die Städter hatten auch geschlagen, aber barmherziger.

Das zweite Mal fanden sie sich bei Dunkelheit während der Nachtruhe ein, buddelten Kartoffeln aus, stopften das

Hemd und die Taschen voll und stahlen sich am Straßenrand davon.

Wieder hatten sie nichts gesehen, nur da und dort hinter den Zäunen dumpfe Stimmen gehört. Kein Hund bellte, kein Huhn kakelte, kein Ferkel quiekte wie in Tomilino, niemand sang Scherzlieder zu lustigem Harmonikaklang.

Rein gar nichts.

Es hatte eine Zeit gegeben, da hatten die Kinder von Tomilino, auch die Kusmin-Zwillinge, zugeschaut, wie der einäugige Harmonikaspieler, der tagsüber auf der Bahnstation Eis verkaufte, die Mädchen betatschte, ohne sich vor den Jungs zu genieren; manchmal setzte er sich eines auf den Schoß und hob ihm den Rock hoch. Er griente besoffen, sein einziges Auge glotzte, dann lachte er lauthals und sagte: »Na, wie wär's?«

Die Jungs schwiegen verlegen. Da zog der Harmonikaspieler sein verkratztes Instrument auseinander und grölte unzüchtige Lieder, dass es die Straße entlangschallte.

Im Moskauer Vorort war Leben in den Häusern gewesen. Das stand fest.

Hier dagegen schien es sich nur heimlich abzuspielen. Das war so ungewohnt, dass es die Brüder einschüchterte. Wie sollten sie in ein Haus eindringen, wenn sie keine Ahnung hatten, wer da wohnte und wann die Bewohner zu Hause waren?

Eines Tages kam ihnen der Zufall zu Hilfe.

Sie trieben sich im Umkreis der Siedlung herum und stießen auf einen Mann, der Dürrholz sammelte. Die Brüder wollten an ihm vorbeischlüpfen, aber dann erkannten sie den Zugbegleiter Ilja aus ihrem Waggon. Schnauzbärtig, kurzbeinig, ohne Uniform jetzt, nur in Hemd und einfacher Hose, erwies er sich plötzlich als blutjunger Kerl, fast so wie der Harmonikaspieler.

Ilja sah die Jungen an und grinste. Bestimmt erinnerte er sich, wie die Zwillinge in Woronesh vor der Schieberin geflohen waren. Später hatte er ihnen den Kasbek und den Elbrus mit den zwei Gipfeln gezeigt. Und sie ... hatten ihm die Schlüssel geklaut. Eigentlich mehr aus Gewohnheit, sie waren so blank und klirrten so schön, dass die Hand von selber zugriff. Wozu, wussten sie nicht.

»Na, was sucht ihr hier?«, fragte Ilja nüchtern und deutete ein Grinsen an.

»Wir gehen spazieren«, sagte Kolka. Saschka nickte.

»Soso. Hier sind schon viele von euch spazieren gegangen«, sagte Ilja. »Die Hälfte von meinen Kartoffeln haben sie mir wegspaziert.« Und er befahl: »Nehmt das Dürrholz und kommt mit.«

»Die Kartoffeln, das waren wir nicht«, widersprach Kolka.

»Nicht ihr … nicht ihr«, Ilja winkte ab. »Ihr habt mir nur die Schlüssel geklaut. Oder nicht?« Er wiederholte: »Schon gut. Kommt mit!«

Das Dürrholz war zu großen Bündeln verschnürt. Jeder trug ein Bündel. Sie schleppten es zur Straße, beluden damit einen Handwagen mit rostigen Rädern und zogen Richtung Dorf. Beim ersten Haus, das weiß war und hinten einen eingezäunten Gemüsegarten hatte, wurde ausgeladen. Ilja ging ins Haus, die Brüder warteten draußen.

Beide dachten das Gleiche: Deshalb plünderten die Waisenkinder diesen Garten, weil er der erste war, der Kolonie am nächsten. Am Dorfrand klaut sich's stets am sichersten.

Während sie warteten, musterten sie interessiert den kleinen Hof mit dem hohen festen Zaun, an dessen Innenseite sich ein Schutzdach hinzog; darunter lagen Maisstroh, Dürrholz und irgendwelche Metallteile, auch ein vom Alter grün angelaufener Messingkrug mit schmalem Hals. Den mussten sie sich merken, vielleicht konnten sie ihn mal gebrauchen. Der Boden im Hof, so etwas sahen die Brüder zum ersten Mal, war fest und mit gelbem Lehm glattgestrichen. Vor der Haustür lag ein vom Alter verblichenes Ziegenfell.

Der Hausherr steckte den zerrauften Kopf aus der Tür und rief: »Kommt doch rein, was steht ihr da?«

Vorsichtig und hintereinander, um im Fall des Falles abhauen zu können, gingen die Brüder durch die schummrige schmale Diele, wo Krüge aus Messing und aus Ton standen, und traten auf die Schwelle der Stube. Wände und Decke waren geweißt wie in Russland die Öfen.

In der Ecke, wo man die Ikone erwartete, hing ein Bild von »Großvater Kalinin«. Mitten in der Stube ein Tisch, derb, ohne Tischtuch. Zwei Hocker und ein Bett. Vor dem Bett ein hausgewebter Teppichläufer – rote Muster auf schwarzem Grund. Ansonsten war das Zimmer leer. Neben der Tür ein Regalbrett, darauf der schlichte Hausrat, der eines Junggesellen, das sah man gleich: ein eiserner Kochtopf, zwei Blechschüsseln, ein Soldatenkochgeschirr, ein verbeulter Becher. Auf dem Tisch stand ein verräucherter Teekessel aus Blech, der ein paar Liter fasste.

»Hier wohne ich«, sagte Ilja und grinste wieder. »Wie man so sagt: Es geht mir gut, bald wird's besser!«

Die Jungen hatten sich auf das Bett gesetzt, auf die schmuddlige graue Decke, Schulter an Schulter, nicht nur weil wenig Platz war, sondern auch um sich mit scheinbar zufälligen Bewegungen verständigen zu können.

»Wir sind also Nachbarn? Sieh mal an«, sagte Ilja.

Die Brüder nickten.

»Ich hab vergessen, wie heißt ihr gleich?«

Kolka sagte: »Ich bin Saschka.«

Saschka sagte: »Und ich Kolka.«

Als ob das Schwindeln jetzt einen Sinn gehabt hätte. Sie mogelten wohl mehr aus Gewohnheit.

»Mich könnt ihr Ilja nennen.« Die Brüder nickten wieder.

»Ich seh noch vor mir, wie ihr vor dem blöden Weib abgehauen seid! Ich bin selber manches Mal weggerannt ... Au, und wie ich gerannt bin, wenn ihr wüsstet. Aber das erzähl ich euch ein andermal. Ich leb hier allein. Ein Weib hab ich nicht. Kartoffeln koch ich mir draußen, ich hab mir einen Feuerbock gemacht. Und Tee brüh ich mir auf. Und geb acht, dass sie mich von hier nicht zum Teufel jagen.«

Kolka fragte sofort nach, denn das interessierte sie:

»Wieso, gehört das Haus etwa nicht Ihnen?«

Ilja lachte gezwungen, sein Schnauzbart bebte.

»Ha! Mir gehört hier … nicht mal die Laus in diesem Haus. Wisst ihr denn, wie diese Siedlung heißt?«

»Klar, Berjosowskaja«, antwortete Saschka.

»Berjosowskaja! Von wegen Berjosowskaja, Dej Tschurt hat sie geheißen!«, schrie Ilja. »Aber jetzt heißt sie Berjosowskaja. Genausogut könnte sie Ossinowskaja* oder Sosnowskaja heißen. In Wirklichkeit heißt sie Dej Tschurt. So ist das.«

Ilja ließ den Blick durch das Zimmer schweifen, er glaubte, die Kinder hätten verstanden.

Aber Kolka musste alles genau wissen. Wozu wären sie sonst hergekommen? Und er fragte hartnäckig: »Wie, Teufel**?«

»Genau, Teufel. Ein gefährlicher Ort … Ringsum Teufel.«

Ilja schüttelte den Kopf, verwundert über solche Unwissenheit. Als er es sagte, hatte er sich vorgebeugt und geflüstert, als wären sie nicht allein. Überhaupt hatten die Kinder den Eindruck, dass er sich fortwährend umsah.

»Wozu seid ihr denn hergekommen, ihr Racker, ihr Großstadtkakerlaken?«

»Wir wurden einfach hergebracht«, sagte Kolka.

»Aber wohin? Wohin?«

»In den Kaukasus.«

»Ha! Der Kaukasus ist groß.« Ilja machte eine wegwerfende Handbewegung. »Euch haben sie hergebracht, damit ihr das Land hier besiedelt. Verstanden? Deswegen … ihr armes Gesindel. Ihr sollt hier die Bevölkerung werden … Ich auch, ich soll auch Bevölkerung werden … Und auch die da, die Gauner und Vagabunden.« Er zeigte auf das kleine Fenster, durch das sie hinter der Hecke ein Häuschen weiß schimmern sahen.

* Von russ. berjosa (Birke), ossina (Espe), sosna (Kiefer).

** Bezieht sich auf die phonetische Ähnlichkeit von Tschurt mit dem russ. Wort tschort (Teufel).

»Da leben auch welche?«, fragte Kolka sofort.

»Ja, so wie ich … Nichts gehört ihnen. Alles aus fremder Hand.« Aus irgendeinem Grund zeigte er auf den farbigen Läufer.

»Ist das alles gestohlen?«, fragte auf einmal Saschka, dem etwas dämmerte.

»Ha!« Ilja nickte und fügte mit einer Art Verbitterung hinzu: »Was dir nicht gehört, muss ja wohl gestohlen sein. Und ihr, ist das, wo ihr jetzt wohnt, etwa nicht gestohlen? Im Technikum?«

Kolka gab Saschka einen Stoß. Beide dachten das Gleiche: Hier stimmt was nicht. Entweder spinnt dieser Ilja, aber danach sieht er nicht aus. Oder er hat die Brüder im Verdacht, ihm Kartoffeln geklaut zu haben. Das mit den Schlüsseln hat er erraten … Aber: Nicht ertappt – kein Dieb.

Kolka fragte vorsichtig mit einem Blick zur Tür: »Woher wissen Sie? Dass wir … Wir klauen nicht.«

Ilja brummte nur spöttisch. Und sah die Brüder finster an.

»Ha! Klauen muss man, wie soll man sonst leben? Ihr habt zum Beispiel einen Lagerraum, da sind Wintersachen drin … Ohne Bewachung. Es wäre doch eine Sünde, da nicht einzusteigen. Und ich kauf's euch ab. Versteht ihr?«

Die Brüder nickten unsicher. Wollte er sie prüfen? Von wegen, ich stell euch auf die Probe, ihr Grünschnäbel, und wenn ihr einwilligt, hab ich euch. Die Brüder aber waren gewieft, die Miliz hatte sie nicht nur wegen der Gurken geschnappt.

Inzwischen spann Ilja seinen Faden weiter: »Wer mir Kartoffeln ausbuddelt, den schlag ich tot. Sagt das euren Leuten. Bei den andern, von mir aus, interessiert mich nicht. Und die Wintersachen, die bringt ihr mir, ich geb euch Geld. Und Kartoffeln … Und noch mehr.«

»Mal sehen«, sagte Saschka vage, er hatte alles begriffen und sich bestimmt auch schon was einfallen lassen wegen dieser Sachen. »Also, wir gehen dann, Onkel Ilja.«

»Ohne Onkel, einfach Ilja«, sagte Ilja. »Kommt wieder. Wenn

ich nicht grade mit dem Zug unterwegs bin, findet ihr mich hier. Und was die fremden Sachen betrifft, die …«

Auf der kleinen Vortreppe hob er den Finger und horchte lange. Und als es in den Bergen wieder krachte, fragte er: »Habt ihr gehört, ja?«

»Sie sprengen Minen«, sagte Kolka überzeugt.

»Ha! Minen …« Ilja lachte grimmig. »Wir armen Umsiedlerschweine machen vor Angst nicht mal Licht … Wir haben Angst. Was ist das für ein Leben?« Er versetzte dem Ziegenfell einen wütenden Fußtritt.

»Vor wem?«, fragte Kolka wieder.

»Vor den Teufeln!«, schrie Ilja und schob sie zur Pforte.

10

Mit seinem gewohnten »Das ist ja alles nicht zu fassen!« war der Direktor nach Gudermes gefahren – was das war, wie es aussah und wo es lag, wussten die Brüder nicht. Die Kolonie war allmählich in Auflösung. Matratzen, Kopfkissen, die wenigen Möbel wurden in die Siedlung geschleppt und gegen Kartoffeln und vorjährigen Mais getauscht.

Ein paar Jungs schleppten einen flachen Stein ins Haus, warfen ihn krachend im Schlafsaal hin – ein Einfall von Saschka – und machten sich zu dritt an die Arbeit. Einer schüttete Körner auf den Stein, der Zweite zerschlug sie mit einem anderen, kleineren Stein, und der Dritte scharrte mit der Hand die Krümel in eine Konservenbüchse. In dieser Büchse wurde dann aus den zerstoßenen Körnern Brei gekocht.

Etwas unsicher, aber hartnäckig plünderten die Kinder die Felder, erweiterten Kilometer um Kilometer die Zone rund um die Kolonie, dabei gab es nicht viel zu plündern. Der Mais war noch nicht reif, und Kartoffeln wuchsen nur in den Gärten der Siedler. Und die wurden bewacht.

Eines Tages jagten Siedler die Kinder mit Knüppeln bis zum

Tor der Kolonie, und es war ein Wunder, dass sie sie nicht totschlugen. Aber sie schrien Drohungen, damit alle es hörten: »Wenn ihr noch mal Kartoffeln klaut, ihr nacktärschigen Banditen, dann zünden wir euch die Häuser an! Wir jagen euch in alle Winde!«

Die Kinder antworteten: »Verschwindet, ihr Dorftrottel! Vorher zünden wir euch das Dorf an!«, »Berjosowskaja-Laus, ist das dein Haus? Hast die Jacke voller Kacke!«

»Na, dann passt mal auf! Wenn ihr brennt, werdet ihr schon sehen!«

»Wir helfen euch dabei!«, brüllten die Kinder. »Geht doch zum Teufel mit eurem Kaukasus! Die Motten sollen euch auffressen! Mit Dolchen sollen sie euch allesamt abstechen, ihr übriggebliebenen Kulaken!«

Dann grölten sie aus vollem Hals:

»Mein Kamerad, das ist ein scharfer Dolch,
das ist mein Säbel und mein Pferd!
Du stirbst für nichts und wieder nichts, du Strolch!
Denn unser Leben ist nichts wert!«

Das mit den Dolchen hatten die Kinder nur so hingesagt. Die Siedler aber verstummten und entfernten sich scheu. Und kamen nie wieder.

Rund um das Technikum leuchtete allabendlich der Widerschein von Lagerfeuern. Jeweils ein paar Kinder taten sich zusammen, machten aus Gras und trockenem Holz Feuer und kochten eine Art Suppe, zumeist in einer Konservenbüchse.

Die Kusmin-Zwillinge steuerten ihre Kartoffeln und ein paar Maiskolben bei, die sie von Ilja für die Matratzen bekommen hatten.

Ilja hatte die Matratzen kopfschüttelnd untersucht, war unters Dach gekrochen, hatte den Brüdern ein paar gelbe Maiskolben gegeben, härter als Stein, und sie streng und belehrend erinnert: »Klamotten brauch ich. Dort sollen haufenweise welche rumliegen. Bringt mir Klamotten!« Und sie rausgeworfen.

Eines Tages saßen die Brüder am Feuer. In der Blechbüchse mit dem Drahtbügel kochte eine Plürre aus Schilfwurzeln, die es hier am Fluss reichlich gab; die Maiskolben hatten nicht lange vorgehalten.

Saschka kratzte sich am schmutzigen Kopf und sagte: »Wird Zeit, abzuhauen. Oder?«

Kolka fragte nicht: Wohin? Die einzige Straße von der Kolonie weg führte zur Bahnstation. Dorthin verschwanden manchmal Kinder, einzeln oder zu zweien, und kamen nicht wieder.

»Wollen wir nicht warten?«

»Worauf?«

»Auf den Direktor ... Aus Gudermes ...«

»Vielleicht gibt's das gar nicht, dieses Gudermes. Denk doch an Viktor Viktorowitsch. Wär der gefahren, was zu essen holen?«

»Für seine Köter, ja.«

»Na schön. Und der hier ... Hat gesehen, die Sache steht mies, Aktentasche in die Hand und nichts wie weg. Der interessiert sich doch einen Scheiß für uns.«

Sie schwiegen. Das Gras knisterte im Feuer, es verbrannte schnell, darum hatten die Brüder einen ganzen Haufen herbeigeschleppt. Überall ringsum brannten da und dort Feuer, aber in der Nähe der Kusmin-Zwillinge war diesmal niemand.

Kolka kostete mit dem selbstgemachten Holzlöffel die Suppe, verzog das Gesicht und sagte plötzlich: »Und der Lagerraum?«

Saschka lag auf der Erde und blickte in den Himmel. »Wieso? Du meinst, da ist noch was drin?«

»Bestimmt. Ilja weiß Bescheid.«

»Der weiß ... Wie man auf fremdem Arsch durchs Feuer reitet.«

Kolka sagte: »Ist doch nicht weiter schwer. Wir brechen das Schloss auf.«

Saschka blickte noch immer in den Himmel, der am Erlöschen war und sich in dunkelblauen Abenddunst hüllte, und sagte nichts.

»Ein Schlag mit dem Stein, und alles fliegt auseinander«, fügte Kolka hinzu.

»Mit einem Stein? Wir brauchen keinen Stein«, sagte Saschka ruhig. »Da ist doch ein Riegel?«

»Ja, ein Riegel«, bestätigte Kolka.

»Und der Bügel von dem Schloss ist ziemlich lang. Wenn wir das Schloss zur Seite drehn …«

»Verstehe!«, rief Kolka. »Hab's kapiert. Dann kriegt der Riegel mehr Spiel …«

»Das kapiert doch jeder Idiot«, sagte Saschka träge, ohne sich zu bewegen, und betrachtete den Himmel. »Unsere Schakale, die haben genau wie du mit einem Stein zugeschlagen … Das Schloss hat Dellen … Hirnlose Schläger.«

Die Brüder sprachen nicht weiter. Vom Reden wird keiner satt, wenn er etwas Brot nicht hat! Gleich heute, sobald es dunkelte, würden sie zum Lagerraum gehen. Einstweilen mussten sie ihre Suppe verputzen und achtgeben, dass andere ihnen nicht zuvorkamen.

Es ist altbekannt, Ideen liegen in der Luft, und wenn der Lagerraum bis heute nicht ausgeplündert worden war, so war das kein Grund zur Beruhigung. Wenn sie heute hinkamen, konnte ein Dutzend Jungs auch auf den Einfall mit dem Riegel gekommen sein. Solche Wunder geschehen in der Natur.

Die Brüder verschlangen in aller Eile ihre Plürre, versteckten die Konservenbüchse und saßen dann bis zur Dämmerung im Gebüsch, um die Tür des Lagerraums im Auge zu haben. Aber niemand unternahm einen Anschlag. Vielleicht waren die Brüder die einzigen Idioten in der Kolonie, die dort noch etwas vorzufinden hofften. Bestimmt war schon vor ihnen alles geplündert worden, ganz legal, der Direktor Pjotr Anissimowitsch hatte ja einen gewaltigen Sack mitgenommen nach Gudermes. Die Aktentasche und den Sack. Er würde ja wohl nicht seine eigenen Klamotten verkaufen.

Alles lief wie geplant.

Umschau haltend, flitzten die Kusmin-Zwillinge zum Lagerraum. Kolka drehte das Schloss waagerecht, zog den Riegel nach links, und da geschah das Wunder, das Wunder, das sich zuerst in Saschkas genialem Schädel abgespielt hatte – der Riegel klirrte, die Tür ging auf.

Einen Moment starrten die Brüder verdutzt in die schwarze Öffnung und konnten nicht glauben, dass alles so einfach war. »Sesam, öffne dich!« Und – bitte schön!

»Steh Schmiere«, flüsterte Kolka aufgeregt und darum viel zu laut und schlüpfte in den Lagerraum, in die geheime, lockende Tiefe.

Saschka stieß rasch den Riegel wieder vor und hängte das Schloss zurecht. Er sah sich um, ob ihn nicht jemand beobachtete, lief zurück ins Gebüsch und bezog Posten.

Natürlich reizte, juckte es ihn, wenigstens einen Blick in den Lagerraum zu werfen, um zu sehen, was es dort gab. Um sich einen Moment lang als Besitzer eines ganzen Waggons voller Klamotten zu fühlen! Nein, nicht um alles bis aufs Letzte in Besitz zu nehmen. Was sollte einer, was sollten zwei mit so viel Zeug? Sich als Mensch zu fühlen, darum ging es. Man ist ein Habenichts, hat im Bauch nichts als Schilfwurzeln. Und auf einmal gehört einem alles! Man geht als großer Herr durch sein Reich, befühlt seine Schätze, möchte sie am liebsten mit den Zähnen prüfen und weiß: Wenn ich will, nehm ich mir dies oder auch was anderes. Vielleicht nehm ich auch gar nichts, sättige mich nur an dem Anblick und gehe wieder.

Aber da bremste sich Saschka: Gar nichts nehmen, das ging nicht. Etwas musste man nehmen. In Maßen. Kolka würde schon wissen, in was für Maßen. Wenn nur keiner sie störte.

Saschka wusste, es gibt solch einen Aberglauben: Wenn man an den Teufel denkt, dann kommt er. Kaum hatte er das gedacht, schon kam jemand. Mädchen kamen, und die ganze Umgebung hallte wider von ihrem Geplapper. Über den Direktor, über Gudermes, wohin er gefahren war. Sie waren alle ganz verrückt nach diesem Gudermes, als wär's das gelobte Land, wo die Brötchen an den Bäumen wachsen. Nein, sie wuchsen hier in dem Lagerraum. Das ging Saschka durch den Sinn.

Kaum waren die Mädchen weg und nicht mehr zu hören, da erschien ihre geliebte Regina Petrowna mit Marat und Jaurès. Sie setzte sich auf die Treppenstufen des Lagerraums und sah ihren Männlein beim Spielen zu. Die aber kamen bis fast ans Gebüsch, traten Saschka beinahe auf den Kopf. O Gott, wenn sie ihn nun sahen. Dann wäre was los! Oder womöglich klopfte Kolka von innen an die Tür. Er konnte ja nicht sehen, dass auf der Vortreppe Regina Petrowna saß, versonnen eine Papirossa rauchte und in die Ferne blickte.

Aber Regina Petrowna rauchte nicht zu Ende, sie rief ihre Männlein und ging. Sie tat Saschka auf einmal entsetzlich leid.

Eine großartige Frau, und doch saß auch sie in dieser blöden Kolonie fest und litt Not. War es etwa richtig und in Ordnung, dass so eine schöne Frau wie sie in einer Kolonie mit Ganoven leben und Not leiden musste? Was hatte sie hierhergeführt? Die Kinder, das war was anderes, sie waren wie Kollerdisteln, die der Wind trieb, wohin er wollte. Einmal hatte jemand zu seinem Bruder Kolka gesagt: »Du bist eine richtige Kolkadistel.«

Ach, wenn Kolka da drinnen wüsste, wie traurig Regina Petrowna geguckt hatte, er würde auch für sie etwas mitgehen lassen.

Saschka, in seine Gedanken versunken, zuckte vor Überraschung zusammen, denn die Mädchen kamen wieder. Sie redeten laut, ihre Stimmen waren weithin zu hören. Sie sprachen darüber, dass ein Junge mit dem Pferdewagen zur Station geschickt worden war, um den Direktor abzuholen, der heute zurückerwartet wurde. Der Junge aber, nicht dumm, hatte sich auf einen durchfahrenden Zug geschwungen, und weg war er. Das Pferd aber war mit dem Wagen allein nach Hause zurückgekehrt. Ohne den Jungen, aber auch ohne den Direktor.

Die Mädchen verschwanden wieder, nun erschienen drei Jungen aus der älteren Gruppe. Saschka hatte nicht geahnt, wie viel Volk sich hier herumtrieb. Und bestimmt nicht ohne Eigennutz.

Die Jungen gingen, sich immer wieder umsehend, zum Lagerraum, rüttelten an der Tür, holten einen Nagel hervor und stocherten damit im Schloss.

Saschka standen die Haare zu Berge. Arme und Beine wurden ihm taub. Wenn Kolka nun dachte, Saschka mache sich am Schloss zu schaffen, und Laut gab? Glücklicherweise ertönten in der Nähe Rufe. Die Jungen ließen von dem Schloss ab, pfiffen ein Liedchen und entfernten sich, als gingen sie spazieren.

Saschka fiel ein Stein vom Herzen. Obwohl er einen Schreck bekommen hatte, dachte er schadenfroh: Idioten. So alt und so blöd. Lange Finger, aber kein Köpfchen. Die sollten mal ihr Gehirn benutzen statt einen Nagel.

Kaum war es still, klopfte Kolka. Dreimal. Nicht laut, doch Saschka schien es, als hallte die ganze Kolonie wider. Er stürzte zur Tür. Wollte das Schloss zur Seite drehen, aber es ließ sich nicht drehen. Die Jungen hatten es wohl mit dem Nagel verbogen, und nun saß es fest.

»Mach auf«, flüsterte Kolka von drinnen. »Schnell!«

»Gleich, gleich«, rief Saschka nervös, denn das verdammte Schloss ließ sich nicht herumdrehen. Und da näherten sich auch schon wieder Stimmen.

Er sprang zurück von der Tür, ging aber gleich wieder hin, er konnte ja Kolka nicht dort eingeschlossen lassen. Der flüsterte nicht mehr, sondern zischte laut und böse: »Mach doch auf! Was trödelst du! Wir müssen abhauen!«

Saschka riss an dem Schloss und bekam es frei. Beinahe wäre er hingestürzt. Er hatte sich den Finger geklemmt und die Haut aufgerissen, es blutete. Kolka sprang heraus, und Saschka erkannte ihn gar nicht: ein Knirps in einem bodenlangen Mantel, eine Fellmütze tief in die Stirn gezogen, gewaltige Schuhe.

Wie der kleine Muck. Hätte er nicht Bescheid gewusst, er wäre tüchtig erschrocken.

Sie verriegelten die Tür. Sie waren noch keine drei Schritte vom Lagerraum entfernt, da kam ihnen Regina Petrowna entgegen. Und zwar nicht allein, sondern mit den Mädchen ihrer Gruppe. Sie entdeckte die Kusmin-Zwillinge und wunderte sich. Auch die Mädchen blieben stehen und guckten.

»Ach, meine kleinen Freunde«, sagte die Erzieherin. »Wir haben Grund zur Freude. Der Direktor ist zurück. Warum kommt ihr mich nicht besuchen?«

Die Brüder traten von einem Bein aufs andere und blickten zu Boden. Die Mädchen kicherten. Nun sah auch die Erzieherin Kolkas Verkleidung und lachte. Normalerweise hätten die Brüder auch gelacht, aber jetzt war ihnen nicht danach zumute.

»Was sind das für Sachen? Wer hat dich so verkleidet?«, fragte Regina Petrowna energisch und musterte Kolka. »Wer bist du übrigens, Saschka oder Kolka?«

»Saschka«, blökte Kolka.

Er hatte nicht mogeln wollen, es war ihm so herausgerutscht.

Saschka lutschte das Blut von seinem Finger ab und ergänzte: »Ich bin Kolka.« Nur für den Fall, dass er den Bruder würde decken müssen.

»Nun wisst ihr's, Mädchen, merkt es euch ... wenn ihr könnt«, sagte Regina Petrowna fröhlich. Aber dann wurde sie ernst. Sogar streng.

Sie beugte sich zu Kolka und sagte: »Entschuldige, ich bin dumm, ich hab nicht gleich gesehen, dass du neue Sachen anhast, einen neuen Mantel und eine neue Mütze. Wo sind die her?«

»Aus dem Lager«, antwortete Kolka auf einmal frech. Saschka blieb die Spucke weg. Er hustete. Jetzt mussten sie abhauen, ehe alles rauskam!

Aber die Erzieherin war naiv. Sie hatte das mit dem Lager falsch verstanden. Gutmütig rief sie: »Na wunderbar. War Zeit, dass ihr was anzuziehen kriegt.«

Und dann zu den Mädchen: »Geht schon, ich komme gleich nach.«

Die Mädchen gingen.

»Bisschen groß natürlich«, sagte Regina Petrowna und betrachtete Saschka, der Kolka war. Sie richtete ihm den Kragen, zupfte die Mütze zurecht. »Musst noch reinwachsen«, fügte sie nachdenklich hinzu.

Sie wollte schon gehen, aber etwas hielt sie zurück. »Zieht die Sachen aber erst an, wenn's kalt ist«, empfahl sie. »Jetzt ist es ja warm, soger heiß, oder? Sonst denkt noch wer, ihr wollt euch verkleiden …«

»Ja, heiß«, sagte Kolka, und es klang wie ein Geständnis.

Regina Petrowna warf einen letzten Blick auf ihn und Saschka und entfernte sich rasch.

Die Brüder aber rannten zu ihrem Schlupfloch im Gebüsch. In diesem Aufzug, da hatte Regina Petrowna recht, war es nicht ungefährlich, den Hof zu überqueren. Weitere zehn Minuten später, nachdem sie Mantel, Schuhe und Mütze zu einem Bündel geschnürt hatten, gingen sie in Richtung Siedlung und unterhielten sich im Gehen über das Erlebte.

Kolka brüllte: »Ich komm da rein … Heilige Mutter! Ganze Berge von Plunder! Womit sollte ich anfangen! Auf einmal Stimmen …«

»Die Mädchen.«

»Na klar, aber ich bin vor Schreck kopfüber in die Lumpen! Da hab ich gesessen, bis es still war. Wie ich anfange zu wühlen, hör ich das Schloss knacken …«

»Die Schakale.«

»Du hattest es gut, du konntest alles sehen. Aber ich hab gezittert … Hab den Mantel angezogen, der schleifte auf der Erde … Die Mütze ist mir auf die Augen gerutscht, die Schuhe haben gestört … Schnell weg, hab ich mir gedacht. Soll er schleifen, irgendwie wird's gehen … Und du hast ewig nicht aufgemacht. Mir war so heiß.«

»Das Schloss hat geklemmt.«

»Geklemmt … Und ich hab gebraten in der Hitze. Regina Petrowna fragt was, und mir läuft der Schweiß runter, der Rücken ist ganz nass. Nichts wie raus, hab ich mir gedacht. Sie hat uns sowieso erwischt. Ich konnt nicht mehr warten.«

»Warum hast du ihr das vom Lager gesagt?«

»Was hätte ich machen sollen?«

»Dir was ausdenken.«

»Hab ich ja. Sie weiß doch, alles, was wir haben, ist ne Laus in der Flasche und 'n Loch in der Tasche … Sonst nichts.«

»Trotzdem … Und Ilja, wartet der auf uns?«

»Nicht unbedingt. Aber er ist immer zu Hause. Im Dunkeln geht er nie raus.«

»Hat er etwa Angst?«

»Klar.«

»Ich hab auch Angst«, sagte Saschka auf einmal.

Kolka stieß einen Pfiff aus und sah den Bruder an. »Wovor?«

»Weiß nicht.«

»Wie kann man Angst haben und nicht wissen wovor?«

»Kann man. Außerdem … Wenn alle ringsum Angst haben … ist es noch schlimmer.«

»Na gut«, schloss Kolka. »Jetzt verscheuern wir den Plunder und schlagen uns den Bauch voll. Dann vergeht die Angst!«

11

Ilja starrte gleich gierig auf das Bündel und bat die Brüder ins Haus. Er verhängte die kleinen Fenster, zündete die Petroleumlampe an und holte gekochte Kartoffeln und dicke Plinsen aus Mais, die er Tschureks nannte. Er schnitt Speck, Speck hatte der alte Fuchs also auch. Noch nie hatte er den Kusmin-Zwillingen so üppig aufgetischt.

Aber die Brüder waren ja auch nicht mehr dieselben, sie waren Kaufleute! Besaßen etwas, waren mit eigener Ware gekommen. Zu jedem anständigen Handel gehörte schließlich eine Bewirtung.

Ilja stellte auch eine Flasche auf den Tisch.

»Wanka, lass uns prassen, haben ja jetzt Zeug in Massen!«

Er goss die Becher voll und forderte sie zum Trinken auf. Die Brüder blickten einander an. Beide dachten: Vorm Trinken gruselt's mich, aber vor der Blamage noch mehr. Zum ersten Mal im Leben wurden sie so bewirtet und als Gleiche behandelt. Zum ersten Mal wurde ihnen Schnaps eingeschenkt wie Erwachsenen.

Ilja griff nach seinem Becher.

»Auf geht's, auf geht's!, wie wir Zugbegleiter sagen. Auf den Erfolg! Na?«

Die Brüder nahmen ihre Becher und schnupperten. Es roch scheusslich wie Abwaschwasser. Lieber hätten sie süßen Saft getrunken. Den hatte ihnen mal jemand spendiert, der schmeckte herrlich, nicht so wie dieses Zeug. Aber sie ließen sich nicht anmerken, dass sie sich ekelten. Im Gegenteil, sie stießen kräftig mit Ilja an, als hätten sie ihr Leben lang nichts anderes getan als trinken.

Sie beobachteten, wie Ilja das Zeug ohne Überwindung in sich hineinkippte, ohne zu schlucken, sich die Tropfen vom Kinn wischte und an einem Stück Brot roch. Man sah sofort: ein Könner!

Als er die Brüder zögern sah, befahl er fröhlich: »Runter damit, wird's bald? Wenn trinken, dann richtig, sagte das Kätzchen, als es ersäuft werden sollte …«

Die Brüder lachten gezwungen. Kolka schloss die Augen, schluckte, schluckte noch einmal, doch alles wollte sofort wieder raus. Er überwand sich, nahm noch ein paar Schlucke, bis er husten musste, Tränen spritzten ihm aus den Augen. Ilja reichte ihm fürsorglich ein Stückchen Brot mit Speck, so geschickt, dass es Kolka gleich in den Mund rutschte. Er kaute den salzigen Happen, doch die Tränen flossen weiter, und die

Krämpfe im Hals hörten nicht auf. Er schnappte nach Luft und brachte kein Wort heraus.

Doch plötzlich, wie das kam, wusste er selber nicht, wurde ihm leicht und wohl. Glückliche Wärme durchströmte seinen Körper, sein Kopf wurde heiß. Er blickte Saschka an, sah gleichsam mit anderen Augen, dass der noch nicht wusste, wie herrlich das ist, wenn man trinkt. Saschka quälte sich noch, schüttelte den Kopf, schürzte angeekelt die Lippen.

»Ihr habt wohl gedacht, wir trinken hier Honig!«, rief Ilja übermütig und klopfte Saschka kumpelhaft auf den Rücken. Und gab auch ihm ein Stück Brot mit weißem Speck, der auf der Zunge zerging.

»Iss mehr, solang der Bauch noch leer! Bist du voll wie ein Schwein, geht nichts mehr rein!«

Er holte eine Streichholzschachtel hervor und zeigte den Brüdern, wie sie bei der Bahn eine Flasche einteilten. Eine aufrecht stehende Streichholzschachtel war das Maß für »Lokführer«, eine auf der Längsseite stehende für »Gehilfe des Lokführers« und eine flach liegende für »Heizer«. So fragten sie denn auch, wenn sie sich zum Trinken hinsetzten: Wie viel wollen wir einschenken, jedem einen Lokführer oder einen Gehilfen?

Die Brüder baten um einen Lokführer. Das Spiel gefiel ihnen.

Eine halbe Stunde später bedienten sie sich, puterrot und mutig geworden, schon selber am Tisch und wurden Ilja gegenüber sogar frech. Und das Erstaunlichste – er lächelte nur, nahm alles hin. Man sah auf Anhieb: Er war ein prächtiger, umgänglicher Bursche, dieser Ilja. Ein ganz prima Kumpel. Er schenkte nach und bot weiter was zu essen an, und zu dem Bündel sah er gar nicht hin, als wäre es nicht da.

»Klamotten sind nur Klamotten«, sagte er wegwerfend. »Nicht wegen dem Bündel seid ihr meine Gäste, sondern weil ich gespürt hab, ihr seid Kumpels.«

Und er forderte sie erneut zum Trinken auf – einen »Lokführer« natürlich – auf die mutigen Brüder, die zwar keine sieben Kühnen seien wie im Film, aber eins stehe fest, jeder von ihnen sei so viel wert wie sieben Mann. Mit so tüchtigen Leuten lasse sich jede Sache deichseln. Die mit dem Lagerraum und noch mehr.

»Jeder … Laraum«, versuchte Kolka zu antworten, aber das Wort wollte nicht richtig heraus. Er schien zwar alles zu begreifen, alles zu hören, aber die Lippen fühlten sich fremd an, als gehörten sie nicht mehr zu ihm, sie versagten ihm den Dienst, genau wie die schwere Zunge. »Deisseln … Laraum …«

Saschka versuchte gar nicht erst zu sprechen, er bewegte nur den Kopf.

»Dort gibt's doch jede Menge Klamotten, stimmt's?«, forschte Ilja, und plötzlich verdoppelte, verdreifachte, vervielfachte sich sein Gesicht vor Kolkas Augen und zerfloss. »Man braucht bloß zugreifen und zugreifen, oder?«

»Uder!«, bestätigte Kolka unpassenderweise. »Ich bin Bruder, er ist Bruder …«

Saschka nickte zustimmend, der Kopf sank ihm auf die Hände und kam nicht wieder vom Tisch hoch.

Ilja, dem etwas dämmerte, änderte den Ton und veränderte sich selbst, als hätte er gar nicht getrunken.

»Ach, ihr Dummköpfe … Ach, meine kleinen Grünschnäbel … Was mach ich jetzt mit euch?«, murmelte er. »Mein Gott, ihr könnt doch nicht mehr laufen bis zu eurer Kolonie … Nie und nimmer, oder?« Er rüttelte Kolka an der Schulter.

»Ich … bereit … Auf geht's … Lokführer«, schrie Kolka, stand auf, drohte auf den Tisch zu kippen und stieß dabei seinen Becher mit der Neige des Selbstgebrannten um. Verwundert tunkte er den Finger in die Pfütze und leckte, da wurde ihm schlecht.

Ilja packte Kolka unter den Armen und schleppte ihn zur Tür.

»Genau … Auf geht's!«, sagte er, nun gar nicht mehr freundlich, und schleifte Kolka nach draußen. Hier ließ er ihn zurück, damit er kotzen konnte, und ging Saschka holen.

Später führte er beide unter das Vordach, wo er Heu liegen hatte.

»Hier könnt ihr pennen. Lokführer! Morgen weck ich euch.«

Er kehrte ins Haus zurück und verschloss die Tür.

Er nahm das Bündel und breitete den Inhalt auf dem Fußboden aus, hielt die Stücke einzeln hoch, untersuchte sie in aller Ruhe und legte sie nebeneinander aufs Bett. Dann ging er die Sachen in umgekehrter Reihenfolge noch einmal durch, befühlte sie und erwog, wie viel der Mantel und die Fellmütze und die festen hohen Schuhe mit Kunstledersohle wert waren. Der Mantel, nagelneu, aus gutem Tuch, mit ausländischem Etikett. Die Fellmütze aus Kasan, aus glattem Fell, angenehm zu streicheln, wie ein Kätzchen. Er streichelte sie, und das besänftigte ihn.

Jeder mag Gutes, aber das Gute mag nicht jeden. In Iljas Leben war es recht wechselhaft zugegangen, doch erst jetzt hatte er das Gefühl, das Glück beim Schopf gepackt zu haben. Er durfte es nur nicht loslassen.

12

Mit wem du lebst, nach dem du strebst, heißt es.

Ilja war ohne Eltern aufgewachsen, die waren schon 1930 entkulakisiert und aus dem Dorf deportiert worden. Seither waren sie verschollen, wahrscheinlich auf dem Weg ins ferne Sibirien gestorben. Er blieb allein mit der Oma, kurz gesagt, er litt Not. Von klein auf schuftete er im Kolchos wie ein Packesel, und es war ein armer, kleiner Kolchos.

Ilja erinnerte sich an einen Witz aus der Zeit. Churchill, Roosevelt und Stalin fahren eine Straße entlang. Da stellt sich ihnen ein Stier in den Weg. Churchill ruft: »Ich hole gleich ein Schlachtschiff!« Roosevelt droht ihm mit einer »fliegenden Festung«, doch der Stier rührt sich nicht vom Fleck. Da flüstert ihm Stalin etwas ins Ohr, und der Stier flüchtet mit erhobenem Schwanz. Die beiden Herren fragen, was denn den Stier mehr erschreckt habe als Flugzeug und Schlachtschiff. Stalin antwortet: »Ich habe zu ihm gesagt, ich stecke ihn in den Kolchos.« Solch ein Kolchos war das.

Ilja konnte vom genossenschaftlichen Futter nicht groß und stark werden. Er war klein und spindeldürr und hatte noch nicht mal alle Zähne, als der Krieg begann. Für die Front taugte Ilja nicht, aber zum Arbeitsdienst wurde er dennoch verpflichtet. Junge Leute aus der gesamten Gegend mussten sich melden, wurden in Güterzüge verladen und quer durch ganz Russland ins ferne Sibirien transportiert, auf dem gleichen Weg wie Iljas Eltern. Unterwegs verhungerten sie fast, sie aßen das Heu, mit dem der Fußboden bedeckt war. In Omsk bekamen sie in der schmuddligen Bahnhofskantine zum ersten Mal was zu essen. Die Erfahreneren – Ilja merkte es sich – aßen wenig. Sie hoben das meiste auf. Brotstücken kamen in den Stiefelschaft, Grützbrei ins Taschentuch.

Er hatte es geahnt! Man brachte sie in die Gegend von Nowossibirsk und überließ sie dort sich selbst. Einen Monat lang hatten sie nichts zu tun: keine Natschalniks, keine Arbeit. Und kein Essen. Sie wurden zu Banditen, überfielen Fuhrwerke mit Lebensmitteln, mit Brot, mit Kartoffeln. Sie rafften, was sie konnten, und stoben auseinander.

Die Koloniekinder, vermutete Ilja, hatten bestimmt Ähnliches durchgemacht. Russland ist groß, es hat viele schöne Gegenden, aber es ist wohl überall der gleiche Saustall …

Ilja, der mit Nachnamen Swerjew hieß und deshalb Swerjok, also Tierchen, genannt wurde, wollte mit drei Kumpels nach Hause abhauen. Dieser Arbeitsdienst machte ihnen keinen Spaß. Sie bestiegen einen Güterzug und fuhren los. Aber sie stellten es dumm an, hielten sich nicht versteckt, darum wurden sie auf einem Streckenabschnitt irgendwo vor dem Ural geschnappt. Man sperrte sie in ein leerstehendes Bahnwärterhäuschen und stellte einen Posten davor. Als sie durch das kleine Fenster einen Kohlenzug sahen, baten sie, austreten zu dürfen. Der Posten war jung, er ließ sie heraus.

Sie – hinters Häuschen und von dort auf den Zug. Weg waren sie!

Von da an stellten sie es umsichtiger an. Wenn sie sich einem Eisenbahnknotenpunkt näherten, stiegen sie vorher ab, machten einen Bogen darum und lauerten bei den Signalen dahinter wieder auf ihren Zug. Auf diese Weise kamen sie durch den Ural.

Es war natürlich ein Hungerleben. Da und dort bettelten oder stahlen sie. Eines Tages gelang es ihnen, einem Reisenden den Koffer zu klauen. Essbares war nicht drin, dafür Offiziersunterwäsche, eine Feldbluse und eine Hose aus gutem Tuch. Sie probierten die Sachen an, doch alles war sechs Nummern zu groß und taugte nicht mal für eine Maskerade.

Daran musste Ilja jetzt denken, als er den Mantel betrachtete.

Mit den Kleidungsstücken schickten ihn seine Kumpane ins Dorf, aber er war nicht solch ein Tölpel wie diese Zwillinge. Er bekam Lebensmittel – Stücke gefrorener Milch, Eier und Quark und obendrein für die Feldbluse noch ein Hemd für sich.

Im Gebiet Jaroslawl, kurz vor Tutajew, wurden sie, schläfrig vom guten Futter, abermals aufgegriffen. Man steckte sie »bis zur endgültigen Klärung« in eine Kolonie für Minderjährige. Diese Kolonie wurde streng bewacht und war mit Stacheldraht umzäunt.

»Wie wir nach Tutajew kamen, sahen wir gleich dreierlei: Sammelpunkt und Krankenhaus und den Knast als Nummer drei«, so sangen dort die Kinder über ihre Kolonie. Dieses Bild bot sich tatsächlich von der Wolga her.

Zu der Zeit, als Ilja geschnappt wurde, hatten sich in der Kolonie an die zweitausend Halbwüchsige angesammelt. Es herrschte Hungersnot. Bis alle durchgesiebt und sämtliche Fälle »endgültig geklärt« waren, konnte man verrecken.

Eines Tages beschlossen sie: Wir fliehen. Täglich kam ein Pferd mit Lebensmitteln, dann wurde das Tor geöffnet. Sie vereinbarten, sobald das Pferd wieder hinaustrabte, allesamt durch das offene Tor zu stürmen und in verschiedene Richtungen zu rennen. Wer Glück hatte, war frei.

Sie warteten, die Schindmähre kam, brachte den verfaulten Fisch, aus dem immer die übliche Plürre gekocht wurde. Nachdem die Fische abgeladen waren, wurde das Tor geöffnet, und nun stürmten die Kinder mit Geschrei los. Sie schrien, um ihre Angst zu vertreiben.

Geheul, Gekreisch, Getrappel, Schüsse.

Ilja, das Tierchen, bekam sofort spitz, dass die ganze Meute in eine Richtung lief. Er lief in die andere, zur Wolga. Es war Mai, das Wasser eiskalt, aber das spürte er in seiner Eile gar nicht. Erst später merkte er, dass er's nicht schaffen würde, er drohte unterzugehen.

Als er wieder zu sich kam, lag er auf einem Ofen, mit einem Schafpelz zugedeckt. Er streckte den Kopf hinaus und sah: ein Bauernhaus. Ein alter Mann und seine Frau saßen am Tisch und redeten. Eben sagte die Alte: »Komm, wir bringen ihn zurück, Alter. In der Kolonie solln ja alle möglichen Mörder sein. Vielleicht ist er auch einer?« Der Alte aber antwortete: »Dumme Gans! Steht ihm auf der Stirn geschrieben, dass er ein Mörder ist? Und wenn nicht? Und wenn unser Sohn nun auch irgendwo Not leidet und gute Menschen ihm die Hilfe verweigern?«

Ilja erholte sich rasch. Der Alte erzählte ihm, er sei Bakenwärter. Mitten auf dem Fluss habe er ihn gesehen, wie er wild mit den Armen paddelte, und schon von weitem erkannt, dass er unterging. Wer mag da im Frühling baden, habe er verwundert gedacht und sei hingerudert, und da sei er, Ilja, schon bewusstlos gewesen.

Ilja bekam Sachen des Sohnes anzuziehen, erhielt auch Brot und ein Stück Speck. Der Alte bekreuzigte ihn zum Abschied und brachte ihn bei Dunkelheit aus dem Haus.

»Bis Jaroslawl ist es nicht weit«, sagte er. »Bis Rybinsk auch nicht, aber da musst du über die Brücke. Keine Ahnung, wie du rüberkommst, da steht ein Posten, der kann dich schnappen.«

Aber Tierchen hatte unterwegs seine Erfahrungen gemacht. Er stieg auf einen Zug, ging zum Lokführer, erbot sich, bis Rybinsk zu heizen, und schlüpfte so durch.

Er gelangte in sein Heimatdorf. Das Häuschen war vernagelt, die Oma weg. Gestorben war die Oma. Da schlich er zur Nachbarin, Tante Olja; es war Nacht und er ganz schwarz vom Kohlenstaub. Als die Nachbarin seine schwarze Visage im Fenster sah, glaubte sie, der Teufel wolle zu ihr herein, und erhob ein solches Geschrei, dass das ganze Dorf zusammenlief.

Ein paar Tage blieb Ilja im Dorf, und alle rieten ihm, sesshaft zu werden und zu heiraten.

»Fährt ein Dampfer auf der Wolga,
und sein Qualm ist schwarz und dicht …
Ach, wozu soll ich denn freien,
Eheglück, das brauch ich nicht!«

Ilja konnte nicht bleiben, denn hatte die Militärbehörde ihn erst einmal erfasst, dann holten sie ihn wieder. Er zog weiter durch Russland, klaute Koffer, »klemmte Kartons«, wie es bei den Ganoven hieß. Damit hatte er Erfahrung. Er nutzte das Gedränge beim Einsteigen oder legte sich aufs Waggondach und angelte die Koffer mit einem Haken von der obersten Pritsche. Klein war er, aber geschickt. Und erfolgreich.

Eines Tages fingen sie ihn und steckten ihn wieder in eine Kolonie.

Aber jetzt war Tierchen schon gewieft, wie jedes Tierchen. Er verstand sich aufs »Anschmieren«, also aufs Täuschen. Mit einem Ziegelstein zerstieß er Glas und atmete es tief ein. Es wäre auch mit zerstoßenem Zucker gegangen, aber Zucker gab's grade nicht. Das Glaspulver geriet in die Lungen, und er hustete Blut. So kam er ins Krankenhaus. Vom Krankenhaus aber ist der Weg in die Freiheit kürzer. Das Glas hatte er wohl zu grob zerstoßen, denn er spuckte noch lange Blut. Ein halbes Jahr.

Im Gebiet Kalinin, nicht weit von Ostaschkow, kam er bei der Forstwirtschaft unter – Holz sägen. Es war eine Idiotenarbeit: Säge ziehen, schieben … Beim Sägen sprach man vor sich hin: »Für mich, für dich, fürs warme Haus … Für mich, für dich, fürs warme Haus …«

Eines Tages ging er mit seinem Kumpel zur Arbeit, da sah er gefangene Fritzen, die in der Nähe Holz fällten. Sie lebten fast wie freie Männer, am Dorfrand, in einer Erdhütte.

Da saßen sie also, die Fritzen, und futterten Speck. Als sie Tierchen und seinen Begleiter sahen, riefen sie: »Russe, schnell.« Es bedeutete – ihr kriegt was zu essen. Die beiden lehnten die Einladung ab, aber in ihrer Erinnerung setzte sich fest: Die faschistischen Lumpen fressen unsern Speck und bieten uns auch noch davon an!

Auf dem Rückweg hielten sie's nicht aus und wollten doch mal bei denen vorbeischauen. Sie betraten die Erdhütte, keiner da: Die Fritzen hatten sich auf die Bauernhäuser und die Weiber verteilt. Da gerieten die beiden noch mehr in Wut. So ist das also? Wir hausen in Baracken und löffeln Plürre, und die treiben's im Warmen auf dem Ofen mit unsern Weibern!

Sie nahmen alles mit, was in der Erdhütte war, in erster Linie »Bazillen«, wie sie Lebensmittel nannten, das heißt Fleisch, Speck, Konserven … Auch Mehl, mehr als fünfzehn Kilo, doch das konnten sie nicht mitschleppen, darum hängten sie es vorläufig in eine Kiefer am Weg. Das wollten sie später holen.

Sie gingen zu einer Hütte, in der eine alte Frau wohnte, die sie kannten. Brat uns Fleisch, Oma, koch und backe und hol Selbstgebrannten! Wir veranstalten eine Siegesfeier. Heute haben wir deutsch-faschistische Eroberer eingekesselt und zerschmettert, und das hier ist unsere Kriegsbeute.

Die Frau begriff gar nichts, aber sie bereitete das Abendbrot.

Sie aßen sich satt, betranken sich und legten sich schlafen.

In der Nacht erwachte Tierchen von dem seltsamen Gefühl, jemand hätte seinen bloßen Fuß mit den Zähnen berührt. Er zog den Fuß weg, aber da – ein Knurren! Du liebe Güte, in der

Stube war ein Schäferhund, daneben standen Uniformierte und der Abschnittsmilizionär.

Die beiden und die alte Frau wurden verhört. Die ganze Hütte wurde gefilzt. Die Frau rückte die Beute, die sie nicht verdrückt hatten, heraus, bis auf das Mehl. »Ich habe kein Mehl … Hab nie welches gehabt. Von diesen fünfzehn Kilo weiß ich nichts.«

Ilja und sein Kumpel wurden in einen Schlitten verfrachtet und sollten in die Stadt gebracht werden. Der Weg führte durch denselben Wald, durch den sie tags zuvor gekommen waren. Während der Fahrt sagte Ilja: »Halt an, Bürger Natschalnik! Hast du nicht nach Mehl gefragt? Da, an dem Ast da oben hängt es.«

Der Natschalnik geriet in Wut, meinte, die beiden wollten ihn an der Nase herumführen. Dann sah er es selbst und schnauzte Ilja an: »Los, kletter rauf! Du hast es hingehängt, also hol's wieder runter!«

Tierchen erwiderte: »Nee … Natschalnik. Ich hab's dir gezeigt, sag Dankeschön. Ich werd's jetzt lange nicht brauchen. Dank deiner Güte darf ich wieder Fischplürre löffeln. Also, wenn du's haben willst, steig selber auf die Kiefer.«

Der Natschalnik stieg hinauf. Sonst passierte ihnen nichts weiter. Und Ilja hatte noch seinen Spaß.

Er bekam ein Jahr Straflager aufgebrummt. Gleich im ersten Monat streute er sich zerstoßenen Kopierstift ins Auge. Erblindete für ein halbes Jahr. Kam ins Krankenhaus. Wieder war ihm die Täuschung gelungen. Und ab in die Freiheit …

Er ließ sich einen Schnauzbart wachsen und sah älter aus. Nun wollte er ein neues Leben anfangen.

Ein Lagerhäftling, der Brieftaschen gezogen hatte, also ein Taschendieb, hatte ihm erzählt, im Kaukasus gebe es verlassene Gebiete. Fahr hin, dort kriegt man kostenlos Häuser mitsamt Einrichtung und Garten. Aber verquatsch dich nicht, sag, du bist ein Flüchtling …

Was war Tierchen sonst? Er war doch geflohen. Also ein Flüchtling.

Er wurde Zugbegleiter auf der Eisenbahnlie Richtung Süden und brachte Kinder in den Kaukasus. Hier quartierte er sich kurzerhand ein. Alles war so, wie ihm der Taschendieb gesagt hatte: Haus, Garten … Auch Kartoffeln, wer weiß von wem gesteckt, wuchsen im Garten, und die Sonnenblumen und der Mais wurden schon reif.

Nicht sofort merkte er, dass er in der Falle saß, wie ein richtiges Tierchen. Sein Gespür hatte versagt. Auf ehrliche Weise hatte er leben wollen, und wieder war er in ein Abenteuer hineingeschlittert. Und in was für eins. Fliehen müsste er. Aber er war es müde. Er brauchte Geld. Und da waren ihm die Kusmin-Zwillinge gerade recht gekommen.

Die Brüder erwachten spät. Die Sonne hatte die Tagesmitte hinter sich gelassen. Im Heu war es stickig. Mühsam ihre Mattheit überwindend, gingen sie ins Haus, wo Ilja schon das Frühstück fertig hatte: Tee und Tschureks und wieder Selbstgebrannten.

Die Kusmin-Zwillinge schüttelten den Kopf, sie konnten das Zeug nicht mehr sehen, geschweige denn trinken. Schon vom Anblick der Flasche wurde ihnen übel. Langsam tranken sie den Tee aus dem Blechbecher und blickten Ilja immer wieder verstohlen an. Der war heute gar zu hektisch und gesprächig.

Er fragte: »Ihr habt euch ja noch gar nicht gewaschen? Recht so. Zu oft waschen ist sogar schädlich. Das hab ich in einem Buch gelesen. Man kann sich auch nach dem Frühstück waschen. Die Geschichte von der Katze kennt ihr doch? Nein? Ha! Ich erzähl sie euch. Eine Katze hat einen Vogel gefangen. Als sie sich hinhockt, um ihn zu verspeisen, sagt der schlaue Vogel: ›Was denn, Katze, du willst mich fressen, ohne dich geputzt zu haben? Ist das nicht ganz unreinlich?‹ Kaum lockert die Katze die Krallen, husch! ist der Vogel weg. Seit der Zeit putzt sich die Katze immer erst nach dem Fressen.«

Wieder versuchte der energische Hausherr, ihnen Schnaps einzugießen, als wäre gestern nichts passiert.

Vielleicht war auch wirklich nichts passiert? Die Brüder erinnerten sich nur noch an den Anfang, alles Übrige sahen sie wie durch einen trüben Schleier. Irgendwer hatte geprahlt, geschrien; irgendwer hatte jemanden gerufen …

Vielleicht hatte auch keiner geschrien oder jemanden gerufen, denn im Schlaf hatten sie etwas Abenteuerliches geträumt, von Pferden. Auf Pferden waren sie irgendwohin gesprengt, dass ihnen die Luft wegblieb vom schnellen Ritt. Traum und Wirklichkeit waren schwer zu unterscheiden, aber eines stand fest: Die Pferde konnten nicht wirklich da gewesen sein.

Da fielen Kolka die Klamotten wieder ein, und er blickte in die Ecke und zu Saschka. Auch Saschka hatte gerade an die Sachen gedacht.

Ilja hatte den Blick aufgefangen und fragte rasch: »Was ist? Habt ihr was verloren?« Er lachte sonderbar. Sein Schnauzbart bewegte sich.

»Wo ist denn … der Mantel?«, fragte Kolka.

»Und die Mütze?«, fügte Saschka hinzu. »Und die … Schuhe?«

»Ach, das meint ihr!« Ilja tat erstaunt. »Ha! Die sind schon weit weg … die holt ihr nicht mehr ein!«

»Was heißt … die holen wir nicht mehr ein?«, fragte Kolka und blickte zu Saschka, dann starrten sie beide Ilja an, der ihnen noch immer zulächelte. Dann verschwand das Lächeln, und er fragte scheinbar besorgt: »Ihr habt sie mir doch geschenkt, diese … Klamotten? Ich hab euch doch gestern richtig verstanden?«

»Geschenkt?«, fragte Kolka mit runden Augen.

»Geschenkt? Wir?«, wiederholte Saschka.

Beide glotzten Ilja an, als sähen sie ihn zum ersten Mal.

»Was, das wisst ihr nicht mehr? Dass ihr sie mir geschenkt habt?«

Ilja sah, wie bestürzt die Brüder waren. Er stand auf, goss

ihnen Tee ein. Brach ein Stück Tschurek ab. Setzte sich hin. Schüttelte betrübt den Kopf.

»Na! Ihr seid ja gut … Dann muss ich euch wohl erinnern, wie?«

Und da die Brüder weiterhin schwiegen, erzählte er ihnen von dem gestrigen Abend, wie er gefeilscht, wie er ihnen wahlweise Kartoffeln, Mais oder Geld angeboten und wie Saschka Speck verlangt hatte. Und als sie sich einig gewesen seien, dass er ihnen einen Riegel Speck und einen Eimer Kartoffeln geben würde, habe Saschka plötzlich gesagt: »Nimm sie schon umsonst! Wir bringen morgen wieder was!« Das habe er, Ilja, natürlich entschieden abgelehnt, aber da habe sich Kolka dem Bruder angeschlossen und ihn, Ilja, überredet, zur Bekräftigung ihrer Freundschaft den dämlichen Plunder zu nehmen und rauszubringen, damit sie ihn nicht mehr vor Augen hätten. Ihnen mache es ja gar nichts aus, noch mal in diesen Lagerraum einzubrechen. Saschka habe noch erklärt, sie brauchten ja nur das Schloss im Riegel herumzudrehen.

Die Brüder hörten Ilja zu und blickten zu Boden. Sie sahen einander nicht einmal an. An nichts von alldem konnten sie sich erinnern. Aber wenn Ilja das von dem Riegel wusste … Dann … Schön hatten sie im Suff ihre Sachen verschleudert!

Ilja erbot sich, noch mehr Tee zu machen, aber die Brüder wollten schnell nach Hause.

»Verstehe. Ihr habt keine Zeit. Na klar«, sagte Ilja lebhaft und stand auf. Auch die Brüder standen auf. »Ihr könnt euch wie immer auf mich … Wie auf einen Freund«, fuhr er fort, während er den Jungen in den Hof folgte. »Wenn ihr pfeift, springe ich. Und geschenkt nehm ich nichts mehr, merkt euch das! Schiebt den Riegel zurück, bringt Sachen, aber … bares Geld. Abgemacht?«

Kolka und Saschka nickten unsicher. Sie waren erschüttert. Schön gefeilscht, sich amüsiert – nachgerechnet, angeschmiert!

An der Pforte drehte sich Kolka seufzend um und fragte,

ohne Ilja anzusehen, mit kläglicher Stimme: »Aber … Vielleicht bisschen Speck … Den würden wir nehmen.«

Saschka schwieg. Er wandte sich ab, um Kolkas Erniedrigung nicht zu sehen.

Ilja war schon auf dem Rückweg zum Haus. Verwundert fragte er: »Speck? Ihr wollt Speck?« Er machte eine Pause und sah die Brüder durchdringend an. »Den habt ihr Gierschlunde doch gestern aufgegessen, ich hab bloß noch den nackten Lappen mit Salz!«

Die Brüder schwiegen bedrückt. Außer dem Happen, den Ilja ihnen in den Mund gesteckt hatte, konnten sie sich an keinen Speck erinnern.

»Beim Futtern seid ihr ja … Ihr fresst ja für vier!« Ilja holte tief Luft, so unangenehm war es ihm, seinen besten Freunden eine Absage zu erteilen.

Auf einmal wurde er lebhaft.

»Na, wartet mal. Ich seh mal nach, vielleicht …«

Die Freigebigkeit riss ihn förmlich hin. Freigebigkeit und Großzügigkeit. Er konnte doch seine besten Freunde nicht mit leeren Händen gehen lassen!

Er verschwand im Haus und kam mit einem kleinen Stück Speck zurück, so groß wie eine halbe Hand. Er pflückte ein Klettenblatt und wickelte den Speck hinein. Er schwankte, zögerte, und es war zu sehen, dass er das Letzte hergab. Er riss es sich förmlich aus dem Herzen.

Und so sagte er denn auch, als er es ihnen gab: »Na schön, zu Ehren unserer Freundschaft … Ich komm schon irgendwie über die Runden.«

Die Brüder sagten nacheinander »danke«. Und gingen. Ilja sah ihnen hinterher. Plötzlich rief er: »He, ihr Gierschlunde!«

Die Kusmin-Zwillinge drehten sich um. Er sah sie schweigend an, gleichsam unschlüssig, ob er es sagen sollte oder nicht, aber plötzlich rief er halblaut: »Verschwindet von hier! Im Ernst. Lauft weg! Lauft, so schnell ihr könnt!«

13

Sie gingen nicht in die Kolonie.

Selbst wenn der Direktor, wie es hieß, etwas mitgebracht hatte und eine heiße Suppe gekocht worden war, sie würden doch nichts mehr abbekommen. Sie waren zu spät dran. Hatten wieder was verschenkt, wenn auch nicht sehr viel.

Kaum war das Dorf außer Sicht, bogen sie von dem mit weichem heißem Staub bedeckten Weg ins Feld ab, hinter dem sich, von Sträuchern verdeckt, die Sunsha schlängelte. Hier am Hochufer, zwischen stachligen Brombeersträuchern und wilden Olivenbüschen mit kleinen silbrigen Blättern, auf die, wie Saschka bemerkt hatte, sich niemals ein Vogel setzte, legten sie sich ins Gras.

Zum Reden hatten sie keine Lust.

Als Erster sagte Kolka nach einer Weile: »Mir brummt der Schädel! Dir auch?«

Saschka schwieg mürrisch.

»Er brummt und summt … Wie eine Lokomotive! Ich werde nie wieder trinken … Ich hätte nicht gedacht, dass das so …«

Er sprach nicht weiter, sondern stieg zum Fluss hinunter, schöpfte mit den Händen Wasser und schwappte es sich ins Gesicht. Dann formte er die Hände zu einer kleinen Schale, trank sich satt, schöpfte erneut Wasser, lief damit zurück zu Saschka und schüttete es ihm ins Gesicht. Saschka wandte sich nicht einmal ab, vielleicht hatte er es gar nicht bemerkt.

»Weißt du, was eine Hundehütte ist?«, fragte er, ohne die Augen zu öffnen. Auf seiner Nase, seiner Stirn glitzerten Tropfen und liefen die Schläfen hinunter.

»Was?«, fragte Kolka ohne Neugier. »Hundehütte?« Er begriff, dass Saschkas kluges Köpfchen etwas Wichtiges ausbrütete. »Nein, keine Ahnung.«

»Das ist so ein Kasten … ein Kasten aus Blech«, fuhr Saschka gleichmütig fort, ohne die Augen zu öffnen. Vielleicht erzählte er einen Traum. »Der wird unter dem Waggon angehängt. Als wir mal auf einer Station hielten, hab ich das bei dem Zug nebenan gesehen. Tierchen hat mit seinen Fähnchen hingezeigt und gesagt, das wär die Hundehütte, da hätten sie vor dem Krieg oder wann Hunde drin befördert. Jetzt könnten doch auch Menschen darin reisen.«

»Nicht dumm, dein Tierchen.« Kolka holte tief Luft.

»Wir hatten Langeweile«, sagte Saschka und öffnete die Augen. »Jedenfalls, ich bin damals reingekrochen, hab's ausprobiert. Und wirklich, es geht.«

Kolka verstand.

»Du meinst, Zeit abzuhauen?«, fragte er und blickte Saschka an. »Und die Kolonie?«

»Die haben wir ja probiert!«

Saschka erzählte den Witz von dem Mann, der auf der Straße einen Scheißhaufen sieht. Er bückt sich, staunt, probiert mit der Zunge. Und dann ruft er: »Ein Glück, ich hab probiert, sonst hätt ich mich angeschmiert!«

Kolka lachte nicht. Er legte sich ein Klettenblatt über den Kopf und döste in der Sonne. Wie sollte er auch lachen, schließlich waren sie ja wirklich angeschmiert, genau wie in dem Witz … Mit der Kolonie … Und auch mit Ilja.

Saschka hielt es nicht mehr aus. Seine Idee nagte an ihm. »Gehen wir zur Station«, schlug er vor.

»Jetzt gleich?«

»Wann sonst?«

»Vielleicht erst mal … Vielleicht zum Lagerraum? Wie Tierchen gesagt hat.«

»Der ist kein Tierchen, der ist ein Tier«, sagte Saschka hart. »Also, gehen wir? Keine Angst, wir kommen heute noch zurück.«

Kolka wusste, dass Saschka ihn nicht umsonst zur Eile trieb, es musste wohl sein.

»Bleiben wir noch ein Weilchen liegen?«, bat er. »Mir zittern die Beine.«

»Das vergeht schon«, sagte Saschka nüchtern. »Da kommt übrigens ein Fuhrwerk.«

Er hatte es zur rechten Zeit entdeckt, denn zu Fuß würden sie bis zum Abend gebraucht haben. Und es war ungewiss, ob sie die Station überhaupt erreicht hätten.

Quer übers Feld liefen sie zu dem Fuhrwerk und riefen schon von weitem: »Zur Station, Onkel?«

»Ja, Tante«, sagte der Mann und bedeutete ihnen mit der Hand, sie sollten aufsteigen. »Wir werden's schon schaffen bis dahin. Meine Lokomotive ist flink.«

Der Bauer war nicht alt und nicht grauhaarig, wie die Brüder bemerkten, aber älter als Ilja. Er trug eine verblichene, fast weiße Feldbluse mit weißen Unterwäscheknöpfen und hatte den Mützenschirm tief in die Stirn gezogen. Er saß da, döste, warf dann und wann mit den blauen Augen einen Blick auf die Straße und versank wieder in sich selbst. Die Brüder, die auf den Wagen gestiegen waren, beachtete er nicht.

Erst als es nicht mehr weit war bis zur Station, erkundigte er sich: »Aus der Kolonie?«

»Wieso?«, fragte Kolka argwöhnisch.

»Ihr haut ab ...«

»Wir, abhaun? Wohin denn?«

»Wohin, wohin ... Klar, wohin – wohin alle abhauen ... Nach Hause«, sagte der Bauer und schnalzte, um das Pferd anzutreiben.

»Manch einer hat vielleicht ein Zuhause ... Manch einer hat keins«, fauchte Kolka und sah den Bauern an.

Aber der hatte sichtlich nicht vor zu streiten und wollte sie auch keineswegs entlarven. Er schob die Mütze hoch, sah die Brüder an, umhüllte sie gleichsam mit dem Blick seiner blauen Augen.

Dann sagte er sanft: »Das stimmt. Der eine hat ein Zuhause ... Und der andere? Ich will mal sagen, der Krieg, der wirbelt die Menschen herum und reißt sie aus der gewohnten Umgebung raus. Himmel und Erde, Lebende und Tote, alles geht durcheinander. Jetzt haben die Leute auf einmal mitgekriegt, der Krieg ist bald zu Ende … Reden von ihrem Zuhause …«

Er schwieg, erwartete aber keine Antwort, sondern versank wieder in Nachdenken. Dann fuhr er überraschend fort: »Vorher hat kein Mensch ans Leben gedacht, es ging nicht darum, wie man lebt, sondern dass man lebt … Nicht ans gute Leben haben sie gedacht, bloß ans Überleben! Wie sie durchkommen.«

Er klopfte sich mit dem Peitschenstiel ans Bein, und es klang hölzern. Die Brüder sahen erst jetzt, dass ihm ein Bein fehlte. Ein Invalide also.

Er sprach weiter: »Ich hab einen Teil von mir hergegeben, ich hätt auch den Rest noch hergegeben. Ich hab mich selber nicht mehr gebraucht. Jetzt aber, wo's aufs Ende zugeht, hab ich angefangen, mir selber leidzutun. Vielleicht leb ich doch noch 'n bisschen, hab ich mir gedacht. Bloß wo? Wo ist mein Zuhause? Wo? Ich hab keins. Meine Familie wurde umgebracht, das Haus abgebrannt. Wie ich das erfahren hab, bin ich gar nicht mehr hin in mein Dorf. Dort wieder hin, das wär ja, wie wenn man auf dem Friedhof wohnt! Jeden Tag blutige Tränen weinen. Das bringt einen doch um … Also bin ich hierher, nach Berjosowskaja … Vielleicht leb ich mich ja ein … Ihr seid noch klein, ihr habt noch Zeit, euch ein dickes Fell wachsen zu lassen. Ich nicht. Ich hab mich ohne jede Hoffnung hier angesiedelt … Aber jetzt gibt's Hoffnung. Da, hinter der Station, in der Nebenwirtschaft, da arbeite ich. Wenn was ist, fragt nach Demjan.«

Sprach's und verkroch sich gleichsam wieder unter seinem Mützenschirm. Wie eine Schildkröte in ihrem Panzer.

Als die Brüder bei der Station abstiegen und sich bedankten, wurde er wieder lebhaft und nickte ihnen zu.

»Macht's gut!« Er ruckte am Zügel. »Und wenn ihr nicht abhaut, kommt mich besuchen. Ich selber hau nicht ab. Die Gegend ist fruchtbar hier, man könnte leben … Die Angst verdirbt alles. Aber ich hab nichts mehr zu fürchten. Mein Vorrat an Angst ist alle.«

Die Brüder sagten noch einmal »danke« und gingen. Sie liefen watschelnd, ihre knochigen Hinterteile waren von den Wagenbrettern tüchtig gemartert worden. Sie erreichten die Gruben mit dem Schwefelwasser und badeten, da wurde ihnen leicht, ganz leicht, als wären die stinkenden Gruben mit Lebenswasser aus dem Märchen gefüllt.

Irgendwann, vor Urzeiten, waren Herren und Damen aus den nördlichen Hauptstädten eigens zu diesem Wasser gereist: weiße Kleider, bunte Sonnenschirme, teure Equipagen. Die Damen und die schnurrbärtigen Offiziere hatten sich hier aufgehalten, um Kaukasuswasser zu trinken und die Gesundheit in Ordnung zu bringen. Blasorchester hatten gespielt, Glyzinien geblüht. Nach dem heißen Bad waren die feinen Herrschaften zu dem runden Pavillon hinaufgestiegen und hatten auf die fernen Berge im goldenen Abendlicht geblickt. Oder, wie Regina Petrowna sagte: Sie hatten sie in Augenschein genommen!

Ob es so gewesen war oder ob sich die Erzieherin ein Märchen ausgedacht hatte, wussten die Brüder nicht. Das Wasser jedenfalls hatte es schon vor ihnen gegeben. Was aber die Herrschaften anging, ob die wirklich wegen dieser Gruben von Moskau hergekommen waren, als es noch keine Eisenbahn gab, da hatten sie große Zweifel. Wegen Tschureks, wolln mal sagen, wegen Kartoffeln oder gelben Pflaumen, das war was anderes. Wenn du fressen willst, kommst du eben angetrabt. Aber Wasser bleibt Wasser. Ob du es isst oder trinkst – es bleibt Wasser.

Es kam und kam kein Zug. Doch von der Anhöhe hatte man einen weiten Blick, darum stiegen die Brüder hinauf zu dem schneeweiß schimmernden Pavillon.

Aus der Nähe betrachtet, war er nicht ganz so schneeweiß. Die Farbe blätterte ab, alles war verdreckt, und auf den Säulen wimmelte es von geschriebenen und eingeritzten Inschriften, auf Russisch und wahrscheinlich auf Deutsch.

Saschka setzte sich auf eine Stufe und blickte ins Tal. So wie einst die schönen Fräuleins und ihre Kavaliere. Kolka suchte sich einen spitzen Stein und kratzte in eine Säule: »Kusmins aus Tomilino. 10. 9. 44.«

Lachend betrachtete er die Inschrift. Wir sind auch wer, mochte das heißen, wir haben gebadet und den Sonnenuntergang in den Bergen in Augenschein genommen. Wenn sie in ... na ... in zwanzig Jahren als Opas wie dieser Demjan wieder hierherkämen, würden sie den Schakalen aus dem Waisenhaus den Pavillon zeigen: Hier haben Saschka und ich uns amüsiert ... Ein Orchester hat gespielt, und Fräuleins mit Sonnenschirm haben gejuchzt vor Begeisterung.

Kolka konnte sich die Szene nicht zu Ende ausmalen, denn in der fernen Kurve hinter dem kahlen Berg zeigte sich Rauch. Die Brüder sausten hinunter und kamen eben noch zurecht.

Saschka ging geschäftig den Zug entlang, blickte unter die Waggons, fand schließlich, was er suchte, und rief den Bruder.

»Da!« Er zeigte hin.

Unter dem Waggon war ein schmutziger rostroter Kasten befestigt, der über den Gleisen hing, länglich wie ein Sarg. Saschka klappte den Deckel hoch und forderte Kolka auf reinzukriechen.

»Und wenn er abfährt?«

»Dann fährt er eben«, sagte Saschka. »Na und?«

Schnaufend vor Anstrengung, zwängte sich Kolka in den Kasten, dann kroch auch Saschka hinein. Sie mussten sich Kopf an Fuss legen, dann könnten sie so reisen. In die Seitenwand waren runde Löcher geschlagen, durch die konnte man hinauslinsen. Schwellen, Gleise, Gras waren sehr nahe. Hauptsache, der Kasten riss während der Fahrt nicht ab, dann würde er wirklich zum Sarg.

»Ein Blechsarg mit Musik!«, rief Kolka durch ein Loch. »Aus den Hauptstädten im Norden ... In einer Equipage zum Heilwasser ... Die Herrschaften sind eingetroffen, die Kusmins!«

Er blies die Wangen auf und markierte ein Orchester: »Rumtata, rumtata ...«, spielte es zu Ehren ihrer Ankunft mit der Hundehütte.

Saschka sagte: »Kostenlos, wohin du willst, gut, was?«

»Wohin willst du denn?«, fragte Kolka. »Rumtata, rumtata …«

»Weit weg«, sagte Saschka. »Ich will ganz weit weg. Ich will nicht zurück.«

»Wird's nicht noch schlimmer?«

»Als jetzt?«

»Ja. Als jetzt.«

An der Spitze des Zuges ein Pfiff, die Waggons polterten. Dem Kasten gab es einen kräftigen Ruck.

Kolka blies lauter den Marsch: »Rumtata, rumtata …«

»Na, was ist, fahren wir?«, fragte Saschka.

»Jetzt?«

»Warum nicht?«

»Und Regina Petrowna?«

Saschka schwieg.

»Sie bleibt doch allein mit ihren Männlein. Tut sie dir nicht leid?«, rief Kolka.

Saschka klappte rasch den Deckel wieder auf und sprang hinaus. Auch Kolka ließ sich fallen, er stieß sich an einer Schwelle. Sie blickten dem Zug und dem Waggon mit dem Kasten, der schon ihr Kasten gewesen war, hinterher. Es war, als sähen sie einen Traum entschwinden.

Sie übernachteten in einem halb ausgebrannten Güterwaggon auf dem Reservegleis. Bei Regina Petrowna meldeten sie sich erst am Abend des nächsten Tages.

Vorher aber gingen sie zum Lagerraum, um sich zu vergewissern, ob das Schloss, das mit dem Riegel, noch da war.

Die Erzieherin öffnete ihnen nicht sofort. Als sie die Brüder sah, winkte sie sie herein, machte ihnen aber Zeichen: Leise, die Kinder schlafen.

Die Kusmin-Zwillinge traten auf Zehenspitzen ins Zimmer und blickten zum Bett, auf dem die Männlein schliefen: Jaurès ausgebreitet auf dem Rücken, Marat zusammengerollt, die

Decke über den Kopf gezogen. Jetzt war zu sehen, dass Jaurès älter war.

Regina Petrowna trug ein hellrosa Kleid, das glänzte wie Gold, es hatte Knöpfe und war sehr lang, bis zum Fußboden. In dem glänzenden Kleid und mit den offenen schwarzen Haaren fanden die Brüder sie noch schöner. Jetzt sah sie wirklich aus wie eine Königin.

»Setzt euch. Ich hab auf euch gewartet. Wie sieht's aus, Freunde? Hungrig?«

»Nein«, antwortete Saschka für beide. »Wir haben heute schon gegessen.«

Kolka legte den in das Klettenblatt gewickelten Speck auf den Nachttisch.

Regina Petrowna sah den Speck an, ohne danach zu greifen, und dann die Jungen. Sie schüttelte den Kopf.

»Nein, nein. Danke. Den Speck nehme ich nicht.«

Und da die Brüder verständnislos schwiegen, erklärte sie: »Ihr habt doch was dafür getan, also esst ihn auch selber. Übrigens, was habt ihr eigentlich dafür getan?«

Die Brüder wechselten einen Blick.

»Na also«, sagte Regina Petrowna. »Ich denke, wir haben uns verstanden, stimmt's?«

Saschka nickte. Er dachte schneller als Kolka. Aber hier gab's nicht viel zu denken. Die Erzieherin hatte schon dort, vor dem Lagerraum, erraten, dass sie die Sachen geklaut hatten. Darum hatte sie aufgeregt gewartet. Aber sie hatte sie nicht verraten. Das war die Hauptsache.

Sie fuhr indessen fort: »Ich habe euch gesucht, habe überall gefragt. Ihr habt woanders geschlafen, stimmt's? Alle meinten, ihr wärt abgehauen, jemand wollte euch bei der Station gesehen haben. Aber ich hab's nicht geglaubt, ich wusste, ihr geht nicht so einfach weg. Und ich hatte recht.«

Regina Petrowna griff in die Tasche des Mantels, der an der Wand hing, suchte etwas, fand es nicht, kam zurück und setzte sich wieder.

»Mein Gott, ohne was zu rauchen, das ist schlimm. Und wenn's irgendein Kraut wäre … Na schön. Warum ich euch gesucht habe: In den nächsten Tagen fangen wir an, in der Konservenfabrik zu arbeiten. Pjotr Anissimowitsch hat das abgesprochen. Es gilt für die älteren Schüler, fünfte bis siebente Klasse. Aber ich habe euch auch eingetragen, da könnt ihr euch ein bisschen was anfuttern. Alles klar?«

Die Brüder nickten unsicher, eine Fabrik passte nicht in ihre Pläne.

»Bitte bringt das nicht durcheinander: Ihr seid nicht in der vierten Klasse, sondern in der fünften. Die Jüngeren müssen im Kolchos Äpfel ernten. Jetzt geht schlafen.« Sie waren schon fast draußen, da sagte sie: »Der Speck, nehmt euren Speck mit.«

Wortlos nahm Kolka das Klettenblatt mit dem Speck. In der Tür blieben beide wie auf Kommando stehen und drehten sich um.

»Eigentlich hatten wir gedacht … dass wir … dass wir heute …«

»Was denn?«

»Ja! Wir wären heute beinahe weggefahren!«, platzte Saschka heraus.

»Für immer?«, fragte Regina Petrowna irgendwie dumpf, wie erloschen.

»Hm.«

»Und wir? Und die andern?«

Die Jungen drucksten. Aber es war ja auch so klar, dass sie nur deshalb nicht weggefahren waren, weil sie an sie gedacht hatten.

»Ach, meine kleinen Freunde … Wartet doch ab«, sagte Regina Petrowna sofort leidenschaftlich. »Fahrt doch erstmal in die Konservenfabrik, schaut's euch an … Wer weiß … Vielleicht gefällt es euch ja? Ich glaube, es wird alles gut hier. Bestimmt. Ihr werdet sehen.«

Kolka gab keine Antwort, er konnte nicht so schnell denken. Saschka aber zog die Stirn kraus, blickte zu Boden und sagte für beide: »Also … Wir warten erst mal ab. Versprochen.«

Es klang fast erwachsen.

»Wie schön.« Regina Petrowna wurde etwas fröhlicher. »Ich habe ja noch eine Überraschung für euch. Hätte ich fast vergessen. Kommt mal her.«

Sie holte aus dem Nachttisch eine mächtige zottige Pelzmütze, aus der sie einen Gürtel zog.

Die Brüder starrten auf die Mütze.

»Was ist das?«

»Eine Papacha … glaub ich.«

»Wo ist die her?«

»Aus der Abstellkammer. Ist vielleicht noch vom Theaterzirkel. Oder von jemandem aus dem Dorf … Weiß nicht. Da ist viel solches Zeug. Ein paar Kinder haben's gefunden. Na, sie haben rumgealbert, sich verkleidet …« Regina Petrowna horchte auf, draußen schrie jemand. »Die hab ich für euch genommen. Gefällt sie euch?«

Die Brüder wechselten einen Blick: Was für ein Patzer. Wie hatten sie, als sie die Dachböden durchforsteten, die Kammer übersehen können? Und wenn dort was Essbares gewesen wäre?

Kolka fragte neugierig: »War da auch ein Tscherkessenrock mit Patronentaschen bei?«

»Ich hab keinen gesehen«, sagte Regina Petrowna. »Ein Dolch war da, bloß zerbrochen, und der Gürtel … Ich dachte mir, den könnt ihr vielleicht gebrauchen.«

Aber der Gürtel ließ die Brüder kalt. Nacheinander probierten sie die Papacha auf. Kolkas Kopf verschwand darin bis zum Hals, er schmetterte mit dumpfer Stimme ein Lied, ohne an die schlafenden Männlein zu denken:

»Welches Land ich auch immer durchmessen,
welche Wege auch immer ich trab,
meinen Freund werd ich niemals vergessen,
den in Moskau ich kenngelernt hab!«

»Nich so laut!« Saschka nahm ihm die Mütze ab und stülpte sie sich selber auf. »Ich bin Hadshi Murat. Und du …«

»Ich bin Budjonny!«, schrie Kolka und griff nach der Papacha. »Budjonny ist für die Roten, dein Hadshi Murat für die Faschisten!«

»Was, Hadshi Murat ist für die Faschisten?«

Regina Petrowna unterbrach den Streit, indem sie die Papacha an sich nahm.

Sie sagte lächelnd: »Ich hab mir gerade überlegt – ich schneide sie auseinander und mach euch für den Winter zwei Kappen daraus.«

»Was?«, fragten die Brüder zurück. »Lappen?«

»Nicht doch … Fellmützen … Was Nützliches. Und der Gürtel ist für Kolkas Hose – du bist doch Kolka? – statt des Stricks da.«

Die Brüder untersuchten den Riemen, er war schmal, voller dunkler Nieten und Muster, und eine Menge kleiner Riemen hing daran.

Kolka probierte die Neuerwerbung und sagte zufrieden: »Da kann ich meinen Löffel dranhängen. Und noch mehr …«

Es würde sich gut machen, auch die Schlüssel dranzuhängen, die sie Ilja gemaust hatten, aber dann wurden sie bestimmt geklaut. Vielleicht Maiskolben? Kolka malte sich aus: Er geht durch das Waisenhaus in Tomilino, und an seinem Gürtel hängen Maiskolben wie Eierhandgranaten! Und die Papacha lässig in den Nacken geschoben. Das ist doch was! Wir sind zurück aus den Bergen. Wir haben's nicht mit der Angst gekriegt. Wir hatten jede Menge zu futtern und haben euch auch noch was mitgebracht. Dann würde er die Kolben einzeln abmachen und an die Schakale verteilen.

»Ich bin sicher, wir sehen uns wieder,
ja und dann, Liebste, sind wir zu zweit …«

Regina Petrowna schob die Brüder sacht zur Tür.

»Singt lieber draußen!«

Sie gingen.

Nachdem sie die Tür geschlossen hatte, suchte sie noch einmal die Manteltaschen ab und sammelte Tabakkrümel in die Hand. Mit Schmutz gemischt, kam ein bisschen zusammen. Aus einem Stück Zeitungspapier drehte sie ungeschickt eine Zigarette, zündete sie an und trat aus der Tür. Lange stand sie auf der Vortreppe, blickte zu den Kindern im Hof und versuchte die Kusmin-Zwillinge auszumachen. Die Kinder, Papachas auf dem Kopf, von denen die Kammer voll gewesen war, jagten einander mit Knüppeln und spielten Krieg. Einer schleifte einen löchrigen Filzumhang hinter sich her, die nackten Fersen blinkten unter dem schweren unteren Saum.

Regina Petrowna machte einen letzten Zug und kehrte zurück ins Haus. Sie legte sich hin und versuchte zu schlafen, aber der Schlaf wollte nicht kommen. Sie stand ein paarmal auf und blickte zum Fenster hinaus. Schließlich suchte sie sich eine Beschäftigung. Sie nahm eine Schere und begann die Papacha in zwei gleiche Hälften zu zerschneiden. Sie dachte an die Kusmin-Zwillinge und an die herrlich warmen Mützen, die sie ihnen aus dieser Papacha nähen würde, und vergaß darüber die Zeit. Sie bemerkte nicht, wie ganz sacht, wie von selbst der Fensterflügel aufging und sich eine schwarze Mündung hereinschob.

Drei Männer schauten aus der Dunkelheit auf ihre Hände, die die Papacha in Stücke schnitten.

14

In den Schlafräumen der Kinder ging das Geschrei bis spät in die Nacht. Brüllen, Kreischen, Toben. Regina Petrowna hatte recht gehabt, die Kinder hatten zu essen bekommen und waren aufgelebt; man weiß ja, Futtern ist ein Fest und was für eins!

Davon waren sie auch so aufgedreht, sie heulten, piepsten, blökten, kläfften, muhten, bellten und so weiter.

Einer fing an zu singen, dann fielen alle ein. Nicht schön, aber laut.

»Mein Kamerad und ich, wir gingn spaziern,
mein Kamerad und ich, wir gingn spaziern,
mein Kamerad und ich spazierten lustig durchs Gebirg,
durchs wildeste Gebirg!«

Anfangs klang es ein bisschen dünn, jeder sang, wie er konnte, aber dann fügte sich Stimme an Stimme, Fädchen verflocht sich mit Fädchen, es klang zusammen und schmetterte, dass die Scheiben klirrten.

»Auf einmal rollt ein Felsblock, oho-ho!
Auf einmal rollt ein Felsblock, oho-ho!
Auf einmal rollt ein Felsblock, und mein Kamerad fiel um!
Mein Kamerad fiel um!«

Besonders harmonisch klang das »Oho-ho!« Da brüllten schon alle mit, die konnten, ob sie musikalisch waren oder nicht, das Mitbrüllen machte einfach Spaß. Und die Lungen hatten auch genug Puste.

»Ich fasst ihn bei den Händen, oho-ho!
Ich fasst ihn bei den Beinen, oho-ho!
An Händen und an Beinen, doch er stand und stand nicht auf!
Er stand und stand nicht auf!
Ich spuckt ihm ins Gesichte, oho-ho!
Ich spuckt ihm ins Gesichte, oho-ho!
Ich spuckt ihm ins Gesichte, doch er spuckte nicht zurück!
Er spuckte nicht zurück!«

Schließlich schaufelt er dem Kameraden, wie es sich gehört, ein Loch (»oho-ho und was für eins!«) und begräbt ihn. Dann bewegt sich die Erde (»oho-ho!«), der Kamerad kommt heraus und … »Spuckte nun zurück!« Als Antwort. Und ist wieder lebendig. Ulkig! Sie wälzten sich vor Lachen.

Sie stimmten ein Sträflingslied an:

»Ich sitze traurig da, erinnre mich,
und Tränen fließen reichlich aus den Augen …«

Sie sangen es nicht zu Ende. Tränen passten nicht zu ihrer Stimmung.

Sie sangen holprige Straßenlieder, Ganovenlieder, Marktlieder (herzzerreißend), Waisenlieder, Invalidenlieder, Lagerlieder, Bahnhofslieder, Reiselieder, Kolonielieder, Lieder von der Verbannung nach Sibirien, Alltagslieder, Odessaer Diebeslieder (grausam und sentimental), Rowdylieder, Verbannungslieder (aus der Zeit vor der Revolution) und ein paar Filmlieder … Aus dem »Großen Leben«: »Leb wohl, Maruska, Hurenmädel …«

Doch die anfängliche Harmonie kam nicht mehr zustande. In jeder Ecke wurde etwas anderes gesungen, und bald wurde es ganz still.

Die Detonation krachte gegen Morgen. Aber es war noch dunkel.

Die Kusmin-Zwillinge erwachten gleichzeitig. Beide hatten das Gefühl, auf ihr Haus sei eine Bombe gefallen. Das kannten sie aus den ersten Kriegsmonaten.

In allen Fenstern loderte heller Schein, tauchte die Wände in blutrotes Flackerlicht. Unten bei den Mädchen kreischte eines auf und schrie.

Ein paar Stimmen brüllten gleichzeitig: »Feuer! Feuer!«

Die Brüder schliefen ohne Matratze, in ihren Sachen, damit das eiserne Gitternetz nicht bis auf die Rippen drückte. Ohne zu überlegen, stürzten sie mit den anderen panikartig zum Ausgang. Die Türen flogen auf. Die Hinteren drängten gegen die Vorderen, und im Dunkeln kam es zu Gerangel. Dabei wurde dem einen ein Finger eingeklemmt, einem anderen die Nase aufgeschlagen.

Die Kusmin-Zwillinge hatten Glück, sie wurden nur ein wenig gedrückt.

Alles lief in den Hof – Stimmengewirr, Lauferei, grelles heißes Licht, ängstlich-aufgekratzte Panik.

Es herrschte ein großes Durcheinander, denn niemand wusste etwas, alle liefen herum und schrien. Sie sahen das Haus brennen, in dem sich der Lagerraum befand.

Aber der erste Gedanke unserer Zwillingsbrüder galt nicht dem Lagerraum, sondern Regina Petrowna und ihren Männlein. Wo steckte sie? Hatte sie rausrennen können?

Während sie panisch umherguckten und überlegten, und nach tiefem Schlaf überlegt es sich schwerfällig, sahen sie die Erzieherin. Die beiden Männlein krampfhaft an sich gedrückt, stand sie inmitten der allgemeinen Hektik, allein, erstarrt, gleichsam sprachlos, und ihre riesengroßen Augen waren voller Angst.

»Regina Petrowna!«, schrien die Brüder laut und liefen auf sie zu, unterwegs andere rempelnd und stoßend. »Regina Petrowna, wir sind hier, hier!«

Sie streifte die beiden nur mit flüchtigem Blick und starrte, ohne zu zeigen, ob sie sie gesehen oder gehört hatte, wieder ins Feuer, und die Flamme hüpfte in ihren geweiteten Pupillen.

Pjotr Anissimowitsch kam angelaufen und rief irgendwem zu: »Wo sind Eimer? Holt Eimer! Das ist ja alles nicht zu fassen!« Und verschwand.

Dann kam er wieder, einen Eimer Wasser in der Hand. Das Gesicht mit der Aktentasche vor der Hitze schützend, ging er auf das brennende Haus zu, kam aber nicht nahe genug heran, er schüttete das Wasser auf den heißen Boden, wo es sofort verdampfte.

Jetzt, wo die erste Angst und das Gefühl der Gefahr vorüber waren, heulten die Kinder, selbst die Mädchen, nicht mehr, sondern sausten fröhlich erregt im Hof umher, wie toll von dem nie gesehenen Schauspiel. Nun gefiel es ihnen sogar, dass es so brannte. Die Flamme stieg senkrecht auf wie eine gigantische Kerze und versprühte fauchend einen Regen großer Funken.

Das Haus leuchtete von innen heraus, sein Gerippe wurde

sichtbar. Es wirkte jetzt durchsichtig, und jeder glühende Träger seines Skeletts war zu erkennen.

Nur ein paar kleine Mädchen, die ängstlichsten, klammerten sich an die noch immer starr dastehende Regina Petrowna wie an eine Rettungsinsel.

Pjotr Anissimowitsch schrie Regina Petrowna zu: »Haben Sie was gesehen?«

Regina Petrowna reagierte nicht darauf, sie schien den Direktor nicht bemerkt zu haben. Erst allmählich ging ihr auf, dass er sie etwas gefragt hatte.

»Was … gesehen …«, sagte sie langsam wie im Schlaf, ohne den Blick vom Feuer zu wenden.

»Das frage ich Sie!«, schrie Pjotr Anissimowitsch, der sich noch immer mit der Aktentasche gegen die Flammen schützte. »Haben Sie gesehen, wie das explodiert ist? Ja oder nein? Und die … auf Pferden …«

»Auf Pferden?«, murmelte Regina Petrowna. »Auf was für Pferden?«

»Das ist ja alles nicht zu fassen!«, schrie Pjotr Anissimowitsch, doch dann stutzte er, denn ihm dämmerte erst jetzt, dass es der Erzieherin sehr schlecht ging.

Jewgenia Wassiljewna, eine andere Erzieherin, kam angelaufen, hielt Regina Petrowna einen mit Salmiakgeist getränkten Wattebausch unter die Nase und rieb ihr die Schläfen, da schrie diese plötzlich auf, sank in sich zusammen, und ihr Kopf kippte nach hinten. Sie wurde sogleich in den Schlafsaal der Mädchen geschafft. Ihre Männlein waren schon vorher dorthin gebracht worden.

Die Kusmin-Zwillinge, die das alles beobachtet hatten, liefen hinterher, um ihrer Regina Petrowna zu helfen, aber sie wurden nicht hineingelassen.

»Geht weg«, hieß es. »Alle helfen beim Löschen, was drückt ihr euch hier herum?«

Drinnen, hinter der Tür, schluchzte ein kleines Mädchen, es wurde getröstet.

»Wieso Pferde?«, sagte eine Stimme dumpf. »Unsinn ... Das ist doch wirklich Unsinn. Da waren keine Pferde und keine Handgranaten. Im Lagerraum muss was explodiert sein. Dort ist ja Petroleum und Öl und alles so was. Wer will das jetzt noch herausfinden.«

Die Brüder wechselten einen Blick und gingen in den Hof. Das Dach des Hauses war schon eingestürzt und hatte einen Salut aus glühenden Kohlen und brennendem Holz in den Himmel geschossen. Die Funken sanken langsam nieder und glimmten im dürren Gras wie Glühwürmchen. Niemand versuchte, sie zu löschen. Selbst Pjotr Anissimowitsch, der sah, dass den benachbarten Gebäuden keine Gefahr drohte, hockte einfach auf der Vortreppe des Speisesaals, drückte die Aktentasche an die Brust und starrte ins Feuer. In seiner Pose war etwas Klägliches, Hilfloses, als wollte er sagen: Das ist ja alles nicht zu fassen!

In seinem vierzigjährigen Leben hatte dieser Mann viele Katastrophen überstanden, und dass er noch lebte, verdankte er seiner angeborenen Langmut.

Damals, als er bei der Arbeiterversorgung gekündigt hatte, auf eigenen Wunsch, weil alle um ihn herum klauten und er jeden Moment im Gefängnis landen konnte, wurde er zur Abteilung Volksbildung im Bezirk versetzt und bekam die Kinder an den Hals gehängt. Dort meinten alle, jetzt sei es aus mit ihm, denn sie wussten, was das für Kinder waren – fünfhundert Halsabschneider, die Schlimmsten der Schlimmen, extra ausgesucht, um sie loszuwerden. Und während er den Transport vorbereitete, Erzieher suchte, um Kleidung und Lebensmittel bettelte, stand in den Gesichtern der Bezirksnatschalniks geschrieben: Pech für Pjotr Anissimowitsch Meschkow. Der ist geliefert. Er fährt nur, weil er weiß, schlimmer kann's nicht mehr kommen. Ihm bleibt nichts anderes übrig.

Der Morgen graute merklich.

Plötzlich kam vom Kolchos ein Wasserwagen mit Feuerwehrspritze.

Die Kinder fanden sofort eine Beschäftigung – die Spritze zu betätigen, zu zweien, dann auch zu vieren, immer rauf und runter. Aber sie ermüdeten rasch und ließen ab. Nur die Kusmin-Zwillinge, völlig durchnässt, halfen den Erwachsenen weiter, bis sie Blasen an den Händen hatten. Dann wurden sie ins Bett geschickt.

Unterwegs versuchten sie noch einmal, zu Regina Petrowna vorzudringen, aber die Tür war verschlossen. Sie standen ein Weilchen davor und horchten, doch von drinnen war nichts mehr zu hören.

Schlafen gehen wollten sie nicht. Sie bummelten über den Hof, der jetzt menschenleer war, und es war ein sonderbarer Anblick, wie die Reste des Hauses in dieser plötzlichen Leere qualmten. Die Feuerwehrspritze war wieder weggefahren, und es war still.

Saschka sagte halblaut: »Meinst du … eine Handgranate?«

»Wieso eine Handgranate?«, fragte Kolka leise.

»Was sonst? Du hast doch den Knall gehört, oder?«

»Ich habe geschlafen«, antwortete Kolka, »und geträumt, dass mir einer eins über die Birne gehauen hat, dann bin ich aufgewacht und hab gedacht, eine Bombe.«

»Und die Pferde?«

»Was für Pferde?«

»Die sagen doch, da waren Pferde.«

»Die sagen viel, wenn der Tag lang ist.«

»Du glaubst es also nicht?«, fragte Saschka. Und wiederholte: »Du glaubst es also nicht … Komm mit!«

»Wohin?«

Saschka gab keine Antwort. Er packte Kolka beim Arm, plötzlich voller Entschlossenheit. Er führte ihn an der Hecke entlang zu ihrem heimlichen Schlupfloch, quetschte sich durch das stachlige Gezweig, wartete auf Kolka, packte ihn wieder am Arm und zog ihn zum Rand des Maisfeldes, das an die Rückseite des niedergebrannten Gebäudes grenzte. Zwischen umgeknickten Maisstängeln waren in der weichen Erde deutlich Abdrücke von Pferdehufen zu sehen. Da und dort war Gras herausgefetzt und zur Seite geschleudert, Büschel hingen sogar an den Maisstängeln.

Kolka bückte sich und hob eine Hülse auf. Es war eine blanke Messinghülse, im Gras leicht zu bemerken. Saschka nahm ihm die Hülse aus der Hand, untersuchte sie und steckte sie in die Tasche. War bestimmt mal zu gebrauchen.

»Wie bist du darauf gekommen?«, fragte Kolka und suchte wieder den Erdboden ab, aber dort lag nichts mehr.

»Wie schon? Ist doch klar, wenn die hier waren, dann nur hier. Die sind doch nicht so blöd und reiten in den Hof. Das wär ja eine Falle.«

»Die? Wer denn?«

»Weiß nicht.«

»Glaubst du, die haben auch geschossen?«

»Weiß nicht«, wiederholte Saschka und blickte zu den Bergen.

Ein klarer neuer Morgen ohne ein einziges Wölkchen brach an. Die Berge glänzten festlich in der Höhe, ihre Schneegipfel leuchteten und schienen ganz nahe. Kein Brand, keine nächtlichen Ängste konnten diese ewige überirdische Schönheit beeinträchtigen.

»Das wird ein heißer Tag«, sagte Kolka und dachte nach. »In Tomilino sind sie bestimmt schon in der Schule …«

Die Brüder blickten einander an und dachten: In Tomilino, diesem Drecknest, war es zwar ungemütlich gewesen, aber einfacher, ruhiger als hier in den schönen Bergen.

15

Gegen Mittag dieses Tages kamen auf einem Motorrad zwei Milizionäre und ein Offizier.

Während die Kinder im Hof das Motorrad, dieses Wunderding, umdrängten, betrachteten und darüber stritten, gingen die Ankömmlinge zum Direktor, sprachen mit ihm und dann auch mit den Erziehern, umkreisten das abgebrannte Haus und brausten wieder ab, wobei sie eine weithin sichtbare weiße Staubwolke aufwirbelten.

Den Kindern hatten sie keine Fragen gestellt, auch den Kusmin-Zwillingen nicht. Aber die würden von ihren Entdeckungen auch nichts erzählt haben.

Beim Mittagessen im Speisesaal wurde bekanntgegeben, es habe keine gefährliche Explosion einer Bombe oder Handgranate stattgefunden, das Feuer sei aus unbekannter Ursache im Lagerraum ausgebrochen, ein Kanister mit Brennstoff sei explodiert und dadurch das ganze Haus in Brand geraten.

Dies gab der Direktor Pjotr Anissimowitsch bekannt. Er stand mit seiner Aktentasche in der Mitte des Speisesaals, wischte mit der freien Hand den Schweiß von der Stirn und sah sehr sorgenvoll aus.

Als er fertig war, fügte er auf einmal hinzu: »Das ist ja alles nicht zu fassen«, was die essenden Kinder erheiterte.

Die Kusmin-Zwillinge waren zu dieser Zeit auch im Speisesaal, zum zweiten Mal schon, um das tags zuvor versäumte Mittagessen nachzuholen. Außerdem schmeckte ihnen die Reissuppe. Bei den Worten des Direktors von einem angeblich explodierten Kanister wechselten sie einen vielsagenden Blick und löffelten weiter.

Der Direktor sagte noch, am nächsten Tag werde ein Auto von der Konservenfabrik kommen und die älteren Schüler abholen. Die jüngeren sollten zu Fuß in den Kolchosgarten gehen und dort Äpfel ernten. Dort würden sie auch zu essen bekommen.

Damit schien die Geschichte mit dem Brand erledigt.

Die Reste des Hauses wurden weggeräumt, angekohlte Balken zu Brennholz zersägt, und die Kinder, von Kopf bis Fuß rußgeschwärzt, mussten zur Sunsha gehen und sich dort mit Sand scheuern.

Die Brüder brachten in Erfahrung, dass Regina Petrowna

und ihre Männlein zeitweilig im hinteren Winkel der Küche untergekommen waren, der durch eine Decke abgeteilt worden war. Aber sie war nicht da. Die Mädchen erzählten, sie sei ins Krankenhaus gefahren und habe sie gebeten, auf die Männlein aufzupassen, dabei sollten auch die Kusmin-Zwillinge helfen.

Die Brüder nickten.

»Wann kommt sie denn zurück?«, fragte Kolka.

»In ein paar Tagen. Wieso?«

»Nur so. Ist sie krank?«

»Nein«, sagten die Mädchen. »Aber es musste sein.«

Die Brüder gingen. Sie sprachen darüber, dass die Mädchen schwindelten, denn Regina Petrowna hätte ihre Männlein nie alleingelassen, wenn sie nicht krank wäre. Da sie aber versprochen hatte, bald zurückzukommen, konnte es nicht weiter schlimm sein. Aber sie beide würde man aus der Konservenfabrik rausschmeißen. Beweise mal, dass du nur vom Salzmangel so klein bist und deshalb die Arme, die Beine, die Zähne nicht wachsen ... Und der Kopf auch nicht.

Im Krieg werden Salz, Seife und Streichhölzer bekanntlich immer knapp. Das wissen besonders die Frauen. Auch die Heimkinder hatten sich schon in der Fertigung falscher Seife geübt: Auf ein Holzklötzchen wurde eine dünne Schicht von Seifenresten aus dem Dampfbad aufgeschmolzen und das dann verscheuert. Anstelle von Streichhölzern nahmen sie Stahl, Feuerstein und ein Stück Zunder. Nur Salz zu erfinden gelang ihnen nicht. Einmal kamen sie auf den Viehhof, wo ein mächtiger Salzstein lag. Sie stellten sich auf alle viere, leckten an dem Stein wie an einer Süßigkeit und waren davon nicht abzubringen.

Die älteren Schüler waren genau besehen nicht viel größer als die Zwillinge, aber sie unterschieden sich äußerlich von ihnen. Nämlich durch die Frisur: Sie hatten, wie es in dem Liedchen heißt, schon »Schöpfchen, Schöpfchen, lauter Löckchen ...«. Rauchten wie die Erwachsenen, atmeten sogar den Rauch ein. Auf die Mädchen sahen sie verächtlich herab: »Blöde

Weiber!« Und sie spuckten in hohem Bogen durch die vorderen Zahnlücken. Die neuen Zähne wollten und wollten nicht wachsen.

Besonders stark nuschelte Mitek, die Brüder kannten ihn.

»Ich hab heute nicht auschgeschlafen, und wie ich aufgestanden bin, hab ich im Speischeschaal nachgeschehen, wasch esch gibt, und da bin ich insch Schwitschen geraten …«

Die Kinder machten sich lustig über sein Genuschel und sagten: »Dasch ischt Mitek, der schwitscht, wenn er im Eschschaal scheine Reischschuppe ischt!«

Also, am nächsten Morgen sehr früh, als von der Erde und vom Feld noch Frische und Leichtigkeit wehten und es ganz wenig Staub gab, rollte ein nagelneuer grüner Studebaker in den Hof. Der Lastwagen war voller ausländischer Aufschriften – an den Seitenwänden, auf der Motorhaube und an der Tür des Fahrerhauses. Auf der Pritsche ließen sich längs der Seitenwände Holzbänke herunterklappen.

Aus dem Fahrerhaus sprang, laut mit der Tür knallend, eine junge Frau, in Hose und Wattejacke wie ein Mann, die flotte Schirmmütze nach hinten geschoben. Doch die Kinder sahen sofort, dass es eine Frau war, und gleich darauf wussten sie bereits, dass sie Vera hieß.

Von nun an kam sie jeden Morgen und musste aus irgendwelchen Gründen jedes Mal lachen, wenn sie die Kinder um die Wette auf die Pritsche klettern sah. Sie war ein fröhlicher Mensch und rief immer, sich vor Lachen ausschüttend: »Los, Männer! Auf geht's, wir fahren zum Schuften! Ohne euch steht das Fließband still!«

Was ein Fließband ist und wie es stillsteht, erfuhren die Kinder später, aber in die Schofförin Vera, obwohl sie Männersachen und, noch schlimmer, eine Hose trug, verliebten sich sämtliche Jungen der Kolonie. Sie sprachen gefühlvoll von Vera, jeder hoffte insgeheim, ihr zu gefallen, vielleicht gar sie zu heiraten, wenn er groß war. Und natürlich wollte jeder Schofför werden, wie Vera. Sogar die Mädchen.

Gleich am ersten Morgen, wie die Brüder es vorausgesehen hatten, wurde versucht, sie aus dem Auto rauszuschmeißen, zumal sich auch eine Menge anderer kleiner Jungen hereingedrängt hatte. Der Laster war jeden Tag überfüllt, und jeden Tag musste die Erzieherin Schwarzfahrer herausholen, die bis zum Werk mitfahren wollten. Zurück waren sie bereit, zu Fuß zu gehen.

Diese Schwarzfahrer wurden herausgeholt, aber bei den Kusmin-Zwillingen gelang das nicht. Sie brüllten zweistimmig, dass sie älter wären, obwohl sie im Schlafsaal der Jüngeren wohnten, dass sie zu wenig Salz bekämen und Körpergröße sei ja nicht alles.

Einzeln würde man sie wie die übrigen Schwarzfahrer doch noch aus dem Wagen gezerrt haben, aber wenn zwei sich aneinanderklammern und brüllen, dass es durch die ganze Kolonie schallt …

Also wurde abgewinkt, und der Wagen konnte losfahren.

Vera kicherte beifällig, sah nach, ob sich alle hingesetzt hatten, warf einen verschmitzten Blick auf die Zwillinge, stieg ins Fahrerhaus, drehte den Schlüssel herum, und der Wagen preschte los. In scharfem Tempo.

Die Kinder kreischten bei dieser rasanten, tollkühnen Fahrweise. Dreißig lautstarke Kehlen brüllten, pfiffen, johlten begeistert, und Vera, die sich vor Lachen bog, sich ab und zu umdrehte und durchs hintere Kabinenfenster schaute, um ihre Räuber, wie sie sie nannte, im Blick zu haben, gab noch mehr Gas. Der Wagen brauste über die ausgefahrene helle Straße zwischen den weißbestaubten Sträuchern und hinterließ eine lange Qualmwolke.

So kamen die Kinder das erste Mal zu der Fabrik, juchzend und jauchzend vom Ansturm der Gefühle.

Aus den kleinen Fenstern des Büros und aus der Pforte schauten Menschen und raunten einander zu: »Die Koloniekinder sind da.«

Vera sprang aus der Fahrerkabine, schob die Mütze in den

Nacken und rief lachend: »Männer! Aussteigen! Jetzt liefer ich euch stückweise gegen Quittung ab!«

Aber niemand zählte sie, niemand kontrollierte. Vera fuhr bereits den leeren Laster durch das große Eisentor auf das Fabrikgelände, die Kinder aber mussten die schmale Pforte daneben passieren.

Sie befanden sich auf einem ausgedehnten Hof, den eine hohe Mauer von der übrigen Welt trennte. Überall standen Körbe und Kisten mit Früchten. Da gab es Tomaten, Pflaumen, Äpfel, Birnen und auch diese sonderbaren Zucchini, mit denen sich unsere Kusmin-Zwillinge einmal den Bauch vollgeschlagen hatten, weil sie sie für Gurken hielten. Nichts war bewacht. Frauen in schmuddligen blauen Kitteln liefen geschäftig vorüber, blickten zu der lautstarken Kinderschar hin und verschwanden in einem der langgestreckten Fabrikgebäude. Vielleicht waren sie nur rausgekommen, um die Kinder zu sehen, die ihnen als Hilfe geschickt wurden. Männer gab es in der Fabrik höchstens ein Dutzend.

Heimlich, damit es keiner sah, begannen die Kinder Früchte aus den Körben zu mausen – da eine Pflaume, dort eine Tomate, die sie möglichst gleich in den Mund steckten und verschlangen. Aber da kam eine Frau vorbei und sagte beiläufig: »Esst ruhig! Esst nur, keine Bange! Alles mit dem Schlauch abgespült.«

Da futterten alle drauflos, dass ihnen heiß wurde. Sie stürzten zu den Körben, griffen zu, stopften sich in den Mund, in die Hosentaschen und sogar unters Hemd, was sie greifen konnten: Äpfel und Birnen und Pflaumen und Tomaten, je nachdem, welcher Korb gerade in der Nähe stand. Die Kinder schwollen an, wurden schwer.

Jedes stopfte sich den Bauch und die Sachen voll und fraß sich so satt, dass es schon fast zu den Ohren herauskam. Aber niemand trieb sie zur Eile, niemand machte ihnen Vorwürfe wegen ihrer Gier. Eines war ärgerlich: Da von allem viel da war, blieb auch viel übrig. Beim besten Willen hätten sie nicht sämtliche Körbe leerfuttern oder vom Fabrikhof wegschleppen können.

Dabei waren sich die Heimkinder sicher, ja glaubten fest daran, dass für sie nichts unmöglich war, wenn es ums Futtern ging.

Wenn sie es nicht auf Anhieb schafften, weil ihre Bäuche zu klein waren, so konnten sie schließlich verdauen und dann wieder essen. Und auch noch was mitnehmen in die Kolonie für die anderen. Und selbstredend einen Vorrat anlegen ... trocknen oder so.

So jedenfalls dachten die Kusmin-Zwillinge, als sie sich Pflaumen unters Hemd stopften. Später waren die Pflaumen zerdrückt und mussten als Matsch aus dem Hemd gekratzt und weggeworfen werden.

Könnten sie doch den Schakalen in Tomilino auch nur eine solche Pflaume geben oder gar einen Korb voll oder auch nur diesen Pflaumenmatsch!

Alle wurden ausgerechnet zum Pflaumenauslesen angestellt. Täglich wurden mächtige Glasballons gebracht, die an die hundert Liter fassten, und in diese Ballons mussten die Kinder die Pflaumen füllen, nachdem sie sie entstielt und die unreifen aussortiert hatten. Dann wurde eine stinkende Flüssigkeit in die Ballons gegossen, die die Früchte widerlich weiß werden ließ und sie ungenießbar machte.

Den Kindern wurde erklärt, auf diese Weise könnten die Pflaumen sogar bis zum Winter aufbewahrt werden, wenn die Erntezeit vorbei sei, werde man sie verarbeiten und zu Marmelade und Konfitüre verkochen. Was für eine Konfitüre das wohl werden sollte, aus verdorbenen weißen Pflaumen!

Trotz dieser Erklärung missfiel den Kindern, dass vor ihren Augen und durch ihr eigenes Zutun Essbares verdorben wurde. Da die Pflaumen nach dem Übergießen mit der Giftbrühe ungenießbar wurden, waren sie verdorben – niemand konnte die Kinder vom Gegenteil überzeugen.

Äpfel und Tomaten sortierten die Kinder lieber. Da wurde

nichts übergossen, nichts vergiftet, sondern es kamen hochgewachsene junge Männer, die Juden, und die trugen die Kisten in den Fabrikhof.

So wurden sie von allen genannt: die Juden. Sie waren an die zwei Meter groß, hatten blaue Augen und helle Haare und waren fröhlich. Scherzend luden sie sich gewaltige Körbe auf die Schultern, als wären sie Spielzeug, und sie jammerten nicht und ermüdeten nicht, wie die Kusmin-Zwillinge bemerkten. Die Juden waren also ein starkes und gutmütiges Volk. Zu diesem Schluss gelangten die Brüder.

Tante Sina dagegen, die in der Tür der Fabrikhalle stand, wohin die Juden die Produktion trugen, gefiel ihnen anfangs nicht. Sie war nicht mehr jung, war zänkisch und trug einen schmuddligen blauen Kittel und ein weißes Kopftuch, das im Nacken geknotet war.

Tante Sina überwachte die Kinder mit scharfen Augen, scheuchte die neugierigsten von der Tür weg und schrie, dass es über den Hof schallte: »Nein, diese Gerippe! Wo habt ihr das Gesindel bloß hergeholt? Is ja ne Schande! Kann man ja fast durchgucken, so mager sind die!«

Ihre Stimme drang in jeden Winkel des Fabrikhofes.

Eines Tages aber, nachdem sie wieder mal so geschrien hatte, winkte sie plötzlich Saschka heran, der in ihrer Nähe stand, und fragte: »Wo kommst du her, mein Kleiner?«

»Ich?«, fragte Saschka und trat nicht näher, da er nicht wusste, was von ihr zu erwarten war. »Aus Tomilino.«

Tante Sina nickte, als wüsste sie, wo Tomilino liegt.

»Und wo sind deine Eltern?«

Saschka wandte sich achselzuckend ab. Er antwortete nie auf solche Fragen.

»Bist du allein?«

»Wieso allein!«, fauchte er. »Zu zweit sind wir!«

»Was heißt zu zweit? Mit wem?«, löcherte ihn Tante Sina.

»Na … mit meinem Bruder.«

»Sieh mal an«, sagte sie und blickte dahin, wohin Saschka

gezeigt hatte. Kolka saß bei einem Korb und futterte eine Tomate. »Dann seid ihr wohl Zwillinge?«

Saschka dachte nach und nickte. Er wusste nicht, was Zwillinge sind, aber er konnte sich denken: Wenn es zwei waren, sagte man Zwillinge.

»Ruf ihn mal her«, befahl Tante Sina.

Sie betrachtete Kolka ärgerlich und schüttelte den Kopf.

»Na schönchen. Ich werd euch später markieren«, sagte sie wie zu sich selbst. Und winkte. »Kommt mal mit.«

Die Tür der Fabrikhalle war um diese Zeit geschlossen: Pause. Tante Sina führte sie in das verbotene Reich, wo gewaltige Kessel standen, so hoch wie ein eingeschossiges Haus; sie zischten. An jedem Kessel war eine eiserne Leiter, die nach oben führte.

Tante Sina forderte die beiden auf, sich auf eine Kiste unter der Leiter zu setzen, und holte ein Glas mit einem gelben Brei, der aussah wie Kinderdurchfall.

»Esst es hier, da habt ihr Löffel. Nicht in der Halle rumlaufen! Klar?«

Die Brüder nickten, starrten auf das Glas.

Bevor sie ging, erklärte Tante Sina: »Das ist Auberginenmus. Normalerweise isst man's mit Brot, aber Brot haben wir nicht. Also ohne Brot.«

Sie ging. Die Brüder fielen über das Glas her. Sie schaufelten wie wild. Ehe sie sich's versahen, war das Mus alle. Es musste nicht gekaut werden, es schlürfte sich weg, zart, warm, duftend, so dass ein süßer Schwindel in den Kopf stieg.

Die Brüder wischten das Glas aus, indem sie abwechselnd den Finger hineinsteckten, das grünliche Glas wurde blitzsauber. Es war noch keine Minute her, dass Tante Sina gegangen war, da saßen sie da und starrten das leere Glas mit hungrigen Augen an. Sie wollten mehr.

Tante Sina sah sie und das Glas an, brummte verdrossen. Aber noch mehr aus Verwunderung.

»Seid ihr schnell, richtige Weltmeister!«

Sie reichte Saschka ein rotes Band.

»Dich werde ich markieren. Dich nicht.« Dies zu Kolka. Kolka war für sie etwas Sekundäres, nur eine formgetreue Nachbildung seines Bruders, nicht unbedingt notwendig.

Sie nahm Saschka das Band aus der Hand und schlang es ihm um den Hals.

»So. Von dem Mus gibt's nicht mehr. Ein andermal … Kommt ein neuer Tag, gibt's wieder was zu essen. Und nun geht arbeiten.« Sie zeigte auf den Hof.

Sie hatte sich nicht so ganz klar ausgedrückt, aber Saschka hatte es kapiert und erklärte nun Kolka, sie habe versprochen, ihnen am nächsten Tag wieder Mus zu geben.

Nur schien Tante Sina tags darauf die Brüder gar nicht zu bemerken. Umsonst drückte sich Saschka vor ihren Augen herum, begrüßte sie sogar. Tante Sina nickte mürrisch und erwiderte nichts. Im Gegenteil, sie rief schrill über den ganzen Hof: »He! Ihr mickrigen Zwerge! Ihr elenden Gerippe! Rührt den Korb nicht an! Den sollen die Juden schleppen!«

Auch am zweiten und dritten Tag beachtete Tante Sina die Brüder nicht. Als die schon gar nicht mehr an sie dachten, kam sie auf einmal in der Pause zu ihnen, als sie grade hinter einer Kiste saßen und Tomaten mampften, die sie schon gar nicht mehr mochten, und rief sie wieder in die Halle.

Unter der wohlbekannten Eisentreppe stellte sie ein Glas auf die Kiste und ging. Aber das Glas enthielt etwas anderes, nicht das »Schienenmus«, wie Saschka das Auberginenmus getauft hatte, weil ihm der richtige Name entfallen war. Es war bis obenhin mit duftender zuckersüßer Marmelade gefüllt.

Die Brüder bemühten sich zwar, nicht so hastig zu essen, verschlangen sie jedoch in Sekunden. Tante Sina hatte sie offenbar beobachtet und brachte noch ein Glas und dann ein drittes. Beim dritten konnten Kolka und Saschka eigentlich nicht mehr und bremsten sich ein bisschen. Das hieß natürlich nicht, dass sie dieses dritte nicht leerten oder, wollen mal sagen, auf ein viertes verzichtet haben würden. Nein, sie aßen nur etwas langsamer, wie manche Leute sagen: mit Genuss. Vielleicht wäre beim vierten Glas der Genuss noch größer gewesen, aber das kriegten sie nicht.

Tante Sina setzte sich zu ihnen, die Pause war noch nicht zu Ende, und fragte: »Na, ihr Weltmeister? Schmeckt's?«

Die Brüder nickten bejahend und sahen einander bedeutungsvoll an.

Es war nämlich so, dass Saschka und Kolka gestern die Kleider getauscht hatten. Das geschah zwecks allgemeiner Täuschung, nicht für Tante Sina; das rote Band trug jetzt Kolka, nicht Saschka.

Tante Sina sah die beiden durchdringend an und stieß plötzlich den Finger gegen Saschka: »Wieso haste das Band abgemacht? Du meinst wohl, ich erkenn dich nich? Dich erkenn ich immer! Du bist der andere!«

Noch nie hatte jemand die Brüder unterscheiden können, die Wächterin Tante Sina war die Erste. Das verblüffte die beiden. Nun saßen sie vor ihr, satt, dankbar und ein wenig beschämt.

Aber Tante Sina machte ihnen keine Vorwürfe. Sie fragte: »Da … In euerm … Tomilino … Was habt ihr da so zu essen gekriegt?«

Die Brüder drucksten. Komische Frage. Nach ihrer Erfahrung kriegte man überall, wenn überhaupt, dasselbe zu essen: Balanda.

»Balanda!«, sagte Saschka.

Tante Sina wandte sich immer nur an ihn.

»Balanda?«, fragte Tante Sina. »Eine Art Suppe, ja?«

Die Brüder waren wieder verlegen.

Wer wusste nicht, was Balanda ist. Balanda ist eben Balanda! Eine trübe Plürre, darin manchmal ein Stückchen gefrorene schwarze Kartoffel oder … Oder ein Klümpchen Grieß, das schmeckte unheimlich gut. Reis dagegen, Suppe aus Reis, hatten sie dieser Tage zum ersten Mal im Leben gegessen.

»Kriegt ihr keine Mamalyga?«, fragte Tante Sina wieder.

»Malyga?«, fragte Saschka. »Nee … Reibesuppe manchmal.«

»Reibesuppe?«, fragte Tante Sina zurück. »Das ist ja so was wie Mamalyga, bloß dünner.« Sie seufzte. »Uns haben sie auch hergebracht. Aus dem Kursker Gebiet.«

Die Brüder starrten Tante Sina an. Sie begriffen nicht gleich – wie konnte man Erwachsene irgendwohin bringen, die konnten doch wohl für sich selber sorgen.

Tante Sina erzählte weiter: »Ein Bevollmächtigter ist gekommen und hat gesagt, wir solln packen. Dabei war meine Schwester krank und meine Tochter, die war zwar erwachsen, aber blöd, nicht ganz richtig im Kopf, ein Faschist hatte sie vergewaltigt. Wir haben unser Bündel geschnürt, war nich viel zu schnüren, Bettler, wenn sie packen, haben fast nichts einzusacken, und geheult haben wir, warum eigentlich … Alles verwüstet, schon mit Gras zugewachsen, und überall Minen … Kein Stück Vieh mehr, sogar die Katzen haben wir aufgegessen … In Erdlöchern haben wir gehaust. In einen Güterzug haben sie uns verfrachtet, und ab ging's. Geheult haben wir, immerzu geheult. Der Bevollmächtigte sagt: ›Hört auf zu heulen, Weiber, ich bring euch ins Paradies.‹ Wir dachten schon, Paradies, das bedeutet Erschießung, denn sie haben überall nach Verrätern gesucht. Wer mit Faschisten geschlafen hatte, der war bei uns ein Verräter … Meine Tochter hatte mit einem geschlafen, wenn auch mit Gewalt … Jedenfalls, das war ein Geschrei! Der ganze Waggon hat gebrüllt …«

Tante Sina sah sich um. Menschen eilten durch die Halle, die Pause ging zu Ende. Sie stand auf.

»Und dann haben sie uns ins Paradies gebracht, also hierher, und hier ist es nicht übel. Lässt sich leben. Bloß diese …«

Sie sprach nicht weiter, machte aber eine Handbewegung, als schlüge sie mit dem Säbel zu.

»Wir haben solche Angst … Solche Angst … Wir kennen das ja schon … Aber ihr seid klein, das hier ist nichts für euch.«

Saschka sah sich ebenso um wie Tante Sina und fragte: »Von wem reden Sie? Wer sind denn die?«

Tante Sina sah sich erneut um, schob die Brüder noch tiefer unter die Treppe und flüsterte hastig: »Na, die Tschetschenen, die Verfluchten. Tschetschenen heißen die. Nie gehört? Die waren unter den Faschisten auch solche Verräter wie wir. Vielleicht haben sich ihre Mädchen amüsiert, was weiß ich. Dafür wurden sie genau wie wir in Güterzüge getrieben und durften nicht mal packen. Die Leute erzählen … Uns haben sie in den Kaukasus gebracht, und die Tschetschenen ins sibirische Paradies … Die Leute erzählen … Manche von denen …« Ihre Stimme klang noch dumpfer, die Zwillinge konnten sie kaum verstehen. »Manche von denen wollten nicht mit … Also, die haben sich in den Bergen versteckt. Und jetzt machen sie Zoff. Wie richtige Banditen. So ist das.«

Nachdem Tante Sina all das hervorgesprudelt und sich immer wieder furchtsam umgesehen hatte, schubste sie die Brüder unter der Treppe hervor und sagte: »Geht jetzt, geht! Wer zu viel weiß, wird zu früh alt. Geht!«

Saschka sträubte sich, er wollte nicht gehen.

»Also die waren das mit dem Brand … mit der Handgranate«, rief er, verblüfft über seine Entdeckung.

Tante Sina sah sich erschrocken um und schnauzte plötzlich die beiden an, dass es durch die Halle schallte: »Was gibt's hier zu glotzen? Was soll das? Habt ihr noch nie eine Fabrikhalle gesehn? Marsch, marsch an die Arbeit! Keine Maulaffen feilhalten!«

Sie wollte nichts mehr hören und scheuchte die Brüder in den Hof.

16

Eines Tages kam die Idee auf, ein Kulturprogramm zu machen. Für den Kolchos.

Die Beziehungen zur hiesigen Bevölkerung waren nämlich sehr angespannt. Die Dörfler hatten einem Kind aus der Kolonie im Melonenfeld aufgelauert und es halb totgeschlagen.

Als Rache überfielen die Kinder unweit der Kolonie ein junges Pärchen, das im Maisfeld Liebe machte, fesselten die beiden Nackten Rücken an Rücken und führten sie so ins Dorf. Als die Leute zusammenliefen, schlugen sich die Kinder in die Büsche.

Da ging was los!

Pjotr Anissimowitsch kehrte traurig von der Kolchosleitung zurück und sagte, die Aktentasche an die Brust gedrückt, nur den einen Satz: »Das ist ja alles nicht zu fassen!«

Er rief die Erzieher zusammen, erzählte ihnen, was er in der Kolchosleitung erfahren hatte, und schlug abschließend vor: »Vielleicht ... Vielleicht treffen wir uns mal mit den Kolchosbauern und reden mit ihnen? Oder wir singen ihnen was vor? In den Schlafsälen grölen sie doch auch.«

»Sie könnten singen und tanzen«, war die Antwort. »Das sind hier alles Künstler. Besonders Trickkünstler haben wir viele, die können aus gar nichts etwas machen.«

Aber der Direktor ging nicht auf den Scherz ein. Die Aktentasche wie ein Kind an die Brust drückend, bat er mit Leidensmiene: »Also, Chorsingen ... Und Gedichte. Ich werde den Dörflern sagen, wir treten bei ihnen auf, und dafür sollen sie ... Na, uns bewirten ... Kurz und gut, Frieden zwischen uns.«

Sie riefen die Kinder in den Speisesaal und verkündeten ihnen den Plan. Frieden und Freundschaft und so, das zog bei den Kindern nicht. Das kam für sie nicht in Frage. Sie klauten und würden weiter klauen, was sonst. Aber das mit der Bewirtung, das interessierte sie. Viele fanden sich zum Auftreten bereit.

Auch die Kusmin-Zwillinge meldeten sich und sagten, sie hätten früher im Chor gesungen und könnten im Namen von Tomilino ein Lied vortragen. Sie wurden aufgeschrieben.

Die Liste der Freiwilligen füllte sich. Die aus dem Waisenhaus von Mytischtschi boten Chorsingen an – sie waren viele. »Zu wahrhaft heldenhaften Taten hat Stalins Wille uns geführt«, schlugen sie vor. Und »Fliege hin, du Lied des Sieges …« – diese beiden zur Einstimmung, dann das »Reiselied«. Fürs Herz.

Das erste wurde gutgeheißen, auch das zweite fand Beifall, und das »Reiselied« von Dunajewski war sowieso beliebt.

»Ist nicht ganz Dunajewski«, sagten die Jungen aus Mytischtschi, »wir singen's lieber vor.«

Sie nahmen Aufstellung, schoben den rechten Fuß vor, klopften den Takt und legten einträchtig los: »Tum-ta, tam- ta, tum-ta …«

Der Anfang gefiel allen, es klang, als ob ein Zug rattert. Dann folgte der Text:

»In einem Zug saß einst ein Militärer,
ein ordinärer,
ein Geck und Fant.
Nach seinem Range war er Oberleutnant,
doch bei den Damen
schon General.
Nun saß er lauernd
und sang andauernd
von Pervertuzi, Nazituzi, Verversali,
Herzen mit Pfeffen, Helm mit Konseffen,
lamza-driza, o-za-za!«

»Was ist das denn? Das ist ja alles nicht zu fassen!«, sagte Pjotr Anissimowitsch und nahm den sonderbaren Chor in Augenschein. »Was für ein Herzen? Der war doch kein General.«

Der Chor schwieg bedrückt.

»Wollen wir weitermachen?«, fragte eine der Erzieherinnen.

»Weiter?«, fragte Pjotr Anissimowitsch verwundert. Und winkte mit der Aktentasche ab.

Doch der Chor verstand das als Aufforderung zum Weitersingen. Wieder schoben die Jungen aus Mytischtschi wie auf

Befehl den rechten Fuß vor und sangen rhythmisch: »Tum-ta, tuma-ta, tuma-ta, tum-ta!«

Dazu sang ein Solist mit schmachtender Trauerstimme:

> »Nun kam der Zug zu dem ersehnten Ziele,
> hinein ich schiele –
> Madame ist weg.«

Der Chor schmetterte aus Leibeskräften, um dem Direktor zu gefallen:

> »Weg auch der Leutnant,
> der Geck und Fant …«

»Schluss, Schluss«, bat der Direktor. Und stand sogar auf, die Aktentasche unterm Kinn. »Das brauchen wir nicht. Nur das erste. Von den heldenhaften Taten.«

»Und die anderen?«, wurde er aus dem Chor gefragt.

»Was für andere? Habt ihr noch mehr Lieder?«

»Viele, viele«, war die Antwort. »›Die Schlampe‹, ›Murka‹, ›Huren-Valja, hab dich doch nicht so‹ …«

»Nein, nein!«, sagte Pjotr Anissimowitsch. »Das könnt ihr für euch behalten!«

Der Chor trat enttäuscht ab und machte den Jungen aus Ljuberzy Platz.

Die tanzten das »Äpfelchen« und sangen dazu: »Ach, Äpfelchen, wo rollst du hin, das Leben im Kaukasus hat keinen Sinn …«

»Tanzt ohne Text«, sagte der Direktor seufzend. »Ohne Text klingt es besser.«

Die aus Kaschira – von dort kamen nur Mädchen – sangen das Lied vom »Lichtlein«: »Ging ein Mädchen mit zur Stellung, gab dem Kämpfer das Geleit …«

»Auf dem Hinweg als Jungfrau, auf dem Rückweg als Mutter!«, rief eins der Kinder, aber niemand reagierte auf den Zwischenruf, und das Lied wurde angenommen.

Zwei Kinder aus Ljublino boten eine Parodie an.

»Eine Parodie?«, riefen die Erzieher lebhaft. »Lasst mal hören!«

Zunächst sangen sie gefühlvoll von den Kranichen: »Hier am Himmel bin ich fremd und ungebetner Gast …« Dabei zeigten sie zum Fenster, zum Himmel. Man sah, wie fremd. Also ein Lied über die Koloniekinder. Dann ahmten sie einen versoffenen Invaliden nach:

»Liebe Leute, gebt mir was, soviel ihr könnt … Einen Rubel oder zwei, vielleicht ein Hemd …«

Sie sangen:

»Liebes Papilein, schreibt Olja,
Mama hat dich schon vergessen,
mit dem Oberst Onkel Kolja
geht sie jeden Abend essen …«

Die Erzieher baten, das mit dem Invaliden wegzulassen. Sie sollten lieber das von den Kranichen singen. Die beiden aus Ljublino willigten ein, sagten aber, sie würden dann ein Lied über Hitler bringen nach der Melodie »Alles ist gut, bezaubernde Marquise«. Das wurde ohne Anhörung genehmigt.

Die Jungen aus Ramenskoje erboten sich, »Der Kaukasus liegt mir zu Füßen« von Puschkin und einen Auszug aus einem Poem vorzutragen. Dieses handele davon, wie ein Adliger mit Namen Luka Mudischtschew* eine Kaufmannsfrau liebt. Eine Tragödie also.

Luka wurde abgelehnt, das andere angenommen.

Die Kinder aus Kolomna schlugen speziell für die Dörfler Scherzliedchen vom Kolchos vor, ähnlich denen, die der Pjatnizki-Volkschor singe.

Pjotr Anissimowitsch, durch die leidige Erfahrung mit dem »Äpfelchen« gewarnt, bat um eine Kostprobe.

Die Töne langziehend wie der bekannte Chor, sangen die

* »Luka Mudischtschew« – frivoles Poem von Iwan Barkow (1732–1768).

Kolomnaer zu der volkstümlichen Melodie »Geht ein Jüngling gegen Abend rasch an meinem Haus vorbei« mit viel Gefühl:

»Im Kolchos hab ich geschuftet, ach!
Hab nen Fünfer eingesackt, ach!
Hab ihn hinten vorgehalten, ach!
Aber vorne blieb ich nackt, ach!«

»Nein, das ist für die … für die Umsiedler nicht das Richtige«, sagte der Direktor rasch. Und seufzte erleichtert auf. »Ist das alles?«

Aber da trat Mitek vor und nuschelte: »Ich will auch auf der Bühne wasch tscheigen.«

»Du?«, fragte der Direktor verdutzt. »Das ist ja alles nicht tschu faschen«, nuschelte er selbst unversehens.

»Wiescho denn«, sagte Mitek. »Ich will Tschaubertricksch tscheigen.«

»Was? Was?«, fragten alle lebhaft.

»Tschaubertricksch«, sagte Mitek.

Ohne die Zustimmung abzuwarten, sagte er zu Pjotr Anissimowitsch: »Tschum Beispiel Ihre Uhr.«

Der Direktor protestierte schwach: »Nein, nein. Meine Uhr rühr nicht an!«

»Ich hab schie schon hier«, sagte Mitek und holte die Uhr des Direktors aus der Tasche.

»Das ist ja alles nicht zu fassen!« Der Direktor seufzte und winkte ab. »Dort, im Klub, bei den Kolchosbauern … denen darfst du … nichts wegnehmen. Sonst … gibt's einen Konflikt. Dann denken die noch, wir wollten sie … wieder beklauen.«

»Wem scholl ich denn wasch wegnehmen?«, fragte Mitek unschuldig.

»Wem du willst«, antwortete der Direktor. »Aber nicht den Kolchosbauern!«

»Gut«, sagte Mitek und warf einen vielsagenden Blick auf die Aktentasche des Direktors.

Noch ein paar Schakale traten vor, und jeder schrie:
»Ich kann auch … Zaubertricks!«
»Soll ich Glas essen?«
»Oder eine Glühbirne?«
»Soll ich … Ich bringe sie zum Heulen! Alle!«
»Ich kann aus der Hand lesen! Das kommt an!«
Der Direktor hob die Aktentasche wie zum Schutz und schrie: »Beim nächsten Mal! Gläser kauen – nächstes Mal! Wir haben ja gar keine Gläser! Und geheult wird bei uns sowieso … Und wie! Auf Wie-der-seh-en! Wiedersehen, Freunde!«

17

Eine Woche verging. Alle Kinder mit Ausnahme der Mädchen mussten nun an verschiedenen Plätzen in der Fabrikhalle arbeiten. Ein paar kamen in die Gläserwäscherei. Dies war ein Karussell aus senkrechten Rohren, darauf wurden die Gläser mit dem Boden nach oben gesteckt. Das Karussell drehte sich, an einer Seite war ein Blech, da fuhren die Gläser durch Fontänen kochenden Wassers, danach wurden sie von Dampf eingehüllt. Nach einer Umdrehung des Karussells waren die Gläser so heiß, dass sie mit Handschuhen heruntergenommen werden mussten. In die heißen Gläser floss die Marmelade. Die Handschuhe klauten die Kinder gleich am ersten Tag, beklauten also sich selbst. Von nun an griffen sie die gebrühten Gläser mit den Ärmeln; sie trugen ja alle Sachen, die ihnen zu groß waren. Das Gläserwaschen machte den Kindern Spaß, zumal gleich nebenan die Marmelade gekocht wurde.

Andere, auch die Kusmin-Zwillinge, wurden an das Fließband geschickt, von dem schon die lustige Schofförin Vera erzählt hatte. Die Kinder kriegten alles gezeigt. Aus Körben wurden Tomaten in einen gewaltigen Tank mit Wasser geschüttet, daraus kroch ein breites Gummiband hervor. Zu dessen beiden Seiten standen die Kinder, mussten flink kleine Zweige,

Blätter, Verfaultes und alles Überflüssige aussortieren. Darüber wachten streng zwei Frauen am Ende des Fließbands. Das ratternde, sich sanft wellende Band kroch hinauf bis unter die Decke, wo Wasserstrahlen Staub und Schmutz abwuschen. Dann verschwand es in einer massiven Blechhaube, aus der nach allen Seiten heißer Dampf zischte. Auf der Rückseite der Haube war ein kurzer Rüssel, aus dem zusammen mit Dampf ein scharf duftender erhitzter roter Strom Tomatenbrei in einen breiten Bottich floss.

Den ganzen Tag am Fließband stehen, davon hatte man bald genug.

Freilich lief es nicht den ganzen Tag – mal saß es fest, mal kamen keine Tomaten, mal wurde der Dampf oder der Strom abgeschaltet. Und wenn das Fließband sich längere Zeit nicht festlief, wurde eben ein Stock dazwischengeschoben.

Dann liefen die Kinder, allen voran die Kusmin-Zwillinge, in die hinterste Ecke der Halle, wo neben der Gläserwäscherei in Kesseln, durch eiserne Geländer abgeschirmt, Pflaumenmarmelade gekocht wurde. Der Marmeladengeruch zog die Kinder an wie Honig die Bienen. Die Kusmin-Zwillinge noch vor allen anderen.

Das Auberginenmus, »Schienenmus«, war gut, unbestritten, es schmeckte, man konnte es eimerweise essen, aber man kriegte es über. Es gab auch Apfelsoße, aber die war säuerlich, die mochten sie nicht. Gefüllte Paprika – mit der Füllung konnte man sich den Bauch vollschlagen – wurden leider nur ab und zu gekocht.

Die Marmelade aber … Die war paradiesisch! Könnte man den Kopf in die Öffnung des Glases stecken und es bis auf den Grund auslecken, würde aus dem Bauch glatt Honig austreten!

Jeder einzelne Kochvorgang wurde von den Kindern genauestens beobachtet.

Die hochwüchsigen Juden stiegen mit schweren Körben auf den hallenden Eisenleitern bis ganz nach oben zu den Kesseln und kippten die Pflaumen hinein, die zuvor im Hof von den

Mädchen saubergemacht worden waren. Dann wurden auf diesen Leitern, die unter den schweren Männerschritten dröhnten und zitterten, ratschend graue Jutesäcke mit Zucker aufgeschlitzt, von oben in den Kessel entleert und zu Boden geworfen. Die Kinder hoben die leeren Säcke auf und scharrten die letzten Zuckerkrümel heraus.

Es kam auch vor, dass einer der Lastträger wie versehentlich den Sack so hielt, dass die Himmelsmanna am Kesselrand vorbei in die aufgehaltenen Hände der Kinder rieselte: ein süßer weißer Strahl. Der Zucker wurde in den Mund befördert und mit Genuss gelutscht. Auch die Taschen wurden vollgestopft, so dass auf der Rückfahrt in die Kolonie Wespen und Bienen in Schwärmen hinter dem Laster herflogen.

Der feierlichste Moment aber war, wenn die Marmelade abgefüllt wurde. Als dicke, duftende, ölig-braune Masse floss sie aus einem dünnen Rohr in die vom Dampf erwärmten Gläser, und wenn mal eines platzte, griffen die Kinder nach dem heißen Glas und verschlangen die Marmelade auf die Gefahr hin, sich zu schneiden oder zu verbrühen. Aber welch Wunder: Niemand schnitt sich. Niemand verbrühte sich.

Die mit Marmelade gefüllten Gläser wurden mit goldgelb blinkenden Blechdeckeln verschlossen. Das Zureichen der Deckel besorgte Mitek (hatte der ein Schwein), der Junge, der »von der Reischschuppe schwitschte«. Auch hier, bei dieser Arbeit, »schwitschte« er, beneidet von den anderen Kindern wegen seiner besonderen Stellung.

Den ganzen Prozess der Marmeladeproduktion – vom Kessel bis zum Lager – hatten die Brüder sorgfältig erforscht und kannten ihn in- und auswendig. Das war nicht reine Neugier. Sie hatten sich nämlich überlegt, dass Marmelade, namentlich in verschlossenen Gläsern, in einem Hungerwinter eine gute Reserve sein kann. Das heißt, an den Winter dachten sie später, einstweilen hatten sie nur den Wunsch, ein paar Gläser als Vorrat zu klauen. Für sich selbst und natürlich auch für Regina Petrowna und ihre Männlein.

Deswegen hatten sie sich mit dem einfältigen Mitek verständigt. Sobald er und der Gläserschließer in der Halle allein blieben und die Gläser sich auf dem langen blechbeschlagenen Tisch hinterm Rücken des Arbeiters stauten, pfiff Mitek laut das Liedchen: »Lieber teurer Genosse Stalin, komm doch mal in unsern Kolchos ...«

Dann verließen die Kusmin-Zwillinge nacheinander das Fließband und eilten zur Quelle dieser Melodie, wie der Genosse Stalin nicht mal zu seinem Heimatkolchos geeilt wäre.

Das Wichtigste dabei war, die Gläser in der Nähe des Fließbandes zu verstecken, ehe einer der Erwachsenen sie sah. Die Juden zählten nicht. Sie schmunzelten nur, wenn ihr Blick wieder mal auf ein Kind fiel, das sich ein Glas in die Tasche stopfte. Manchmal deckten sie es auch scheinbar zufällig mit ihren mächtigen Körpern.

Saschka teilte die Operation Marmelade in drei Etappen.

Erste Etappe – sie aus der Kocherei herausbringen und sicher bunkern. Zweite Etappe – sie an der scharfäugigen Tante Sina vorbeischmuggeln und wiederum sicher im Hof bunkern. Dritte und wahrscheinlich wichtigste Etappe – die Marmelade nach jenseits der Mauer schaffen. Ins Freie.

Schon ein paar Tage nach Beginn der Operation hatten die Kusmin-Zwillinge sieben verschlossene Gläser Marmelade gebunkert, das heißt sicher versteckt.

In der Nähe des Fließbands befanden sich so viele Rohre, Metallgeflechte, Winkel und Löcher, dass man, wenn man wollte, nicht nur sieben, sondern eintausendundsieben Gläser hätte verstecken können! Bei einer Filzung würde kein Spürhund sie finden. Im Verstecken waren unsere Brüder, wie übrigens auch die anderen Koloniekinder, unübertroffene Meister.

Um dann die versteckten Gläser an der wachsamen Tante Sina vorbeizuschmuggeln, die zwar nicht böse, aber doch sehr ängstlich und daher doppelt eifrig war, schlug Saschka dem Bruder vor, meist Arm in Arm zu gehen. Zum Laster, vom Laster, zur Kantine, in den Hof.

»Da schwitzen wir aber«, sagte Kolka begriffstutzig.

»Halt's aus!«

»Wozu?«, fragte Kolka wieder.

»Dazu!«, äffte Saschka. »Beim Gehn wirst du's verstehn. Zwischen uns bleibt nämlich genug Platz!«

Kolka begriff. Und fragte: »Und die … also, die Verliebten, verstecken die auch was? Die laufen doch immer Arm in Arm. Hab's selber gesehen.«

Saschka dachte nach und sagte: »Weiß der Teufel.«

Sie gingen jetzt oft, einander die Arme um die Schultern gelegt. Die Frauen aus der Halle bemerkten es und sagten: »Wie die zusammenkleben, die kriegt man nicht mal mit Wassergüssen auseinander!«

Keine von ihnen konnte ahnen, dass, wenn man sie mit Wassergüssen auseinandergebracht hätte, unter ihren Hemden zwei Gläser zum Vorschein gekommen wären, eins über dem andern. Sie hatten das im Maisfeld hinter der Kolonie geprobt und in der Kolonie überprüft. Wenn sie umarmt gingen, waren die Gläser auf keinen Fall zu sehen. Höchstens zu fühlen, aber wer sollte sie schon befühlen?

Als sie freilich zum ersten Mal die Gläser zwischen sich hatten, war es ausgerechnet Tante Sina, die etwas argwöhnte. So oft waren sie umarmt gegangen, und sie hatte nichts gesagt, sie nicht angehalten, keine Fragen gestellt.

Jetzt aber, was für ein weibliches Gespür, schrie sie durchdringend durch die ganze Halle: »He, du!« Das galt natürlich Saschka, den erkannte sie auch ohne rotes Band auf beliebige Entfernung. »Komm doch mal her. Was läufst du immer an mir vorbei.«

Beide traten näher, ohne die Umarmung zu lösen. Die Gläser kühlten die Haut, das glatte Glas glitt beim Ein- und Ausatmen über die Rippen. Manchmal klapperte es leise.

Tante Sina sah die Brüder an und sagte: »Was klammert ihr so? Geht ihr so zu zweit auch aufs Klo?«

Kolka schwieg. Ihn hatte Tante Sina nicht gefragt, sie ließ

ihn überhaupt nicht gelten. Außerdem würde Saschka eher eine Antwort einfallen.

Saschka antwortete auch sogleich friedfertig, so über den Hof zu gehen sei bequemer, wenn sie sich Geheimnisse zu erzählen hätten. Dann sei es näher von Ohr zu Ohr.

Das war von Saschka nicht gelogen. Sie hatten ja wirklich ein Geheimnis, aber dabei kam es nicht auf die Ohren an.

»Sieh mal einer an!«, sagte Tante Sina zänkisch. »Geheimnisse! Ich komm schon noch hinter eure Geheimnisse und was dann?« Argwöhnisch sah sie den beiden hinterher. Aber sie bemerkte nichts.

Die Brüder gingen ohne Eile hinaus und dann schleunigst um die Ecke.

Auf dem hinteren Hof an der Rückseite der Halle, wo nie jemand von der Fabrik hinkam, befand sich eine Müllkippe: Gläser, allerlei Kisten, Karren, Fässer und sonstiges Gerümpel. Hier war die Marmelade sicher versteckt.

Nun galt es nur noch, sie nach draußen zu schaffen. Interessehalber, obwohl sie kaum daran glaubten, testeten die Brüder das Fabriktor. Die alte Frau, die mit ungeladenem Gewehr die Torwache versah, war zwar nicht so pfiffig wie Tante Sina, aber sie schnauzte die Brüder an, was geht ihr so umklammert, geht hintereinander wie alle Menschen!

Könnten wir, dachten die Brüder, aber dann würden wir die Gläser nicht durchkriegen.

Saschka hatte noch eine andere Idee: die Marmelade über den Zaun werfen. Allerdings war es kein Zaun, sondern eine dichte Steinmauer, zwei Meter hoch.

Eines Tages nach der Arbeit eilte Kolka allen anderen voran durchs Tor hinaus, und Saschka warf ihm vom hinteren Hof ein paar leere Gläser hinüber. Von fünf Gläsern fing Kolka nur eins. Sie wechselten die Plätze, aber das Ergebnis war nicht besser. Saschka fing kein einziges. Ihm fiel auch nichts anderes mehr ein. Sein Kopf war wie vernagelt.

Kolka gab Saschka wie nebenbei eine Handvoll Zucker. Er

hatte gehört, dass vom Zucker die Gedanken schneller brodeln. Wie die Marmelade im Kessel.

Aber auch der Zucker hatte keine Wirkung auf den Bruder. Er war schlapp, mutlos, wirkte verkümmert, schien sogar abgemagert. Allein wanderte er über den Hof, unterhielt sich lange mit Tante Sina. Aber das hatte keinen Zweck, sie war zu so etwas nicht zu überreden, da war sich Kolka sicher. Die Gläser lagen bereit, und die Zeit ging hin. Womöglich ließ man die Kinder nicht mehr in die Fabrik, jeder Tag konnte der letzte sein.

Eines Tages sagte Saschka: »Weißt du … Die waren auch hier.«

»Wer?«, fragte Kolka, aber er konnte es sich schon denken. »Die Teufel?« So hatte Ilja die Tschetschenen genannt.

»Klar. Die Teufel. Sie sind auf Pferden vorbeigeritten, mit Gewehren … Sie haben geschossen und sind dann schnell wieder in die Berge. Tante Sina hat's gesehen. Sie meint, sie wär bald gestorben vor Angst.«

»Haben sie wen erschossen?«, fragte Kolka.

»Weiß nicht. Was glaubst du, warum hat Regina Petrowna damals nichts gesagt?«

»Warum denn?«

»Sie hat sie gesehen. Und ist krank geworden. Tante Sina meint, von der Angst, das kommt vor.«

»Regina Petrowna hat vor nichts Angst«, sagte Kolka.

»Und die Männlein? Und die Explosion? Denkst du, da kriegt man keine Angst?«

Die Brüder saßen im hinteren Teil des Hofes auf Kisten in der Nähe ihres Verstecks. Vor ihren Füßen floss ein Bach durch das Gras. In diesen Bach wurden die Fabrikabfälle geworfen. Der Bach war schmutzig gelb und stank.

»Na, ist dir was eingefallen?«, fragte Kolka.

»Was denn?«

»Du weißt schon! Soll das Zeug noch lange in dem Versteck rumliegen?«

Saschka kratzte sich und sagte: »Ach, die Mäuse mucken.«

Das bedeutete im Waisenhausjargon »die Läuse jucken«. Und ohne jeden Zusammenhang: »Wollen wir nicht abhauen?«

»Jetzt?«

»Na, morgen. Tante Sina sagt, sie wär längst abgehauen, aber sie hat Familie. Die sind hier alle verpflichtet, sie müssen in der Fabrik arbeiten. Wir nicht!«

»Und Regina Petrowna?«, fragte Kolka.

Saschka überlegte.

»Und wenn sie gar nicht zurückkommt?«

»Sie kommt zurück«, versicherte Kolka. »Sie hat doch ihre Männlein hier.«

»Und wenn sie gestorben ist?«

»Nein«, sagte Kolka wieder. »Wir warten nur, bis sie wieder da ist, und so lange sammeln wir Gläser für unterwegs. Die müssen wir also auf jeden Fall rausbringen.«

Saschka sagte nichts, er blickte auf die fernen Berge, die im blassblauen Dunst verschwammen und kaum zu erkennen waren. Die Sonne schien warm. Es war still. Nur der Bach plätscherte, und die Wespen summten.

»Vielleicht sind die Teufel gar nicht mehr da?«, fragte Kolka hoffnungsvoll. »Die werden doch von der Miliz gejagt. Früher haben sie geballert und gebombt. Jetzt ballern sie nicht mehr.«

Kolka sagte das nicht, weil er es glaubte, sondern weil es ihm im Kaukasus gefiel. Kein Wunder. Ein Traum war in Erfüllung gegangen, der Traum des ewig hungrigen Schakals vom Essen. Wann hätte er sich je an Zucker, an »Schienenmus«, an Marmelade satt essen können? Tante Sina hatte gesagt, man habe ihnen versprochen, sie ins Paradies zu bringen, und die Fabrik hier, das war wirklich das Paradies. Zur Arbeit in der Fabrik verpflichtet zu sein war doch kein Grund zu jammern. Kolka hätte sich nichts sehnlicher gewünscht, als für immer hier arbeiten zu müssen. Sobald er groß wäre, würde er darum bitten, ihn für immer hierzubehalten. Dann würde das süße Leben losgehen! Er würde Zucker schleppen wie die Juden. Und wer schleppt, der kommt schon nicht zu kurz.

Saschka sah Kolka an und wusste, woran der dachte.

»Gut«, sagte er zum Bruder. »Warten wir.«

»Und die Marmelade? Was machen wir mit der?« Kolka ließ nicht locker.

Saschka blickte unverwandt zu den Bergen und dann zu der Mauer, unter der der faulige Bach durchfloss.

»Wir werden sie flößen.«

»Was?« Kolka hatte nicht verstanden.

Saschka lachte.

»Wir lassen sie im Wasser schwimmen, die Gläser, verstehst du?«

»Wie denn?«

»Wie … Weiß ich noch nicht. Uns fällt schon was ein«, versprach Saschka. Er hielt das Gesicht in die Sonne, schloss die Augen und dachte nach.

Saschkas Idee war spitze. Sie würden die Marmelade an einem Stück Holz befestigen und mit der Strömung schwimmen lassen. Nun, und auf der anderen Seite der Mauer mussten sie sie natürlich rausfischen.

Sie probierten es aus, aber das Holz ging unter. Sie suchten sich ein Brett. Aber das war zu sperrig und blieb im Riedgras hängen.

Saschka gab die Idee mit den Brettern auf. Während der ganzen Pause bummelte er über den Hof, suchte mit den Augen sämtliche Winkel ab. Was er suchte, wusste er selber nicht. Endlich stieß er im Müll auf eine Galosche. Es war eine große Galosche, wer mochte das Riesending getragen haben? Höchstens irgendein Gulliver!

Saschka brachte die Galosche zum Bach, steckte einen faustgroßen Stein hinein und ließ sie schwimmen. Die Galosche schlüpfte durch alle Staus und Strudel und schwamm unter der Mauer hindurch, wo Kolka auf sie wartete.

Dann füllte Saschka ein Glas mit Sand und schob es in die Galosche. Die Galosche kenterte, das Glas versank. Noch einmal füllte Saschka ein Glas mit Sand und band es diesmal mit einer Schnur in der Galosche fest. Das Ganze trieb rasch im Wasser und schwamm nach draußen. Nur der Sand war teilweise verschüttet. Aber zum Teufel mit dem Sand, um den ist es nicht schade, entschieden die Brüder. »Die Marmelade kann nicht auslaufen, das Glas ist dicht. Hauptsache, es geht nicht unter, sondern schwimmt, vom Grund kriegen wir es nicht wieder hoch. Wenn die Strömung es ins Schilf treibt, dann kannst du lange suchen!«

Eines Abends gleich nach der Arbeit ging Kolka mit den anderen Kindern durchs Tor und lief außen herum zum Bach. Die Kinder mussten sowieso noch eine Weile auf den Laster warten.

An der Stelle, wo der Bach herausfloss, war niemand, sie lag ein ganzes Stück vom Fabriktor entfernt. Kolka musste aus Leibeskräften rennen, die Fabrikmauer zog sich einen halben Kilometer hin. Er stieß den vereinbarten Pfiff aus – ich liege hier auf der Lauer. Schmeiß deine Technik an! Er wartete, legte sich sogar ins Gras, um besser sehen zu können.

Die Zeit verging. Die Minuten zogen sich in die Länge, weil lange nichts geschah.

Und plötzlich, als er schon nicht mehr wartete, als er aufstand und sich abzuklopfen begann, sah er die schwarze Galosche wie ein Geschenk des Himmels unter der Mauer hervorschwimmen. Wie ein schwerer englischer Dreadnought, so einen hatte er mal auf einem Bild in einem Buch gesehen. Die Galosche schwamm, kreiselte in der Strömung, aber in ihr – das war die Hauptsache – saß der kostbare Passagier mit dem goldenen Mützchen!

Kolka band das Glas los, küsste es im Überschwang der Gefühle auf den goldenen Kopf und auf den kühlen Boden. Und hielt es an seine Wange. Und an sein Ohr, um zu hören, wie die dicke ölige Marmelade gluckerte.

In Freiheit wirkte das Glas ganz anders als drüben auf dem Fabrikgelände, wo es einem sozusagen noch nicht gehörte.

Kolka streichelte auch die Galosche wie ein lebendiges Wesen. Streichelte sie und sprach dazu: »Du meine gute Galosche … Du meine kluge, meine schöne, meine liebe Glascha!«

Fortan nannten die Brüder ihre Galosche Glascha.

Eines Tages gingen die Kusmin-Zwillinge in den Schlafsaal der kleinen Mädchen. Sie drucksten herum, fragten, ob sie mit Regina Petrownas Männlein ein bisschen spazieren gehen könnten. Die Mädchen erlaubten es. Aber nicht lange, sagten sie. Und nicht so weit weg.

Sich vorsichtig umschauend, führten die Zwillinge ihre kleinen Brüder zum Ufer der gelben Sunsha, holten ein kostbares Glas Marmelade aus ihrem Versteck und öffneten es. Sie setzten die Männlein ins Gras und fütterten sie. Es war nur ein Löffel da, darum ging es abwechselnd. Ein Löffelchen für Jaurès, ein Löffelchen für Marat.

Die Männlein aßen ernst, ohne Hast. Sie leckten fleißig den Löffel ab und schauten von Zeit zu Zeit ins Glas, ob noch genug da war. Und obwohl es ihnen sichtlich wunderbar schmeckte, Kunststück, es war ja auch eine paradiesische Speise, bettelten sie nicht, sondern warteten, ob sie noch mehr bekamen.

Auf einmal waren sie satt. Sie holten tief Luft, warfen einen letzten Blick in das Glas und fragten: »Gibt's wieder mal was?«

»Bestimmt«, versprach Kolka. »Wenn Glascha was bringt.«

»Glascha, wer ist das?«, fragte Jaurès.

Saschka sah Kolka an und sagte: »Glascha, das ist … das ist Glascha. Sie ist gut.«

»Ist das eure Mama?«, fragte Marat.

»Nein«, sagte Kolka. Und holte tief Luft.

»Wir vermissen Mama so«, klagte Marat. »Ohne Mama ist es traurig.«

»Klar, das ist traurig«, bestätigte Kolka.

»Und eure Mama, kommt die her?«

»Weiß nicht«, sagte Kolka und machte das Glas zu. Schloss

es und leckte Marmeladentröpfchen vom Rand. Die Männlein sah er nicht an.

»Alle Mamas kommen her«, sagten die Männlein.

Die Kusmin-Zwillinge hatten es jetzt eilig, sie gingen mit den Kindern ans Wasser, wuschen ihnen den Mund, die Wangen, die Hände, alles war klebrig. Auf dem Weg zur Kolonie schärften sie den beiden ein, keinem zu erzählen, dass Glascha Marmelade bringt. Sonst wird Glascha böse.

Die Männlein versprachen es.

Schön sauber, rosig und sehr zufrieden kehrten sie zu den Mädchen zurück.

Kolka fragte noch einmal: »Wann kommt Regina Petrowna wieder?«

»Sie kommt wieder«, sagten die Mädchen. Es war klar, dass sie nicht alles sagten.

Glascha transportierte die Marmelade tadellos, und als Kolka eines Tages in ihr Geheimversteck fasste und tastend nachzählte, waren es schon elf Gläser.

»Elf«, flüsterte er dem Bruder zu, der wie immer, wenn sie bei ihrem Versteck waren, Schmiere stand.

Das sollten die in Tomilino sehen! Durchdrehen würden sie beim Anblick von so viel Reichtum. Schon für einen Krümel Saccharin verkaufen sie sich manchmal in die Sklaverei, sie riskieren Kopf und Kragen, wenn sie im Frühjahr auf die Linde klettern, um den süßen Saft von den Blättern zu lecken. Sie essen gefrorene Kartoffeln, nicht nur um den Hunger zu stillen, sondern weil sie süß schmecken. Von Bonbons werden Legenden erzählt, keines hat je einen gesehen. Auch Marmelade nicht.

»Elf«, wiederholte Kolka, um es zu betonen. »Und zwei leere Zuckersäcke.«

Die Säcke hatten sie mitgenommen, um ihre Sachen darin einzupacken, wenn sie abhauten.

18

Schakale sehen alles, deshalb sind sie Schakale. Die Brüder hatten vier Augen, die Schakale aber hundertmal so viele. Außerdem konnte jeder von ihnen nicht nur geradeaus, sondern auch um die Ecke spähen.

Und sie erspähten es. So sehr sich die Brüder auch vorsahen und sich bemühten, ihre Glascha in aller Heimlichkeit schwimmen zu lassen, sie wurden doch ertappt. Nicht von Erwachsenen, diesen Tölpeln und Einfaltspinseln, bei denen man nicht wusste, wozu sie Augen im Kopf hatten, nein, von Schakalen.

Eines Tages stand Kolka am Bach und wartete auf Glascha. Da sah er einen der älteren Jungen angelaufen kommen.

Kolka ließ für alle Fälle die Hose herunter. Der sollte denken, er verrichte hier seine Notdurft.

»Du wirst gesucht!«, rief der Junge.

»Von wem denn?«, fragte Kolka und schielte zum Bach, ob nicht etwa, Gott behüte, Glascha geschwommen käme, dann wären sie verraten!

Er ahnte nicht, dass alles längst entdeckt und ein Komplott gegen sie im Gange war.

»Von deinem Bruder! Dem anderen Kusmin! Auf dem hinteren Hof. Saschka, oder?«

»Saschka bin ich«, sagte Kolka.

Er zog die Hose hoch, warf einen letzten Blick auf den Bach und den Jungen und lief die Mauer entlang. Am Tor kam ihm schon Saschka entgegen.

»Du suchst mich?«, fragte Kolka keuchend.

»Ich? Dich?«, erwiderte Saschka verwundert. »Ich such dich nicht. Wo ist Glascha?«

»Glascha? Hast du sie etwa schwimmen lassen?«

»Hast du sie nicht rausgeholt?«

Sie starrten einander an. Ohne Worte war klar: Sie waren reingelegt worden.

Sie trotteten zum Laster. Kolka fragte bedrippt: »Ob sie sie uns wiedergeben?«

»Die Schakale?« Saschka lachte auf, zog die Nase hoch. »Um das Glas ist es nicht schade. Aber sie haben uns das Ganze vermasselt. Ist doch klar.«

Mehr sagte er nicht. Selbst auf dem Laster sah er nicht nach links und rechts, forschte nicht in den Visagen der Schakale, um herauszufinden, wer ihnen den Streich gespielt hatte.

Wenn sie es richtig bedachten, konnten sie nur sich selber böse sein. Sie hatten eines missachtet: Leg andere rein, aber lass dich selber nicht reinlegen. Diese Regel galt für jedes Koloniekind. Wenn es überleben wollte. Und das wollten alle.

Auch die Schakale. Sie hatten die Zwillinge nun umstellt, und das Zerren ging los.

Die Galosche, Glascha, gaben sie natürlich zurück. Aber nicht die Marmelade. Die hatten sie sich schon vor der Ankunft des Lasters geteilt und säuberlich verputzt. Als ob sie nicht grade aus der Fabrik kamen, wo sie sich ohne solche Tricks vollfressen konnten. Aber nein. Die gleiche Marmelade, aber in Freiheit, schmeckte ja noch mal so süß!

Jetzt schleppten die Kinder viel mehr Gläser weg als früher. In den Hosenbeinen und unterm Hemd, zu welchem Zweck sie wie unsere Brüder Paare bildeten und umarmt gingen.

Die Fabrikarbeiterinnen konnten nicht genug staunen: War das eine Liebe unter den Waisenkindern! Du lieber Gott, zu zweit, umarmt, diese lieben, prächtigen Jungs ... Die reinsten Engelchen!

Die Engelchen aber klauten und klauten. Es waren keine Flügelchen, die sich unter ihren Sachen abzeichneten, nein, es waren Konservengläser.

Zu guter Letzt verfielen sie darauf, ihre Beute in Körbe zu packen. Die Körbe wurden von Zeit zu Zeit, um in der Halle Platz zu schaffen, nach draußen gebracht. Desgleichen Zuckersäcke, zerschlagene Kisten ...

Saschka sah es und staunte: Was doch kollektiver Verstand

zuwege brachte! Auf die Körbe war er nicht gekommen, den Schakalen war es eingefallen. Sie schleppten jetzt alles auf den hinteren Hof, wo ganze Warenlager entstanden.

Die Galosche arbeitete in mehreren Schichten. Die Schakale nannten sie Glücksgalosche, einer von ihnen hatte ein Märchen gelesen, das so hieß.

Aber keine Glücksgalosche aus dem Märchen war mit dieser realen Glücksgalosche zu vergleichen, denn diese spendete kein phantasiertes Glück, sondern ein ganz reales, das sich in einer bestimmten Anzahl von Gläsern mit süßer Marmelade und goldenem Deckel ausdrückte.

Anfangs bangten die Brüder um ihre Glascha, besonders Kolka: wenn die sie nun versenkten, verbummelten, verschlissen …

Aber eines Tages sagte Saschka: »Ihr könnt sie behalten. Benutzt sie ruhig.«

Kolka hörte es und wäre fast hingestürzt, um sie an sich zu reißen. Ihm kamen sogar die Tränen. Was denn, ganz umsonst, ohne Gegenleistung ihre goldene, geliebte, herrliche Glascha hergeben? Dann schon lieber die Gläser aus dem Versteck. Die waren nicht so viel wert wie ihre großartige Glascha.

Kolka war so sauer, dass er rief: »Du bist wohl bescheuert, was?«, und den Finger an der Schläfe drehte, um zu zeigen, für wie bescheuert er Saschkas Idee hielt.

Saschka aber fragte harmlos: »Ja, merkt man das?«

Kolka sah genauer hin und wischte die dummen Tränen weg. Nein, man merkte nicht, dass Saschka bescheuert war. Er lächelte genauso wie der frühere Saschka, und seine Augen waren dieselben. Nur mit seiner Birne musste etwas passiert sein, die Gedanken brodelten verquer, vielleicht hatte er zu viel Marmelade gegessen. Kolka hatte ihm ja in letzter Zeit immer mehr zugesteckt. Vielleicht war das Gehirn verklebt von dem vielen Süßen.

»Aber Glascha gehört doch uns! Uns!«, rief Kolka verzweifelt. »Was sollen wir machen ohne sie?«

»Nicht so laut«, sagte Saschka, und beide drehten sich um.

Aber niemand konnte ihren Streit hören. Sie befanden sich auf dem hinteren Hof, wo sie gerade ganz allein waren. Der stinkende Bach murmelte, und das Unkraut wuchs friedlich durch die alten Kisten, die dort seit undenklichen Zeiten lagerten, vielleicht sogar seit vor dem Krieg.

Saschka blies die Backen auf und seufzte laut: »Wir werden so leben wie früher. Ohne Glascha. Es ist genug.«

»Genug?«, staunte Kolka. »Aber wir … Wir haben doch erst angefangen.«

»Und sind fertig«, sagte Saschka ruhig. »Jetzt müssen wir mucksmäuschenstill sein.«

Er sagte das so sicher, dass Kolka den nächsten Satz herunterschluckte, den er wütend hatte hervorsprudeln wollen. Kolka hatte immer an den wendigen Verstand seines Bruders geglaubt. Immer. Dies war sein erster Zweifel. Saschka sah ihn an und las in Kolkas Gesicht alles, was der nicht aussprach.

»Die sind völlig verbohrt!« Er meinte die Schakale. »Du siehst doch, wie sie klauen! Sie raffen wie wild und denken nicht an die Zukunft! Ich will ein Kackarsch sein, wenn sie nicht mitsamt ihrer Glascha auf die Schnauze fliegen.« Er hob die Hand und fügte hinzu: »KaWe.«

Das entschlüsselte sich folgendermaßen: Kackarsch und Warzenschwein für alle Zeit. Es war eine Art Schwur. Für Außenstehende, Erwachsene hörte sich dieser getarnte Schwur so an: Kriegskommissar Woroschilow. Bei Woroschilow zu schwören war nicht verboten. Kackarsch, das war verboten.

Saschka schwor nicht oft mit KaWe. Also musste Kolka ihm schon glauben.

Er fragte trotzdem: »Ob wir's … ihnen sagen?«

»Was denn?«

»Na, dass … es genug ist. Dass sie erwischt werden, und dann gibt's Stunk, und wir alle …«

»Die alle«, berichtigte Saschka.

»Und die alle … sitzen in der Tinte.«

»Sag's ihnen doch«, sagte Saschka ruhig. »Die glauben dir

bestimmt … Bloß, warum hast du selber mir nicht geglaubt, hä? Du hast gerade genauso wenig nachgedacht wie der Gierigste von diesen Schakalen.«

Kolka seufzte. Es war wirklich schwer, auf den kostenlosen Reichtum zu verzichten, der einem direkt in die Hände schwamm … auf dem Bach.

Welches Koloniekind würde schon freiwillig verzichten, wenn doch ein Hungerwinter bevorstand, wie sie aus Erfahrung wussten? Die Fabrik, das war für einen Monat oder zwei, zum Herausfuttern! Und dann? Kohldampf schieben?

Aber Saschka blieb bei seiner Meinung. Die Schakale waren wie wild, und sie hatten keinen Anführer, das unterschied sie von anständigen Ganoven. Sie kannten kein Maß, kein Gewissen. Auch beim Stehlen muss man ein Gewissen haben. Nimm dir, aber lass auch anderen was übrig. Hör rechtzeitig auf, wenn du dir deinen Anteil von fremder Habe nimmst. Von vielem wenig nehmen, das ist kein Diebstahl, sondern Teilen. Das hatte ein berühmter Schriftsteller gesagt, welcher, das hatte Saschka vergessen. Unwichtig, er hatte sich die Erfahrung des Schriftstellers zu eigen gemacht.

Die Schakale aber stahlen hemmungslos. Einem von ihnen fiel schon auf dem Laster ein Glas aus den Sachen. Sie schafften ihre Beute beinahe vor aller Augen nach draußen. Einmal sogar eine ganze Kiste, die einer der Juden, ein feiner Kerl, ihnen über die Mauer warf.

Die Schofförin Vera schmunzelte und scherzte, während sie den Mützenschirm nach oben schob: »Ihr seid mir kleine Piraten! Kleine Räuber! Tüchtig Beute gemacht? Ach, ich spür's, mein Wagen ist schwer beladen!«

Vera sah alles. Aber sie meldete es nie. Kurzum, sie verriet sie nicht.

Es mochten zwei Wochen vergangen sein, seit Saschka und Kolka auf weitere Gläser verzichtet hatten. Sie verhielten sich mucksmäuschenstill, klauten selber nicht, hinderten aber auch die anderen nicht daran.

Es passierte an einem Tag, an dem zwei Schakale einen Korb voller Säcke zum Hof trugen. Die scharfäugige Tante Sina hielt sie an.

»Was habt ihr dauernd mit den Säcken? Lasst das, ich mach's nachher selbst. Ihr sollt arbeiten!«

»Wir wollten helfen«, brachten die Jungs mühsam heraus.

Der Korb war schwer, sehr schwer, sie hatten ihn in ihrer Gier überladen. Es waren wohl fünfzehn Gläser drin! Jetzt standen sie da, rot vor Anstrengung, und wussten nicht was tun.

»Ich brauch keine Hilfe«, sagte Tante Sina. »Ich bring ihn selber raus.«

Die beiden schwiegen dumpf, sie waren außer Puste. Der Korb zog nach unten, er knackte schon von der Überladung. Und da riss krachend der Boden, die Gläser fielen klirrend auf den Betonboden, die Lichtreflexe von den goldenen Deckeln hüpften nach allen Seiten. Es waren viele Gläser. Sie rollten über den holprigen Boden, eines wie auf Bestellung vor die Füße des Cheftechnologen, der eben vorbeikam. Der alte Mann bückte sich, hob das Glas auf, rückte seine Brille mit der Metallfassung zurecht und las das Etikett.

»Pflaumenmarmelade, gemäß Norm 36–72 der RSFSR«, las er und blickte sich um – die ganze Halle hatte die Arbeit unterbrochen und sah ihn an. Das letzte Glas kullerte noch durch die Halle, als wollte es fliehen, so wie die beiden Jungen nach diesem Fehlschlag am liebsten geflohen wären.

»Das ist ja wohl Diebstahl«, sagte der Technologe und sah dem davonkullernden Glas hinterher. »Richtiger Diebstahl!«

Da ließen die beiden Schakale den Korb fallen und suchten das Weite. Durch die Eisentür der Halle, über den Hof, durchs Fabriktor … Niemand versuchte sie zu fangen. Warum auch, die anderen waren nur nicht ertappt worden. Nun war Schluss.

Alle Kinder wurden von der Fabrikarbeit abgezogen.

19

An einem Sonntagabend liefen die Kinder in einer Kolonne, die nicht mehr so endlos schien wie damals, als sie von der Bahnstation kamen, zum Klub von Berjosowskaja, um sich mit den Dorfbewohnern zu treffen.

Das Kulturprogramm fand unmittelbar nach dem Skandal in der Fabrik statt.

Genauer gesagt, nach dem Marmeladendiebstahl hatte man es mit der Veranstaltung eilig gehabt, um die Feindschaft zwischen den Kolchosbauern und der Kolonie zu dämpfen. In den zwei Monaten ihres Hierseins hatten es sich die Kinder mit jedermann verdorben.

Der kleine Klub, ein ebenerdiges Ziegelgebäude mit Säulen an der Fassade, lag mitten in der Siedlung. Die Säulen zeigten noch Spuren von Granatsplittern, die in aller Eile vergipst und geweißt worden waren.

Der Saal war geräumig, hölzerne Klappsitze standen in Reihen hintereinander. Die Bühne war ohne Vorhang. Rechts und links führten Stufen hinauf. An den Seitenwänden zwischen den Fenstern waren nichtrussische Inschriften mit Ölfarbe übermalt und teilweise mit Porträts der sowjetischen Führer zugehängt worden. Damit verdeckten die Führer gleichsam schamhaft ihre eigenen Parolen, die lediglich in einer anderen, nunmehr unerwünschten Sprache abgefasst waren. Links auf der Vorderbühne stand fast an der Rampe ein Sperrholzpult in schmutzigem Rot.

Erstaunlicherweise kamen viele Zuschauer. Die meisten Umsiedler waren leicht angetrunken und lebhaft, sie unterhielten sich laut von Reihe zu Reihe. Es war geräuschvoll im Saal.

Die Koloniekinder verteilten sich auf die freien Plätze. Viele aber drängten gemäß der uralten Gewohnheit Obdachloser, sich in der Fremde nicht zu trennen (womöglich drohte Prügel!), nach vorn und setzten sich zwischen der ersten Reihe und der Bühne auf den Fußboden. Wer dort keinen Platz fand, lehnte sich mit dem Rücken an die Wand (auch ein Selbstschutz!) und blockierte so die Seitengänge.

Auf die Bühne stieg der Direktor Pjotr Anissimowitsch mit seiner unvermeidlichen Aktentasche, und bei seinem Anblick applaudierten einige. Er begab sich zum Pult. Wie es sich gehörte, hatte er bereits einen Spitznamen, sie nannten ihn hinter seinem Rücken »Aktentasche«. Die Kinder sagten: »Aktentasche hat heute den Schlafsaal gefilzt.«

Jetzt kommentierte einer von ihnen laut: »Aktentasche hält eine Rede. Über unsere Errungenschaften.«

Die vorderen Schakale, die es gehört hatten, lachten. Ihre Errungenschaften waren wohlbekannt.

Der Direktor machte eine Pause, und als Lärm und Gelächter verstummt waren, begann er zu sprechen. Er sprach frei. Er gratulierte den Neusiedler-Bauern zu dem ersten nicht leichten Jahr ihres Hierseins auf dem vom Feind befreiten Boden und wünschte ihnen Erfolge bei der Ernte und für ihr neues Leben. Zumal die deutsch-faschistischen Eroberer fast geschlagen seien, flüchteten und die Stunde der endgültigen Abrechnung bald, sehr bald schon kommen werde. So wie es der Führer des Weltproletariats vorhergesagt habe: »Unsere Sache ist gerecht, der Feind wird vernichtet, der Sieg wird unser sein.«

Alle applaudierten. Natürlich nicht »Aktentasche«, sondern dem Führer des Weltproletariats.

»Die Kinder unserer Kolonie«, fuhr der Direktor fort, »sind auch hierhergekommen, um dieses fruchtbare Land zu übernehmen und nach dem Leben in Hunger und Unwirtlichkeit ein neues, schöpferisches, tätiges Leben zu beginnen, wie es alle sowjetischen Werktätigen führen. Für die Kinder fängt bald der Unterricht an, gleichwohl werden sie den Kolchosbauern helfen, die Ernte einzubringen.«

»Das tun sie ja schon!«, rief es im Saal. Spöttisches Gelächter.

»Die Kinder aber, die mit fünfzehn unsere Kolonie verlassen, werden im Kolchos oder in der Konservenfabrik arbeiten«, sprach der Direktor weiter, den Zwischenruf überhörend. »Wir werden also sehr lange in Nachbarschaft leben müssen. Ich denke mir, die heutige Begegnung wird uns helfen, einander besser zu verstehen und Freundschaft zu schließen. Der Kolchos hat uns für den Anfang eine Nebenwirtschaft zugewiesen, freilich ein bisschen weit weg. Aber das macht nichts. Unsere Kinder haben junge Beine, sie werden's schon schaffen. Also ... Wir haben jetzt eine Versorgungsbasis, Saatgut, Kälber und Ziegen. Und sonstiges ... Danke!«

Im Saal wurde spärlich applaudiert. Die Aussicht auf eine lange Nachbarschaft mit den Kindern weckte bei den Kolchosmitgliedern keinen Enthusiasmus, zumal sie ein Stück Land nebst Vieh hatten hergeben müssen. Aber alle wurden lebhaft, als der Direktor, schon im Abgehen, hinzufügte, die Kinder seien fraglos ein künstlerisch begabtes Völkchen und hätten für die Kolchosmitglieder ein erstes Kulturprogramm vorbereitet.

Auf der Bühne erschienen die von Mytischtschi, zwanzig Jungen. Die Erzieherin Jewgenia Wassiljewna sagte das Lied von Stalin an.

Der Direktor nickte beifällig. Der Chor schmetterte los:

»Fliege hin, du Lied des Sieges,
fliege bis zum Kreml hin,
gib dem Land, den Kolchosfeldern, unserm Leben
seinen Sinn,
dass das Korn in reichem Strome
in die Kolchosscheunen fließe,
Stalin lächelt unserm Volk zu,
dass es seinen Sieg genieße ...«

Die Kinder aus der ersten Reihe des Chors stellten dazu tanzend Kolchosbauern dar, sie drehten sich im Kreis, und alle wurden fröhlich. Der Saal applaudierte großzügig, und der Chor verbeugte sich linkisch. Da aber der Beifall kein Ende nehmen wollte und sie eigentlich nichts weiter singen sollten, standen sie da und warteten. Dann warfen sie wie auf Kommando den rechten Fuß vor und sangen:

»Tum-ta, tum-ta, tum-ta, tum-ta …
In einem Zug saß einst ein Militärer,
ein ordinärer,
ein Geck und Fant.«

Der Direktor erhob sich und schob sich zum Ausgang.

Die Kinder verstanden das natürlich so, dass »Aktentasche« das von ihm missbilligte Lied nicht hören wollte. Aber das war nicht der Grund. Jedenfalls nicht der einzige.

Er musste in aller Eile, und niemand wusste davon, mit der Schofförin Vera zur Kolonie fahren und der Durchsuchung beiwohnen, denn es wurde vermutet, dass die aus der Fabrik gestohlenen Gläser mit Marmelade auf dem Gelände der Kolonie versteckt seien. Das Kulturprogramm war eine geeignete Gelegenheit, die Durchsuchung in Abwesenheit der Kinder vorzunehmen. Hinterher würde der Direktor rechtzeitig zurück sein. Es war geplant, dass die Kolchosbauern nach der Veranstaltung die Bewohner der Kolonie im Namen der beschworenen Freundschaft zum Abendessen einladen würden.

Die Kusmin-Zwillinge wie auch die übrigen Kinder waren diesmal ahnungslos. Selbst der scharfsinnige Saschka war unbekümmert, er hatte nur Lampenfieber vor dem Auftritt.

Beide standen zappelig in dem kleinen Raum hinter der Bühne, der so schmal war wie ein Korridor. Die Erzieherin Jewgenia Wassiljewna rief nach ihrer Liste die jeweils Nächsten auf.

»Kaschira … Schnell, schnell! Ljuberzy, seid ihr fertig? Ljublino …«

»Und wir? Wann sind wir dran?«, fragten die Kusmin-Zwillinge.

»Wie heißt ihr?«

»Kusmin.«

»Beide?«

»Was beide?«

»Wie heißt ihr einzeln?«

»Einzeln kommen wir nicht vor.«

»Soso«, sagte die Erzieherin. »Ein Familienduett also? Ihr müsst noch warten.«

Die Brüder wechselten einen Blick und gaben keine Antwort. Für nichts und wieder nichts wurden sie als Familie beschimpft! Sie waren Jewgenia Wassiljewna, Jewgescha, wie sie sie nannten, schon begegnet, doch sie hatte es offenbar vergessen. Einmal, als sie Regina Petrowna besuchten, saßen sie dort zu dritt beim Tee – diese Jewgescha war da und auch der Direktor. Die drei drehten sich um und guckten, und die Kusmin-Zwillinge standen mitten im Zimmer, wie zur Schau gestellt, konnten aber nicht gleich wieder gehen.

Regina Petrowna lachte, zeigte auf sie und sagte, das seien ihre kleinen Freunde, sie zu unterscheiden sei unmöglich und sie hießen die Kusmin-Zwillinge. Sie sich einzeln merken zu wollen sei sinnlos, sie mogelten nämlich immer. »Das tut ihr doch?«, fragte sie die Brüder. Die nickten. Alle lachten, auch Regina Petrowna, aber nicht belustigt wie die beiden anderen, sondern warmherzig, mütterlich.

Die Kusmin-Zwillinge erinnerten Jewgescha aber nicht daran.

Hauptsache, sie vergaß ihren Auftritt nicht.

Währenddessen durchsuchten mehrere Personen, unter ihnen der Technologe von der Konservenfabrik, der Direktor und ein Soldat mit Minensuchgerät, den Hof des ehemaligen Technikums. Es fanden sich Eisenstücke, alte Maschinenteile, nicht aber das Gesuchte.

Jemand schlug vor, noch einmal in den Schlafsaal der älteren Schüler zu gehen, wo schon das Unterste zuoberst gekehrt worden war. Mehrmals durchstöberten sie jeden Winkel – ergebnislos. Sie wollten schon abbrechen, da piepste es im Kopfhörer des Soldaten, was auf Metall hinwies. Der Soldat führte seine »Kasserolle« am langen Stiel durchs Zimmer, nahm die Kopfhörer ab und zeigte in die hinterste Ecke. Ein Brecheisen wurde geholt, und sie versuchten, eines der dicken Dielenbretter loszureißen. Es gab nicht nach.

Der Direktor beobachtete zweifelnd die Prozedur und warf einen Blick auf die Uhr.

»Ist das auch kein Irrtum?«, fragte er den Soldaten, dann sagte er zu den anderen: »Das ist ja alles nicht zu fassen! Wie sollen die hier was versteckt haben? Ohne Werkzeug und alles …«

»Na schön«, stimmte der Technologe zu und richtete die Metallbrille zurecht. »Dies ist der letzte Versuch. Wenn wir nichts finden, machen wir Schluss. Deine Jungs sind also schlauer als wir.«

»Oder ehrlicher«, sagte der Direktor. »Und sie haben gar nichts geklaut.«

»Bis auf die sechzehn Gläser.«

»Bis auf die«, wiederholte der Direktor seufzend.

Im Klub trug währenddessen ein Junge aus Ramenskoje ausdrucksvoll ein Gedicht von Puschkin vor:

»Der Kaukasus liegt mir zu Füßen. Ich steh
In Gletschern am Absturz auf felsichter Rippe;
Ein Adler schwingt auf sich vom fernen Geklippe,
Schwebt reglos, gleich mir, in der funkelnden Höh'.«

Saschka sagte zu Kolka: »Damit ist der Genosse Stalin gemeint!«

»Wieso?«, fragte Kolka verständnislos. Er schaltete stets ein wenig langsam.

Saschka erklärte ärgerlich: »Na ja, er steht auf einer Höhe … Ganz allein, wie ein Denkmal, verstehst du? Er ist doch groß, also steht er allein auf dem Berg … Und der Adler, der fliegt nicht höher als er, das traut er sich nicht, er bleibt auf gleicher

Höhe. Stalin steht also da und guckt auf die Sowjetunion, damit er alle, alle sehen kann! Verstehst du?«

Der Junge sprach weiter:

»Noch tiefer – Gestrüpp und verdorrtes Gekräut;
Und dort schon die Haine, wo Vögelein singen,
Wo Hirsche auf blumigem Wiesengrund springen.
Dort hausen schon Menschen in Nestern am Fels …«

An dieser Stelle trat im Saal eine ganz besondere, beklommene Stille ein. Der Vortragende in seinem Eifer merkte nichts davon, er rief munter die wohlbekannten Zeilen:

»Da weiden die Lämmer auf blumigen Matten
Und lagern die Hirten im kühlenden Schatten;
Dort tost die Aragwa tief dunklen Gewells
Und lauert der Räuber, versteckt im Geklüfte …«*

Ein seltsames Raunen ging durch den Saal, setzte sich von Reihe zu Reihe fort. Deutlich zu verstehen war nur: »Das Gedicht handelt von den Tschetschenen! Von denen! Von diesem Gesindel!«

Die Leute waren so aufgewühlt, dass sie zu applaudieren vergaßen. Die Kinder applaudierten allein.

Endlich gab das Brett nach, die mächtigen Nägel kreischten, und vor den Augen der Kommission tat sich eine Grube auf, ein unterirdisches Versteck, in dessen Tiefe die Deckel der Gläser goldgelb blinkten. Wie viele es waren, Hunderte oder Tausende, war nicht gleich auszumachen. Die Gläser waren auf dem Erdboden gestapelt; jeder Deckel trug das Zeichen des Besitzers: einen Buchstaben und eine Zahl. Um sie nicht zu verwechseln.

Der Technologe stieg ächzend in die Grube, richtete seine

* Nachdichtung: Friedrich Fiedler.

Brille, sah sich um und mochte es nicht glauben. Er blickte hinauf zum Direktor und bat ihn um Papier und Bleistift.

»Wir müssen ein Protokoll aufsetzen. Die haben ja hier mehr Ware als wir in unserm Lager«, sagte er. »Verbuchen wir das als Eingang, Genosse Meschkow?«

Pjotr Anissimowitsch, ganz blass geworden, griff bereitwillig in die Aktentasche und holte Papier hervor. Dann sagte er mit erloschener Stimme: »Das ist ja alles nicht zu fassen!«

Als die Kusmin-Zwillinge die Bühne betraten, herrschte im Saal gespannte Stille. Die Brüder blickten auf die erste Reihe, wo die Koloniekinder saßen, dann starrten sie in den Raum und sangen:

»Im Geäst der Eiche, einer stolzen, alten,
haben einst zwei Falken ernsten Rat gehalten.
Jeder wird sie kennen in der Näh' und Weite …«

Es war natürlich ein trauriges Lied, wie die Falken Abschied nehmen, wie der eine im Sterben liegt und der andere zu ihm spricht. Er sagt, wir schwören dir, nie vom Wege abzuweichen.

»Und zu seinen Worten fest der Falke stand.
Unter seinen Schwingen
rings blüht Glück im Land …«*

Sie endeten in hohen Tönen, es klang sehr rührend, und dann schmetterten sie zur Aufheiterung ein lustiges Ganovenlied. Das machte sich zweistimmig auch sehr schön.

Sie stellten es szenisch dar und gingen unter rauschendem Beifall ab.

Im Abgehen beobachteten die Brüder, wie der Direktor Pjotr Anissimowitsch, die Aktentasche an die Brust gedrückt, über die auf dem Fußboden sitzenden Kinder hinweg zu seinem Platz stieg. Er wirkte, das sahen die Zwillinge, nicht nur trau-

* Nachdichtung: Hedda Zinner.

rig, sondern tief bedrückt, sein Gesicht war ganz grau. Mit einem schweren Seufzer setzte er sich auf seinen Stuhl, um zuzuhören, denn er wusste nicht, dass das Programm gleich zu Ende war.

»Zaubertricks und Kunststücke«, kündigte Jewgenia Wasiljewna auf der Bühne an und winkte, die Liste in der Hand, Mitek herauf.

Mitek trug einen in der Kammer gefundenen Baschlik auf dem Kopf und sah aus wie ein orientalischer Fakir, aber die Kinder erkannten ihn und kicherten.

»Das ist Mitek! Mitek! Er schwitscht von der Schuppe!«

Mitek tat, als ob er nichts hörte, er wollte tatsächlich eine Art Magier darstellen. Er hob die Hände hoch, bewegte sie durch die Luft und hatte auf einmal einen Apfel auf der flachen Hand. Er biss davon ab, und die Kinder in der ersten Reihe kommentierten:

»Gar nicht schlecht! Kannst du auch ein Glas Marmelade herzaubern?«

Bei diesen Worten zuckte der Direktor zusammen und sah sich erschrocken um.

Mitek verspeiste den Apfel mit Genuss, griff wieder in die Luft, bewegte die Finger und hatte plötzlich einen kleinen goldenen Deckel in der Hand, so einen wie von den Marmeladengläsern. Es wurden immer mehr Deckel, sie purzelten auf die Bühne, zwei fielen in den Saal.

»Die hat er in der Fabrik geklaut, die Deckel«, sagte jemand laut, doch er wurde niedergezischt.

»Stör nicht!«

»Und jetzt, der Höhepunkt«, sagte Mitek und blickte in den Saal. »Einem von euch, der im Schaal schitscht, nehm ich durch die Luft einen Gegenstand weg.«

Bewegung im Saal, alle prüften ihre Taschen. Der Direktor duckte sich und sah Mitek furchtsam an. Vielleicht bedauerte er jetzt, diesen Auftritt genehmigt zu haben.

Mitek blickte ungerührt in den Saal, konzentrierte sich auf

den Direktor und die Aktentasche und streckte sogar die Hand danach aus. Der Direktor drückte die Aktentasche an sich. Mitek lächelte weise. Er hatte auf einmal ein Papier in der Hand.

»Da«, schrie er und schwenkte das Papier. »Esch ischt ausch der Aktentasche.«

»Beweise!«, schrie der Saal, und der Direktor schielte hinunter zu der Aktentasche. Beide Schlösser waren zu.

»Darf ich? Beweischen?«, fragte Mitek den Direktor.

»Mach schon«, sagte der, winkte müde ab und ließ die Aktentasche nicht aus den Händen.

»Ich lesche vor«, sagte Mitek und steckte die Nase in das Papier. »Heute, am fünften Oktober, wurde auf dem Gelände der Kolonie, inschbeschondere im Schlafschaal der älteren Schüler, eine Hauschschuchung durchgeführt. Im Schlafschaal wurde der Fuschboden geöffnet, und tschum Vorschein kam ein Versteck. Darin …«

»Halt!«, schrie der Direktor und sprang vor Erregung auf. »Das ist ja mein Dokument!«

»Lies weiter! Lies, Zauberer!«, rief der Saal.

»Darin«, wiederholte Mitek deutlich, »befanden schich fünfhundert Gläscher konschervierte Pflaumenmarmelade ausch der Fabrik …«

»Gib mir mein Papier zurück«, bat der Direktor. »Ich erkläre gleich alles.«

Aber schon drängten die Kinder zum Ausgang, vielleicht in der Hoffnung, wenigstens einen Teil ihrer Schätze zu retten. Was war das für ein verdammter Freundschaftsabend, wenn hinter ihrem Rücken gefilzt wurde!

Auch die Kolchosbauern standen auf, sie scherzten und lachten. Das waren wahrlich Trickkünstler, ihre Nachbarn, sie hatten fünfhundert Gläser im Namen der Freundschaft geklaut und nicht einmal danke gesagt.

In dem allgemeinen Lärm und Stühleklappen war nicht gleich zu verstehen, dass hinten jemand rief: »Ruhe! Ruhe, sag ich!«

Alle verstummten und sahen sich fragend nach der Stimme um: Wer schrie da wie am Spieß, hatten sie den etwa auch ausgeplündert?

In der eintretenden Stille hörte man auf einmal deutlich ganz in der Nähe Hufgetrappel, Pferdewiehern und kehlige Rufe. Dann krachte es gleichsam über ihnen, die Wände erbebten, Stuck rieselte. Man hatte wirklich den Eindruck, dass die Decke einstürzte. Viele duckten sich unwillkürlich, ein paar warfen sich zu Boden.

Es herrschte dumpfe Stille. Alle horchten, warteten, blickten nach oben. Aber nichts geschah. Da gerieten die Kolchosbauern in Bewegung, kamen zu sich und blickten sich verwirrt um. Und auf einmal stürzten sie zu den Türen, ohne zu drängeln, ohne zu schreien, ohne zu sprechen, liefen hinaus, verschwanden und überließen die Kinder im halbdunklen Klub sich selbst.

»Unsere neuen Freunde verduften!«, rief jemand frech in die Stille hinein. Und da fand der Direktor seine Stimme wieder.

»Alle Kinder bleiben im Klub!«, schrie er und blickte zur Tür. »Wir gehen geordnet hinaus, wenn … wenn … wenn …«

»Bei Aktentasche ist die Platte vor Angst steckengeblieben«, raunte Saschka.

Kolka nickte. Aber auch er blickte zur Tür.

Von draußen drang – alle zuckten zusammen – ein Schrei!

»Sie haben den Laster gesprengt! Unsere Vera ist drin! Und ein Haus brennt!«

»Und die Menschen?«, fragte der Direktor heiser. Niemand wusste, welche Menschen er meinte. Die hinausgelaufen waren oder … die …

»Sind da welche drin?«, rief der Direktor. Seine Stimme überschlug sich und brach ab.

Der Junge wiederholte das von dem Laster und von Vera … und von dem brennenden Haus.

Der Direktor ging vorsichtig zur Tür und spähte nach draußen. Das tat er noch ein paarmal, und er horchte auf die Geräusche von draußen. Dann räusperte er sich heiser und sagte nicht sehr entschlossen: »Wir werden … Also … Nach draußen … Das ist ja alles nicht zu fassen!«

Die Kinder schoben sich zum Ausgang, aber niemand wollte der Erste sein. Die Straße war dunkel und menschenleer, alle Häuser waren ohne Licht. Vielleicht hatten die Bewohner rechtzeitig weglaufen können?

Auf dem Platz hinterm Klub brannte der Studebaker, der die Kinder immer in die Fabrik gefahren hatte. Mit angehaltenem Atem starrten alle ins Feuer. Bestimmt dachte jetzt jeder an Vera.

Der Direktor schien das brennende Fahrzeug nicht zu bemerken, er blieb nicht stehen, sondern lief weiter, und alle stürzten hinter ihm her. Irgendwo am Dorfrand, hinter den Bäumen, flackerte ein rosa Schein. Als sie näher kamen, sahen sie, dass dort ein Haus brannte.

Kolka zuckte zusammen und sagte: »Das ist ja Iljas Haus!«

Saschka fragte: »Meinst du, er ist drin?«

»Woher soll ich das wissen.«

»Er ist bestimmt abgehauen … Oder … nicht?«

Die Brüder sahen sich an. Saschka stand mit dem Gesicht zum Feuer, in seinen Augen tanzten rote Fünkchen.

Der Direktor drehte sich um und schrie beinahe hysterisch: »Keiner … Nirgendwohin … Nicht hingehen! Bei mir bleiben! Verstanden?«

Da er so laut und irgendwie unmännlich schrie, drängten sich die Kinder zusammen und wurden ganz still.

Ein seltsames Bild: Der Direktor ging vornweg, die Aktentasche vor sich haltend wie einen Schild. Sein Gang war nicht so sehr unschlüssig, eher ungleichmäßig, ruckartig, als hätte er das Gehen verlernt. Trotzdem empfand er die Kinder hinter sich als Stütze. Und sie hatten das Gefühl, hinter ihm, nahe bei ihm besser gedeckt und beschützt zu sein.

Gottlob konnte keines der Kinder in diesem Moment sein Gesicht sehen.

Dazu die pechschwarze Finsternis, besonders undurchdringlich nach dem hellen Feuer!

Wir gingen dicht gedrängt, eine einzige schweigende Masse. Unsere Augen, noch nicht an die schwarze Nacht gewöhnt, bewahrten auf der Netzhaut den roten Widerschein des Feuers. Wir hatten das Gefühl, als leckten überall aus der Finsternis Flammenzungen hervor. Wir bemühten uns sogar, vorsichtig aufzutreten, um keine Geräusche zu machen. Wir hielten den Atem an, versuchten, nicht zu husten oder zu niesen.

Die Hintersten drehten sich fortwährend um und waren bestrebt, sich in die Mitte zu drängen, wo es sicherer schien. Alles ringsum war bedrohlich: die Nacht und die zähe schwere Dunkelheit und das undurchdringliche Maisgestrüpp rechts und links des Weges, das von einer unmerklichen Brise rischelte.

Was wussten wir, was konnten wir wissen von der Gefahr, die uns drohte? Rein gar nichts. Es gab nur ein ständiges Tuscheln und Geheimniskrämerei um verschiedene Dinge, über die wir Mutmaßungen anstellten, wie etwa über den unglückseligen Brand in der Kolonie.

Aber wir waren ja leichtgläubig, unbekümmert, wir ahnten noch nicht, dass wir sterblich waren, und selbst eine vage Gefahr erschien uns damals fast wie ein Spiel. Der Krieg hatte uns gelehrt, um unsere Existenz zu kämpfen, nicht aber auf den Tod zu warten.

Später, als Erwachsener, würde ich alles nochmals durchleben: das Wiehern der Pferde, die fremden Kehllaute, die Explosionen, das mitten in der leeren Siedlung brennende Fahrzeug und den Gang durch die fremde Nacht.

Wir hatten nicht Angst, vielleicht sterben zu müssen. Es war die Furcht eines gehetzten Tiers, das von einem unbekannten eisernen Ungeheuer gejagt und in seinen Lichtkegeln gefangen ist. Wie kleine Tiere spürten wir mit jeder Faser, dass wir hineingetrieben worden waren in diese Nacht, in diesen Mais, in diese Brände und Explosionen.

Aber das sind Worte. Worte, hingeschrieben vierzig Jahre nach jenen Ereignissen im Herbst des Jahres vierundvierzig. Es ist für mich schier unmöglich, in meiner behaglichen Moskauer Wohnung sitzend, jenes namenlose Grauen in mir wiederzuerwecken, das umso schlimmer wurde, je mehr wir waren. Es multiplizierte sich gleichsam mit der Angst jedes Einzelnen von uns; wir waren zusammen, aber jeder hatte seine eigene persönliche Angst, die ihn an der Kehle packte.

Ich erinnere mich nur – und nichts ist realer als die physische Erinnerung –, wie mir vor Angst die Beine einknickten, aber wir hatten keine Wahl, wir mussten gehen, laufen, denn im Laufen glaubten wir Rettung zu finden.

Uns war kalt im Bauch und in der Brust, und wir hatten den unbändigen Wunsch, zu verschwinden, wegzugehen, aber nur alle zusammen, nicht einzeln. Und natürlich war uns nach Schreien zumute. Wir schwiegen, aber hätte einer von uns plötzlich aufgeschrien, aufgeheult wie ein bei der Treibjagd in die Enge getriebener Wolf, so hätten wir alle geschrien und geheult, und dann hätten wir durchaus den Verstand verlieren können …

Jedenfalls war dieser Marsch durch die tödliche Nacht unsere Gier nach Leben, doch das war uns nicht bewusst. Wir wollten leben, jeder Teil von uns – der Bauch, die Brust, die Beine, die Hände.

Nicht alle von uns hatten Glück.

20

In dieser Nacht entschlossen sich die Kusmin-Zwillinge zur Flucht.

Die Panik, die die ganze Kolonie vom Direktor bis zum letzten Schakal aus der untersten Klasse erfasst hatte, streifte auch unsere Brüder.

Am meisten bestürzt waren sie nicht über die abendliche Explosion mitten im Dorf und nicht über den lodernden Studebaker, obwohl sie nicht begriffen, wie Eisen brennen konnte, sondern über das vom Feuer zerstörte Haus von Ilja, dem Tierchen.

Tierchen war der Erste, der sie vor der Gefahr gewarnt hatte!

Er hatte sie gewarnt, war aber selbst hineingeraten, der Dummkopf. Das Schicksal ließ sich also nicht überlisten. Er hatte getrickst und getrickst und war doch abgebrannt. Aber obwohl die Brüder so dachten, tat ihnen Ilja leid. Sie erinnerten sich jetzt nicht daran, dass er sie übers Ohr gehauen hatte, sondern daran, wie er damals in Woronesh, als die Händler die Brüder brüllend verfolgten, einem der Kerle seine Fähnchen in die Visage gestoßen hatte. Auch hier, in dem Dorf, in dem unbekannten Land, war es Ilja, der sie in sein Haus mitgenommen und sie beim Abschied gewarnt hatte: Lauft weg von hier, sonst wird's schlimm!

Leicht gesagt, aber wohin hätten sie laufen sollen? Jetzt, wo sie einen solchen Vorrat von Marmelade besaßen, sah es allerdings anders aus. Jetzt würde jede Zugbegleiterin sie für ein Glas auf die Plattform lassen, vielleicht sogar in den Waggon. Nicht über den Rädern, nicht in der Hundehütte, sondern auf einer Pritsche würden sie reisen wie feine Herren!

Die Brüder mussten sich nicht ansehen, um das Gleiche zu denken und zu fühlen: Nur wer blind und dumm ist, will nicht wahrhaben, dass sich das Feuer der Kolonie nähert. Sie spürten schon die Hitze!

In dieser Nacht schlief kaum jemand.

Die Älteren verkrochen sich in ihrem Schlafsaal mit dem aufgebrochenen Fußboden. Finster blickten sie in den tiefen Keller, den sie gegraben hatten – kalter Rattengeruch wehte von dort. Trauer beschlich ihr Herz bei diesem Anblick, und innerlich erstarrte alles. So mag eine Feldmaus empfinden, der im Spätherbst, kurz vor dem Hungerwinter, ihre Vorratskammer verwüstet wird.

Auch die Brüder schliefen nicht. Sie hatten von dem Keller

nichts gewusst, doch sie hatten es sich denken können. Es war ja klar, dass für eine so gewaltige Menge an Gläsern ein großes Versteck nötig war. Aber sie hielten diese Art der Aufbewahrung sowieso für falsch. Illegale Kämpfer im feindlichen Hinterland teilten sich ja auch stets in Dreiergruppen. Damit nicht gleich mehrere in die Falle geraten konnten. Die Schakale aber, die hatten im Rudel geklaut, im Rudel die Beute versteckt, und nun waren sie im Rudel reingefallen, hatten mit einem Schlag alles verloren.

Aber die Brüder sorgten sich in dieser Nacht nicht um das Versteck der anderen, sondern um ihr eigenes.

Es war beschlossene Sache: Sobald es still war, würden sie ihren Reichtum in die Säcke packen, diese schultern und sich auf die Socken machen zur Station. Zum Zug. Und dann weg, weg, weg! Beim Anblick der lodernden Flammen in dieser Nacht war ihnen alles klar geworden. Was sie anging. Ihre Rettung.

Um Mitternacht, als die Kolonie endlich in schläfrige Reglosigkeit gesunken war, schlüpften die Brüder hinterm Haus durch das stachlige Loch in der Hecke, das sie heute als besonders unbequem empfanden, und tasteten sich zum Flussufer. Schon aus einiger Entfernung sahen sie hinter Gebüsch Scheinwerferlicht und hörten Männerstimmen.

Den Brüdern klopfte das Herz, und ein Schauer rieselte ihnen bis in die Fersen hinunter. Sie glaubten, ihr Versteck sei gefunden worden und würde nun geplündert. Wenn schon das im Schlafsaal unter den Brettern gefunden worden war, warum nicht auch das am Ufer? Als sie jedoch näher kamen, sahen sie, dass es nicht um ihr Versteck ging.

Wie es so schön heißt: Jeder hat Seins im Kopf, der Verlauste das Dampfbad!

Soldaten mit Motorrädern waren hergekommen, sie rasteten am Ufer. Sie hatten kein Feuer gemacht, sondern leuchteten einander mit den Scheinwerfern und machten sich wüst fluchend neben ihren Maschinen zu schaffen. Selbst aus der

Entfernung war beißender Benzingeruch zu spüren. Die Soldaten unterhielten sich laut über eine Felsenschlucht, wo ihnen Banditen aufgelauert, den Weg mit Steinen blockiert und sie von oben beschossen hätten. Sie waren unter Zurücklassung eines Beiwagenkrads aus der Schlucht geflohen, aber einer von ihnen war an Kopf und Schulter getroffen worden.

Jetzt sahen die Kusmin-Zwillinge auch den Verwundeten. Er wurde notdürftig verarztet, er stöhnte und fluchte und schrie dann so gellend, dass die Brüder zusammenfuhren: »Dieses verfluchte Tschetschmekenpack! Die gehören alle an die Wand gestellt! Hundert Jahre waren sie Banditen, und das sind sie geblieben! Eine andere Sprache verstehen die nicht, diese Scheißer ... Alle an die Wand! Nicht umsonst hat Genosse Stalin sie mit einem Arschtritt weggefegt! Den ganzen Kaukasus müsste man säubern! Diese Heimatverräter! An Hitler haben sie sich verkauft!«

Er wurde verbunden und verstummte. Die Soldaten verrichteten im Gebüsch ihre Notdurft und unterhielten sich über alles Mögliche, über den Krieg, dessen Ende, wenn auch noch fern, schon abzusehen sei. Was für Pech sie gehabt hätten – ihre Kumpels drängten nach Europa, und sie müssten hier, da lachten ja die Hühner, elende Bergdörfer stürmen ... gegen alte Frauen und kleine Kinder kämpfen.

Die Soldaten kamen zur Ruhe und legten sich schlafen. Den Brüdern wurde klar, dass sie nicht wegfahren würden. Heute ganz bestimmt nicht mehr. Also musste die Flucht bis zum nächsten Tag aufgeschoben werden. Ohne die Gläser zu fliehen war aussichtslos. Wohin sie auch ihre Schritte lenkten, ohne ihren Vorrat erwarteten sie Hunger, Bettelei und Raub. Und letzten Endes die Miliz.

Wer würde solch einen Reichtum freiwillig aufgeben?

Kolka erklärte denn auch, er würde sich eher hinlegen und sterben, als sich von ihrem Versteck zu entfernen. Dann schon lieber hier am Fluss das Leben lassen, als das Versteck aufzugeben.

Sie beschlossen jedenfalls, den Morgen abzuwarten, der ja, wenn man auf Sprüche etwas gibt, klüger sei als der Abend.

Im Übrigen brach er schon an, die Dämmerung wich von den noch unsichtbaren Bergen und brachte leichte Frische und eine Brise, die den Mais rascheln ließ.

Beim Frühstück in der Kolonie erfuhren sie, dass die Erzieherin Regina Petrowna aus dem Krankenhaus zurück sei.

Als die Zwillinge die Neuigkeit im Speisesaal hörten, dachten beide: Schwein gehabt. Glück im Unglück, wie man so sagt!

Sie rannten zu ihrem Versteck am Flussufer. Die Soldaten waren schon weg, im Gras lagen Kippen, blutige Watte, Verbandfetzen.

Kolka griff in die Höhle, sie war heil. Es war unberührt, ihr liebes Versteck! Alle Gläser waren vollzählig vorhanden! Kühl, glatt und wunderbar schwer.

Wenn die Soldaten gewusst hätten, neben was für einem Reichtum sie hier tief und fest geschnarcht hatten!

Vor der nächsten Nacht, in der sie erneut versuchen wollten zu fliehen, mussten sie unbedingt ihre Regina Petrowna sehen. Sie war zwar zurück, die kleinen Mädchen behaupteten, sie gesehen zu haben, aber sie zeigte sich nicht. Auch nicht in ihrem kleinen Winkel in der Küche, sooft die Jungen auch durch das Fenster hineinspähten.

Den ganzen Tag trieben sie sich suchend herum, doch vergeblich.

Als Kolka am Abend sagte, es sei nun Zeit und er könne nicht mehr warten, erklärte Saschka auf einmal entschlossen, er rühre sich nicht vom Fleck. So wie Kolka nicht auf ihre Vorräte verzichten könne, fahre er, Saschka, nicht weg, ohne Regina Petrowna noch einmal gesehen zu haben. Er pfeife auf das Versteck. Auf sämtliche elf Gläser und die beiden Säcke. Auf alles pfeife er! Und überhaupt könne er nicht weg ohne Regina Petrowna und ihre Männlein! Sonst sehe es ja so aus, als wollten die Brüder nur ihre eigene Haut retten und würden einen

Menschen wie Regina Petrowna hier dem sicheren Tod überlassen. Zusammen müssten sie fliehen, das habe er nun begriffen.

Eine weitere Nacht war für die Flucht verloren.

Doch schon waren Unruhe und innere Panik, die alle Kinder der Kolonie durchgemacht hatten, gewichen, und die Angst, die klebrige, undurchdringliche Angst, ließ nach und schwand dahin. Selbst die Beerdigung der Schofförin Vera am dritten Tag nahm die Brüder nicht mehr so mit.

Am Morgen kam von der Fabrik ein verkratzter Laster, der wie ein Fuhrwerk klapperte, die älteren Schüler abholen. Die Bänke darauf ließen sich nicht von den Seitenwänden herunterklappen, sondern standen quer zur Pritsche und schaukelten, da sie nicht befestigt waren.

All das empfanden die Kinder als ungewohnt: den finsteren, maulfaulen Fahrer, der ein alter Mann war, die unbequemen Bänke und selbst die vorsichtige Fahrweise, als würde Glas transportiert; da hatte die verwegene Vera sie doch ganz anders kutschiert!

Die Schofförin Vera tat den Kindern leid, sie war fast eine von ihnen gewesen. Jedenfalls keine Fremde, denn sie hatte alles von den Kindern gewusst und sie nie verraten. Und den Laster hatte sie schoffiert! Und schön war sie gewesen! Und fröhlich! Und so gewitzt! Es war, als hätte sie schon ewig mit ihnen in der Kolonie gelebt.

Doch sonderbar: Keines der Kinder wollte zu der Beerdigung fahren und auch nicht erklären, warum nicht. Erst als es hieß, es werde in der Fabrikkantine zu essen geben, sogar Fleisch, fanden sich die Kinder bereit. Fleisch, das sei gesagt, hatten sie noch nie bekommen.

Auch die Kusmin-Zwillinge fuhren mit. Sie hatten außer dem Essen noch einen weiteren Grund: Sie wollten, wenn möglich, den hinteren Hof aufsuchen – wann böte sich schon wieder solch eine Gelegenheit – und nachsehen, ob die Gläser, die sie vor der ganzen Geschichte unter Kisten versteckt hatten, noch da waren. Wenn es ihnen doch gelänge, sie mitzunehmen! Vor ihrer Flucht.

Die Trauerfeier fand, wie erwartet, im Fabrikhof statt.

Dicht am Sarg, der wegen der vielen Menschen nicht zu sehen war, stand eine Gruppe Frauen mit weißen Kopftüchern; ein paar von ihnen weinten. Als die Kinder durchs Fabriktor gingen, drehte man sich nach ihnen um, trat auseinander, ließ sie nach vorn.

Die Kusmin-Zwillinge, die das gar nicht gewollt hatten, standen auf einmal vor dem flachen Sarg, der aus ungestrichenen derben Brettern zusammengenagelt war. Diese Bretter waren in ihrer Augenhöhe. In dem Sarg, in den sie, auf Zehenspitzen stehend, neugierig und ängstlich hineinsahen, lag wie schlafend eine schöne Frau mit zusammengepresstem Mund; ihre Haare, rötlich golden, umrahmten ein ruhiges fremdes Gesicht. Die Frau hatte nicht die geringste Ähnlichkeit mit der draufgängerischen Schofförin in Schirmmütze und Männersachen. Das war eine andere Vera, nicht ihre, das begriffen die Brüder sofort. Und sahen weg. Mit gesenktem Blick schauten sie auf die Beine des Tischs, auf dem der Sarg stand. Den blechbeschlagenen Tisch, den jetzt ein Laken bedeckte, kannten sie aus der Fabrikhalle. Darauf standen sonst die Marmeladengläser, die sie hinterm Rücken des Gläserschließers klauten.

Beide Brüder dachten, wenn doch diese öde Sache hier bald zu Ende wäre und sie sich auf den hinteren Hof schleichen könnten. Dahin, wo ihre Gläser waren.

Von den Tränen, dem Wehklagen, dem Seufzen und Schnäuzen ringsum, auch von den vielen Menschen brummte ihnen der Schädel wie sonst nur bei der Miliz, wenn sie auf dem Markt geschnappt worden waren.

Endlich erschien der alte Technologe in seinem Arbeitskittel, erzählte von Vera und sah dabei der Toten ins Gesicht. Er sagte, Vera sei ein junges Mädchen gewesen, neunzehn Jahre alt, aber sie habe in ihrem kurzen Leben viel durchstehen müssen, vor allem die faschistische Okkupation. Die Faschisten hätten die Menschen in die Sklaverei verschleppt, doch mit Vera seien sie nicht fertig geworden. Dreimal sei sie vom Transport geflüchtet und immer wieder nach Hause gekommen. Einmal habe sie sich sogar im Kleiderschrank versteckt, und die Feinde hätten sie dort herausgezerrt.

Die Brüder fanden die Vorstellung lustig, wie die Schofförin Vera in dem Schrank saß. Aber alle blieben ernst, sahen den Technologen an und hörten ihm zu.

In der Fabrik sei Vera Bestarbeiterin gewesen, obwohl sie den schweren Männerberuf eines Schofförs ausgeübt habe: die Ware zur Bahn fahren und die Kinder zur Arbeit bringen. Dabei zeigte der Alte auf die Kusmin-Zwillinge, und sie wurden verlegen. Aber sie dachten: Der soll bloß nicht so übertreiben, den Laster fahren ist doch nicht schwer, eher angenehm.

»Schlaf, Töchterchen, schlaf ruhig, wir werden dich nicht vergessen«, sagte derweil der Alte und neigte den Kopf. Seine kurzen grauen Haare schimmerten silbrig in der Sonne. Die Frauen begannen zu schluchzen, und Tante Sina jammerte so laut, dass es über den Hof schallte. Aus ihrem Wehklagen ging hervor, dass sie und Vera aus demselben Dorf stammten, zusammen hierhergebracht und zur Arbeit in der Fabrik verpflichtet worden waren.

Die Juden, die Lastträger, drängten sich nach vorn durch. Mit unbewegter Miene hoben sie den Sarg mit Vera mühelos hoch, als wäre sie federleicht, und trugen ihn zu dem Laster, auf dem die Kinder gekommen waren.

Ein Orchester, eine Trommel mit Becken und zwei Trompeten, begann zu spielen, und von den hallenden Schlägen der Becken und der Trommel krampfte sich in den Brüdern etwas zusammen und schmerzte.

Ein paar Frauen, auch die jammernde Tante Sina, stiegen auf den Laster und setzten sich an die Seiten links und rechts vom Sarg, dann fuhr der Laster ab.

Die Übrigen strebten zum Tor hinaus.

Der alte Technologe stand mitten im Hof und sagte mit

Blick auf die Kinder: »Geht … Geht! Heute wird nicht gearbeitet!«

Fleisch bekamen sie nicht. Sie gucken in die Röhre, wie es so schön heißt.

Die Brüder verdrückten sich. Sie gingen den Weg entlang und sprachen über ihre Beobachtungen. Beide waren sich einig, dass Vera anders ausgesehen hatte und auch gar nicht jung gewesen war. Neunzehn, das war nach Meinung der Kusmin-Zwillinge schon fast ein hohes Alter. Sie waren selber keine kleinen Kinder mehr, zusammengenommen sogar etwas älter als Vera.

Kolka erzählte noch, er habe hinter sich flüstern gehört, dass Vera in dem Wagen gesessen und auf das Ende der Veranstaltung gewartet hatte, um die Kinder zum Abendessen zu bringen. Sie habe nicht bemerkt, wie die Reiter kamen. Die hätten Vera sicherlich auch nicht gesehen, sondern nur den Laster. Aber als sie die Handgranate warfen, habe Vera noch aus dem brennenden Fahrzeug springen und ein paar Meter laufen können, bis sie hinfiel. Später stellte sich heraus, dass ein Splitter sie direkt ins Herz getroffen hatte. Wie hatte sie mit durchschlagenem Herzen noch laufen können?

Saschka wurde nachdenklich und gab keine Antwort. Er sagte nur: »Glaub ich nicht.« Knurrte es und verstummte.

»Was glaubst du nicht?«, fragte Kolka. »Dass das Herz durchschlagen war? Das glaubst du nicht?«

Saschka schwieg.

»Du meinst, sie spinnen … das mit dem Herzen?«

Saschka schwieg.

»Oder … das von diesen … Banditen?«

Sie kürzten den Weg ab, indem sie quer übers Feld gingen, und setzten sich am Ufer der Sunsha ins Gras. In weißlichem Hellblau glitzerten ausdruckslos die Berge wie ein Trugbild. Sie waren zwar da, wirkten aber nicht ganz real.

»Ich glaube gar nichts«, sagte Saschka auf einmal. Nach kurzem Schweigen fuhr er fort: »Na, ich verstehe das alles nicht.

Sie war doch da, diese Vera. Sie hat uns gefahren, hat was gerufen … Und auf einmal – zack – ist sie weg. Wo ist sie geblieben?«

Kolka wunderte sich und entgegnete: »Wo schon … begraben.«

»Das mein ich nicht.«

Saschka kniff die Augen zusammen und sah in die Ferne. Das rötliche Wasser flimmerte über den Steinen, darüber gaukelte ein Schmetterling.

»Die da …« Saschka zeigte auf die Berge. »Die verschwinden ja auch und zeigen sich wieder, aber sie sind immer da. Stimmt's?«

»Und?«, fragte Kolka.

»Da … Der Fluss … Der ist auch immer da.«

»Und?«

»Und warum nicht die Menschen? Was ist mit denen?«

»Du meinst Vera?«

Saschka verzog missmutig das Gesicht.

»Ich meine alle. Auch uns beide. Hattest du Angst, da am Sarg?«

»Nein«, sagte Kolka. »Das nicht. Aber … ungemütlich war's.«

Ein anderes Wort fiel ihm nicht ein. Ihn fröstelte.

»Und neulich, in der Nacht? Als wir durchs Feld gingen? Hattest du da Angst?«

»Da ja«, gestand Kolka.

»Ich auch. Ich weiß bloß nicht, wovor. Ich hatte einfach Angst und fertig.«

»Vor … denen vielleicht?«

»Nein«, sagte Saschka. Er holte tief Luft. »Nein, nicht vor denen … Ich hatte Angst vor allem. Vor den Explosionen, vor dem Feuer, vor dem Mais … Sogar vor dir.«

»Vor mir?«

»Ja.«

»Vor mir?«, fragte Kolka noch einmal verblüfft.

»Ach was, nicht vor dir, vor allen … Auch vor dir. Ich hatte überhaupt Angst. Mir schien, als ob ich ganz allein wäre. Verstehst du das?«

Kolka verstand es nicht und schwieg. Am Abend gingen sie zu Regina Petrowna.

21

Zuerst wollten sie ein Glas Marmelade mitnehmen. Aber dann ließen sie es bleiben. Über diese Marmelade wurde in der Kolonie schon viel zu viel geredet. Da konnten sie doch nicht mit einem ganzen Glas ankommen.

Es war am Abend nach der Beerdigung, und sie trafen Regina Petrowna zu Hause an, in ihrem durch eine gelbgestreifte Wolldecke abgeteilten Winkel der Küche.

Regina Petrowna freute sich aufrichtig.

»Meine lieben Kusmins«, sagte sie, ließ sie herein und dirigierte sie auf das Bett. »Who is who?« Sie zeigte auf Saschka, der diesmal den geschenkten Gürtel trug, und fragte: »Du bist natürlich Kolka?«

Die Brüder lachten. Da wusste sie, dass sie falsch geraten hatte.

»Na schön«, sagte sie. »Ich mache gerade die Wäsche. Während ich weg war, hat sich ein ganzer Berg angesammelt. Meine Männlein waren zwar bei den Mädchen, doch sie haben sich tüchtig schmutzig gemacht. Aber jetzt lasse ich alles liegen ... Jetzt trinken wir Tee ... Mit Bonbons. Ich habe richtige Bonbons mitgebracht!«

Die Brüder wechselten einen Blick und nickten gleichzeitig. Die Erzieherin fragte sofort: »Oder macht ihr euch nichts aus Bonbons?«

Sie hob die Schüssel mit Seifenwasser hoch und trug sie hinaus. Dann kam sie wieder herein, setzte sich den Brüdern gegenüber und fragte: »Wie sieht's denn aus mit der Marmelade? Habt ihr viel abgestaubt, wie eure Kumpane sagen? Abgesahnt? Gebunkert? Drück ich mich richtig aus?«

»Und wenn?«, knurrte Saschka. »Klar haben wir welche gebunkert.«

Regina Petrowna lachte, und ihr wundervolles tiefes Lachen klang den Brüdern wie ein vertrautes Lied.

Die beiden hatten schon bemerkt, dass das schöne Gesicht ihrer Erzieherin schmal geworden war und statt der angeborenen Bräune nun gelbliche Blässe zeigte. Nur ihre Haare waren noch dichter und üppiger geworden, eine nicht zu bändigende schwarze Mähne, locker zum Knoten geschlungen. Nach einem Blick auf ihr Spiegelbild im Fenster – ihr Spiegel war bestimmt mit verbrannt – zog sie vor den Augen der Kusmins mit einer leichten Bewegung eine Haarnadel heraus, und auf ihre Schultern stürzte ein dunkler Wasserfall, der ihr Gesicht noch blasser und schmaler machte.

»Sie sollen ein bisschen atmen«, sagte sie und warf mit einer Kopfbewegung die Haare nach hinten. »Ich mache Tee. Dann können wir reden.«

Sie brachte die Teekanne, Gläser und eine Untertasse voller Bonbons, die wie braune Maikäfer aussahen.

»Greift zu.« Sie schob ihnen die Bonbons hin. »Es sind Karamellbonbons, zum Tee ein Hochgenuss.«

Die Brüder nahmen jeder einen Bonbon. Saschka steckte seinen in den Mund und aß ihn auf, während Kolka an seinem nur leckte und ihn wieder weglegte.

»Also, jetzt weiß ich, dass ihr mich nicht bemogelt.« Regina Petrowna lachte wieder. »Saschka ist wirklich Saschka, auch wenn er Kolkas Gürtel umhat. Und nun erzählt … Ihr wollt mir doch etwas erzählen, oder?«

Saschka sah Kolka an und nickte.

»Wie ist es euch so ergangen, meine Lieben? Ich hatte schon Angst, ihr würdet weglaufen. Das wolltet ihr doch? Gebt es nur zu.«

»Ja, wollten wir«, sagte Saschka.

»Ihr hattet Angst, ja?«

Die Brüder antworteten nicht. Das war auch so klar. Regina Petrowna sah sie lange nachdenklich an, sie senkten den Blick.

»Ich hatte auch Angst«, sagte sie einfach.

»Haben Sie ... die gesehen?« Saschka starrte die Erzieherin an.

»Ja.«

»Siehst du«, rief Saschka, »ich hab's ja gewusst!«

Regina Petrowna goss den Brüdern und sich Tee ein. Sie trat ans Fenster und zündete sich eine Papirossa an. Die Brüder sahen im Schein des Flämmchens ihre Hände zittern.

»Gottlob hab ich wenigstens was zu rauchen bekommen«, sagte sie, blickte durchs Fenster und atmete den Rauch tief ein. »Damals ... Ich konnte lange nicht einschlafen und hatte das Licht brennen. Auf einmal waren die vor dem Fenster ... Drei Männer. Und ein Junge. Das Fenster stand weit offen, so wie jetzt, und ich habe gar nichts begriffen. Die drei standen da und sahen mich an, guckten auf meine Hände, ich schnitt gerade die Pelzmütze zu. Ich habe sie auch angesehen ... und dann ...«

Regina Petrowna machte wieder einen Zug, holte eine neue Papirossa hervor, brannte sie an der ersten an und warf diese zum Fenster hinaus. Wieder rauchte sie und sagte nichts. Dann drückte sie die Papirossa auf einer Untertasse aus und kam zurück an den Tisch.

»Meine lieben kleinen Freunde ... Warum nehmt ihr denn gar keine Bonbons?«

»Haben wir schon«, sagte Kolka für beide. »Was war dann?«

Regina Petrowna dachte nach und biss sich auf die Lippe. Sich gleichsam besinnend, sah sie die Brüder an.

»Na. Na ... Aber zu keinem ein Wort, gut?«

Die Brüder nickten.

»Sie haben mir befohlen ... Die Miliz hat mir verboten, davon zu erzählen. Also, der eine hat mit dem Gewehr genau hierhin gezielt.« Sie zeigte auf ihre Stirn. »Da hat der Junge den Erwachsenen am Ellbogen gezerrt, ich glaube, der war sein Vater. Der Schuss ging daneben. Der Junge hat was geschrien, und da hat mich der Mann angesehn und auf Russisch gebrüllt: ›Geh weck! Hau ab! Mit deinen …‹ Und er zeigte mit dem Gewehr auf meine Kinder. Ich zur Tür, aber dann bin ich zurück, hab die Männlein in die Arme genommen … Die haben noch immer auf mich gezielt, wo ich auch hinging, die Gewehrmündung folgte mir … Vielleicht hatten sie Angst, ich könnte schreien? Da bin ich hinaus auf den Hof, und dann kam auch schon die Explosion … Alles ist verbrannt … Auch eure Pelzmütze. Und dann war ich irgendwie ohne Besinnung. Ich kann mich an nichts erinnern. Nur das eine ist haften geblieben: ›Geh weck! Geh weck!‹ Und das Gewehr immer hinter mir her. Ich seh's auch jetzt noch.«

»Sie haben Vera umgebracht«, sagte Kolka. »Sie hat im Laster gesessen. Ein Splitter ist ihr durchs Herz gegangen, aber sie ist noch gelaufen, bis sie hinfiel.«

»Und mich haben sie verschont … Warum? Ich habe im Krankenhaus immerzu daran denken müssen. Und als die Miliz mich verhörte, haben sie mir verboten, darüber zu reden. Gar nichts darf ich erzählen. Das wären einfach Banditen, man würde sie fangen, und dann wäre Schluss. Bloß, ich glaube … Ich hätte die Pelzmütze nicht anrühren sollen.«

»Warum nicht?«

»Ich weiß nicht. Ich hätte es nicht tun sollen. Sie haben sie immerzu angeguckt. So sonderbar … Als ob ich was Lebendiges zerschneide.«

»Hier waren Soldaten«, sagte Kolka, »die sind hinter ihnen her.«

Saschka fragte: »Diese … Die drei, waren die schlimm?«

»Das hab ich eben nicht begriffen.« Regina Petrowna sah wieder zum Fenster hinaus. »Ganz normale Menschen. Einer in Zivil, zwei in Uniform … Ohne Schulterklappen, glaub ich. Und der Junge, der war so alt wie ihr … Mit schwarzen Haaren … Er hat mich mit großen Augen angesehen … Sein Vater hat auf mich gezielt«, sie zeigte wieder auf ihre Stirn, »da hat er ihn am Ellbogen gezerrt …«

»Hatten die Pferde?«

»Ich hab keine gesehen«, sagte Regina Petrowna. »Vielleicht.«

Saschka sah Kolka an und holte die gelbe Patronenhülse hervor.

»Da.« Er legte sie auf den Tisch. »Von denen. Von dem Schuss.«

Regina Petrowna warf von weitem einen erschrockenen Blick auf die Hülse. Dann sah sie den Brüdern in die Augen und fragte beunruhigt: »Ihr wollt also fliehen. Wohin?«

Die Brüder wechselten einen Blick und gaben keine Antwort. Kolka zog es zurück in die Gegend von Moskau. Saschka wollte weiter in Richtung der Berge. Sie hatten abgemacht, den erstbesten Zug zu nehmen, egal, wohin er fuhr.

Regina Petrowna erhob sich und zündete wieder eine Papirossa an.

»Dann seid ihr verloren«, sagte sie heftig. »Besser, wir fahren zusammen. Bloß nicht jetzt, ich kann noch nicht. Mir geht es zu schlecht.«

Ohne zu Ende geraucht zu haben, warf sie die Papirossa weg. Gar zu oft zündete sie eine an und warf sie wieder weg, das fiel den Brüdern auf. Da konnte kein Vorrat lange reichen.

Vom Fenster her fragte sie: »Habt ihr von der Nebenwirtschaft gehört?«

»Wieso?«, fragte Kolka. Saschka nickte.

»Ich soll dorthin. Zur Erholung. Dort sind zwei Kühe, Ziegen, Kälber ... Kommt ihr mit? Mit mir?«

»Was sollen wir da?«, fragte Saschka. Aber er wusste schon, dass er mit Regina Petrowna überall hinfahren würde. Also würde es auch Kolka tun. Später konnten sie dann zusammen ganz abhauen.

»Wir werden die Tiere hüten ... auf sie aufpassen, sie füttern ... Das hat man sich als Erholung für mich ausgedacht. Aber ich hab Angst, allein zu fahren.«

»Ist das weit?«, fragte Saschka wieder. Er hatte eigentlich etwas anderes fragen wollen.

»In den Bergen, aber in denen da drüben, auf der anderen Seite der Bahnstrecke«, sagte Regina Petrowna rasch, denn sie hatte sofort begriffen, worauf Saschka hinauswollte. »Dort ist niemand. Auf die Seite gehen sie nicht. Das haben sie noch nie getan.«

Aber Kolka dachte in erster Linie an das Geheimversteck. »Und kommen wir wieder hierher zurück?«

»Hierher?« Regina Petrowna wollte sich wieder eine Papirossa anzünden, doch sie kam mit den Streichhölzern nicht zurecht. »Aber natürlich. Wir werden sogar ein eigenes Fahrzeug haben. Um den Kindern Milch und sonst noch was zu bringen.«

»Einen Studebaker?«, rief Saschka.

»Das ist ein Geheimnis«, sagte Regina Petrowna.

Kolka jedoch interessierte sich nicht für das Fahrzeug, sondern für ihre Vorräte. Zu lange wegzubleiben, das war ein Unding. Dann waren sie die womöglich bald los! Solange das Versteck in der Nähe lag, konnte man hingehen, den Inhalt betasten und zählen und war ruhig. Dort aber … Du schläfst selig, träumst von den elf Gläsern mit Deckeln wie Goldmünzen. Und jedes Glas ein Passierschein ins Paradies. Und in der Zeit kommen die mit Minensuchgeräten und krempeln alles um wie den Keller unter der Diele …

Während Kolka sich um das Versteck sorgte, fragte Saschka nach den Männlein.

»Die Männlein nehme ich mit«, sagte Regina Petrowna. Und sie wiederholte: »Aber allein mit ihnen hab ich Angst. Wenn ihr mitkommt, werden wir zusammenleben. Wie eine richtige Familie eben … Versteht ihr?«

Nein, das mit der Familie verstanden die Brüder nicht. Das konnten sie nicht verstehen. Allein schon das Wort »Familie« war für sie etwas Fremdes, wenn nicht gar Feindseliges.

Für sie teilte sich die ganze Welt in Menschen mit und Menschen ohne Familie. Und diese beiden Teile waren für sie bisher unvereinbar.

22

Als sie wieder gingen (Kolka mit dem aufgesparten Karamellbonbon in der Faust), hatten sie zur Nacht noch einen Streit. Nicht heftig. Nur ein bisschen.

Beide wollten weg, da gab es keine Unstimmigkeit. Aber Kolka wollte sofort weg. Nichts mit Nebenwirtschaft! Was sollten sie mit Kühen und Ziegen?

Saschka hingegen war dafür, auf Regina Petrowna zu warten. Sie war schwach, das hatte sie selbst gesagt. Sie konnte jetzt nicht fliehen. Wenn sie sich erholt hatte, würden sie zusammen wegfahren. Außerdem, die Nebenbeiwirtschaft – so nannte sie Saschka – konnte ihnen Gewinn bringen. Ihren Vorrat vergrößern. Von der Konservenfabrik hatten sie anfangs nichts erwartet, sie waren schon froh gewesen, sich an Pflaumen satt zu essen, und am Ende hatten sie so viel mehr davon gehabt!

Saschka war klüger, das stand fest. Er berechnete alles vorher, wog gründlich ab.

Kolka seufzte und gab widerwillig nach. Ihm war ja auch klar: Nirgends wartete jemand auf sie. Und Züge fuhren viele. Wenn sie den einen nicht bestiegen, dann eben einen anderen … Ein Bettler hat nichts zu verlieren, und wenn ein Dorf abbrennt, geht er ins nächste.

Vor der Abreise gingen sie noch einmal nach Berjosowskaja, um nach Iljas Haus zu sehen. Alles war verbrannt: das Haus und der Schuppen und die Bäume ringsum. Der Gemüsegarten war leer. Bestimmt hatten die Nachbarn die Kartoffeln ausgebuddelt. Vielleicht hatten sich auch ein paar Schakale welche geholt. Im Unkraut, das mit weißer Asche bestaubt war, stand der wohlbekannte Handwagen mit den rostigen Rädern, mit dem Ilja Holz geholt hatte.

Kolka ging hin, stieß ihn mit dem Fuß an. Er rollte weg. Kolka stieß ihn noch einmal an … dann bückte er sich, fand den Strick und zog den Handwagen hinter sich her.

»Lass!«, sagte Saschka. »Was willst du damit?«

»Vielleicht können wir ihn gebrauchen.«

»Wozu?«

Kolka gab keine Antwort. Aber er zog den Handwagen bis zur Sunsha und versteckte ihn im Gebüsch.

»Was dagegen? Stört er dich?«, fragte er Saschka.

»Mich nicht«, fauchte der.

»Mich auch nicht. Soll er da stehen.« Und er fügte hinzu: »Er frisst ja kein Brot.«

Kolka konnte nicht wie Saschka alles im Voraus bedenken und berechnen. Dafür war sein Gehirn nicht eingerichtet. Aber eines wusste er: Wenn irgendwo ein Gegenstand herumlag, musste man ihn mitnehmen. Überlegen, wozu er gut war, konnte man immer noch.

Um Ilja und sein Haus tat es den Brüdern leid. Ein Gauner war er ja, Ilja, das Tierchen, aber ein lustiger Gauner, fast einer der Ihren.

Kolka scharrte mit dem Fuß in der Asche und sagte nachdenklich: »Als ob er geahnt hat, dass sie ihn anzünden würden.«

»Aber warum?«, fragte Saschka. »Warum haben sie sonst keinem was getan, bloß ihm?«

»Das Haus stand am Dorfrand …«

»Na und? Den Laster haben sie mitten im Dorf gesprengt.«

»Vielleicht haben sie gewusst, er ist ein Gauner?«

»Woher denn?«

»Ganz einfach«, sagte Kolka. »Der Garten da … Er hat hier nie die Hacke geschwungen. Hat das Fremde genommen, als ob es Seins wär, alles, was sie vorher gesät hatten.«

»Und die andern? Haben die das nicht auch gemacht?«

»Die sind im Kolchos …«

»Ist doch egal.«

»Warum zünden die überhaupt was an?«

»Und die Faschisten, warum machen die das?«

»Sind eben Faschisten. Dummer Vergleich … Die hier sind doch keine Faschisten.«

»Wieso nicht? Hast doch gehört, was der Soldat über sie geschrien hat. Das sind alles Vaterlandsverräter, hat er gesagt. Stalin lässt sie alle an die Wand stellen.«

»Und der Junge … Der vorm Fenster? Ist der auch ein Verräter?«, fragte Kolka. Saschka antwortete nicht.

Die Brüder kamen nicht überein.

Sie stocherten in der Asche, hielten Ausschau, aber niemand weiter interessierte sich für Iljas abgebranntes Haus. Wahrscheinlich interessierte sich jeder nur für sich selbst.

Die Brüder gingen nach Hause.

Früh am Morgen, noch vor Sonnenaufgang, sollte es losgehen.

Auf dem Hof stand ein kleiner grauer Esel mit traurigen Augen. Er war vor einen zweirädrigen Karren gespannt. Darauf lagen Bündel, Kasserollen, Beutel mit Graupen, ein Kanister mit Pflanzenöl.

Der Direktor mit seiner ewigen Aktentasche kam heraus. Er sah aus, als hätte er wieder die ganze Nacht nicht geschlafen. Er blickte auf Regina Petrowna und ihre Männlein, die quengelten, weil sie so früh hatten aufstehen müssen.

Die Kusmin-Zwillinge standen daneben, gähnend und fröstelnd.

»Und die da?«, fragte der Direktor und blickte zu den Brüdern. »Die sollen wohl mit?«

»Ja«, sagte die Erzieherin. Und blickte ebenfalls auf die Jungen. »Das sind die Brüder Kusmin. Ich hab's Ihnen doch erzählt.«

Der Direktor runzelte die Stirn, berührte aus irgendeinem Grund seine Aktentasche.

»Kusmin … Kusmin … Woher?«

»Tomilino«, murmelte Saschka. Er hätte »Ramenskoje« sagen sollen, aber Regina Petrowna war dabei … Er sah Kolka an und wusste, woran der dachte. Nicht zufällig hatte sich »Aktentasche« an sie erinnert! Höchste Zeit, abzuhauen, solange es noch ging.

Der Direktor griff in seine Aktentasche, suchte etwas, fand es aber nicht.

»Da war doch ein Brief«, sagte er. »Darin … Irgendwas mit einer Küche … Nein, ich weiß es nicht mehr.«

»Suchen Sie nur, wir warten. Ist doch großartig, dass die sich erinnern, einen Brief schreiben«, sagte Regina Petrowna und sah freundlich die Brüder an, die fröstelnd von einem Bein aufs andere traten. Sie wussten schon, was für ein Brief das war. Wie sehr es lohnte, ihn zu suchen. Hätten die sich lieber nicht erinnert!

Der Direktor wandte sich wieder seiner geliebten Aktentasche zu, fand aber glücklicherweise nichts.

»Na schön. Dann haben wir zwei Mäuler weniger«, sagte er. Und zu Regina Petrowna: »Hier ist das Papier … Vom Kolchos. Dort ist ein Mann, der wird Ihnen alles zeigen … Werden Sie's schaffen … mit den beiden?«

»Sie sind tüchtige Jungs«, sagte Regina Petrowna. »Sie werden mir helfen.«

Der Direktor blickte zum Himmel und seufzte.

»Ach, wenn ich nicht so angebunden wäre … Ich würde mitkommen … Aber wie denn … Ich muss jetzt zur Fabrik, um die zu überreden, dass sie uns wieder nehmen. Und dann noch mal nach Gudermes, Lehrer besorgen. Höchste Zeit, dass die Schule anfängt. Und Lebensmittel beschaffen … Das ist ja alles nicht zu fassen!«, schloss er und hob die Schultern.

Was für »Aktentasche« nicht zu fassen war, das war auch für die Kinder nicht zu fassen: Lebensmittel, Schule … Oder die Fabrik … Es war doch sonnenklar, dass man sie nicht mehr in die Fabrik hineinlassen konnte! Nur für den Direktor war das nicht zu fassen. Die Schakale würden die Fabrik wieder beklauen. Das war so sicher wie das Amen in der Kirche.

»Besuchen Sie uns. Sobald Sie mal Zeit haben«, lud Regina Petrowna ihn ein und machte sich fertig. »Wir werden Sie mit Milch bewirten.«

»Ich schick Ihnen Schakale zum Maisbrechen. Und sobald Ihnen kalt wird, kommen Sie zurück. Gute Fahrt.«

Der Direktor winkte und ging in die Küche. Dort waren die diensthabenden Mädchen schon am Werk. Der Tag begann.

Regina Petrowna legte die Männlein auf den Karren und schob ihnen Sachen unter den Kopf, damit sie noch ein wenig schlummern konnten. Dann fasste sie den Esel am Zaum, und sie machten sich auf den Weg.

Anfangs ging Regina Petrowna vorn, denn sie fürchtete, der Esel könnte den Karren ins Feld ziehen. Die Zwillinge liefen hinten.

Aber der Esel zog seine Fuhre gehorsam den Weg entlang, nur die spitzen Ohren stachen in die Luft, da ließ Regina Petrowna ihn allein gehen und wanderte nebenher. Ab und zu blieb sie stehen, zündete sich eine Papirossa an und bedeutete den Brüdern, geht nur weiter, ich komme gleich nach. Aber sie hielten den Esel an und warteten. Am Wegrand waren Büsche, womöglich kamen Feinde herausgesprungen.

Regina Petrowna hatte sich nach Meinung der Brüder ungewöhnlich angezogen für die Fahrt. Ein helles Männerhemd mit aufgekrempelten Ärmeln und dunkle Pluderhosen, die wohl auch für einen Mann bestimmt waren. So hatten die Brüder ihre Erzieherin noch nie gesehen, aber sie verurteilten sie nicht. Die Schofförin Vera hatte sich noch ganz anders angezogen!

Als Regina Petrowna mal nicht zuhören konnte, sagte Kolka zu seinem Bruder: »Der Brief ist wegen dem Stollen …«

»Vielleicht hat er ihn wirklich verbummelt?«

»Aktentasche verbummelt nichts! Der schleppt alles mit sich rum! In seiner Aktentasche!«

Saschka bückte sich, hob ein Steinchen auf und warf es zur Seite.

»Soll er. Wir hauen ab!«

»Und das Versteck?«, fragte Kolka.

»Die Gläser nehmen wir mit. Und hauen ab.« Er drehte sich nach der Erzieherin um und fügte hinzu: »Hauptsache, Regina Petrowna wird gesund.«

In mäßigem Tempo erreichten sie gegen Mittag die Bahnstation.

Auf dem Reservegleis stand ein Güterzug. Militärtechnik wurde ausgeladen: kleine, grellgrün gestrichene Kanonen, Willys Jeeps, Pferdewagen.

Die Brüder gingen langsamer und bestaunten die Kanonen. Sie hatten während des Krieges mancherlei gesehen, und man hatte ihnen auch im Moskauer Kulturpark die Ausstellung deutscher Beutewaffen gezeigt, aber was ein richtiger Mann ist, der lässt sich einen solchen Anblick nicht entgehen. Waffen sind doch immer wieder schön. Und je gefährlicher sie sind, desto schöner sind sie meist. Die kleinen Kanonen gefielen ihnen.

An der abschüssigen Bretterrampe standen Soldaten, rauchten und unterhielten sich laut. Als sie Regina Petrowna sahen, wandten sie sich allesamt wie auf Kommando ihr zu.

Die Brüder beguckten die Kanonen, die Soldaten die schöne junge Erzieherin.

Das missfiel den Brüdern.

»Heee, nicht stehenbleiben«, schnauzte Saschka den Esel an und zog ihm mit der Rute eins über. Ist doch nichts Besonderes, ein Militärtransport mit Soldaten.

Der Wagen holperte quer über Schwellen und Gleise.

»Guck mal, wie die aussehen! Die Eingeborenen«, schallte es ihnen hinterher.

Die Brüder wechselten einen Blick, antworteten aber nicht. Die Soldaten hatten ja keine Ahnung – Regina Petrowna und sie und die Männlein waren doch keine Eingeborenen. Eingeborene liefen nackt herum und trugen Federn, das konnten sie sich in jedem Geographiebuch anschauen!

Auf dem Pfad, der zu dem Tal hinter dem Pavillon führte, gingen sie zu der Ruine des Sanatoriums, und hier wurde gerastet.

Die Brüder suchten sich zum Baden jeweils eine Grube und zogen sich aus. Regina Petrowna badete die Männlein und ließ sie dann spielen, sie selbst ging ein Stück weiter zu dem großen viereckigen Becken und planschte dort allein, das Hemd um den Kopf gewickelt.

Als sie aufschrie, konnten die Kusmins sie wegen des Dampfes nicht sehen und glaubten, die Erzieherin riefe nur nach ihnen. Sie brüllten und juchzten als Antwort, während sie von Grube zu Grube liefen und jubelnd hineintauchten.

Plötzlich hörten sie: »Kolka! Saschka! Hilfe! Kommt her! Schnell!«

Die Brüder fuhren nass in ihre Sachen und rannten zu ihr. Ihr erster Gedanke war, dass Tschetschenen ihre Erzieherin überfallen hätten.

Aber da waren keine Tschetschenen.

Am Becken stand ein Soldat und sah Regina Petrowna unverwandt an. Sie saß, bis ans Kinn im Wasser, am anderen Ende des Beckens und starrte voller Angst auf den Soldaten.

Der musste ihnen von der Station her gefolgt sein.

Als Erster war Saschka zur Stelle, der sich unterwegs einen Pflasterstein gegriffen hatte. Er stellte sich zwischen das Becken und den Soldaten, so dass ihn dessen Koppelschloss blendete.

»Was willst du?«, schrie er mit erhobenem Kopf. »Was glotzt du so? Hat dich jemand gerufen?«

Von der Seite her brüllte Kolka ihn an.

»Was willst du hier? He? Verschwinde, sonst holen wir den Kommandeur!«

Der Soldat wunderte sich über die beiden gleich aussehenden schreienden Jungs. Aber er blieb gelassen, vergaß die beiden sofort und starrte wieder die Erzieherin an. Dann zog er die Nase hoch wie ein kleiner Junge, holte tief Luft und ging. Im Gehen aber drehte er sich noch ein paarmal um, nicht nach den Brüdern, die sah er gar nicht, sondern nach der Frau, nur sie sah er.

»Hau ab, verschwinde!«, schrie Saschka ihm hinterher und holte sogar mit dem Stein aus. Kolka hatte wie der Matrose in einem Film seinen schönen Gürtel abgeschnallt.

Da blieb der Soldat stehen, und die Brüder begriffen: Gleich kommt er zurück und haut uns eins in die Fresse. Sie hätten ihm nicht hinterherschreien dürfen, er war ja schon im Gehen.

Die Brüder kannten freilich einen Trick: Einer von ihnen schleicht sich von hinten an den Gegner heran und tritt ihm die Beine weg, der andere versetzt ihm einen Stoß gegen die Brust. Dann fliegt er mit Karacho nach hinten! Aber ob das mit dem Soldaten klappte?

Oder: beißen. Das hatten sie schon mal ausprobiert. In Tomilino hatte sie in der Zeit, als sie den Stollen gruben, öfter ein älterer Kerl, einer von den Kriminellen, einzeln abgepasst und verprügelt. Eines Tages warfen sie sich vor Verzweiflung zu zweit auf ihn und bissen ihn dermaßen, dass er fortan vor ihnen weglief wie vor tollwütigen Hunden. Wenn er sie nur sah, machte er einen kilometerweiten Bogen.

Aber der Soldat kam nicht zurück und ließ sich auf keine Rauferei ein. Ein letztes Mal, nicht ohne Bedauern, sah er Regina Petrowna an und seufzte wieder. Auf Saschkas Schrei reagierte er mit einem verständnislosen Achselzucken und ging dann schnell, sehr schnell davon. Vielleicht hatte ihn Kolkas Drohung, den Kommandeur zu holen, erschreckt?

Während die Brüder noch wütend dastanden, schlüpfte Regina Petrowna aus dem Wasser, zog die Pluderhose an und lief zu den Männlein. Die spielten nichtsahnend bei dem Karren.

Die Erzieherin war nach diesem Vorfall aufgelebt, sie plauderte und lachte. Vielleicht war das die Wirkung des heißen Wassers.

Sie spöttelte über ihre Angst. Weshalb hatte sie bloß so gekreischt und alle erschreckt?

»Wart ihr sehr erschrocken?«, fragte sie die Brüder.

Später sagte sie: »Ihr seid jetzt meine Ritter! Meine Beschützer! Meine Verteidiger!«

Die Brüder wurden verlegen. Ihnen wurde sogar heiß. Noch nie hatten sie jemand anders beschützt, nur einander. Und siehe, es war angenehm.

»Was wollte der denn?«, fragte Saschka drohend. Er war noch aufgewühlt von dem Erlebnis. »Vielleicht was klauen?«

Regina Petrowna blickte dahin, wo der Soldat verschwunden war, und lächelte sonderbar.

»Ich weiß nicht. Eigentlich war er ganz symphatisch … Warum habe ich bloß so gekreischt, hab alle erschreckt … Wie ein kleines Mädchen! Aber ich glaube, ihr habt ihn auch eingeschüchtert. Gut gemacht, Jungs!«

Die Brüder sahen einander an und erröteten. Wenn Regina Petrowna wüsste, was für Schiss sie gehabt hatten!

Die Erzieherin griff in einen Topf und nahm ein Päckchen heraus. Darin waren Butterbrote.

»Die kriegt ihr als Orden«, sagte sie lachend. Ach, wie rosig, wie schön sie jetzt war!

Die Brüder machten sich über die Brote her; zwar war die Butter längst geschmolzen, aber sie war ja eingezogen, und es schmeckte herrlich. Sie gaben auch den Männlein ein Stück ab.

Hinter dem Sanatorium war der Weg ein paar Kilometer lang asphaltiert, dann gepflastert, und danach kam wieder ausgeglühte, rissige helle Erde.

Die Berge hier waren anders als die hinter der Kolonie: kahl, ohne Bäume und Büsche, nur Unkraut und dürres Gras. In schmalen Senken längs kleiner Wasserläufe wuchs eine stachlige, unwirtliche Vegetation.

Die Brüder sahen sich seufzend um und dachten an ihre Berge hinter der Kolonie, die zwar verboten waren, aber schöner, nahrhafter, denn dort gab es Nüsse, wilde Birnen und Kirschpflaumen. Die Früchte der wilden Oliven hier waren klein und ungenießbar, davon zog es einem den Mund zusammen.

Regina Petrowna war aufgeräumt und rauchte weniger, wie die Brüder bemerkten. Auch sie sah sich staunend um.

Ein paarmal sagte sie: »Biblische Berge.« Was biblisch bedeutete, wussten die Brüder nicht. Aber sie dachten sich, das meine wohl die Kahlheit. So erklärte es Saschka auch seinem Bruder: »Hier gibt's gar nichts, nur einen komischen Namen.«

Regina Petrowna lachte und sagte, die Bibel, das sei ein langes, langes Märchen ... Geschrieben hätten es die Juden.

»Die Lastträger?«, fragte Kolka.

»Warum die Lastträger?«

»Na, die in der Fabrik! Das sind doch Juden!«, sagte Saschka.

»Gute Juden«, bestätigte Kolka.

»Warum sollten Juden auch schlecht sein?«, fragte Regina Petrowna interessiert. Und dachte nach. Auf einmal sagte sie: »Schlechte Völker gibt es nicht, nur schlechte Menschen.«

»Und die Tschetschenen?«, entfuhr es Saschka. »Sie haben Vera umgebracht.«

Regina Petrowna gab keine Antwort.

Inzwischen nahm der Karren die letzte Kurve, und vor den Augen der Reisenden, die schon viele Stunden unterwegs waren, öffnete sich zwischen Hügeln ein flaches Tal mit buschigem Grün. In der Ferne waren zwei weiße Häuser zu sehen.

Später stellte sich heraus, dass es nur ein Haus war, noch dazu ein winziges, eine Hütte aus Lehmziegeln. Das andere war ein offener Schuppen, in den sie mit dem Karren hineinfahren konnten. Das taten sie auch.

In diesem Schuppen stand auf Ziegeln ein Dreibein, und jede Menge Geräte lag herum: Harken, Sensen, Spaten und Hacken. Vor allem Hacken.

»Wir sind da«, sagte Regina Petrowna und sah sich um. Niemand begrüßte sie. »Hier werden wir leben«, fügte sie hinzu und zündete sich rasch eine Papirossa an. Bestimmt war sie aufgeregt.

Ein Mann kam. Die Brüder erkannten sofort Demjan, den ehemaligen Soldaten, der sie in seinem Wagen mitgenommen hatte. Er trug nicht seine Feldbluse, sondern nur ein Unterhemd, war ohne Mütze, kahlköpfig und hinkte.

Humpelnd kam er näher und erkannte nun auch die beiden

Kinder aus der Kolonie. Er gab ihnen die Hand und nickte der Erzieherin zu.

»Na, angekommen?«, sagte er zu ihnen wie zu Erwachsenen. Regina Petrowna schien er nicht weiter zu beachten.

»Ja, angekommen«, antwortete ihm Saschka wie seinesgleichen. »Wir werden uns um die Wirtschaft kümmern.«

»Das Vieh hüten«, fügte Kolka hinzu.

Anders als der Direktor wunderte sich Demjan nicht, dass sich die Kinder um die Wirtschaft kümmern wollten. Er nickte beifällig.

»Recht so. Wir haben immer gesagt: Wenn schon kämpfen, dann richtig! Also, ich geb euch zwei Kühe, sieben Kälber, drei Ziegen … Melken könnt ihr doch?«

»Wir werden es lernen«, sagte Regina Petrowna und trat näher, die Papirossa in der Hand.

Demjan blickte auf die Hand mit der Papirossa und auf die Pluderhose und strich sich über die braungebrannte Glatze.

»Verzeihung … Genossin Dämchen: Hier wird gearbeitet, geschuftet, wie wir sagen … Nicht Qualm gepustet!«

»Also werden wir schuften«, antwortete Regina Petrowna freundlich und lächelte den Kusmins zu. Aber die Papirossa machte sie aus. Und widmete sich den Männlein.

»Wie kommt das«, fragte Demjan die Zwillinge, »gibt's keine Arbeitskräfte mehr in der Kolonie, dass sie schon das weibliche Geschlecht herschicken?«

Es war den Brüdern zwar angenehm, sich zu unterhalten wie richtige Männer, aber den Ausfall gegen ihre Regina Petrowna durften sie nicht dulden. Schließlich waren sie ihre Beschützer, ihre Verteidiger!

Kolka machte ein böses Gesicht, und Saschka sah Demjan streng an, als sähe er ihn das erste Mal.

»Regina Petrowna war krank«, sagte er. »Als sie bei uns ein Haus in die Luft gejagt haben … Sie kommt gerade aus dem Krankenhaus, soll sich hier erholen.«

»Und arbeiten werden wir selber«, warf Kolka ein. Um der

Sache noch mehr Gewicht zu geben, log er: »Der Direktor hat uns aufgetragen, ihr zu helfen. Er setzt seine ganze Hoffnung auf uns, hat er gesagt.«

Demjan schien beeindruckt. Er nickte eifrig und wandte sich nun auch an Regina Petrowna, als er erklärte, er habe reichlich Heu und Schilf gemäht. Wohnen sollten sie am besten in der Lehmhütte, dort sei es wärmer. Kochen könnten sie auf dem Dreibein, mit Mist als Brennmaterial. Zu der Wirtschaft gehöre eine Handmühle, um Mais zu zerkleinern. Auf den Beeten seien noch Tomaten und Gurken, alles schon verfault, außerdem Kürbisse, Kohl, Rote Bete, Kartoffeln … Auch Weintrauben gebe es, aber die Reben seien verwildert, nicht hochgebunden, lägen auf der Erde … Zuckerrohr habe er gepflanzt, sie würden es finden. »Alles findet ihr mit der Zeit.«

Gegen Abend spannte Demjan sein Pferd ein und verabschiedete sich. Zu guter Letzt holte er seinen Tabaksbeutel hervor, rollte geschickt mit einer einzigen Handbewegung eine Selbstgedrehte, ein sogenanntes Ziegenbeinchen. Und reichte es Regina Petrowna, eine Geste der Versöhnung.

»Nimm«, sagte er, ohne sie anzusehen. »Eigentlich kann ich rauchende Weiber nicht ausstehen … Das ist so eine Mode vom Krieg her.«

»Sie brauchen's auch gar nicht auszuhalten«, antwortete Regina Petrowna lächelnd. »Die da müssen's ertragen.« Sie zeigte auf die Zwillinge.

»Vielleicht komm ich wieder«, rief Demjan übermütig. »Was meinen Sie?«

»Besuch freut uns immer«, sagte Regina Petrowna und zündete das Ziegenbeinchen an, das sie geknickt hielt wie eine Pfeife. Sie wollte noch etwas sagen, musste aber husten.

Demjan lachte vergnügt.

»Der zieht durch, was?«, rief er zufrieden. »Nicht so wie das weichliche Zeug aus der Stadt! Selbstgebauter, ein Gurgelreißer. Selbstgehackt. Jawoll!«

Er holte Zeitungspapier aus der Tasche, riss eine halbe Seite ab und schüttete aus dem Tabaksbeutel eine Handvoll von dem groben bräunlichen Machorka darauf.

»Für dich.« Er gab es der Erzieherin. »Nun kannst du qualmen. Wenn du Langeweile hast.«

Den Zwillingen drückte er zum Abschied die Hand.

»Und ihr ... Ihr singt ja wie richtige Künstler ... Ja ... Ich hab mich totgelacht! Im Klub, im Kolchos ...« Und plötzlich mit anderer Stimme, finster: »Um Vera ist es ein Jammer!« Er humpelte zum Wagen, setzte sich seitlich drauf, so war's ihm bequemer, stülpte die Mütze auf die Glatze, schnalzte dem Pferd zu, und es setzte sich in Bewegung. Er fuhr davon, ohne sich umzudrehen, als ob er sich für nichts und niemanden interessierte.

Noch lange schwebte feiner Staub über dem Weg, vergoldet von der Abendsonne.

23

Regina Petrowna zog mit den Männlein in die Lehmhütte. Sie brachten es irgendwie fertig, zu dritt in dem einzigen Bett zu schlafen. Den Kusmin-Zwillingen wollte sie ein Lager auf dem Boden bereiten, aber sie lehnten ab. Es war zu eng und zu stickig. Sie machten sich ihr Lager in einer Ecke des Schuppens aus brüchigem, aber angenehm duftendem Schilf. Die Seitenwände des Schuppens waren auch aus Schilf geflochten, das freilich schon trocken war. Es knirschte in der Nacht.

Als Erstes machten die Zwillinge das Zuckerrohr ausfindig, von dem der kahlköpfige Demjan gesprochen hatte. Sie gaben auch Regina Petrowna und den Männlein davon ab. Es schmeckte, das Zuckerrohr, das sie hier in der Nebenwirtschaft anbauten. Am liebsten hätten die Zwillinge den ganzen Tag darauf herumgekaut. Aber irgendwann war es alle.

Sie entdeckten auch den Wein. Die Reben krochen über die Erde, und wenn sie sie anhoben, fanden sie darunter bräunliche Trauben, nur waren sie ganz sandig.

Saschka pflückte eine, kostete und verzog das Gesicht.

»Mann, ist das sauer! Das verrenkt einem ja den Kiefer!«

Aber Regina Petrowna war anderer Meinung. Sie bat, viel von den Beeren zu sammeln, am besten den ganzen Korb voll.

Vor den Augen der Jungen kippte sie die Trauben in eine Schüssel, wusch sie und quetschte sie mit einem Pflasterstein. Trüber Saft kam heraus. Die Brüder steckten den Finger hinein und probierten – es zog ihnen den Mund zusammen.

Regina Petrowna füllte den Saft in einen Ballon, verschloss ihn und stellte ihn in den kleinen Keller.

»Das wird Wein, für Feiertage«, sagte sie.

»Was für Feiertage?«, fragten die Brüder.

»Weiß nicht«, sagte sie. »Wir denken uns einen aus.«

»Kann man sich Feiertage ausdenken?«, fragte Saschka. »Ich hab gedacht, die kommen von selbst.«

»Manchmal ja ... Aber manchmal ...«

Die Erzieherin sah die Jungen durchdringend an und fragte: »Wann seid ihr geboren?«

»Was?«, fragten die Brüder wie aus einem Munde. Sie hatten die Frage nicht verstanden.

»Wann habt ihr Geburtstag?«

Die Brüder wechselten einen Blick und starrten wieder die Erzieherin an.

»Geburtstag? Warum Tag? Und wenn wir in der Nacht geboren sind? Oder am Morgen?«

»Nein, nein«, sagte sie mit einem Lächeln. »Jeder auf der Welt, sogar Kühe, Kälber und Ziegen, jeder hat einen Tag, ein Datum, an dem er geboren wurde, in einem bestimmten Monat und Jahr. Ihr auch. Ihr habt es bloß vergessen, stimmt's?«

Kolka holte tief Luft und blickte Saschka an. Dessen Gehirn war besser. Sollte er sich erinnern. Wenn man sie fragte, wie viele Gläser Marmelade beispielsweise sie in ihrem Versteck hatten, das könnte Kolka sagen. Aber so was?

Doch auch Saschka schwieg.

»Wir werden uns ein Datum ausdenken«, sagte Regina Petrowna. »Dann haben wir einen Feiertag. Gut?«

Kolka fragte stumpf: »Wann denn?«

Regina Petrowna rechnete im Stillen, sie bewegte die Lippen.

»Na, sagen wir, in einer Woche. Am siebzehnten Oktober. Einverstanden?«

»Weiß nicht«, sagte Kolka. Und auch Saschka sagte: »Weiß nicht.«

»Wann fahren wir denn weg?«, erkundigte sich Kolka.

»Weg? Wohin?«

»Irgendwohin.«

»Gefällt es euch hier nicht?«, fragte Regina Petrowna, an Saschka gewandt.

Er zögerte mit der Antwort. Er dachte nach. Hier gefällt es uns ... Uns gefällt es dort nicht ...

Er malte sich aus, dass »Aktentasche« sie für immer hierließ. Dann brauchten sie nicht mehr in die Schule, sie würden lernen, Ziegenbeinchen zu drehen wie Demjan, würden Machorka kleinhacken, Gras mähen, Zuckerrohr kauen. Später würde einer von ihnen Regina Petrowna heiraten und die Männlein mit Brei füttern. Doch nein, die Männlein würden ja bestimmt auch groß werden. Das Vieh würden sie hüten.

»Gut«, sagte Regina Petrowna. »Wir feiern Geburtstag, und dann sehen wir weiter. Abgemacht?«

Ihre Stimme, ihre warme Freundlichkeit besänftigte die Brüder. Sie waren bereit zu warten. Bis zu dem Feiertag. Ein Feiertag, das wussten sie aus Erfahrung, sah so aus: Man rief sie in den Speisesaal, gab ihnen je ein Stückchen Dörrbrot und dazu eine Handvoll Sonnenblumenkerne. Und nun trollt euch ... Wie ein Fußball bis zum Kuhstall!

Hätten die Brüder Lust auf einen Feiertag gehabt, wäre ihnen schon was eingefallen. Saschka, der hatte einen wendigen Kopf, der könnte genug Feiertage erfinden! Da musste sich keiner einen Geburtstag ausdenken.

Aber vielleicht ist es ein Märchen, dass Waisenkinder überhaupt geboren werden? Vielleicht entstehen sie von selbst, wollen mal sagen, wie Flöhe oder Läuse oder wie die Wanzen in einem verwahrlosten Haus? Erst sind keine da, aber auf einmal sitzen sie in irgendeiner Ritze! Sie wimmeln herum wie Käfer und sind an ihren ungewaschenen Visagen und an ihren gierig zugreifenden Händen sofort zu erkennen! Batz – da ist wieder so ein Besprisornik ans Tageslicht gekrochen! Von denen, heißt es, kämen sämtliche Ansteckungen, kämen Motten und Seuchen und Krätze … Es fehlt im Lande so schon an Lebensmitteln, und die Kriminalität wächst immer mehr an. Höchste Zeit, die Besprisorniks mit persischem Pulver und Insektenmitteln und Petroleum auszurotten wie die Schaben! Und die Gefräßigsten von ihnen – zack! – ab in den Kaukasus, und dann die Gleise hinter ihnen noch mit Rattengift oder Wanzenpulver bestreut, damit von ihnen nichts bleibt, nicht mal eine Erinnerung. Hopp und weg sind sie. Und alle haben ihre Ruhe. Und das Gewissen ist rein. Aus dem Nichts sind sie gekommen, und ins Nichts sind sie gegangen. Von wegen Geburt! Du lieber Gott!

Die Brüder hatten im Leben schon alles durchgemacht. Sie würden auch den Geburtstag überstehen. Sie hatten schon ganz andere Schwierigkeiten überstanden. Es war auch noch lange hin.

Doch seltsam, in der Kolonie war die Zeit langsam verstrichen. Da strolchte man herum und wartete, dass man was zu essen kriegte. Hier dagegen sausten die Tage vorbei wie die Wagen eines Zuges.

Und warum? Weil die Kusmin-Zwillinge hier eine Aufgabe hatten.

Abwechselnd gingen sie zu der Quelle am Fuß des Berges Wasser holen. Dort konnte man sich auch waschen. Aber das mochten die Brüder gar nicht. Es war auch schädlich, sich mit kaltem Wasser zu waschen. Das nutzte die Haut ab, machte die Sachen nass. Und überhaupt, es hatte keinen Zweck.

Die Tiere auf die Wiese zu treiben war auch ihre Aufgabe. Nur die Kühe zu melken erlaubte ihnen Regina Petrowna nicht. Sie versuchten es heimlich, aber es wurde nichts. Wie die Kuh nach dem Eimer trat … Ein Glück, nicht gegen den Kopf!

Die Kühe hießen Sorka und Maschka. Das wussten sie von Demjan.

Sorka war dick, rötlich braun und friedlich. An ihr hatten sich die Brüder im Melken versucht. Maschka war mager, schwarzweiß gescheckt, launisch und hinterhältig. Ihr durfte keiner zu nahe kommen. Später gewöhnte sie sich an Regina Petrowna, ließ auch Saschka und sogar die Männlein an sich heran, wenn auch mit argwöhnischen Blicken. Nur Kolka, den konnte sie nicht ausstehen. Kaum sah sie ihn von weitem, reckte sie den Hals, drehte die nasse Nase in seine Richtung und witterte. Und wenn er sich ihr nähern wollte, stampfte sie mit dem Vorderhuf, senkte die Hörner und muhte. Das bedeutete schimpfen.

Kolka war Maschka ernsthaft böse und drohte ihr mit der Faust. Und verdrückte sich.

Die Brüder versuchten, die Kuh hinters Licht zu führen, indem sie die Sachen tauschten. Aber die Kuh ließ sich nicht betrügen, genau wie Tante Sina.

Mit der runden Handmühle – zwei Steine übereinander – mahlten die Brüder Mais. Die obere Steinscheibe wurde gedreht und das Korn in die Öffnung geschüttet. Aus dem Spalt zwischen den beiden Steinen rieselten weiße Krümel. Die wurden gesiebt, und man hatte Mehl und Grieß. Kurz gesagt, was zu futtern.

Man konnte Tschureks backen, das waren derbe Fladen, oder auch Mamalyga kochen. Alles, was mit Futtern zu tun hatte, lernten die Brüder rasch. Nur die Mühle kurbeln, das machten sie nicht gern. Anfangs lösten sie sich dabei ab. Dann machte Saschka es allein. Kolka erklärte, er habe dazu keine Geduld. Dafür sammelte er gern Brennholz und Kisjaks. Saschka konnte diese Fladen aus Dung und Stroh nicht ausstehen. Er drehte lieber hundertmal die Mühle, als einen solchen Kisjak aufzulesen.

»Für die hier ist das vielleicht Kisjak«, sagte er, »aber für normale Menschen ist es einfach Scheiße.« Hätte er das schon in der Kolonie gewusst, so hätte er von den Kindern, die sich bei der Hecke hinhockten, eine Menge Gewinn haben können! Das hätte für hundert Jahre zum Heizen gereicht!

Sie kochten Milchreis und, als der Reis alle war, Kürbis.

Das erste Mal, als sie vom Gemüseschlag einen solchen Riesenkürbis hergerollt hatten, so groß wie eines der Männlein, gingen sie immer wieder drumherum. Dann hackte Regina Petrowna das Ding mit einem Beil in gelbe Stücke. Die Brüder schnappten sich jeder eins. Sie kauten und kauten, aber dann warfen sie's weg. Sie hatten geglaubt, das wäre eine Art Melone, doch es schmeckte wie Futterrüben; es sah ähnlich aus wie Melone, aber der Geschmack war fade wie Holz.

Sie erklärten der Erzieherin: Dieses Ungetüm essen wir nicht.

»Das ist kein Ungetüm, das ist ein Kürbis«, verbesserte sie.

»Egal, das können Sorka und Maschka mampfen oder die Kälber. Die sind dumm, die merken nichts.«

Regina Petrowna lachte und kündigte an: »Ihr werdet noch Nachschlag verlangen.«

»Bestimmt nicht«, widersprachen die Brüder. »Wozu nehmen diese Ungetüme auf dem Gemüseschlag Platz weg? So groß und so blöd, mit Kernen vollgestopft.«

Regina Petrowna legte die Stücke auf ein Blech und schob es in den Ofen über die Glut. Sie backte, zauberte und schwieg verschmitzt.

Zum Mittagessen legte sie jedem ein Stück hin: Kostet mal, ihr alten Meckerer.

Die Brüder überlegten, zwickten ein Häppchen ab. Und noch ein Häppchen. Jedes Stück war braun gebacken, etwas angeschwollen und duftete aromatisch. Auf der Kruste klebten honigsüße Tropfen. Kurz, ein Hochgenuss.

Die Brüder aßen und blickten zu dem Blech: Wie viele Stücke waren noch da? Regina Petrowna drohte ihnen scherzhaft mit dem Finger, aber sie gab ihnen noch was. Die Brüder waren zu stolz, darum zu bitten. Das war für sie ein Feiertag: mal so richtig satt essen!

Kolka leckte sich die Finger und verkündete: »Gut, dass dieses Ungetüm im Kaukasus wächst!«

Das war ein Lob für den Kaukasus. Und zugleich für den Kürbis. Saschka sagte nichts. Aber für sich vermerkte er, dass sie einen Bock geschossen und sich blamiert hatten.

Regina Petrowna machte aus Milch saure Sahne und ließ in einem Mullsäckchen Quark reifen. Sie gab ihnen auch Milch zu trinken. Aber alles, was aus Milch war, mochten die Brüder nicht. Sie verzogen das Gesicht und trachteten so schnell wie möglich vom Tisch zu verschwinden.

»Ach, ihr Dummerchen«, redete Regina Petrowna ihnen zu, während sie die kuhwarme Milch in die Becher goss. »Ihr wisst ja nicht, was gut für euch ist. Milch ist das Beste, was sich die Natur für euch ausgedacht hat.«

»Wir brauchen keine Natur«, sagte Kolka dickköpfig. Saschka nickte. »Wir kommen ohne aus.«

»Ihr seid doch selber Natur. Die reinste Naturgewalt.« Regina Petrowna lachte, setzte sich hin und trank. Und brach einen Tschurek in Stücke, jeder bekam eins. »Wenn ihr Kinder viele seid, kann man euch gar nicht lenken. Dann seid ihr wie ein Sandsturm: nicht zu bremsen, nicht zu beruhigen … Aber wenn ihr zu zweit seid«, sie gab ihnen noch ein Stück Tschurek, »dann seid ihr anders, besser. Natürlich nicht ganz anders. Aber besser, ja, besser.«

»Ohne die Schakale ist es besser«, erklärte Saschka. »Wenn die kommen, klauen die uns alles. Das Ungetüm und die Milch und die Tschureks …«

»Und ihr selber?«, fragte Regina Petrowna. Und wischte den Männlein den weißen Mund und die weiße Nase ab. Sie schleckten die Milch wie Kätzchen mit der Zunge aus der Untertasse.

»Was … wir?«

»Ihr wisst doch, wovon ich rede«, sagte Regina Petrowna. Saschka wollte schon sagen, dass er es nicht wusste, aber er verkniff es sich. Er und Kolka hatten tags zuvor ein Geheimversteck angelegt. Dort hatten sie drei Tschureks verwahrt, und sie hatten geglaubt, die Erzieherin werde es nicht merken. Außerdem eine Flasche mit Mehl.

Regina Petrowna wischte die Krümel vom Tisch, aber es war zu sehen, dass sie von den Brüdern eine Antwort erwartete. Dringend erwartete. Ihre schwarzen Brauen waren zusammengezogen, also war sie ärgerlich. Finster blickend saß sie da, den Kopf in die Hände gestützt, und sagte, ohne die Brüder anzusehen, sie habe geglaubt, sie seien eine Familie und hätten alles gemeinsam und alles gehörte allen. Jemand hier aber habe sich wie ein Schakal benommen, das heißt, er habe sich selbst bestohlen. Beklaut, so heiße das ja wohl. Und das könne sie, Regina Petrowna, nie im Leben verstehen. Wie könne man von seinem eigenen Tisch stehlen?

Die Brüder sagten kein Wort, sondern standen auf und gingen. Zuerst auf die Wiese, um sich zu beraten, dann zu ihrem Versteck. Als sie zurückkamen, packten sie die Tschureks und die Flasche mit Mehl auf den Tisch. Es wurde nie wieder darüber gesprochen.

Am Tag vor dem Geburtstag rührte Regina Petrowna Kuchenteig an. Sie bat die Brüder, einen schönen gelben Kürbis herbeizurollen. Und auf das Vieh aufzupassen. Und auf die Männlein.

Sie selbst spannte den Esel ein und fuhr zur Station. Es dauerte eine Weile, bis sie wiederkam. Sie stellte zwei Büchsen auf den Tisch. Die hatte sie bei einem haltenden Zug gegen Milch eingetauscht. In der einen war eingekochtes Schmorfleisch, die andere, von ovaler Form und mit einem Schlüsselchen an der Seite, enthielt amerikanisches Büchsenfleisch.

Die Brüder wussten schon, wenn man das Schlüsselchen über eine kleine Lasche zog und drehte, ging der Deckel längs der Naht auf, und darunter ... Heilige Mutter, das war ein Feiertag, ein Feiertag! Wenn es so etwas zu essen gab, waren die Brüder bereit, täglich einen Geburtstag durchzustehen!

Sie wichen nicht von dem Tisch, betrachteten die Büchsen, rochen daran, streichelten die kühlen blanken Seiten. Sie versuchten sogar, daran zu lecken, aber das Blech schmeckte nach Blech und sonst nach nichts, es zwickte nur die Zunge.

Auf einmal kam mit seinem Fuhrwerk Demjan, den niemand eingeladen hatte. Von dem Geburtstag konnte er natürlich nichts wissen, aber er brachte ein in einen Lappen gewickeltes Stück Speck mit und ein Glas Marmelade, das hatte er sich in der Fabrik von seinen Kumpels erbeten.

Regina Petrowna empfing ihn zurückhaltend, aber über die Marmelade freute sie sich, denn nun konnte sie einen richtigen süßen Kuchen backen.

Die Brüder dagegen betrachteten die Marmelade gelassen. Mit solchen Gläsern konnte ihnen keiner imponieren. Ja, wenn sie ihren Geheimvorrat mit eingemachtem Fleisch oder mit solch einer ovalen Büchse nebst Schlüsselchen hätten bereichern können! Aber nun würden sie es sinnlos verputzen, und Demjan bekäme auch was davon. Was der für eine Nase hatte – er kam genau zum Fleisch zurecht.

Demjan, der angeblich in Wirtschaftsangelegenheiten gekommen war, drückte sich in der Küche herum. Störte Regina Petrowna. Er erzählte ihr von seiner eigenen Vorratswirtschaft, wie er Kartoffeln eingekellert und Melonen eingemacht habe; über die hiesigen Äpfel schimpfte er, und er lobte die Antonow-Äpfel, die in seiner Heimat wuchsen.

»Ich bin sehr geschickt, ein brauchbarer Mann, nur hab ich kein Weib«, sagte er, den Blick auf Regina Petrownas Rücken gerichtet. »Ich kann alles selbst, Männerarbeit und auch Weiberarbeit, aber ohne Hausfrau ist ein Haus wie ohne Ofen. Alles da, bloß keine Wärme. Und ich sehe, Sie haben's mit den beiden Winzlingen auch nicht leicht. Stimmt's?«

Regina Petrowna drehte sich nicht um, sie hatte mit dem heißen Herd zu tun und gab keine Antwort.

Aber dann bat sie ihn: »Drehen Sie mir solch ein … Ziegenbeinchen.«

Ihre Hände waren voller Teig. Demjan drehte ein Ziegenbeinchen, steckte es ihr in den Mund und hielt ihr einen brennenden Schilfhalm hin. Dabei sah er ihr fragend in die Augen.

Regina Petrowna stieß Qualm aus und warf einen Seitenblick zu den Kusmin-Zwillingen, die zur Stelle waren und aufpassten.

»Ich bin die Frau eines Piloten. Wissen Sie, was das ist? Ein Beruf ist das«, sagte sie. »Bei uns im Städtchen hieß es denn auch vor dem Krieg: Sie ist von Beruf ›Pilotenfrau‹. Verabschieden. Warten. Dann wieder verabschieden … Wenn wir Pilotenfrauen uns trafen, waren wir uns alle irgendwie ähnlich: Andere redeten von Schmuck und Klamotten, wir redeten von Flugzeugen und vom Fliegen. Der Mann von der einen flog nach dem Norden, der von der anderen nach Amerika … So was war damals populär. Und immer vom Krieg. Denn die Flugzeuge transportierten Bomben, sie hießen auch Bomber, und obwohl das ein militärisches Geheimnis war, wussten wir alle, wie viele Bomben die Flugzeuge an Bord hatten, wie schnell sie flogen und wohin sie im Kriegsfall fliegen würden. Und als es dann losging, wurden sie sofort nach Leningrad verlegt und flogen Berlin bombardieren. Das war von dort kürzer. Vom ersten Flug ist er zurückgekehrt, ich habe ihn abgeholt. Meine Männlein waren damals noch ganz winzig. Wir Frauen von zurückgekehrten Piloten mussten die Familien derjenigen aufsuchen, die nicht zurückgekehrt waren. Das war so üblich. Schrecklich war das, ein Haus zu besuchen, wo sie noch nichts wussten. Und so zu tun, als käme man zufällig vorbei. Dann flogen sie ein zweites Mal, das hatte Stalin persönlich angeordnet. Um Stärke zu demonstrieren. Aber die Faschisten hatten sich inzwischen vorbereitet; das erste Mal waren sie nicht auf die Idee gekommen, wir könnten es wagen, zu ihnen zu fliegen … Nach diesem zweiten Flug kamen die Frauen der anderen Piloten zu mir … Unser Fliegerstädtchen wurde ins

Hinterland verlegt, die Deutschen rückten näher, aber ich musste nun nicht mehr mit den Piloten mitziehen. Ich war Witwe, noch dazu mit Anhang.«

Regina Petrowna spuckte das Ziegenbeinchen auf die Erde und trat es aus.

»Ich nahm Arbeit in einem Waisenhaus an, da waren fremde Kinder, ich konnte meine eigenen mitnehmen und so mit allem leichter fertig werden. Es herrschte ja auch Hunger. Dann habe ich mich entschlossen, hierher … Ich dachte, hier würde es besser sein.«

Zischend lief ein Topf über. Regina Petrowna schrie auf: »Oje, übergekocht! Das kommt vom vielen Reden.«

Sie stürzte zum Herd, und Demjan hüpfte hinterher, um ihr zu helfen.

»Lass mich das nehmen! Ich nehm das!«, rief er und wuselte um die Hausfrau herum. »Ich kann alles! Auch kochen, was du willst! Brauchst gar nicht denken!«

Regina Petrowna hatte den Schaden behoben, sie wischte sich die Stirn mit dem Handrücken und fragte: »Können Sie auch Kartoffeln schälen, Demjan Iwanowitsch?«

Der kahlköpfige Demjan musste nun Kartoffeln schälen, und die Kusmin-Zwillinge, die die Büchsen auf dem Tisch, aber auch den unruhigen Besucher eifersüchtig bewachten, wurden rausgejagt, um Brennmaterial zu holen. Dürrholz und Kisjak.

Heute wurde viel davon gebraucht.

»So was«, sagte Kolka sich umdrehend, als sie schon ein Stück hinterm Gemüseschlag waren. »Er hat bestimmt das Fleisch gesehen, und nun klebt er in der Küche fest … Ich kann das! Ich kann das! Mit Fleisch können wir alle! Vor lauter Können ist er wohl ganz kahl geworden!«

»Glatzköpfe greifen gern zu«, bestätigte Saschka.

»Soll er nach seinem Eigenen greifen!«

»Der will nach was ganz anderem greifen als nach ’ner Büchse.«

»Ja? Meinst du, der will den Kürbis?«, fragte Kolka.

»Von wegen Kürbis ... Wir sind Kürbisse, schwer von Begriff! Wie der angefangen hat, von seiner Wirtschaft zu quatschen ...«

»Wieso schwer von Begriff?«, fragte Kolka verwundert. »Dieser Glatzkopf ... Ein Ofen fehlt ihm.«

»Ja, der Glatzkopf ... Wie er von dem Ofen angefangen hat, hab ich ihn gleich durchschaut ... Heiraten will er!«

Kolka starrte den Bruder verblüfft an. Er vergaß sogar seinen Kisjak, so sehr hatte Saschkas Entdeckung ihn verblüfft. »Aber wen denn?«

»Wen wohl ... Ach, du!«

Kolka schwieg ungläubig. Er überdachte die Neuigkeit. Auf einmal schoss es aus ihm heraus: »Aber der ist doch alt! Bestimmt schon dreißig!«

»Na und? Und sie?«

»Regina Petrowna, das ist was anderes«, sagte Kolka überzeugt. »Sie ist schön. Ein General wird sie heiraten ... Oder ein Marschall.«

Kolka überlegte und verbesserte sich: »Wir selber werden sie heiraten.«

»Uns wird sie nicht nehmen«, sagte Saschka wegwerfend.

»Warum nicht?«

»Sei doch nicht so dumm, Kolka!«, rief Saschka ärgerlich. »Wie kannst du sie heiraten, du bist doch noch gar nicht groß!«

»Ich werd schon noch groß«, brummte der dickköpfige Kolka.

»Aber das dauert! Da kommt so ein Glatzkopf, so ein gescheiter, hüpft andauernd um sie herum, erzählt ihr von seinem Ofen und seinen Kartoffeln ... Und dann nimmt er sie mit.«

»Das lass ich nicht zu«, sagte Kolka. »Ich bring ihn um!«

»Demjan?«

»Klar, ich vergifte ihn! Ich tu ihm Bilsenkraut in den Kuchen«, versicherte Kolka hartnäckig. »Auch sein Pferd vergifte ich.«

Er blickte zurück, wo hinter Gebüsch der blaue Rauch aus der Küche zu sehen war, und brüllte aus Leibeskräften:

»Ach, von Glück kann einer sagen,
hat er nur ein einzges Bein,
Hosenbein kriegt keine Löcher,
und ihn plagt kein Zipperlein.«

Das konnte der kahlköpfige Demjan aus der Entfernung natürlich nicht hören. Und leichter wurde den Brüdern von Kolkas Geschrei auch nicht.

24

Aber Feiertag ist Feiertag, eingewilligt hast du, also steh's auch durch.

Doch als die Brüder zurückkehrten und ihre Regina Petrowna sahen, die sich herausgeputzt, ein Kleid angezogen hatte und den kahlköpfigen Demjan überhaupt nicht beachtete, sondern nur sie beide anblickte, begriffen sie: Heiraten? Den da? Um nichts in der Welt! Da konnte er noch so ein Alleskönner sein und sich noch so lange hier herumdrücken, er würde sich trollen müssen wie der letzte Schakal.

Sie aber, die Kusmin-Zwillinge, würden bei ihr bleiben.

Bei all ihrer Aufregung bemerkten die Brüder nicht gleich, was für ein Tisch für sie gedeckt worden war. War das ein Tisch! Selbst wenn sie ihr Geheimversteck ausgeräumt und den Inhalt bis aufs letzte Glas draufgestellt hätten, wäre es nie so schön geworden, wie sie es jetzt vor sich sahen.

In kleinen Schüsseln und auch auf Klettenblättern – bestimmt ein Einfall von Regina Petrowna und ihren Männlein – prangte auf dem mit einem weißen Laken bedeckten Tisch das märchenhafteste Essen. Da gab es knusprige Maisfladen, zarten Speck voller Salzkörnchen, mit Zwiebelringen belegt, Büchsenfleisch, in dünne rosige Scheibchen geschnitten, Salzgurken mit daran klebendem Dill, Tomaten, Knoblauch und Stücke ihres geliebten Kürbis. Die Stücke waren gut durchgebacken, Kohlenbröckchen klebten an den Seiten, zäher Honig trat aus.

Überdies lagen auf dem Tisch Zuckerwürfel, deren Kanten glitzerten wie der Berg Kasbek. Und ein Häufchen Karamellbonbons. Und ein Glas Marmelade stand da.

Und: der Kuchen.

Von dem Kuchen muss extra erzählt werden.

Es war ein runder, hoher Kuchen mit vielen Schichten, noch warm, fast noch dampfend.

Seine Oberfläche war mit Pflaumen und Apfelstückchen geschmückt, die einen Kreis bildeten, darin stand mit Großbuchstaben aus weißer Milchcreme: »KOLKA, SASCHKA, 17. 10. 44. HURRA!«

In dem Kuchen steckten statt Kerzen elf goldgelbe Schilfhalme.

Die Zwillinge hatten bestimmt noch nicht alles erfasst, da wurden sie schon gebeten, Platz zu nehmen – als Erste! – an dem märchenhaften, unglaublichen Tisch.

Plötzlich waren sie verlegen.

Der Anblick von Essbarem hatte sie noch nie verwirrt, sie wussten, wenn was dalag, musste man reinhauen. Drauflosfuttern. Sonst war es weg. Jetzt starrten sie auf den Tisch und trauten sich gar nicht ran.

Saschka spürte ein Kribbeln im Rücken, ihm war kalt vor Aufregung. Kolka hätte sich beinahe neben die Bank gesetzt, so überwältigt war er von diesem unbeschreiblichen Anblick.

Endlich saßen alle. Auch die Männlein. Der glatzköpfige Demjan seitlich, wegen des Holzbeins.

Er holte eine Flasche Selbstgebrannten hinter seinem Rücken hervor, griente (er hatte von dem Geburtstag nichts gewusst, aber trotzdem hatte er eine Flasche mitgebracht, der kahlköpfige Knilch!) und goss sich und der Erzieherin das Glas voll. Sie lehnte nicht ab. Er wollte auch den Jungen was einschenken, aber Regina Petrowna sagte sofort: »Nein, das ist nichts für sie.«

Wenn sie wüsste, wie sie sich damals bei Ilja hatten volllaufen lassen! In Lokführerportionen!

Sie stieg in den Keller, brachte ein verschlossenes Glas, wischte es mit einem Lappen ab und goss den Brüdern das Getränk in ihre Becher. Aus dem einen nahm sie als Erste einen Schluck.

»Das ist was für sie«, sagte sie. »Trinkt, aber nicht alles auf einmal. Abgemacht?«

Die Brüder nickten gleichzeitig und sahen ihr in die dunklen funkelnden Augen, die riesengroß waren und so tief, dass es ihnen den Atem benahm. Ganz tief konnten sie hineinblicken. Regina Petrowna hielt ihrem Blick stand und lächelte ruhig. So wie sie immer lächelte.

Nun war sonnenklar, dass der Kahlkopf hier überflüssig war. Da ist er an die Falsche geraten! Besuchen Sie uns öfter, ohne Sie ist es lustiger! Das sollten sie alle wissen! Die Glatzköpfe, die Einbeinigen … Alle!

Regina Petrowna zündete im Herd einen Schilfhalm an und damit die Halme, die im Kuchen steckten.

Dann sagte sie: »Pustet sie aus!«

»Was?«, fragten die Brüder.

»Pustet das Feuer aus«, rief sie. »Macht schon!«

Die Brüder standen auf und pusteten. Die Flämmchen erloschen. Rauch kräuselte über dem Tisch.

»Richtige Männer!«, sagte Regina Petrowna gefühlvoll. Und hob feierlich ihr Glas. »Also, Jungs, ich gratuliere euch. Bleibt gesund und so herzensgute Menschen, die ich immer so lieb haben kann wie jetzt! Meine Beschützer!«

Die Brüder wechselten einen Blick. Das war das Wichtigste, was sie hören wollten. Sie hatte sie lieb. Den Kahlkopf nicht. Und nun tranken sie aus ihren Bechern – es war säuerlicher Wein. Er schmeckte ihnen, also kippten sie ihn hinunter und baten um mehr.

»Das ist doch kein Saft«, rief Regina Petrowna. »Das ist Wein! Den trinkt man nicht eimerweise.«

»Wir ja!«, rief Kolka. »Wird das jetzt jeden Monat so sein?«

»Was denn?«, fragte Regina Petrowna.

»So ein Feiertag? Wegen der Geburt?«

»Sieh dir die an!«, rief Demjan, klatschte sich gegen sein Holzbein und lachte. Die Erzieherin lachte auch.

»Nein, meine Lieben«, sagte sie. »Nur einmal im Jahr. Aber dafür immer.«

»Immer?«, fragte Kolka zurück. »Auch wenn wir zwanzig sind?«

»Natürlich. Auch mit dreißig und vierzig.«

»Dann sind wir ja schon alt«, warf Saschka ein. »Und haben alles vergessen.«

»Gar nichts werdet ihr vergessen.«

Regina Petrowna sprang leichtfüßig auf wie ein kleines Mädchen, verschwand im Inneren der Hütte und kam gleich wieder mit etwas in der Hand. Sie trat zu den Zwillingen und legte jedem ein in Zeitungspapier eingewickeltes Päckchen auf den Schoß.

»Das ist von uns … von mir und den Männlein.«

Sie setzte sich und blickte die Kinder mit leuchtenden Augen an. Sie sah heute wirklich blendend aus in dem schmucken Kleid und mit den schön geknoteten Haaren. Um den Hals trug sie eine Kette aus roten Beeren. Sogar Demjan war sprachlos vor Bewunderung. Und drehte sich verlegen ein Ziegenbeinchen.

Zu anderer Zeit wäre dies den Brüdern nicht entgangen, aber jetzt waren sie mit ihren Päckchen beschäftigt.

Noch nie hatten sie Geschenke bekommen. Höchstens ein Stück Dörrbrot und eine Handvoll Sonnenblumenkerne zum Feiertag. Das Dörrbrot verschlangen sie, ohne zu kauen, die Sonnenblumenkerne wurden geknabbert, und vom Feiertag blieb in Erinnerung, dass sie mehr gewollt hätten. Aber nicht kriegten.

Jetzt wussten sie nicht, was sie mit den Päckchen machen sollten. Auswickeln oder nicht auswickeln, vielleicht am besten zum Versteck bringen und bunkern. Ehe man sie ihnen wieder wegnahm.

Regina Petrowna verstand.

»Und nun wollen wir gemeinsam nachsehen, was drin ist.«

Sie nahm das Päckchen von Saschka, der ihr am nächsten saß, und wickelte das Zeitungspapier auf.

Obenauf lag ein Hemd, neu, blau, mit einem Kragen und mit Knöpfen. Darunter kam eine Hose zum Vorschein. Ebenfalls blau. Mit Taschen. Und dann gab es noch Schuhe, sandgelb, hoch, mit gelben Schnürsenkeln und einer breiten Lasche. Dazu ein Tuch, kariert wie ein Rechenheft, und ein rundes Mützchen mit bunten Mustern. Das Mützchen hieß Tübetejka. Saschka sagte sogleich: »Tütübejka«. Alle lachten.

Nur Kolka verzog auf einmal das Gesicht und sagte leise, ganz leise, als ob er in eine Schüssel piepste: »Und ich?«

Er hatte ganz vergessen, dass auch er ein solches Päckchen auf dem Schoß hatte.

Wieder lachten alle und wickelten sein Päckchen aus, und es enthielt das Gleiche, nur in Grün.

Nun sollten die Brüder ihre Geschenke anprobieren.

Angespannt schnaufend und sich misstrauisch umsehend, verschwanden sie um die Ecke und zogen sich um. Und obwohl sie dabei kein Wort sagten, wusste jeder von ihnen, was der andere dachte und fühlte.

Saschka juckte der Rücken vor Aufregung, und er bekam rote Flecke im Gesicht, was Kolka auffiel. Ihm selber zuckte auf einmal das linke Bein, und er brachte es nicht in die Hose hinein.

Er sagte mit erstickter Stimme: »Geh du als Erster! Du bist klüger!«

Saschka antwortete: »Du bist auch kein Dummkopf! Warum ich?«

»Ich hab Angst«, gestand Kolka. »Ich bin noch nie so rumgelaufen.«

»Ich auch nicht. Steht mir das? Oder nicht?«

Kolka betrachtete Saschka und kniff die Augen zusammen.

Nicht übel, dachte er, jeden Tag so rumzulaufen. Ihm flimmerte es vor den Augen. Und überhaupt, das waren keine Sachen für ein Kind aus der Kolonie, die würden ihnen sofort geklaut. Wer sie so sah, würde meinen, sie wären keine Heimkinder, sondern irgendwelche Gauner! Konnte denn ein normaler Mensch so viele gute Sachen auf einmal anhaben? Einmal sich so zeigen und dann ab damit ins Versteck! Und später auf den Trödelmarkt. Die Schieber würden's ihnen aus den Händen reißen.

Aber Kolka sagte nichts von alledem, es war, als würde er sich selber sehen. Dann seufzte er: »Schön!«

»Du auch!«

»Das ist ja … Als ob das nicht du bist, sondern ein feiner Baron!«

»Knistert's bei dir auch so?«, fragte Saschka.

»Wo?«

»Überall. Und es drückt … Ob wir die Knöpfe abreißen?«

»Könnten wir«, sagte Kolka nach kurzem Nachdenken. »Wär bloß schade. Die glänzen so schön.«

Sie hätten gern noch weitergeredet, um nicht hinausgehen zu müssen. Aber da kamen die anderen schon zu ihnen. Demjan breitete verblüfft die Arme aus und sagte etwas Komisches. Er sagte: »Jaa. Wie Antilligenzler!«

Die Männlein waren starr vor Begeisterung. Regina Petrowna klatschte in die Hände und tanzte auf der Stelle.

»Na, Jungs«, rief sie. »Ihr seid ja richtige Zwillinge! Jetzt kann ich euch gar nicht mehr auseinanderhalten. Du bist Kolka, oder?« Sie zeigte auf Saschka.

Die Kinder lachten. Aber Regina Petrowna war nicht verwirrt. Diesmal hatte sie nur Spaß gemacht.

»Kommt zu Tisch«, befahl sie munter und sah sich immer wieder nach den Kusmins um, als fürchtete sie, die könnten weglaufen. »Wenn ihr zu essen anfangt, werd ich's schon merken … who is who.«

Der kahlköpfige Demjan wurde bei diesen Worten ein wenig verlegen und schlug vor, noch etwas zu trinken.

Später gingen sie spazieren, und als sie ihre Tiere sahen, zeigte ihnen Demjan ein Kunststück. Er zündete sich eine Selbstgedrehte an und zeigte sie von weitem einer Ziege. Die kam sofort angelaufen und nahm die Selbstgedrehte ins Maul. Aus ihren Nasenlöchern kam Rauch … Sie fraß die Selbstgedrehte auf, und noch immer kam Rauch heraus.

»Ach, warum verhöhnen Sie das arme Tier?«, fragte Regina Petrowna. Aber sie war fröhlich und hatte das ohne Vorwurf gesagt. »Wir wollen uns lieber Namen für unsere Kälber ausdenken.«

Anfangen sollten die Brüder, sie hatten schließlich Geburtstag.

Die Brüder, ohne zu zögern, nannten das eine Bullenkalb, das besonders gierig war, Schakal, das zweite Vielfraß, und die zwei Kuhkälber wurden Schlampe und Rabauke getauft.

Diese Namen gefielen Regina Petrowna nicht, aber sie sagte nichts. Die Kinder hatten Namen gewählt, die sie kannten. Dafür schlug sie vor, die zwei anderen Bullenkälbchen Kusmin-Zwillinge zu nennen.

»Geht denn das?«, fragte Saschka.

»Warum nicht? Es sind ganz normale Kälber. Sie halten zusammen und sind schlau. Und wenn sie was klauen, geben sie's wieder. Gute Kälber.«

Während sie plauderten, hatte der hinkende Demjan ihnen zugezwinkert und war nach hinten in den Garten gegangen, ins Gestrüpp. Von dort kam er mit einer riesigen Melone zurück.

Die Kusmin-Zwillinge glaubten zunächst, das wäre ein Kürbisungetüm, doch dann sahen sie: Es war gestreift. Wirklich eine Melone. Eine richtige Melone!

Alle tanzten vor Freude, auch die Männlein hüpften und wollten die Melone mal anfassen.

»Wo haben Sie die her?«, fragte Regina Petrowna freudig erstaunt. »Haben Sie auch ein Geheimversteck?«

Demjan schüttelte grienend den Kopf.

»Ich hatte ganz vergessen, von dem Melonenbeet zu erzählen. Wie ich abfuhr, hab ich dauernd überlegt, ob die beiden«

– er nickte zu den Brüdern hin – »das Beet finden würden oder nicht. Sie sind ja erfahrene Sucher, aber sie haben's übersehen.«

Die Kusmin-Zwillinge sahen einander an und dachten: Dass sie das mit dem Melonenbeet verpennt hatten, war wirklich eine Schande! Alles hatten sie ausgeschnüffelt: das Zuckerrohr und den Walnussbaum und auch die Beeren, aus denen die Kette gemacht war. Die hießen Berberitzen. Aber Melonen, noch dazu so große … Na, der kahlköpfige Knilch hatte sie schön blamiert! Der ganzen Kolonie hatten sie Schande gemacht! Aber vielleicht hatte er auch geschwindelt und die Melone von zu Hause mitgebracht, und jetzt gab er damit an?

Demjan merkte selber, dass er mit seiner Fopperei übertrieben hatte. Am Tisch schnitt er jedem ein Stück von der Melone ab, und die Kusmins bekamen das Süße aus der Mitte.

»So eine habt ihr bestimmt noch nicht gegessen!«

»Ist die auch nicht aus Eisen?«, blödelte Kolka.

»Was? Aus Eisen? Das ist 'ne richtige Melone!«

Da sagten die Brüder, sie könnten einen Witz erzählen … wie sich zwei Freunde treffen, zwei Lügenbolde.

»Dann mal los«, bat Regina Petrowna vergnügt.

Die Brüder standen auf und wandten sich einander zu.

Kolka: »Wo ich nicht schon alles war … Ha, überall!«

Saschka: »Warst du auch in Paris?«

Kolka: »War ich.«

Saschka: »Hast du den Effelturm gesehen?«

Kolka: »Nicht bloß gesehen, sogar gegessen!«

Saschka: »Gegessen? Der ist doch aus Eisen!«

Kolka: »Tja. Warst du schon mal im Kaukasus?«

Saschka: »Klar, war ich.«

Kolka: »Und hast du Kumys getrunken?«

Saschka: »Was?«

Kolka: »Ob du schon mal Kumys getrunken hast?«

Saschka: »Nein, darauf fall ich nicht rein! Der ist ja aus Eisen!«

Die Brüder und alle anderen lachten. Die Männlein hatten es nicht verstanden, aber sie klatschten in die Hände. Regina

Petrowna lobte die Zwillinge, aber sie korrigierte, es heiße nicht Effelturm, sondern Eiffelturm. Gustave Eiffel habe ihn gebaut.

Damit hatten sie sich an Demjan gerächt, nun verspeisten sie die Melone mit Genuss. Nie wieder sollte ihnen ein heimliches Beet entgehen. Und wenn sie das ganze Schilficht durchsuchen müssten, die Melonen würden sie finden! Wenn Demjan kein Lügenbold war. Und wenn ja, dann war der Witz genau auf ihn gezielt.

Regina Petrowna verstand das. Aber sie wollte, dass dieser Tag friedlich endete. Darum schlug sie vor zu singen, ein Feiertag ohne Gesang sei doch kein Feiertag.

Die Brüder waren sofort dafür. Sie schmetterten los:

»Ich sitz voll Wehmut da, erinnre mich,
und meine Tränen halten kann ich nicht,
sie rinnen, Bruderherz, ganz still und schlicht
hinunter durch mein mageres Gesicht ...«

Aber Regina Petrowna winkte ab, wie um sie mitsamt ihrem Lied wegzuwischen. Nun sang sie:

»Ritten Kosaken vom Jahrmarkt nach Hause,
Galja, die hatten sie mit sich genommen,
Galja, du armes, du reizendes Mädchen,
musstest ja mit den Kosaken mitkommen ...«

Demjan hustete sich die Kehle frei und fiel plötzlich ein, mit so durchdringender hoher Stimme, dass es den Brüdern den Atem verschlug:

»Reite mit uns, kleine Galja, du Schöne,
wirst besser leben bei uns als zu Hause ...«

Die Kusmin-Zwillinge und Regina Petrowna sangen freudig mit:

»Galja, die junge, sie musste mitkommen,
Kosaken hatten sie mit sich genommen ...«

Demjan entfernte sich und kam mit einer Balalaika zurück. Das Instrument war ungewöhnlich, die Brüder hatten noch nie eine Balalaika mit so überlangem Griffbrett gesehen.

»Hab ich in meinem Haus gefunden«, prahlte Demjan und klimperte auf den drei Saiten. »Die Tschetschenen haben sich damit amüsiert, sie sollen Holzharmonika dazu gesagt haben. So was von Unwissenheit. Das ist doch keine Harmonika, sondern eine Balalaika. Ein feines Instrument. Darauf muss man sich verstehen.«

Betrunken lachend, fuhr er wieder über die Saiten, entlockte ihnen kurze dumpfe Töne, und plötzlich schlug er mit der ganzen Hand zu, verdrehte die Augen nach oben und sang mit hoher Stimme:

»Hinterm Fluss, auf dem Berg,
tief im Wald steht ein Haus,
in dem Haus eine Witwe
schaut zum Fenster heraus.
Junge Witwe – bewegt
und voll Sehnsucht sie lauscht,
wie die Nachtigall schlägt
und der grüne Wald rauscht …«

Er sang, machte eine Pause und sah Regina Petrowna an. Und lachte wieder betrunken. Seine Augen glänzten.

Demjan sang nicht sehr laut, aber es klang verwegen. Er schien von Regina Petrowna zu singen, von sich und dieser Hütte, in die er wie in das Haus im Wald zu Gast gekommen war. Die Kusmin-Zwillinge stellten sich neidisch auf die Zehenspitzen und reckten den Hals, um Demjan in den Mund zu sehen. So kräftig und voll klang seine schöne Stimme. Und die tschetschenische Balalaika mit den drei Saiten trällerte unter seiner Hand auf russische Weise. Wie seltsam!

In diesem Moment verziehen die Brüder dem listigen Knilch alles: die verheimlichte Melone und die Ziege mit der Selbstgedrehten und sogar seine Annäherungsversuche bei Regina Petrowna.

Und noch etwas beeindruckte die Kinder: Es stellte sich heraus, man konnte nicht nur ein Sträflingslied, sondern auch ein Lied von einer Witwe so singen, dass es einem durch Mark und Bein ging.

Etwas Ähnliches hatten sie bisher noch nie erlebt. Besonders zum Ende hin wurde ihnen traurig ums Herz. Sie hätten heulen mögen, aber das wäre ja zu weit gegangen. Das war, als die Witwe den Kaufmann und den Fischer zu Tisch bittet und sie zu singen beginnen, während der junge Held es durchs Fenster mit ansieht und schrecklich leidet. Und dann hält er's nicht aus und bringt sie alle um! Wie so ein Tschetschene. Das hörten sie aus Demjans Gesang heraus.

»Und seither in dem Haus
nun gar niemand mehr lebt,
und allein nur die Nachtigall
wundervoll schlägt …«

Alle saßen schweigend da, erschüttert von der furchtbaren Geschichte, von dem kühnen Draufgänger, der aus Liebe die Witwe erschlägt.

Regina Petrowna brachte ihre Männlein zu Bett. Und kam zurück. Die Sonne ging schon unter, und die Stimmung war verträumt, wehmütig, friedlich, warm, herzlich. Kurzum, sie waren glücklich. Obwohl unsere Brüder das noch nicht wussten, das würden sie vielleicht später begreifen. Wenn überhaupt. Wenn sie dazu noch Zeit hatten.

Mein Gott, wie kurz ist das Leben, und wie schwer ist es, in die Zukunft zu schauen, besonders wenn wir schon alles, alles wissen …

Wie gut ich mich erinnere an diesen unbeschreiblichen Abend in unserem kleinen Gehöft im gelobten Land, irgendwo in den Vorbergen des Kaukasus! Merkwürdig, der Tag, den sich die Zauberin Regina Petrowna für uns ausgedacht hatte, ist fürs ganze Leben mein Geburtstag geblieben. Vielleicht wurde ich ja erst an diesem Tag wirklich geboren.

Ich blickte mich erstaunt um, wollte dieser verblüffenden Veränderung der Welt auf den Grund kommen. Aber alles war wie immer: der Himmel, verwaschen am Abend, doch klar und wolkenlos. Das tagsüber warm gewordene Gras und der trockene, etwas bittere, traurige Wermutgeruch der harten Erde. Demjans Pferd, das in der Nähe weidete, eine dunkle Silhouette vor dem Hintergrund der Berge, aber nicht fliegend, nicht langgestreckt wie auf der Papirossyschachtel, sondern mit friedlich gesenktem Maul, vervollständigte unsere Idylle. Ich wusste ganz genau, so etwas gab es eigentlich nicht und wenn doch, bedeutete das nichts Gutes, es war zu schön, danach konnte es nur schlimmer werden.

Aber gerade damals, als ich viel Böses vorausahnte, begriff ich zum ersten Mal, dass ich lebte, wahrhaftig existierte und irgendwann sterben würde. Dieses beklemmende Gefühl der Vergänglichkeit traf mich wie ein Blitz, wie der Splitter das Herz der Schofförin Vera. Mein Gott, ich wollte niemals sterben! Erst viel später, nachdem ich einen wissenschaftlichen Artikel dazu gelesen hatte, begriff ich, dass in diesem Moment in mir das »Todesgen« erwacht war. Jeder Mensch trägt es in sich, doch es macht sich erst in der frühen Jugend bemerkbar, nach einem ganz besonderen Erlebnis. Und bleibt dann fürs ganze Leben. Kinder leben, ohne um die Vergänglichkeit zu wissen, darum sind sie unsterblich.

25

Am nächsten Morgen in aller Frühe, die Sonne lugte kaum hinterm Berg hervor, rüstete Demjan zum Aufbruch. Er lud zwei große gelbe Kürbisse auf den Wagen und deckte sie mit Schilf zu.

Regina Petrowna sah durchs Fenster seine Vorbereitungen, kam heraus und knöpfte im Gehen hastig das Hemd auf der Brust zu.

»Wollen Sie nicht meine Kusmin-Zwillinge mitnehmen?«, fragte sie. »Wir müssen unsere Lebensmittel abholen.«

Sie sah Demjan nicht ins Gesicht und verhielt sich ein wenig abweisend.

Das war wegen des gestrigen Abends, genauer, wegen der Nacht. Demjan hatte gebeten, in der Hütte auf dem Fußboden schlafen zu dürfen, angeblich wegen der Kälte, aber dann war er zu ihr ins Bett gekrochen, als hätte er's im Rausch verwechselt, und da hatte sie ihn weggejagt, aus der Hütte vertrieben. Er hatte sich neben die fest schlafenden Brüder ins Schilf gelegt. Die ganze Nacht hatte er seine Selbstgedrehten gepafft und auf den Morgen gewartet. Er hatte daran gedacht, wie er, als er bei Bijsk im Lazarett lag, zum Fluss gegangen war, um sich zu ertränken, denn er hatte einen Brief bekommen, dass die Faschisten sein Haus angezündet hatten und seine Frau und seine beiden Kinder darin verbrannt waren; er selber war ein Krüppel, von niemandem gebraucht … Dabei war er noch nicht endgültig abgeschrieben, er arbeitete für die Versorgung des Lazaretts. Er ging also zum Fluss, eine Angel in der Hand, als wollte er Fische fangen. Der Fluss war hier reißend, mit Wellen und Strudeln, anders als in den russischen Ebenen. Und rauschte laut.

Demjan beugte sich hinunter, und in seinem Kopf drehte sich alles. Ach, verdammt, das ist doch kein Leben, wenn innen und außen alles tot ist!

Da tauchte plötzlich die Ärztin auf, die ihm das Bein abgesägt hatte – was hatte er dabei geschrien! Was machte sie hier am Ufer, ging wohl spazieren. Als sie ihn sah, sagte sie: »Möchten Sie Sprit, Demjan Iwanowitsch? Kommen Sie mit, ich hab welchen.« Er willigte ein. Den Sprit stürzte er in einem Zug hinunter, ihm wurde leichter. Er rauchte. Sie schenkte ihm nach. »Trinken Sie, keine Bange. Wo wollen Sie von hier aus hin?« Er trank noch ein halbes Glas. Brummte: »Ich weiß nicht.« Dabei dachte er: Beinah wär ich auf und davon … mit dem Kopf in den Strudel.

Und da sagte sie auf einmal, im Kaukasus gebe es reiche Ländereien, völlig menschenleer. Sie warteten auf Bauern. Warum wolle er's nicht versuchen? Dreißig, das sei doch kein Alter, mit dreißig sei ein Mann noch jung und alles verheile noch.

»Alles«, wiederholte sie. »Sie können noch ein Dutzend Kinder zeugen und aufziehen.«

Die Ärztin war Jüdin, nicht alt, verheiratet. Ihr Mann, ein Verbannter, lebte bei ihr oder eher sie bei ihm, er arbeitete schwer als Holzfäller. Das Leben der beiden war auch kein Zuckerschlecken, wenn er's recht bedachte. Er selber war frei und konnte sich vielleicht wirklich wieder aufrappeln. Schlimmer kann's nicht kommen, dachte er. Was hab ich schon zu verlieren! Und er fuhr hin, bestaunte die ungewohnten Berge und die fette schwarze Erde; wenn man da einen Zweig hineinsteckte, wollte er gleich blühen.

Demjan brachte ein fremdes Haus in Ordnung, wem es gehört hatte, wusste er nicht. Er grub einen Keller, pflasterte den Weg zum Haus mit Steinen und pflanzte Pappeln zu beiden Seiten, besserte den Schuppen aus, säuberte den Brunnen und brannte wie früher in seinem Dorf einen Ballon Schnaps. Er sah sich um, alles war da, und doch fehlte etwas. Ihm? Ihm allein reichte eine Handvoll Mais und ein Stück Brot. Mehr brauchte er nicht. Mehr brauchte man, wenn man hier nicht allein lebte, wenn die eigenen Kinder herumliefen, wenn das eigene Vieh muhte und krähte und wenn einen jemand an der Schwelle des Hauses mit einem Krug empfing, einem Wasser über die Hände goss und zusah, wie man sich prustend den Schweiß des Arbeitstages aus dem Gesicht wusch.

Er begann zu trinken. Immer allein. Und wieder sah er den Wasserstrudel vor sich. Er schloss die Augen und sah nichts mehr. Es war auch nichts da. Eben. Es war eine Illusion, dass er geglaubt hatte, lebendig zu sein, zu neuem Leben erwacht.

Die Ärztin, obschon eine kluge Frau, hatte doch nicht alles in seinem Innern erkennen können. Das war ihm nun klar. Als er das erste Mal zur Nebenwirtschaft fuhr, sah er dauernd zur Bahnstrecke, ob oft Züge vorbeikämen. Strudel gab es hier nicht, aber jede Menge Gleise. Man legt sich drauf, und alles ist vorbei. Zumal solch ein Zug so durchrast, dass nur sein Echo von den Bergen zu hören ist.

Aber nun war in der Nebenwirtschaft auf einmal die junge Frau mit den Kindern.

»Also, nehmen Sie sie mit, Demjan Iwanowitsch?«, fragte Regina Petrowna blinzelnd, weil die Sonne sie blendete.

Was für ein schönes Weib, dachte Demjan, gut gebaut, alles an ihr ist kräftig: die Brust, die Arme, die Beine, und die Haare sind lang wie bei einer Hexe, man könnte sich darin einwickeln. Außerdem malt sie sich nicht das Gesicht an, bloß schade, dass sie raucht, die dumme Gans. Aber das kann man ihr abgewöhnen. Mit der Peitsche oder sonstwie.

»Warum fährst du nicht?«, fragte er grob. »Hab ich dich so erschreckt, dass du mir nicht mehr traust? Du meinst wohl, Demjan ist ein Windhund, ein Wüstling, was?«

»Nein, warum denn … ich vertrau Ihnen, Demjan Iwanowitsch. Aber ich bin eben so, dass ich … Bin eben dumm!«, sagte sie, blinzelte noch immer gegen die Sonne und sah ihn nicht an. »Aber mein Junge ist krank … er hat wohl zu viel gegessen, hat die ganze Nacht Durchfall gehabt. Sonst würd ich natürlich selber mitfahren. Es gefällt mir gar nicht, dass ich die Geburtstagskinder schicken muss. Ich habe Angst um sie.«

Sie stand da wie schuldbewusst. Und tat ihm leid.

»Ich bring Ihnen Popka mit«, sagte er. »Das hab ich von meiner Oma gelernt: Man muss die innere Haut vom Hühnermagen trocknen und zerstoßen, Popka heißt das, es hilft bei Durchfall und Magenverstimmung.«

»Danke«, sagte Regina Petrowna leise.

Abwartend stand sie da.

»Warum soll ich die Kinder nicht mitnehmen? Mein Wagen hat Platz genug. Bloß, wie kommen sie zurück?«

»Zurückbringen können Sie sie nicht?«

Er überlegte: Hin und zurück, das sind zwei Tage. Und dort lassen sie mich nicht gleich wieder weg.

»Bringen Sie sie bis zur Station«, sagte Regina Petrowna hastig. »Nur bis zur Station, da hol ich sie mit dem Esel ab. Ja?«

Er stöhnte und wischte sich die Glatze. Dann wandte er sich ab und ging zum Wagen. Ohne sich umzudrehen, warf er im Gehen hin: »Gut, wecken Sie sie. Die Zeit läuft mir weg.«

Regina Petrowna versuchte die Brüder zu wecken. Aber sie waren noch ganz zerschlagen von gestern und begriffen in ihrer Schlaftrunkenheit nicht, was sie wollte. Sie scheuchte sie hoch, begoss sie mit Wasser, damit sie sich wuschen, und forderte sie auf, etwas zu essen. Aber sie mochten nicht.

Sie gab ihnen zwei Beutel für Graupen und eine Tasche für Brot. In die Tasche tat sie Butterbrote und eine Flasche Milch. In dieser Flasche sollten sie, wenn möglich, auf dem Rückweg Pflanzenöl mitbringen.

»Habt ihr euch alles gemerkt? Werdet ihr auch nichts vergessen?«, fragte sie die Brüder.

Sie schüttelten den Kopf und gähnten im Gehen. Das Wachwerden fiel ihnen schwer. Beide hatten ein Päckchen unterm Arm, ihr gestriges Geschenk, sie wollten es mitnehmen.

»Wozu denn das?«, fragte Regina Petrowna verwundert. »Wollt ihr das in der Kolonie lassen?«

Die Brüder schüttelten den Kopf. Nein, so dumm waren sie nicht, einen solchen Reichtum in die Kolonie zu bringen!

»Ins Versteck, was?«, erriet sie.

Die Brüder antworteten nicht. Das war doch klar.

»Lasst es lieber hier«, riet ihnen Regina Petrowna. »Niemand rührt eure Sachen an. Das verspreche ich euch. Ja?«

Die Brüder wechselten einen Blick und gaben ihr die Päckchen.

»Gute Fahrt.« Sie strich ihnen über den Kopf, dem einen mit

der linken, dem anderen mit der rechten Hand. »Wenn euch der Direktor fragt, sagt ihm, es geht uns gut hier, wir haben alles. Er kann uns Kinder schicken, zur Ernte.«

»Das fehlte noch«, sagte Saschka und drehte sich weg. Kolka nickte.

Regina Petrowna brachte die Brüder zum Wagen und ließ sie hinten aufsteigen.

»Geben Sie acht auf sie, Demjan Iwanowitsch. Immerhin ... Dort ist es so unruhig ... Ich hol sie morgen ab, wie besprochen.«

Demjan wühlte im Stroh, fand seine abgewetzte Mütze, zog sie in die Stirn. Unterm Schirm hervor sah er die Erzieherin durchdringend an. Im morgendlichen Licht waren seine Augen von strahlend hellem Blau.

»Wozu achtgeben, dort ist jetzt alles normal. Das kann ich als Frontkämpfer einschätzen. Als ich herkam, wurden noch und noch Soldaten mit Autos in die Berge gebracht. So viele, als ob sie Stalingrad einkesseln wollten. Und zurück kamen die Autos mit diesen ... von dort ... die haben sie abtransportiert.«

»Abtransportiert? Was heißt das?«, fragte Regina Petrowna und wurde auf einmal blass. »Lebendig, will ich hoffen?«

»So und so«, sagte Demjan mit einer wegwerfenden Handbewegung. »Ich wollt gestern nichts sagen, wozu auch. Wenn sie mit denen Schluss machen, wird das Leben ruhiger, denk ich mir.«

Regina Petrowna runzelte die Stirn.

»Entschuldigung, Sie sagen das so, als ob Sie sich freuen ...«

»Soll ich vielleicht weinen?«, entgegnete er wütend. »Lieber wir sie als sie uns! Oder wärs dir andersrum lieber? Haben sie dir nicht schon genug Angst eingejagt?«

Regina Petrowna schüttelte den Kopf und sah die Kinder an.

»Mir ist gar nichts lieber. Aber wozu sie umbringen?«

»Anders geht es offenbar nicht. An Hitler haben sie sich verkauft! Einen Staatsanwalt aus der Vorkriegszeit haben sie zu ihrem General gemacht. Russen metzeln, das ist bei denen eine Nationalkrankheit!«

»Was würden Sie denn tun, wenn man Sie aus Ihrem Haus wirft?«, fragte Regina Petrowna leise.

»Das hat man ja getan«, sagte Demjan und lachte scheinbar unbeschwert. Aber ihm war kaum nach Lachen zumute. »Wegen einem Pferd; sechzehn war ich damals. Da war ich für die ein Kulak. Egal. Ich hab's ihnen gegeben. Danke, hab ich gesagt. Ohne das Pferd war es leichter. Da, jetzt fahr ich mit einem Kolchospferd. Aber ich lebe!«

»Ich weiß nicht … Wir reden aneinander vorbei«, sagte Regina Petrowna seufzend. »Sie sind im Krieg verhärtet. Alle sind verhärtet. Davon kommt die Angst … Passen Sie bitte auf die Jungs auf, hören Sie?«

Demjan drehte sich zum Pferd um und schnalzte mit der Zunge.

Die Brüder saßen umarmt auf dem Wagen, ließen die Beine baumeln und sahen Regina Petrowna an.

»Morgen Mittag hole ich euch ab!«, rief sie ihnen nach und winkte.

»In Ordnung!«, riefen die Brüder zurück.

Demjan sagte nichts mehr und sah sich nicht um, als ob ihn das alles nichts mehr anginge. Er lenkte das Pferd, blickte unterm Mützenschirm hervor auf die Straße und schwieg.

Er schwieg während der ganzen Fahrt.

Die Brüder wussten sofort, warum er schwieg: Er hatte einen Korb gekriegt. Zwar konnte er wunderschön singen, aber als Bräutigam kam er nicht in Frage. Klarer Fall!

Als die Brüder dann mal im Maisfeld austreten gingen, sagte Kolka denn auch: »Sie hat ihn abblitzen lassen, den Kahlkopf!«

»Mir tut er leid«, entgegnete Saschka. »Er singt klasse!«

»Wenn uns mal heute der Direktor nicht abblitzen lässt«, wechselte Kolka das Thema. »Er hat doch den Brief.«

»Den hat er bestimmt vergessen. Er hat andere Sorgen.«

»Hauptsache, wir räumen das Versteck aus«, sagte Kolka. »Ich finde, wir müssen abhauen.«

»Und Regina Petrowna?«

»Was ist mit ihr? Sie hat doch versprochen, nach dem Geburtstag.«

»Und wenn sie nicht mitwill?«

»Na und?«

»Sie tut mir leid.«

»Hör auf! Bist du jetzt auch so ein Mitleidiger?«

Saschka wollte die Hose zuknöpfen, aber er war so nervös, dass er den Knopf abriss. Während sie zur Straße zurückkehrten, sagte er: »Wie du willst. Ich bleib bei ihr.«

»Für immer?«

»Was heißt für immer?«

»Na, für immer«, sagte Kolka verdattert. »Du kommst nicht mit? Mit mir?«

Saschka schüttelte den Kopf.

Das war ein Gespräch! Zum ersten Mal in ihrem Leben stellte sich heraus, dass eine freiwillige Trennung möglich war.

Kolka traute seinen Ohren nicht. Wenn ihm das einer gesagt hätte, er würde es nicht geglaubt haben! Sie konnten sich nicht trennen, sie waren unteilbar, so einen Begriff gab es in der Mathematik, der passte genau auf sie. Saschka war offenbar übergeschnappt. Gut noch, wenn nicht für lange, aber wenn doch …

Er verscheuchte die düsteren Gedanken und sagte: »Wenn wir da sind, sehen wir weiter. Abgemacht?« Und er gab Saschka den silbergeschmückten Gürtel als Ersatz für den Knopf. Das Geschenk von Regina Petrowna.

»Abgemacht«, stimmte Saschka zu. Vielleicht glaubte er, Kolka werde seinen Entschluss ändern. Aber den Gürtel schnallte er um.

Auf dem Wagen legten sie sich lang und schliefen umarmt ein.

Als sie in der Dämmerung erwachten, wussten sie nicht gleich, wo sie waren.

Das Pferd war ausgespannt und weidete nebenan im Maisgestrüpp. Demjan saß aus irgendeinem Grund auf der Erde und blickte nach allen Seiten. Sein Gesicht war bleich und verängstigt.

Die Brüder hoben den Kopf, kratzten sich, blickten in die Runde.

»He!«, rief Demjan halblaut und winkte. »Kommt her ... Aber leise, leise!«

Die Brüder sprangen widerwillig vom Fuhrwerk und gingen zu ihm.

»Wo ist denn die Kolonie?«

Aber Demjan fuchtelte sonderbar mit den Händen, um ihnen zu bedeuten, sie sollten noch näher kommen und sich hinsetzen.

»Bist du krank?«, fragte Saschka, verwundert über sein Verhalten.

Kolka fügte hinzu: »Ich hab mich gestern auch überfressen. In meinem Bauch spielt vielleicht eine Musik!«

Die Kinder lachten laut, doch Demjan fuhr herum und zischte sie an: »Lei-se! Lei-se, hab ich gesagt ... Eure Kolonie ist da drüben!« Er zeigte in die Richtung. »Aber dort ... ist kein Mensch!«

»Wie, kein Mensch?«, fragten die Brüder und starrten Demjan an. »Wo?«

»Na da, da ist keiner«, flüsterte er. »Geht hin, wenn ihr wollt. Aber nehmt nicht den Weg. Verstanden?«

»Nein ... Was ist denn?«

»Ich sag, ihr sollt vorsichtig sein, hört ihr? Seht es euch an und kommt wieder. Ich warte hier.«

Die Brüder standen da und überlegten hin und her.

Sie kamen zu keinem Ergebnis. Wortlos marschierten sie los. Sie liefen ungezwungen, als gingen sie spazieren, die Gegend war ihnen ja vertraut. Eigentlich juckte es sie, erst einmal nach ihrem Versteck zu sehen, ob es heil und unversehrt war.

Schon bald wurde der Mais spärlich, und sie sahen das große zweigeschossige Haus der Kolonie. Sie wunderten sich über die Stille. Keine einzige Stimme war zu hören, dabei war hier sonst kilometerweit Gebrüll und Geschrei und Gekreisch zu vernehmen.

»Kriechst du durch?«, fragte Saschka und zeigte auf das Schlupfloch.

»Und du?«

Sie flüsterten jetzt, obwohl es noch keinen erkennbaren Grund zur Furcht gab. In dieser Stille konnten sie einfach nicht laut reden. Bevor sie losgegangen waren und Demjan so seltsam auf der Erde saß, hatten sie geglaubt, er habe nach dem gestrigen Abend noch mehr getrunken und sei nicht ganz bei sich. Vielleicht hatte er außer der menschenleeren Kolonie auch noch weiße Mäuse gesehen?

Die Brüder zwängten sich keuchend durch die Hecke und standen vor der Rückwand des zweigeschossigen Hauses.

Es war still, und niemand guckte aus den Fenstern. Vielleicht waren sie alle essen? Oder auf dem Feld bei der Ernte?

Sie gingen an der Hauswand entlang, bogen um die Ecke und erstarrten.

Kolka, der hinten ging, prallte gegen Saschkas Rücken. Beide betrachteten bestürzt ihren Hof. Der sah sehr sonderbar aus. Da häufte sich Plunder, als sollte es in die Evakuierung gehen. Man konnte meinen, alle hätten zur Flucht gerüstet, hätten Pritschen und Matratzen und Tische und Stühle zu Bergen getürmt und dann liegenlassen und wären abgehauen.

Dazu diese Stille. Sie war irgendwie leblos. Nur von oben, gleichsam vom Himmel, tönte gleichmäßiger Glockenklang: bam, bam …

Den Brüdern wurde unheimlich. Wie bei einer Beerdigung!

Langsam, sich immer wieder umsehend, überquerten sie den Hof, und unter ihren Füßen knirschte Glas. Fensterscheiben waren zersplittert, Rahmen herausgeschlagen. Türen waren aus den Angeln gerissen und lagen auf der Erde.

Aus einer Fensteröffnung im Obergeschoss ragte das blaue Kopfende eines Bettes. Der leere Fensterflügel schlug im Wind dagegen und verursachte das traurige Geläut.

Saschka bückte sich und hob eine Blechschüssel auf, die aus einer amerikanischen Konservenbüchse gemacht war. Er drehte sie hin und her und warf sie weg. Sie kullerte über Glas und Erde und kippte lange nicht um, kullerte und kullerte mit blechernem Scheppern wie aufgezogen. Da, wo sie hinrollte, vielleicht zehn Schritte entfernt, lag etwas Dunkles im Gras.

»Sieh mal«, sagte Kolka und drehte seinen Fund in der Hand. »Das ist ja ein Schloss … ein Schloss von …«

Er hatte sagen wollen »von einer Aktentasche«, aber er brachte es nicht heraus, denn der schwarze Gegenstand auf der Erde war die Aktentasche. Die berühmte Aktentasche, die jedes Kind der Kolonie kannte, mit den aufgeblähten weißlichen Seiten und den beiden blitzenden Schlössern vorn – eines war jetzt abgerissen –, die Pjotr Anissimowitsch gehörte. Er hatte sie immer bei sich gehabt und nie irgendwo liegenlassen, unter gar keinen Umständen.

Die Brüder, vom Bild der Verwüstung ohnehin bestürzt, starrten die Aktentasche an und begannen etwas zu ahnen. Wenn die Aktentasche hier war, der Direktor aber nicht, dann musste nicht weniger als eine Katastrophe passiert sein. Vielleicht ein Bombenangriff? Vielleicht waren die Deutschen irgendwie hierhergekommen? Vielleicht … Vielleicht …

Eine unbewusste Angst beschlich die beiden, noch war sie grundlos, doch die Unbegreiflichkeit des Ganzen ließ sie wachsen.

Saschka hockte sich hin und berührte vorsichtig die Aktentasche, als wäre das keine Aktentasche, sondern ein lebendiges Wesen. Auf einmal polterte es ganz in der Nähe.

Kolka schrie wie wild: »Los, weg hier!«

Sie stürmten davon. Über Glas, über Sperrholztüren, über Matratzen, aus denen Strohbüschel quollen. Um die Ecke und durchs Schlupfloch, ohne sich, ein Wunder, an den Dornen zu stechen. Beide rannten ins Maisfeld, die brüchigen Stängel niedertrampelnd.

Was Kolka dermaßen erschreckt hatte, sie beide eigentlich, hätten sie nicht erklären können. Vielleicht hatte der Wind ein Dachblech abgerissen und ihnen damit die Nerven zerschnitten. Je weiter sie liefen, desto größer wurden ihre Panik und ihre Angst. Schon bildeten sie sich ein, sie wären hier allein und Demjan wäre weg. Was dann?

Aber Demjan saß zum Glück da, wo sie ihn verlassen hatten. Als sie auftauchten, fuhr er erschrocken herum. Ohne aufzustehen, ohne seine Stellung zu ändern, sah er sie unterm Mützenschirm hervor an.

»Na? Habt ihr's gesehen?«, fragte er und drehte sich ein Ziegenbeinchen. Die Finger gehorchten ihm nicht, Machorka rieselte auf seine Sachen und ins Gras.

Die Brüder, außer Atem vor Angst oder vom schnellen Lauf, starrten auf seine hektischen, zittrigen Hände. Endlich zündete Demjan das Ding an. Ein paarmal atmete er den Rauch tief ein und starrte dabei auf einen Punkt hinter den Kindern. Dann warf er die Selbstgedrehte weg und stand rasch und ohne Hilfe auf.

»Wir müssen weg«, sagte er heiser.

Es war nicht klar, zu wem er das gesagt hatte, zu sich selbst oder zu den Brüdern. Ohne ein weiteres Wort drang er in das Maisgestrüpp ein, und es war überhaupt nicht zu merken, dass er hinkte.

Die Kusmins wollten ihm hinterhereilen, aber dann standen sie verwirrt da, blickten auf das Fuhrwerk mit der Tasche und auf das Pferd, das friedlich weidete.

Demjan drehte sich um und winkte ab.

»Zum Teufel damit«, murmelte er, wieder mehr zu sich

selbst. »Wir haben andere Sorgen. Unsern Kopf müssen wir retten!«

»Unsern … was?«, fragte Saschka.

Aber Demjan bedeutete ihnen mit dem Finger vor dem Mund, still zu sein. Er drang immer tiefer in das Maisgestrüpp vor, bemüht, jede spärlich bewachsene und jede kahle Stelle zu meiden. Er ging, sich immer wieder umsehend, wachsam wie ein Aufklärer an der Front.

Die Brüder begriffen sofort, dass er nach Berjosowskaja wollte. Zu seinem Haus also.

Um die Brüder kümmerte er sich nicht weiter. Nur einmal, als Saschka unvorsichtigerweise auf einen Zweig trat, der laut knackte, fuhr er herum und zeigte die Faust.

»Leise! Kein Ton!«

Da stolperte Kolka über einen dürren Stängel. Demjan kehrte um, winkte die Kinder zu sich, drückte ihnen grob den Kopf zu Boden.

Dabei zischte er ihnen in die Ohren: »Ihr Dummköpfe! Seid ihr lebensmüde? Dann nehmt doch gleich den Weg … Sie drehen euch im Nu den Hals um!«

»Wer?«, fragte Saschka und riss die Augen auf.

Er hatte noch nie einen so verärgerten oder eher noch verängstigten erwachsenen Mann gesehen. Immer hatte er geglaubt, Erwachsene und erst recht ehemalige Soldaten könnten keine Angst haben.

»Wer! Wer!«, sagte Demjan, noch immer böse flüsternd. »Habt ihr das noch immer nicht kapiert? Sie sind hier! Ganz in der Nähe.« Wieder sah er sich nach allen Seiten um.

Er verließ die Brüder, humpelnd, doch schon langsamer, er war wohl erschöpft, sie alle waren erschöpft.

Kolka peinigte außerdem Durchfall. In der Kolonie würden sie gesagt haben: Weil du Schiss hast. Ein Matrose und macht sich in die Hose!

Alle naselang blieb er stehen, hockte sich hin, schnaufte und folgte Saschka in der zunehmenden Dämmerung mit kläglichem Blick. Saschka, der zwar wusste, dass er Kolka nicht verlassen konnte, hatte es dennoch eilig, mit Demjan Schritt zu halten, um ihn nicht aus den Augen zu verlieren, darum drehte er den Kopf fortwährend nach vorn und nach hinten.

Demjan selbst schien nicht zu merken, wie Kolka sich quälte, er dachte gar nicht mehr an die Kinder, sondern schlich durch den Mais wie ein Dieb, duckte sich immer wieder und sah sich um.

In solch einem Moment geschah es.

Demjan, der weit voraus war, sprang plötzlich zur Seite und verschwand. Kolka, der sich in einem neuen Anfall wieder einmal hingehockt hatte und sich quälte, obwohl schon kein Tröpfchen mehr aus ihm herauskam, sah Saschka hinter Demjan herstürzen, der silbergeschmückte Gürtel blitzte noch einmal, dann war auch er nicht mehr zu sehen.

Demjan erschien wieder. Er humpelte flink, stampfte mit seinem Holzbein auf, sah sich nicht mehr vor.

Er rief nach hinten zu Saschka: »Nicht so auf einem Haufen! Weiter auseinander ... dann erwischen sie uns nicht so leicht!«

Krachend brach er ins dichteste Maisgestrüpp ein und verschwand. Saschka war auch weg, er zeigte sich nicht wieder. Kolka blieb allein hocken.

Alles geschah in einem einzigen Augenblick. Er kam gar nicht zur Besinnung. Auch nicht dazu, die Hose hochzuziehen. Seitlich von ihm erschien über dem Mais ein Pferdemaul. Hockend blickte er zu dem Pferd hinauf, das ihn mit einem rötlichen Auge überrascht anstarrte. Und plötzlich schallte oberhalb des Pferdes, er hatte den Reiter, seinen dunklen Schatten, nicht gleich bemerkt, ein kehliges Kläffen: »Hej! Hej! Hej!«

Jetzt hatte er kapiert.

Kolka ließ sich flach auf die Erde plumpsen und schloss die Augen.

Er hörte, wie sich das Pferd raschelnd durch den Mais auf

ihn zubewegte. Prustend atmete es ihm direkt gegen den Hals, da öffnete er ein Auge und sah unmittelbar neben sich den unruhig hin und her tretenden Huf, der knackend einen Maisstängel niederbrach. Der Stängel peitschte Kolka schmerzhaft ins Gesicht, Erdkrümchen flogen ihm in die Haare und auf den Rücken.

Er musste aufspringen und weglaufen. Sie hatten ihn gefunden und würden ihn gleich ergreifen. Aber kaum rührte er sich, um aufzustehen, da sprang das Pferd erschrocken schnaubend zur Seite.

Auf steifen Beinen, die so fühllos waren wie Krücken, trabte Kolka, am ganzen Leib zitternd, durch den Mais und hielt mit beiden Händen die Hose fest. Irgendwo hinter ihm, ganz in der Nähe, schallte wieder ein kehliger Ruf und das bellende »Hej! Hej! Hej!«

Dann Lärm, Prasseln, Trappeln, Poltern … Er wurde verfolgt.

Er lief in komischen Sprüngen und hielt die Hose fest. Ob er noch immer verfolgt wurde, wusste er nicht, denn außer seinem eigenen Keuchen und dem Prasseln der Maisstängel hörte er nichts mehr. Dann ging ihm die Puste aus. Und die Kraft. Er fiel in eine Art Grube und war wie gelähmt. Bewegungslosigkeit hatte ihn überwältigt. Kolka schien nicht mehr zu existieren.

Er hörte nicht, wie das Pferd, Stängel niedertrampelnd, unweit von ihm durch den Mais brach und sich immer mehr entfernte, bis es ganz verschwunden war.

Als er zu sich kam, war es stockfinster. Er hatte das Gefühl, seine Augen und Ohren wären verklebt. Er befühlte seine Grube, konnte aber nicht aufstehen. Da begann er mit Händen und Füßen unter sich zu graben. Mit den Fingern scharrte er die schwere, modrig riechende Erde nach hinten und stieß sie wie ein Tier mit den Füßen weiter weg.

Wie lange er das tat und wozu, wusste er nicht. Er wusste überhaupt nichts mehr von sich. Als ihn die Kräfte verließen, sank er zusammen, drückte sich in die Erde, in die selbstgescharrte Grube, und verschwand wieder aus dieser Welt. Er sank ins Nichtsein.

26

Es war Morgen, warm, windstill, wolkenlos. Im verwaschenen hellen Blau des Himmels zeichneten sich deutlich die nahen Berge ab. Jede Falte war zu sehen. Der Schnee auf den Gipfeln gleißte blendend.

Ein grauer Vogel schwebte rüttelnd über dem Feld und äugte nach Beute.

Grashüpfer zirpten, Vögel piepsten. Ein schwarzer Schwarm Stare rauschte vorüber.

Alles war so alltäglich, so friedlich, dass Kolka die gestrigen Geschehnisse wie ein böser Traum erschienen. Ohne die Grube, die er gescharrt hatte, und ohne die tiefen Hufspuren in dem durch den Mais gebrochenen Korridor hätte er wirklich geglaubt, das alles geträumt zu haben.

Jetzt müsste er im Gehöft auf dem dürren Schilf aufwachen und neben sich Saschka schnarchen hören. Kolka würde ihm die Faust in die Seite stoßen: Hör doch bloß, was ich geträumt hab … Als ob uns ein, na, ein Tschetschene zu Pferd verfolgt hat. Und ich ohne Hose vor ihm her! Zum Totlachen!

Aber selbst das Erlebnis mit dem Reiter war nicht mehr so fürchterlich wie gestern Abend. Alles war gar zu himmelblau und friedlich. Er mochte nicht glauben, sich nicht vorstellen, dass an solch einem Morgen überhaupt etwas Böses geschehen könnte.

Kolka klopfte sich die Erde von der Hose, hielt Umschau, sprang sogar hoch, um auszuspähen, in welcher Richtung Berjosowskaja lag. Aber er sah natürlich nichts.

Er versuchte, sich an der Sonne und den Bergen zu orientieren, schlug den Weg ein, den er für richtig hielt, und ging los, ohne sich zu decken oder zu ducken. Saschka und Demjan konnten nicht weit sein und waren bestimmt auch darauf gekommen, nach Berjosowskaja zu gehen.

Vielleicht waren sie schon dort? Womöglich saßen sie am Brunnen und tranken kaltes Wasser. Kolka war auch sehr durstig.

Er ging und ging, wischte sich dichte Spinnweben aus dem Gesicht, die von Stängel zu Stängel geflochten waren, und scheuchte fette schwarze Vögel auf. Einmal schoss ein grauer Hase aus dem Gestrüpp hervor und sauste davon, dass es nur so staubte.

Kolka war nicht erschrocken vor dem Hasen, aber er dachte: Vielleicht haben die gar nicht mich verfolgt, sondern Hasen gejagt? Und wir Dummköpfe haben gezittert … wie der Graue da.

An einem Maisstängel, der noch ganz grün war und sich spät selbst ausgesät haben mochte, brach er einen milchigen Kolben ab und verspeiste ihn mitsamt dem Strunk. Gern hätte er noch einen grünen Stängel gefunden, aber es gab keinen mehr. Die trockenen Kolben aber waren so hart, dass sie nicht nur seinen Zähnen, sondern auch einem Stein widerstanden hätten.

Als er schon kaum noch darauf hoffte, stand er plötzlich auf einem Weg, einem staubigen, hellen Feldweg. Rechts und links wuchsen verspätete Margeriten, klein und struppig. Schmetterlinge gaukelten. Und es gab keine einzige Spur von einem Auto oder Fuhrwerk, das hier vorbeigekommen wäre.

Kolka blickte wieder zu den Bergen und dachte, er sei bei seinem Herumirren hinter Berjosowskaja herausgekommen und müsse umkehren, um nicht auf die Bahnstation zuzulaufen. Bis dorthin war es ein ganzer Tagesmarsch. Was sollte er jetzt auch bei der Station, wenn Demjan und Saschka in Berjosowskaja auf ihn warteten? Die waren doch nicht begriffsstutzig, sie ahnten bestimmt, dass Kolka sie dort suchen würde. Aber zuerst musste er einen Brunnen finden und sich satt trinken.

Interessant, mit was für Flunkereien sie begründen würden, dass sie vor den Reitern davongerannt waren. Bestimmt würden sie erzählen, sie hätten überhaupt keine Angst gehabt, sondern wären nur gelaufen, weil auch der andere gelaufen war. Saschka würde sich auf Demjan herausreden, der als Erster in den Mais gesprungen war, und Demjan würde sagen, Saschka hätte ihn erschreckt und in Panik gestürzt.

Mochten sie schwindeln, wenn's ihnen Spaß machte. Kolka hatte keine Lust, sich daran zu erinnern, wie er vor den Hufen des Pferdes lag, das ihn zum Glück nicht getreten hatte. Und wie er dann im Trab durch den Mais geflitzt war, die Hose festhaltend, und wie es hinter ihm prasselte und trappelte. Vielleicht hatte er sein eigenes Prasseln und Trappeln gehört. Und die Grube … Von der würde er bestimmt nichts erzählen. Es kam ihm selber komisch vor, wie er sich besinnungslos immer tiefer hatte hineinwühlen wollen.

Hinter einer Wegbiegung wurde das Feld lichter, Kolka sah Gemüsegärten mit Kürbis- und Zucchiniranken, sah Pappelwipfel und Hausdächer. Er beschleunigte den Schritt und rannte beinahe.

Wenn er jetzt ins Dorf kam, so glaubte er, würde er Saschka und Demjan sogleich finden. Wenn nicht, konnte er ja fragen. Man würde ihm sagen, wo man sie gesehen hatte und wohin sie gegangen waren.

Aber als Erstes würde er Wasser trinken.

Seine Kehle war ausgedörrt, und er hatte nicht mal Spucke, die er herunterschlucken konnte, die Zähne waren voller Staub. Wenn er sie zusammenbiss, knirschte es.

Kolka war wohl zu sorglos. Sonst hätte er schon im Näherkommen bemerkt, dass das Dorf menschenleer war. Aber er dachte nur an Saschka und sah kaum nach rechts und links.

Erst als er das erste Haus erreichte, entdeckte er, dass die Fenster herausgeschlagen waren wie in der Kolonie, die schwarzen Fensterhöhlen wirkten in der weißen Hauswand wie die leeren Augenhöhlen eines Totenschädels.

Auf Kolkas Weg lag ein Brunnen mit einer runden Betonmulde und einem verbeulten Eimer am Haken.

Kolka beugte sich über das schwarze Loch, in dessen Tiefe das Wasser ölig blinkte. Er nahm den Eimer, da sah er plötzlich, dass der dick mit etwas Rotem beschmiert war … Er prallte zurück.

Und da sah er Saschka.

Sein Herz klopfte vor Freude, denn Saschka stand ganz am Ende der Straße an den Zaun gelehnt und starrte etwas an. Vielleicht die Krähen, die ihn umkreisten?

Kolka pfiff auf zwei Fingern.

Wer die Gewohnheiten der Brüder gekannt hätte, würde sie an ihrem Pfeifen auseinandergehalten haben. Kolka pfiff nur auf zwei Fingern, und es klang trillernd und melodisch. Saschka dagegen steckte rechts und links je zwei Finger in den Mund und pfiff laut, lauter als Kolka, es gellte einem in den Ohren, aber es war immer nur ein Ton.

Jetzt pfiff Kolka und lachte auf: Sieh an, Saschka hört nicht mal den Pfiff, er muss taub sein. Steht da wie ein Denkmal.

Kolka lief die Straße entlang zu Saschka und dachte dabei, er müsste sich eigentlich anschleichen, solange Saschka Maulaffen feilhielt. Das hatten sie früher manchmal so gemacht, sich von der Seite des Zauns her anschleichen und aus Leibeskräften brüllen: »Ergib dich, Hände hoch, ich bin ein Tschetschene!«

Aber beim Näherkommen wurden seine Schritte ganz von selbst langsamer – gar zu sonderbar sah Saschka von Nahem aus, doch was an ihm so sonderbar war, konnte Kolka noch nicht erkennen. Entweder war er größer geworden, oder er stand unbequem. Dazu diese völlige Reglosigkeit, die Kolka langsam verdächtig vorkam.

Unsicher ging er noch ein paar Schritte und blieb stehen.

Plötzlich wurde ihm kalt, Schmerz packte ihn, er bekam kaum noch Luft. Alles an ihm erstarrte bis in die Finger- und Zehenspitzen. Er konnte nicht mehr stehen, sondern sank ins Gras, die vor Entsetzen geweiteten Augen auf Saschka gerichtet.

Saschka stand nicht, er hing, mit den Achselhöhlen auf spitze Zaunpfähle gespießt, und in seinem Bauch steckte ein Bündel gelber Maiskolben mit im Wind flatternden Fäden.

Ein Maiskolben war zur Hälfte in den Mund gestoßen, ragte mit dem dicken Ende heraus und machte Saschkas Gesichtsausdruck grauenhaft närrisch, ja blöd.

Kolka blieb sitzen. Eine merkwürdige Entrücktheit ergriff von ihm Besitz. Er war gewissermaßen nicht mehr er selbst, aber er sah und behielt alles. Er sah zum Beispiel, dass der Krähenschwarm im Baum seine Bewegungen belauerte, er sah flinke graue Spatzen im Sand baden, und hinterm Zaun sprang plötzlich ein dummes Huhn hervor, aufgescheucht von einer vor Hunger verwilderten Katze.

Kolka versuchte aufzustehen. Es gelang. Er ging, aber nicht zu Saschka, sondern um ihn herum, ohne sich ihm zu nähern oder sich zu entfernen.

Dann, als er ihm gegenüberstand, sah er, dass Saschka keine Augen hatte, die Krähen hatten sie ihm ausgehackt. Sie hatten auch an der rechten Wange und am Ohr gepickt, aber nicht so stark.

Unter den Maiskolben, die mitsamt Gras aus Saschkas Bauch ragten, hingen über der Hose seine blutklumpigen schwarzen Eingeweide, auch schon von den Krähen angepickt.

Sicherlich war Blut die Beine entlanggelaufen, die so sonderbar über der Erde hingen, denn auch Saschkas schmutzige Zehen und Fußsohlen waren blutverklumpt, und das Gras unter seinen Füßen war eine einzige dunkle Gallerte.

Kolka sah plötzlich mit aller Deutlichkeit, mit allen Einzelheiten: Eine der Krähen, die ungeduldigste, vielleicht auch raubgierigste, war auf die Straße gesprungen und näherte sich langsam Saschkas Körper. Auf Kolka achtete sie nicht.

Er nahm eine Handvoll Sand und schmiss sie nach dem Vogel.

»Mistvieh! Mistvieh!«, schrie er. »Hau ab! Du Aas!«

Die Krähe sprang zurück, flog aber nicht weg. Sie schien zu

wissen, dass Kolkas Kräfte nicht ausreichten, sie wirklich zu gefährden. Sie saß in einiger Entfernung auf der Dorfstraße und wartete. Das konnte er nicht ertragen. Er brüllte, heulte, schrie und stürzte sich wie besinnungslos auf die Krähe wie auf den verhasstesten Feind. Er jagte sie die Straße entlang, bückte sich und warf mit Sand nach ihr. Er schrie wohl sehr laut, dass es durchs ganze Dorf, durchs ganze Tal schallte, und wäre wenigstens ein lebendiges Geschöpf hier gewesen, es hätte vor diesem unmenschlichen Geschrei angstvoll davonlaufen müssen.

Aber es war niemand da.

Nur die räuberischen Krähen strichen erschrocken ab und flogen davon.

Kolka lief noch immer die Straße entlang, schrie, warf mit Sand, mit Grasstücken, mit Steinen, wohin es gerade traf. Aber seine Stimme versiegte, er strauchelte und fiel in den Staub. Er setzte sich hin, schüttelte den Dreck aus den Haaren, wischte sich mit dem Ärmel übers Gesicht. Und wusste nicht mehr, warum er so geschrien und wozu er bis zum anderen Dorfende gelaufen war.

Langsam, mit letzter Kraft, kehrte er zum Körper seines Bruders zurück und setzte sich, neben dem Blut, zu seinen Füßen ins Gras, um zu verschnaufen.

Alles, was er dann tat, war scheinbar logisch und wohldurchdacht, aber er tat es beinahe unbewusst, sah sich selbst gleichsam von außen zu.

Nachdem er verpustet hatte, ging er zu Saschka und hob ihn mit beiden Armen, im Blut ausrutschend, vom Zaun. Saschka sank sofort zu Boden und schien sich zu krümmen. Der Maiskolben fiel ihm aus dem Mund, der Mund blieb offen.

Kolka trat hinter Saschkas Kopf, fasste den Bruder unter den Achseln und schleifte ihn ins nächstgelegene Haus.

Die Tür war herausgerissen. In der Diele lag ein Haufen Maiskolben.

Er legte den Bruder auf den Mais und deckte ihn mit einer Steppjacke zu, die da an einem Nagel gehangen hatte. Dann hob er die Tür auf und stellte sie vor die Eingangsöffnung, damit die Raubvögel nicht ins Haus dringen konnten.

Nachdem er all das verrichtet und sich ein wenig ausgeruht hatte, machte er sich auf den Weg zur Kolonie, ohne sich irgendwie zu verstecken oder in Acht zu nehmen.

27

Ein paar Stunden später, als es schon Abend wurde und die Sonne sich den fernen Bergen zuneigte, kam Kolka zurück und zog den Handwagen hinter sich her, den sie bei Iljas Haus gefunden hatten. Er war im Gebüsch bei ihrem Geheimversteck verborgen gewesen, und Kolka hatte ihn gleich gefunden.

Das Versteck war unberührt: Marmelade und Säcke und der Dreißigrubelschein und die Waggonschlüssel, alles war an Ort und Stelle. Kolka holte die beiden Säcke und ein Glas Marmelade heraus. Er öffnete das Glas mit einem Stein und aß zwei Löffel voll, da wurde ihm schlecht.

Er ging zum Fluss, wusch sich und tauchte den Kopf ins Wasser, um sich ein wenig zu erfrischen.

Auf dem Rückweg bog er, den Handwagen ziehend, zu dem Maisfeld ab, wo sie tags zuvor Pferd und Wagen zurückgelassen hatten. Er fand die Stelle sofort. Die Spur des Wagens war zu sehen, daneben lag das halb aufgerauchte Ziegenbeinchen von Demjan.

Als er wieder in Berjosowskaja war, zog er Saschka aus dem Haus auf die Straße, legte die beiden Säcke auf den Handwagen, damit der Bruder es nicht so hart hatte, bettete ihn darauf und schob ihm die zusammengerollte Wattejacke unter den Kopf.

Dann holte er eine Leine, die er in der Dielenecke gesehen hatte, sie war dick, doch morsch und drohte zu reißen, er musste sie doppelt nehmen. Nebenbei bemerkte er, dass Saschka den silbergeschmückten Gürtel nicht umhatte. Der war verschwunden.

Kolka zog die Leine unter dem Handwagen durch und verknotete sie über Saschkas Brust. Er vermied es, den Bauch zu berühren, damit es dem Bruder nicht weh tat.

Als er fertig war, blickte er Saschka ins Gesicht. Es wirkte ruhig, fast erstaunt, weil der Mund offenstand. Saschka lag mit dem Kopf zur Fahrtrichtung, und Kolka dachte, dass es ihm so bestimmt angenehmer wäre.

Inzwischen war die Dämmerung eingetreten. Eine kurze, leichte, goldene Dämmerung. Die Berge lösten sich im warmen Dunst auf, ihre hellen Gipfel verglühten wie Kohlen am Himmelsrand und verschwanden bald.

Eine Nacht und ein Tag waren vergangen, seit sie bei Sonnenuntergang in Demjans Fuhrwerk aufgewacht waren. Kolka aber hatte das Gefühl, das wäre schon ewig her. Sie hatten den verwüsteten Hof der Kolonie betreten, waren durch das Maisfeld gelaufen, und Demjan hatte auf der Erde gesessen und mit fliegenden Händen versucht, sein Ziegenbeinchen anzuzünden. Wo mochte er jetzt sein? Er hatte doch alles, alles gewusst!

Sie beide waren dumm gewesen.

An die Nebenwirtschaft, an Regina Petrowna und ihre Männlein dachte Kolka nicht mehr. Sie befanden sich außerhalb seines jetzigen Lebens, seiner Gefühle, seiner Erinnerung.

Nach kurzem Verschnaufen stand er auf, nahm den Strick des Handwagens so in die Hand, dass er nicht einschneiden konnte, und zog den Wagen die Dorfstraße entlang.

Er wusste nicht, ob das Ziehen schwer war oder nicht. Wie ließ sich hier Schwere ermessen, er zog doch seinen Bruder, von dem er noch nie getrennt gewesen war, sie hatten stets zusammengelebt, einer Teil des anderen. Also zog Kolka jetzt gleichsam sich selbst.

Hinter dem Dorf wurde es freier und heller, doch nicht für lange.

Die Luft verdichtete sich, der Mais rechts und links des Weges wurde zu zwei undurchdringlichen schwarzen Wänden.

Später konnte Kolka gar nichts mehr sehen. Er erkundete

den Weg mit den Füßen. Weit vorn, wo die Maiswände zusammenstoßen mussten, war vor dem Hintergrund des tintenschwarzen Himmels noch eine Lücke zu erahnen.

Die Dunkelheit und der stockfinstere Weg, auf dem ihm weder Menschen noch Fuhrwerke entgegenkamen, machten Kolka keine Angst.

Wäre er in der Lage gewesen, sich alles wirklich bewusst zu machen, und hätte man ihn gefragt, wie es ihm jetzt, auf diesem Weg mit seinem Bruder, am liebsten wäre, so würde er eben darum gebeten haben: dass ihm niemand begegnete und ihn niemand hinderte, zur Bahnstation zu gelangen.

Alle, die ihm jetzt begegnen konnten, Tschetschenen oder andere, vielleicht sogar gute Menschen, wären mit Sicherheit hinderlich gewesen bei dem, was er vorhatte.

So zog er seinen Handwagen durch die Nacht und sprach mit seinem Bruder.

Er sagte zu ihm: »Siehst du, nun ist es so gekommen, dass ich dich ziehe. Früher hätten wir uns abwechselnd gezogen. Aber du brauchst nicht glauben, dass ich müde bin, ich bring dich schon an Ort und Stelle. Vielleicht hättest du dir was Besseres ausgedacht, bestimmt sogar. Du hast immer mehr begriffen als ich, dein Kopf war schneller als meiner. Ich war deine Hände und Füße im Leben, so war's nun mal aufgeteilt bei uns, und du warst mein Kopf. Jetzt haben sie uns den Kopf abgeschnitten und nur die Hände und Füße übriggelassen. Warum bloß?«

Kolka nahm den Strick in die linke Hand, weil ihm die rechte weh tat.

Aber bevor er weiterzog, befühlte er Saschka und vergewisserte sich, dass der Bruder bequem lag und die Jacke nicht unter seinem Kopf hervorgerutscht war.

Saschka fühlte sich kalt an. Alles an ihm war hart wie Holz, die Arme und die Beine. Gleichwohl war das Saschka, sein Bruder. Als sich Kolka überzeugt hatte, dass Saschka auf den Unebenheiten des Weges nicht durchgerüttelt wurde und bequem lag, zog er ihn weiter.

Dabei setzte er das Gespräch mit ihm fort.

»Weißt du«, sagte er, »ich musste grade daran denken, wie sie uns in Tomilino mal vom Kolchos einen Korb Johannisbeeren ins Waisenhaus brachten. Ich war damals krank. Du bist unter das Fuhrwerk gekrochen und hast eine Johannisbeere gefunden und mir gebracht. Du hast dich bei mir im Isolierzimmer unterm Bett versteckt und geflüstert: ›Kolka, ich hab dir eine Johannisbeere gebracht, bitte, werd wieder gesund, ja?‹ Und ich bin gesund geworden. Und dann auf dieser Bahnstation, Kuban hieß die, als wir schlimmen Dünnschiss hatten und du dich gekrümmt hast im Waggon, damit bist du doch auch fertiggeworden. Bist wieder aufgestanden, hast es bis hierher in den Kaukasus geschafft. Haben wir wirklich diesen ganzen Weg überstanden, bloß damit sie uns hier die Därme rausschneiden und uns Maiskolben in den Bauch stopfen? Als wollten sie sagen: Fresst doch, fresst euch voll mit unsrer Ernte, bis sie euch zum Hals rauskommt!«

Da hörte Kolka Fuhrwerke von vorn. Als Räderquietschen und Männerstimmen näher kamen, bog er schleunigst in den Mais ab und versteckte sich. Wie sich ein Tier bei der Annäherung eines Menschen versteckt.

Aber er ließ den Weg nicht aus den Augen und entdeckte, dass es Soldaten waren. Waffen klirrten, Fuhrwerke rumpelten, Taschenlampen blitzten immer wieder auf, suchten die Wegränder ab. Kolka kriegte mit, wovon die Soldaten halblaut sprachen: Die Tschetschenen waren im Gebirge eingekesselt worden; manche von ihnen hatte man erschossen, andere waren ins Tal durchgebrochen und hatten dort ein Gemetzel angerichtet. Die überlebenden Einwohner waren geflohen. Jetzt gab es den Befehl, keinen mehr zu verschonen, und wer sich in einem Garten, einem Haus oder einem Feld versteckte, sollte mitsamt dem Haus oder dem Feld verbrannt werden. Wenn sich der Feind nicht ergibt, wird er vernichtet!

Die Soldaten waren vorüber. Die Lichter verschwanden in der Dunkelheit. Es wurde still.

Kolka steckte den Kopf hinaus, lauschte zur einen und dann zur anderen Seite, ob noch jemand nachkäme. Nach einigem Warten war er sicher, es kam keiner mehr.

Er kehrte zurück zu Saschka, fühlte nach, wie der lag, und zog den Handwagen wieder auf den Weg. Er fasste den Strick mit beiden Händen und lief los.

»Siehst du«, sagte er, »du wirst ja gehört haben, was die Soldaten gesagt haben, unsere ruhmreichen Kämpfer. Sie fahren hin, um die Tschetschenen umzubringen. Und den, der dich gekreuzigt hat, werden sie auch umbringen. Weißt du, Saschka, wenn der mir über den Weg liefe, ich würd ihn nicht töten. Ich würd ihm bloß in die Augen gucken: Bist du ein Tier oder ein Mensch? Ist was Lebendiges in dir? Und wenn ich was Lebendiges sehen könnte, würd ich ihn fragen, warum er sich verhält wie ein Bandit. Warum er alle um sich herum tötet. Haben wir ihm etwa was getan? Ich würd ihm sagen: ›Was ist los, Tschetschene, bist du vielleicht blind? Siehst du nicht, dass Saschka und ich nicht gegen dich kämpfen? Sie haben uns hergebracht, damit wir hier leben, darum leben wir hier; später wären wir sowieso abgehauen. Und jetzt siehst du, wie das ist … Du hast mich und Saschka umgebracht, und nun kommen Soldaten und bringen dich um. Und wenn du Soldaten umbringst, ist es aus, dann sterbt ihr alle, du und die Soldaten. Wär's nicht besser, du würdest leben und die Soldaten und Saschka und ich auch? Kann man's nicht so machen, dass keiner den andern stört und alle Menschen leben, so wie wir in der Kolonie miteinander leben?‹«

Kolka, obwohl ganz vertieft in das Gespräch, nahm wahr, dass die Bahnstation ganz in der Nähe war. Zuerst hörte er sie nur, dann gelangte er auf eine freie Wiese und sah die Lampen der Bahnanlagen, und er konnte sogar erkennen, dass auf dem Reservegleis ein Militärtransport stand. Dort leuchteten Scheinwerfer, Pferde wieherten und Fuhrwerke polterten; eine weitere Truppeneinheit war eingetroffen.

Kolka ging näher heran, aber nur so weit, dass er sich im

Falle einer Gefahr verstecken konnte. Er stellte den Handwagen hinter einen Strauch.

»Wir sind da«, sagte er zu Saschka. »Es ist noch nicht lange her, da waren wir beide hier. Wir wollten zusammen wegfahren. Jetzt werden wir auf einen Zug warten. Ich bin ein bisschen müde. Du doch bestimmt auch, oder? Bleib du hier, ich geh auf Spähtrupp. Aber denk nicht, ich lass dich liegen. Ich komm zurück, will bloß mal sehen, was da auf der Station los ist.«

Kolka ließ Saschka hinter dem Strauch zurück und schlich sich näher an die Gleise und an die Lichter heran. Er sah nur Soldaten. Sie waren beschäftigt: rannten herum, riefen sich etwas zu, ließen die Fuhrwerke polternd über die abschüssige Rampe aus dem Waggon rollen.

Kolka überlegte, dass der Transportzug keine Störung zu sein brauchte. Wenn ein Zug kam, würde er die Brüder vor den Soldaten verbergen und keiner sie sehen.

Er kehrte zu Saschka zurück. Und sagte zu ihm: »Siehst du, da bin ich wieder. Dort sind Soldaten, die wollen deinen Tschetschenen umbringen, der die Maiskolben in dich reingestopft hat. Aber wenn ein Zug kommt, können sie uns nicht sehen. Du weißt ja, ich hab nicht so viel Grips wie du, ich hab lange überlegen müssen. Doch das hab ich mir selber ausgedacht. Jetzt weiß ich, wie schwer es für dich war, was Schlaues auszubrüten. Wieso ist dir bloß nichts eingefallen, wie du die Tschetschenen mit ihren Pferden hättest reinlegen können? Vielleicht, denke ich mir, bist du selber zu ihnen gegangen. Hast geglaubt, sie tun dir nichts, sie haben ja auch Regina Petrowna nicht umgebracht, obwohl sie mit dem Gewehr auf sie gezielt haben.«

Kolka blickte hinter dem Strauch hervor zur Station und fügte nachdenklich hinzu: »Bestimmt ist bald Morgen. Hoffentlich kommt ein Zug, ehe es hell ist. Im Hellen haben wir's schwerer, wir beide.«

Da kam ein Zug in Sicht, schlängelte sich um den fernen Berg wie Saschkas verschwundener Gürtel. Die Lokomotive war die Schnalle mit zwei funkelnden Steinen.

Wieso dachte Kolka schon wieder an den silbergeschmückten Riemen? Das verschwundene Ding ließ ihm keine Ruhe. Eigentlich war ja der Gürtel das Letzte, was er gesehen hatte, als sie sich trennten. Saschka war in den Mais gesprungen, und das Silber hatte im Dämmerlicht noch einmal geblinkt.

Womöglich hatte dieser alte tschetschenische Gürtel Saschka das Leben gekostet? Womöglich war er der Grund für die Hinrichtung gewesen?

Noch auf dem Weg zur Kolonie hatte nicht Saschka, sondern Kolka den Gürtel getragen. Die Sache mit dem abgerissenen Knopf hatte alles verändert.

Der Zug kam näher. Schon tönte von den Hügeln dumpf das Echo des Räderratterns.

Kolka fasste sich ein Herz und rannte, den Handwagen mit dem Bruder hinter sich herziehend, über die Wiese. Sie kamen genau in dem Moment an, als der Zug scharf bremste und hielt und es unter den Rädern zu zischen begann.

Kolka ließ den Handwagen im Kletticht neben dem Bahndamm zurück und lief den Zug entlang. Gebückt suchte er nach einer Hundehütte.

Der erste Waggon hatte keine, der zweite auch nicht, erst unter dem dritten entdeckte er die Blechkiste. Er befühlte sie, öffnete den Deckel, schob die Hand hinein, ob dort irgendwer drin war. Dann lief er zurück, zog Saschka zu dem Waggon, band die Leine auf. Die Wattejacke legte er auf den Boden des Kastens. Er fasste Saschka unter den Achseln und flehte, der Zug möge noch stehenbleiben. Saschka war steif, er ließ sich nicht biegen, aber Kolka fand ihn leichter als vorher.

Keuchend schob er den Bruder in den Kasten, das Gesicht nach oben, und deckte ihn von allen Seiten mit den Säcken zu. Damit er nicht fror. Um sich herum hatte er ja nur Blech.

Den Handwagen stieß er ins Gras. Er hatte ausgedient.

Der Zug stand noch, also ging Kolka erneut zu dem Kasten, hockte sich hin und sprach durch ein Loch im Blech zu Saschka: »So, du fährst jetzt weg. Du wolltest ja zu den Bergen. Ich muss noch bleiben. Ich würde mit dir mitkommen, aber Regina Petrowna und ihre Männlein sind allein. Keine Bange, Saschka, ich werde an dich denken.«

Kolka pochte mit der Faust gegen den Kasten, damit sich Saschka nicht fürchtete so allein.

Im Weggehen sah er den Zugbegleiter aus dem Waggon springen. Der lief an ihm vorbei, doch dann stutzte er.

»Ha! Grüß dich!«, rief er und griente.

Kolka sah genauer hin: Ilja. Das Tierchen.

»Tag«, antwortete er. »Du bist nicht verbrannt?«

Ilja lachte.

»Ha! Ich bin unbrennbar. So ist das. Ich hab rechtzeitig mitgekriegt, was sich da zusammenbraut, und bin abgehauen zur Bahn. Ich arbeite, wie du siehst. Kann dich mitnehmen, wohin du willst.«

»Nein, nein«, sagte Kolka. »Ich kann nicht.«

»Wer bist du denn? Kolka oder Saschka?«

Kolka schwieg ein Weilchen und sagte: »Ich bin beide.«

Die Lok stieß einen Pfiff aus.

Ilja rief wieder: »Aha! Na, dann sieh zu! Aber wär's nicht besser, du kommst mit?« Er lief zum Waggon, sprang aufs Trittbrett.

»Bestimmt.« Kolka nickte und holte tief Luft. Ilja konnte ihn nicht mehr hören, zu laut knallten die Puffer des anruckenden Zuges. Schneller und schneller raste er in Richtung der fernen Berge. Saschka fuhr mit. Kolka blieb allein am schwarzen Bahndamm zurück.

28

Kolka saß noch ein Weilchen auf dem Gleis.

Als es hell wurde, ziemlich schnell, als wäre irgendwo Licht eingeschaltet worden, und gelbe Flecke über die graublauen Stahlstreifen krochen, ging Kolka um die Station herum und stieg den Hügel hinauf zu dem weißen Pavillon.

Er setzte sich auf die Stufen und schaute hinunter. Er schaute und schaute, und dann begann er zu weinen. Er weinte zum ersten Mal, seit er Saschka am Zaun gesehen hatte. Er weinte, und die Tränen verschleierten ihm den schönen Blick auf die Berge und ins Tal, der sich mit der aufgehenden Sonne eröffnete.

Aber dann war er des Weinens müde und schlief ein.

Er träumte: Die Berge stehen wie Wände, und die Schluchten stürzen in die Tiefe. Er geht mit Saschka, und der tritt bis hart an den Rand und merkt es nicht, merkt es nicht … Schon gleitet er auf dem Eis langsam abwärts, rollt hinunter; Kolka will ihn am Mantel, am Ärmel festhalten … Und kann ihn nicht fassen. Saschka kullert den Steilhang hinunter, tiefer und immer tiefer, Kolka tut das Herz weh, weil er den Bruder nicht zurückgehalten hat und der sich jetzt alle Glieder brechen und zerschmettert unten ankommen wird. Ganz tief unten rollt das schwarze Klümpchen …

Kolka erwachte voller Angst. Er befühlte sein Gesicht, es war tränennass. Also hatte er wieder geweint.

Er blickte hinunter ins Tal, und plötzlich fiel ihm das Gedicht wieder ein. Nie zuvor hatte er sich an diese Verse erinnert, er hatte gar nicht gewusst, dass er sie noch kannte.

»Schlief ein goldnes Wölkchen unter Sternen
an des Felsenriesen Brust geborgen,
schwebte fröhlich fort am frühen Morgen
über's Meer, zu blauen Himmelsfernen.
Doch ein Schimmer schien von ihm geblieben
in des Felsen Furchen, feucht wie Tränen,
die der Alte, einsam nun, voll Sehnen
weint um sie, die jäh der Wind vertrieben.«*

Vielleicht war dieser Hügel der Felsen und der Pavillon das Wölkchen? Kolka drehte sich um und holte tief Luft. Vielleicht

* Nachdichtung: Martin Remané.

war das Wölkchen auch der Zug, der Saschka mitgenommen hatte. Doch nein. Der Felsen, das war er, Kolka, und darum weinte er ja auch, weil er jetzt wie Stein war, uralt, wie dieser ganze Kaukasus. Saschka aber hatte sich in das Wölkchen verwandelt. Chu is chu? Wölkchen sind wir, ein feuchter Schimmer … Wir waren und sind nicht mehr.

Kolka spürte, dass ihm schon wieder die Tränen kamen, und stand auf. Er fand die Inschrift, die sie am 10. September hier eingeritzt hatten, suchte sich einen spitzen Stein und schrieb darunter: »Saschka ist weggefahren. Kolka ist noch da. 20. Oktober.«

Er schmiss den Stein weg, beobachtete, wie er bergab rollte, und folgte ihm hinunter.

In einer der Gruben mit heißem Wasser wusch er sich das Gesicht, dann nahm er den Weg bergan in Richtung Gehöft. Er wusste noch nicht, was er Regina Petrowna sagen sollte.

Als das Gehöft nicht mehr weit war und er schon um den letzten Berg herumbog, wusste er noch immer nicht, ob er lügen oder die Wahrheit sagen würde. Er wollte sie und ihre Männlein nicht erschrecken. Hier war es für sie ungefährlich. Sie konnten das Vieh hüten und Kürbis backen. Er aber würde nicht mehr hier leben. Er würde sagen: »Saschka ist weggefahren, und ich muss auch weg.«

Natürlich würde er ihnen die ganze Marmelade aus dem Versteck geben und nur ein Glas mitnehmen für unterwegs. Auch den Dreißigrubelschein würde er mitnehmen. Das war sein und Saschkas Vermögen, nicht umsonst hatten sie in Tomilino das Geld mühsam zusammengespart, um einen eigenen Dreißigrubelschein zu besitzen. Saschka brauchte das Geld nicht mehr. Er reiste umsonst.

Er fuhr jetzt für immer kostenlos Zug.

Kolka ging zu dem offenen Schuppen, aber er sah niemanden. Bestimmt schlafen sie noch, dachte er. Er klopfte ans Fenster, spähte hinein. Auch hier niemand. Das Bett war gemacht, fein säuberlich wie alles bei Regina Petrowna, die Sachen lagen an ihrem Platz, nur die Hausfrau war nicht da.

Kolka dachte, sie könnten die Kühe melken gegangen sein. Er kehrte zum Schuppen zurück, fand einen Topf mit Mamalyga und stopfte sich den Brei mit der Hand in den Mund. Erst jetzt merkte er, dass er tierischen Hunger hatte. Eine Handvoll nach der anderen schabte er heraus und verschlang sie. Satt wurde er nicht. Er kratzte den Topf sauber, fand noch Quark und aß auch den auf. Wenn Regina Petrowna zurückkam, würde sie schimpfen, ihm aber verzeihen. Er hatte es ja aus Hunger getan.

Er trank Wasser nach, legte sich auf sein und Saschkas Schilflager und schlief sofort ein.

Gegen Abend erwachte er von der Stille. Er war allein, nur die Vögel lärmten auf dem Dach. Er ging zur Quelle, trank sich satt und wusch sich das Gesicht.

Die Stille und die Einsamkeit waren ein wenig unheimlich. Kolka ging hinunter zum Garten und weiter auf die Wiese, wo die Herde weidete.

Erst vor kurzem hatten sie hier gestanden und den Kühen und Kälbern Namen gegeben. Die Ziege hatte eine Selbstgedrehte mitsamt der Glut gefressen, und aus ihren Nasenlöchern war Rauch gekommen. Jetzt stand die Herde ihm zugewandt, die Ziegen erkannten ihn und meckerten, und das Bullenkalb Schakal kam ihm entgegengelaufen. Und das Sonderbarste – die boshafte Kuh Maschka, die sonst bei seinem Anblick die Hörner senkte, muhte jetzt rufend und ganz freundlich: »Muuuh!« Endlich ließ auch sie ihn gelten. Aber was half's. Ja, wenn sie ihm sagen könnte, wo Regina Petrowna mit den Männlein geblieben war. Und plötzlich ging ihm auf: Der Esel und der Karren fehlten.

Aber natürlich, sie war in die Kolonie gefahren, um Saschka und ihn zu holen. Darauf wäre Saschka sofort gekommen! Bestimmt hatte sie sie bei der Station vergeblich gesucht und war in die Kolonie geeilt. Und er lag hier faul rum und grunzte.

Wie ungern wollte Kolka durch das Dorf in die Kolonie zurückkehren. Aber er dachte an die verwüsteten, verlassenen Häuser und an die verängstigte Regina Petrowna, wie sie in dem Chaos nach ihm und Saschka suchte. Sie war ja ihretwegen zu diesem verlorenen Ort aufgebrochen, wo noch Tschetschenen auf Pferden herumsprengten, und da zögerte er hier, da zweifelte er noch, ob er hingehen sollte oder nicht.

Wer konnte sie denn jetzt noch retten, wenn nicht er!

Er sah sich ein letztes Mal um, suchte nach etwas, was ihn hier festhalten würde. Es fiel ihm mächtig schwer, seinen Widerwillen zu überwinden, obwohl er sich gut zuredete. Tatsächlich hielt ihn etwas zurück, doch er kam nicht darauf, was es war.

Und erst als er losgegangen war und schon eine halbe Stunde den tagsüber erwärmten Weg entlanglief, fiel ihm ein, dass er hatte nachsehen wollen, ob ihre schönen Sachen noch da waren. Die gelben Schuhe, Hemd und Hose, die bunte »Tütübejka«. Ob alles geklaut war? Jetzt, wo er und Regina Petrowna sich gegenseitig suchten, würden die Sachen ganz bestimmt geklaut.

In tiefer Dämmerung kam er an der Station vorbei. Der Militärtransport war nicht mehr da. Dafür gab es eine Menge Spuren auf dem Weg, und der Mais auf beiden Seiten war zerdrückt und niedergebrochen.

Etwas weiter roch es brandig. Kolka wusste nicht, woran das lag; Saschka, der würde es im Nu herausgefunden haben. Er hätte nur kurz seinen Grips angestrengt und gesagt: »Ich hab's: Sie verbrennen die Ernte. Sie wollen die Tschetschenen aus dem Mais rausräuchern.«

So überlegte Kolka, und erst später ging ihm auf, dass nicht Saschka, sondern er selbst das gedacht hatte.

Der Brandgeruch wurde immer stärker, schon trieb Rauch über den Weg. Kolkas Augen tränten und schmerzten. Er rieb sie, und als er es nicht mehr aushalten konnte, legte er sich mit dem Gesicht nach unten ins Gras, da wurde ihm leichter.

Später kam er an kahlen Brandstellen vorbei. Rechts und

links und besonders vor ihm tanzte roter Widerschein am Himmel und beleuchtete den Weg ein wenig.

Dann erreichte Kolka das Feuer. Grasreste glimmten, die hohen Stängel von Sonnenblumen qualmten – rotglühende Knüppel. Hier war es so heiß, dass sich Kolka das Hemd vors Gesicht hielt, damit die Hitze ihm nicht die Augenbrauen versengte. Seine Wimpern waren verklebt, sie waren bestimmt schon angesengt.

Da legte er sich auf die Erde und überlegte: Sollte er in die Kolonie gehen oder nicht? Wenn ja, konnte er verbrennen. Wenn nicht, ließ er womöglich Regina Petrowna und ihre Männlein in Feuer und Gefahr allein.

Er lag da, verpustete, ihm wurde leichter. Er entschied, zu Regina Petrowna zu gehen. Er musste es tun. Saschka wäre gegangen.

Das Feuer flackerte jetzt von allen Seiten, und Kolka wurde schlecht von dem Qualm. An Asche und Brandgeruch hatte er sich irgendwie gewöhnt, beinahe gewöhnt, sonderbar war nur, dass rundherum viel Feuer war, aber noch immer kein Mensch.

Als er Saschka zur Bahnstation zog, hatte er nicht gewollt, dass ihm Menschen begegneten. Jetzt wünschte er sich ebenso sehr, welche zu treffen.

Wenigstens einen.

Wenigstens irgendwen.

Das wäre schön: Er geht den Weg entlang, und da kommt ihm Regina Petrowna mit dem Esel entgegen! Die Männlein sitzen verschüchtert in dem Karren, und sie guckt nach allen Seiten, hat Angst vor dem Feuer. Kolka ruft ihr zu: »Chu is chu? Keine Bange! Ich bin hier! Bei Ihnen! Zusammen brauchen wir uns nicht zu fürchten! Ich weiß schon, wie man durch das Feuer kommt! Gleich, gleich bring ich Sie und die Männlein zum Gehöft, dort ist das reinste Paradies! Da können wir hundert Jahre leben, ohne Feuer und ohne Tschetschenen!«

Kolka kam zu sich, er lag mitten auf dem Weg, war wohl von dem Rauch ohnmächtig gewesen. Wie er hingefallen war, wusste er nicht mehr. Der Kopf schmerzte, ihm war übel. Er versuchte aufzustehen – unmöglich. Die Beine machten nicht mit. Er blickte nach vorn – mein Gott, Hausdächer. Berjosowskaja! Da lag es. Ein Katzensprung. Und wenn ich auf allen vieren krauchen muss, das schaffe ich.

Da waren schon die Gärten, die Bäume, die Büsche, da kam das Feuer nicht hin. Wie Kolka den Brunnen erreichte, wusste er hinterher wieder nicht. Er ließ die Kette mit dem Eimer hinunter, hatte aber nicht die Kraft zum Hochziehen. Zweimal griff er nach dem Eimer, und zweimal fiel er ihm aus der Hand, zurück in den Brunnen.

Kolka beugte sich über den Brunnenrand und atmete die Luft aus der Tiefe ein. Sie war feucht, kalt. Wenn er nur nicht hineinstürzte. Er wickelte sich die Kette ums Bein und lag lange auf dem Brunnenrand, den Kopf über der Tiefe, die Beine draußen.

Ihm wurde leichter. Nur eine kleine Übelkeit blieb.

Er trottete weiter. Vorbei an dem Feld, vorbei an dem Friedhof – plötzlich kam es ihm so vor, als stünden dort nicht hohe Granitsteine, sondern Tschetschenen in Reih und Glied. Die reglose Menge erstarrte bei seinem Anblick, folgte ihm mit den Augen … Die reinste Sinnestäuschung! Oder er war im Begriff, den Verstand zu verlieren. Er schloss die Augen, fuhr sich mit der Hand übers Gesicht und guckte wieder hin: Es waren hohe Steine, keine Tschetschenen. Dennoch beschleunigte er für alle Fälle den Schritt und ließ kein Auge von den Granitsteinen, damit sie sich, Gott behüte, nicht wieder in Tschetschenen verwandelten. In Richtung Kolonie war das Feuer nicht vorgedrungen, hier brauchte er weder das Hemd um den Kopf zu wickeln noch sich ins Gras zu legen. Nur schwarz war er, doch das konnte er selbst nicht sehen. Wäre ihm jemand entgegengekommen, so würde er bestimmt geglaubt haben, der Teufel selber wäre aus der Hölle herausgesprungen. Aber das, was Kolka durchschritten hatte, war ja auch die Hölle.

Er wusste später nicht, wie er an die Sunsha gelangt war. Er legte sich an das flache gelbliche Flüsschen und tauchte immer wieder den Kopf ins Wasser.

Lange lag er da, bis es ringsum etwas heller wurde. Und dann sah er staunend: Es war Morgen. Die Sonne schien. Die Vögel zwitscherten. Das Wasser murmelte. Aus der Hölle geradewegs ins Paradies. Jetzt rasch zur Kolonie, dort wartete Regina Petrowna auf ihn. Er musste sie schleunigst herausholen, ehe das Feuer hierherkam. Stattdessen hatte er sich ein schönes Bad gegönnt.

Kolka seufzte und ging, ohne seine Kleider ausgewrungen zu haben. Die trockneten von selbst. Aber er betrat die Kolonie nicht durchs Tor, sondern durch sein Schlupfloch, das war gewohnter und auch sicherer.

Seit er mit Saschka hier gewesen war, hatte sich nichts verändert. Nur mitten im Hof sah er ein zertrümmertes Militärfuhrwerk, das auf der Seite lag, und daneben einen flachen Hügel. In dem Hügel steckte ein Brettchen, darauf war mit Tintenstift geschrieben:

»Pjotr Anissimowitsch Meschkow. 17. 10. 44.«

Kolka starrte das Brettchen an. Zweimal las er die Schrift Buchstabe für Buchstabe, bis er begriff: Das war ja der Direktor! Er lag hier begraben. Hätte dort gestanden: »Aktentasche«, hätte er's sofort kapiert. So war das jetzt. Sie hatten ihn umgebracht. Also konnten sie auch Regina Petrowna umbringen.

Er stellte sich mitten auf den Hof und schrie aus Leibeskräften: »Re-gi-na Pe-trow-na!«

Ihm antwortete nur das Echo.

Da lief er durch alle Etagen, durch alle Räume, stolperte über verstreute Sachen, ohne sie zu bemerken. Er lief und rief immer wieder verzweifelt: »Regina Petrowna … Regina Petrowna … Regi …«.

Plötzlich kam er zur Besinnung. Stand da wie angewurzelt. Er hatte begriffen … sie war nicht hier.

Sie war überhaupt nicht hier gewesen.

Ihm wurde wehmütig zumute. Er fühlte sich einsam. Wie in einer Falle, in die er hineingetappt war. Er stürzte zum Hof hinaus, kehrte aber wieder um, denn er glaubte, nicht noch einmal durch das Feuer gehen zu können. Die Kräfte reichten nicht. Mit Regina Petrowna und mit den Männlein wäre er vielleicht noch einmal hindurchgegangen … Um ihretwillen, um sie zu retten. Für sich selbst hatte er nicht mehr genug Kraft.

Im Haus legte er sich in einer Ecke auf den Fußboden, obwohl es in der Nähe eine Matratze gab und auch ein Kissen. Er rollte sich zusammen und sank in Vergessen.

Von Zeit zu Zeit kam er zu sich, dann rief er nach Saschka und nach Regina Petrowna. Außer den beiden gab es in seinem Leben niemanden, den er hätte rufen können.

Es kam ihm so vor, als ob sie ganz in der Nähe wären, ihn jedoch nicht hörten, und er schrie vor Verzweiflung, stellte sich auf alle viere und winselte wie ein kleiner Hund.

Ihm schien, dass er schliefe, lange schliefe und überhaupt nicht wieder wach werden könne. Nur einmal in der Nacht, er wusste nicht, wo er war, hörte er jemanden hastig schwer atmen.

»Saschka! Ich wusste, dass du kommst! Ich hab so auf dich gewartet! So gewartet!«, sagte er und weinte.

29

Er öffnete die Augen und sah Saschka, der ihm einen Blechbecher vors Gesicht hielt. Kolka schüttelte den Kopf, da plätscherte ihm Wasser ins Gesicht.

Saschka radebrechte bittend: »Hi … Hi … Trinkn, sonst ganz stärbn … Wasser müssn trinkn … Hi … Verstähn, Hi …«

Kolka nahm ein paar Schlucke und schlief wieder ein. Er hätte Saschka sagen sollen, wie ulkig er »stärbn« aussprach, doch er hatte keine Kraft. Er konnte nicht mal die Augen öffnen. Ihm war nicht nach hi-hi.

Saschka breitete etwas Warmes über den Bruder, verschwand und kam wieder mit dem Becher zu ihm.

Einmal schlug Kolka die Augen auf und sah ein unbekanntes Gesicht. Genauer gesagt, das Gesicht war ihm bekannt, denn als Saschka ihm den Becher an den Mund hielt, hatte er genauso seltsam dunkel und breitwangig ausgesehen. Da aber hatte es Kolka nicht irritiert. Saschka mit seinem schlauen Köpfchen konnte sich jedes Gesicht zulegen.

Diesmal aber begriff Kolka auf den ersten Blick: Das war gar nicht Saschka. Vor ihm hockte ein fremder Junge in einer versengten Wattejacke, die ihm bis an die nackten Knie reichte, und murmelte etwas.

»Hi, Hi«, murmelte er. »Bepig … Muss essn. Nix stärbn.«

Kolka schloss die Augen und dachte wieder, dass das nicht Saschka war. Aber wo steckte dann Saschka? Und warum hatte dieser fremde dunkle Junge Saschkas neues Gesicht und redete in Saschkas gebrochener Sprache? Kolka kam zu keinem Ergebnis und schlief ein. Als er wieder aufwachte, fragte er gleich: »Wo ist denn Saschka?«

Er hörte seine Stimme nicht, aber die fremde Stimme hörte er.

»Sasch nix da. Ich Alchusur … So ich heiß … Alchusur … Verstähn?«

»Nein«, sagte Kolka. »Ruf Saschka her. Sag ihm, mir geht's schlecht ohne ihn. Was soll der Quatsch, dass er nicht kommt.«

Jedenfalls glaubte er, dies gesagt zu haben. In Wirklichkeit hatte er beim zweiten Mal nur etwas gebrummt. Dann schlief er wieder, und ihm träumte, dass der fremde, dunkle Alchusur ihm einzelne Weinbeeren in den Mund steckte. Und Nussstückchen. Zuerst zerbiss er die Nuss, dann gab er die Stückchen Kolka zu essen.

Einmal sagte er: »Ich, ich Sasch … Wenn wolln, mich so nenn … Ich sein Sasch.«

Wieder zerbiss er eine Nuss. Und steckte Kolka Weinbeeren in den Mund.

»Ich Sasch … Du kaun … Kaun … Dann gut.«

Da nickte Kolka zum ersten Mal. Von nun an ging es ihm besser.

Alchusur hörte auf den Namen Saschka, der gefiel ihm. Kolka lag in einer Ecke auf einer Matratze, Alchusur hatte ihn dorthin geschleppt und eine zweite Matratze auf ihn gelegt.

Eines Tages hielt es Kolka nicht aus, er blickte Alchusur ins Gesicht und fragte: »War Saschka wirklich nicht hier?«

Alchusur guckte seinen kranken Gefährten traurig an und schüttelte den Kopf.

»Soldat war«, sagte er, »ich sein … So wedda … Ich weglaufn.«

»Du hattest Angst vor dem Soldaten? Unserem Soldaten?«

Alchusur sah ängstlich zum Fenster und gab keine Antwort. Er hatte ein breitwangiges, spitzes Gesicht und wache blanke Augen.

»Und das Feuer?«, fragte Kolka.

»Feier?«, wiederholte Alchusur und starrte ihn an. »Feier? Rynych?«

»Nein … Ich red vom Feuer: Brennt der Mais noch?«

Der Junge nickte, zeigte auf die vielen Löcher in seiner Wattejacke.

»Viel Feier … Chatschkasch brenn … Kann nicht gähn … In mich viel Rauch.«

Kolka guckte den betrübten Alchusur an und kicherte. Es klang gar zu komisch, dass in ihm viel Rauch war.

Alchusur wandte sich ab, und Kolka sagte: »Sei nicht böse, ich mein's nicht so … Hast du einen Bleistift?«

Alchusur warf einen Seitenblick auf Kolka und gab keine Antwort.

»Oder ein Stück Kohle … Ich brauch's!«

Alchusur ging schweigend weg und kam mit einem angekohlten Holzstück wieder.

Kolka drehte es in der Hand.

»Vom Haus des Direktors«, sagte er seufzend. »Als die Handgranate geworfen wurde. Es hat die ganze Nacht gebrannt, stell dir vor.«

Alchusur nickte, als könne er von dem Brand wissen.

Kolka wunderte sich.

»Was denn, du hast es gesehen? Wirklich?«

»Ich nix sähn«, sagte Alchusur heftig, wandte sich ab und blickte zum Fenster hinaus. Er verschwieg etwas. Aber vielleicht kam es Kolka nur so vor.

Er rückte zum Rand der Matratze und begann mit der bröckelnden Kohle ein Schema auf den Fußboden zu zeichnen. Er zeichnete die Kolonie, den Fluss, den Friedhof. Alchusur blickte auf die verschmierten Linien, zeigte mit dem Finger auf den Friedhof.

»Tschurt!«

»Von mir aus«, sagte Kolka. »Bei uns heißt das Friedhof. Und das hier ist Berjosowskaja.«

Alchusur wischte Berjosowskaja weg und rieb die Hände an der Jacke ab.

»Nix Perjosow ... Dej Tschurt, so heißn!«

»Warum denn?«

»Dada ... Vata ... Grapp Vata.«

»Das Grab von deinem Vater?«, verstand Kolka. »Dein Vater liegt hier begraben?«

Alchusur dachte nach. Wahrscheinlich erinnerte er sich an seinen Vater.

»Nix mein Vata ... Vata von alle.«

Da ging Kolka auf, dass die Siedlung so hieß: Grab der Väter. Friedhof hieß Tschurt, und das Dorf hieß Dej Tschurt ... Wie Tschort, Teufel. Davon hatte Ilja dauernd geplappert in seiner Angst.

Kolka wandte sich der Zeichnung zu und richtete sich auf, um besser sehen zu können. Er markierte einen Busch am Fluss und zeichnete daneben ein Loch.

»Das wirst du doch finden?«, fragte er besorgt.

Nie im Leben würde er einem anderen Menschen das Geheimnis des Verstecks eröffnet haben. Das war ja wie Verrat an sich selbst. Aber Alchusur war jetzt Saschka, und Saschka wusste, wo ihr Schatz versteckt lag. Außerdem konnte Kolka nicht selber hin. Er hatte keine Kraft.

»Du findest es … Bring ein Glas Marmelade.«

Sprach's und legte sich wieder hin. Das lange Reden hatte ihn erschöpft.

Alchusur warf noch einen Blick auf die Zeichnung und verschwand. Wie vom Erdboden verschluckt. Kolka beschlich das Gefühl, sein Nennbruder wäre für immer auf und davon. Er hatte das Versteck gefunden, ausgeräumt und das Weite gesucht. Wenn Kolka es recht bedachte, was sollte Alchusur auch mit ihm? Krank und kraftlos, wie er war? Jetzt war Alchusur selber reich. Aber Kolka dachte das nicht, wollte es nicht denken. Die Gedanken kamen gegen seinen Willen, und er scheuchte sie weg. Warum aber kam Alchusur nicht wieder?

Stunden vergingen, eine Ewigkeit. Auf einmal polterte es, Alchusur kam hereingestürmt, sein Gesicht war verzerrt. Er stolperte, fiel hin, sprang auf, fiel wieder hin und blieb liegen, starrte zur Tür und zuckte bei jedem Geräusch zusammen.

Kolka hob den Kopf.

»Was ist?«, fragte er. »Hast du dich gestoßen? Verletzt?«

Aber Alchusur gab keine Antwort, er zog eine Matratze über sich und verharrte reglos darunter.

»Bist du taub?«, rief Kolka ärgerlich. Er wartete, kroch dann zu der Matratze und hob den Rand hoch: Alchusur lag mit geschlossenen Augen da, als warte er auf den ersten Schlag. Und plötzlich weinte er. Weinte und sagte immer wieder: »Tschurt … Tschurt …«

»Hör doch auf!«, bat Kolka. »Ich tu dir ja nichts!«

Alchusur drehte das Gesicht nach unten und hielt die Hände über den Kopf. Es sah aus, als sei er auf das Schlimmste gefasst.

»Du machst Sachen«, sagte Kolka und versuchte aufzustehen. Er taumelte vor Schwäche. Auf allen vieren kroch er zu dem kaputten Fenster und zog sich hoch; Glasscherben klirrten zu Boden.

In der abendlichen Dämmerung sah er den Hof und eine Gruppe Soldaten. Die versuchten, ein Fuhrwerk vom Fleck zu kriegen, auf dem, das erkannte Kolka sofort, längliche Grabsteine lagen. Ob sie die vom Friedhof holen?, dachte er. Wo bringen sie die hin? Wozu?

Der Wagen schien festzustecken.

Einer der Soldaten machte eine wegwerfende Handbewegung und blickte suchend nach allen Seiten.

»Ein Brecheisen bräuchten wir. Ich geh mal stöbern.«

Er drehte sich um und kam auf das Haus zu.

Kolka sah es und sprang zurück, doch er konnte sich nicht mehr unter der Matratze verstecken. So blieb er auf dem Fußboden sitzen. Wie ein dummes Vögelchen, das aus dem Nest gefallen ist.

Der Soldat bemerkte Kolka nicht gleich. Er machte ein paar Schritte, untersuchte den Raum, und plötzlich fiel sein Blick auf Kolka. Vor Überraschung zuckte er zusammen.

»He, was machst du denn hier?«, fragte er verwundert.

Der Soldat hatte weißblonde Haare, ein sommersprossiges Gesicht und blaue Augen. Vor Überraschung schniefte er.

»Ich wohne hier«, antwortete Kolka heiser.

»Du wohnst hier? Wo?«

»Na hier, in der Kolonie.«

Der Soldat sah sich um und verstand.

»Kolonie, sagst du?« Er hockte sich hin, um den Jungen besser zu sehen. Und schniefte wieder. »Und wo sind die anderen?«

»Weg«, sagte Kolka.

»Und du, warum bist du nicht mit? Bist du allein? Oder nicht?«

Kolka gab keine Antwort.

Der Soldat hatte scharfäugig längst entdeckt, dass die Matratze über Alchusur sich bewegte. Während des Gesprächs hatte er schon ein paarmal hingeschielt.

»Wer ist denn da versteckt?«

»Wo?«, fragte Kolka.

»Unter der Matratze da.«

»Unter der Matratze?«

Kolka wollte Zeit gewinnen, um besser schwindeln zu können. Saschka wäre schon etwas eingefallen, aber Kolkas Kopf war nach der Krankheit völlig träge und brachte nichts hervor.

So schoss er das Erste heraus, was ihm einfiel.

»Ach, unter der Matratze … Da liegt Saschka! Mein Bruder … Saschka heißt er. Er ist krank.« Zur Sicherheit fügte er hinzu: »Wir sind beide krank.«

»Also, weil ihr krank seid, haben sie euch hiergelassen!«, rief der Soldat und stand auf. »Ich hab schon gestern gehört, da reden doch welche … Wie ich auf Posten stand … Dabei weiß ich, weit und breit ist kein Mensch. Wie konnten sie euch allein hierlassen?«

Er ging zu Alchusur und guckte unter die Matratze.

»Natürlich. Er hat ja Fieber. Vielleicht Malaria. Wie er zittert.«

Er zögerte, sah Alchusur an, bedeckte ihn wieder mit der Matratze.

Dann ging er zur Tür, drehte sich noch einmal um und rief Kolka zu: »Ich komm gleich wieder.«

Kolka horchte auf. Wozu wollte der wiederkommen? Hatte er mitgekriegt, dass Alchusur nicht sein Bruder war?

Der Soldat kam wieder mit einer Blechschüssel, die Kolka kannte, sie war aus einer Konservenbüchse gemacht. Er brachte darin Grießbrei und ein Stück Brot. Beides legte er vor Kolka auf den Fußboden.

»Hier, für dich. Gib ihm auch was. Und hier sind Tabletten.« Er legte sechs gelbe Tabletten neben die Schüssel.

»Das ist Chinin, klar? Bei uns leiden viele an Malaria, dagegen hilft Chinin. Wie heißt du?«

»Kolka«, sagte Kolka. Einen anderen Namen anzugeben hatte jetzt keinen Sinn. Welchen auch? Alchusur?

»Ich bin Soldat Tschernow … Wassili Tschernow. Aus Tambow.«

Der Soldat stand über Kolka und zögerte zu gehen. Er schniefte und sah den kranken Jungen mitleidig an.

Schon im Gehen sagte er: »Also, Kolka, iss nicht alles allein. Gib auch dem Bruder was. Und ich schick Sanitäter her. Morgen. Na, mach's gut!«

Erst, als es dunkel geworden war, lugte Alchusur unter der Matratze hervor. Er wollte sich vergewissern, dass der Soldat weg war.

Kolka rief ihm zu: »Komm raus … Brauchst keine Angst haben! Da, hat alles der Soldat Tschernow mitgebracht! Für dich und für mich.«

Alchusur sagte nichts. Die Matratze bewegte sich.

»Möchtest du essen?«, fragte Kolka. »Grießbrei?«

Alchusur hob die Matratze ein Stück und drehte den Kopf hin und her.

»Grießbrei«, wiederholte Kolka genüsslich. »Und Brot. Hast du schon mal Grießbrei gegessen?«

Alchusur streckte den Kopf heraus, sah die Schüssel und holte tief Luft.

»Komm schon«, sagte Kolka streng wie der Soldat Tschernow. »Er hat befohlen, wir sollen essen.«

Alchusur wälzte sich herum und seufzte. Aber ganz hervorzukommen konnte er sich nicht entschließen. Die Matratze hinter sich herziehend, kroch er zu Kolka. Bei Gefahr konnte er darunter verschwinden. Bestimmt hielt er sich so für besser geschützt.

Kolka brach das Brot in zwei Hälften und teilte auch die Tabletten. Jeder bekam drei Stück.

Er zeigte auf das Brot und fragte: »Wie heißt das bei euch?«

»Bepig.«

Alchusur machte sich gierig über das Brot her.

»Nicht so hastig, iss Grießbrei dazu«, empfahl ihm Kolka. »Mit Grießbrei macht es besser satt. Und nachher holen wir Wasser aus der Sunsha.«

»Solsha«, verbesserte ihn Alchusur. »Zwei Fluss, darum so heißn.«

»Zwei Flüsse?«, staunte Kolka und kostete von dem Grießbrei.

»Einer, aber wie zwei.«

»Zwei Flussbetten vielleicht?«, fragte Kolka verwundert. »So wie Saschka und ich ... Früher ... Wir waren auch zwei, wie einer ... Solsha also!«

Sie aßen den Grießbrei mit den Händen, futterten alles auf und wischten die Schüssel mit den Fingern aus. Ein Stück Brot wäre besser gewesen, aber das hatten sie schon verputzt. Zufrieden blickten sie einander an.

»Jetzt bist du mein Bruder«, sagte Kolka nach einigem Überlegen. »Wir beide sind die Solsha. Wenn sie uns morgen holen kommen und nach dem Namen fragen, dann sag, du heißt Kusmin. Kannst du dir das merken? Wir beide sind die Kusmins. Wir beide sagen zu Brot Bepig, aber für die heißt es eben Brot. Pass auf, dass du dich nicht verplapperst. Saschka Kusmin, so heißt du jetzt!«

»Ich Sasch«, bestätigte Alchusur. »Ich Bruder Sasch.«

Mit einem Seufzer sagte er: »Und wo andere Bruder Sasch?«

»Weggefahren«, antwortete Kolka. »Mit dem Zug, in die Berge.«

»Ich auch weggähn«, erklärte Alchusur. »Ich weglaufn ... Von Soldat.«

»Warum?«, fragte Kolka verständnislos. »Die Soldaten sind gut. Der Soldat Tschernow hat uns Grießbrei gegeben.«

Alchusur schloss die Augen.

»Soldat Tschurt kaputtmach.«

»Du meinst die Gräber? Sollen sie doch, was geht das uns an!«

Aber Alchusur blieb bei seiner Meinung.

»Schlecht, wenn kaputtmach Tschurt … schlecht.«

Er rollte die Augen und zeigte mit seiner Miene, wie schlecht das war.

»Ach, hör auf zu jammern!«, rief Kolka. »Schlecht, schlecht. Einem Grab kann es nicht schlecht gehen! Es ist ja tot!«

Alchusur spitzte die Lippen, was ziemlich albern aussah, und sagte beinahe singend: »Stein weg, Grapp Tschurt weg … Auch Tschetschen weg … Und Alchusur weg … Wozu, wozu ich da?«

»Und ich sage dir«, rief Kolka ärgerlich, »wenn ich da bin, bist du auch da. Wir beide sind da. Verstehst du? Wie deine Solsha.«

Alchusur blickte zum Fenster, zeigte mit dem Finger auf den nun schwarzen Himmel und dann auf sich selbst.

»Alchusur heißn bei Tschetschen Vogel. Vogel werdn fliegn. In Berge. Dada – bumm! Nana – bumm! Wenn Alchusur nicht fliegn in Berge, dann er auch … bumm.«

Ausdrucksvoll richtete er den Finger auf sich wie eine Pistole.

30

In Moskau, in Lefortowo, hinter den Studentenwohnheimen des Energetischen Instituts, steht der viergeschossige Ziegelbau eines Dampfbads. Mittwochs trifft sich hier eine Truppe von Leuten, die gern in die Sauna gehen. Studenten, Rentner, Offiziere.

Eines Tages nahm mich mein Freund, ein Oberst, hierher mit. Es war Anfang März. Er stellte mich einem Mann im Rentenalter vor, der kräftig gebaut war, doch ein Bäuchlein hatte.

»Also, Viktor Iwanowitsch … zeigen Sie ihm (das heißt mir) unser Dampfbad mit allem Drum und Dran!«

Viktor Iwanowitsch trug eine Strickmütze und Sandalen.

Er gab mir zwei Weniks, zusammengebundene Eicheruten, und führte mich in den Dampfraum; unterwegs hieß er mich, die Weniks in ein Becken mit kaltem Wasser zu tauchen und dann gut auszuschütteln. Diese Weniks musste man im Dampfraum vors Gesicht halten, um in der klebrigen, alles verhüllenden Dampfhitze atmen zu können. Hier auf den Bänken sprachen alle miteinander, jeder kannte jeden. Einem von ihnen wurde zugerufen: »Kolja, bisschen mehr! Pfefferminze wär schön! Oder Eukalyptusblätter! Viktor, hast du keine Eukalyptusblätter?«

Dann wurde ich auf eine Steinbank gelegt, nicht mehr im Dampfraum, und Viktor Iwanowitsch und mein Freund kümmerten sich um mich. Ersterer gab sich besonders Mühe. Er stellte zwei Bottiche mit heißem Wasser hin, dazu einen dritten mit Seifenschaum. Dann tauchte er die beiden Weniks immer wieder in das heiße Wasser und drückte sie rasch an meinen Körper, an die Seiten, auf den Rücken, auf die Wirbelsäule, erhitzte die Haut bis zur Schmerzgrenze und flüsterte dabei: »Halt's aus … Halt's aus …« Mir wurde immer heißer, bis ich es kaum noch ertrug, aber seine Kunst bestand wohl gerade darin, dass er diese Grenze genau kannte.

Danach rieben, seiften, kneteten sie an mir jeden Muskel, jede Sehne, dann wurde alles mit Wasser abgespült, mal fast kochend heiß, mal eiskalt. Wieder fuhren die heißen Weniks über meine schmerzende Wirbelsäule, diesmal ganz gezielt, denn wegen meiner Radikulitis war ich ja ins Dampfbad gegangen.

Von der Radikulitis muss ich extra erzählen. Ich habe sie seit langem, seit ich einmal als Kind auf einem dürren Maisfeld in einer Grube lag. Reiter verfolgten uns. Ein Pferd kam ganz dicht an mir vorbei, ich spürte, wie es von einem Huf auf den anderen trat und sein geräuschvolles Atmen meine Haare bewegte. Aber es war schon dämmrig, und der Reiter konnte nicht mehr sehen, weshalb sein Pferd auf der Stelle trat. In der Ferne rief jemand in einer fremden, kehligen Sprache nach ihm. Sie hatten jemanden gefangen! Da sprengte er davon, gab seinem widerspenstigen Gaul die Peitsche.

Seit damals quälen mich die Schmerzen im Rücken unerbittlich. Aber hier im Dampfbad ließen sie etwas nach – dank Viktor Iwanowitsch, meinem Retter.

Dann gab es eine kleine Pause, und meine neuen Freunde, wohlig ermüdet, holten eine Flasche Wodka, kaltes Schweinefleisch, Zwiebellauch und ein Glas Gurken hervor, kauften beim Badewärter Bier, einen Rubel die Flasche. Still und friedlich, in Laken gewickelt, tranken wir aus einem Glas, was offenbar auch zum Ritual gehörte.

Viktor Iwanowitsch erzählte von den Eichenruten, die er brach, dann presste, dörrte und in einem Plastiksack aufbewahrte. Sie reichten immer genau bis zur nächsten Saison.

»Was denn, bis zum Sommer?«, fragte mein Freund, Oberst bei den Panzertruppen.

»Ach, diese Jugend!«, sagte Viktor Iwanowitsch kopfschüttelnd. »Alles muss man euch beibringen, ihr wisst aber auch gar nichts! Bis Pfingsten! Schon mal von gehört?«

Noch einmal ging es in den Dampfraum, zum Polieren. Dann wurde ausgetrunken, wir zogen uns an und begaben uns nach draußen. Aber damit war das Ritual, wie ich merkte, noch nicht beendet. Alle bogen ab zur Rückseite des Dampfbads. Viktor Iwanowitsch verschwand hinter einer schmutzigen Tür, kam aber gleich wieder und winkte uns: »Kommt! Hier rein!«

In einem vollgerümpelten kleinen Raum im Souterrain saßen zwei Männer an einer aufgebockten Sperrholzplatte und tranken; wir hatten die beiden schon im Dampfbad gesehen. Neben ihnen stand ein kleiner Kerl mit Ohrenklappenmütze und Wattejacke.

»Na, Nikolai Petrowitsch, gibst du uns was?«, fragten sie ihn.

»Aber ja«, antwortete er eilfertig. »Wie ihr wollt, hier oder lieber drüben?«

»Lieber drüben, wenn's geht«, sagte Viktor Iwanowitsch. Er sagte es gebieterisch.

Wir wurden durch einen mit Tischlerkrempel vollgestopften Gang in einen Verschlag geführt, größer als der erste Raum. Hier gab es auch eine Sperrholzplatte, Kisten dienten als Hocker. Nikolai Petrowitsch verschwand und kam mit einer Flasche und Gläsern wieder.

Während er eingoss, nickte Viktor Iwanowitsch zum Gang hin und sagte: »Das sind auch … welche von uns! Einer ist Oberstleutnant, bei dem andern weiß ich's nicht mehr. Ein Versorgungsoffizier, glaub ich.«

»Und was seid ihr?«, fragte ich.

Er gab keine Antwort, sondern holte seinen Kriegsteilnehmerausweis hervor.

»Da«, sagte er. »Ich hab den Krieg vom ersten bis zum letzten Tag mitgemacht.«

Wir tranken. Er nahm einen Schluck Gurkenlake aus dem Glas, aß ein Stück Brot und fügte hinzu: »Angefangen mit der Parade einundvierzig … Und dann überall … Ich war MPi-Schütze … Im Kaukasus … Da haben wir diese Schwarzen rausgeholt. Die hatten sich an Hitler verkauft! Den Staatsanwalt von ihrer Republik, den haben sie zum General gemacht, gegen uns …« Er schenkte nach. Wir tranken.

»Im Februar, ich weiß noch, das war nach dem Zwanzigsten, da haben sie uns kurz vor dem Feiertag* in eine Siedlung gebracht, angeblich zur Erholung. Dem Vorsitzenden des Dorfsowjets wurde gesagt: Um sechs Uhr früh ist Versammlung, alle Männer müssen sich vor deinem Dorfsowjet einfinden; wir haben euch was mitzuteilen, dann könnt ihr wieder gehen. Na, die kamen alle auf den Dorfplatz. Wir hatten vorher bei Dunkelheit alles umzingelt. Die konnten sich gar nicht so schnell besinnen, da saßen sie schon unter Bewachung auf Lastern! Und dann sind wir von Haus zu Haus … Zehn Minuten zum Packen und Abtransport! Die ganze Operation dauerte drei Stunden. Na und die, die abgehauen sind … Mann, haben die gewütet. Wir haben sie in den Bergen gejagt. Die haben natürlich auch …«

* Der 23. Februar war der Tag der Sowjetarmee. Heute wird er begangen als Tag des Vaterlandsverteidigers.

Nikolai Petrowitsch kam herein, sah die leere Flasche und sagte: »Ich schließe, es ist Zeit!«

Wir standen auf. Viktor Iwanowitsch ging als Erster hinaus und erzählte weiter: »Ich weiß noch, wir zogen am Argun entlang. Das ist so ein Fluss ... Auf Eseln sind wir geritten, elf Eseln, ich saß auf dem zweiten. Plötzlich ballert von der Anhöhe ein Maschinengewehr. Zwei sind gefallen, wir andern krochen in Deckung. Dann haben wir einen Granatwerfer in Stellung gebracht und drauflosgefeuert, immer auf den Berg, wo die steckten. Die ganze Anhöhe haben wir plattgemacht, MG und MG-Schütze, alles weg, nicht einen Kleiderfetzen haben wir danach gefunden. Es war eigentlich üblich, dass wir die Köpfe von denen in den Stab brachten, und da hat dann einer von den Tschetschenen die identifiziert und aus den Listen gestrichen: Achmet oder wie sie hießen ... Na, bis zum Frühling hat's Orden gegeben, danach haben wir die Tataren von der Krim weggebracht. Meistens ins Jenseits ... Kalmyken, Litauer ... Auch alles Lumpen, Faschisten ... Abschaum.«

Schließlich hörte ich etwas, was mir bekannt vorkam, ich musste es vor langer Zeit gehört haben. Sicherlich dort im Kaukasus.

»Die gehören doch alle an die Wand gestellt! Wir haben sie damals nicht alle fertiggemacht, und jetzt müssen wir's ausbaden.«

Wir kehrten in einen Bierpavillon ein, der nicht ganz zufällig an unserem Weg lag, gleich neben einer kleinen Kirche; der Pavillon hieß denn auch Peter und Paul, er war in ganz Moskau bekannt. Wir wechselten einen Rubel in nasses Kleingeld, spülten Gläser aus, zapften Bier aus dem Automaten, tranken an einem schmutzigen Tisch und aßen Salzkringel dazu.

Ringsum waren eine Menge Leute, die begrüßten sich lautstark. Wie im Dampfbad kannte hier jeder jeden.

Zwei Männer kamen auf Viktor Iwanowitsch zu, runzlig, in altmodischen langen Mänteln aus schwarzem Wollstoff. Sie wurden mir als »unsere Jungs« vorgestellt, als Stammgäste.

»Sie waren auch dabei«, sagte Viktor Iwanowitsch anerkennend. »Wir waren bei den gleichen Truppen, wenn wir uns auch nie begegnet sind. Hier sind viele von uns!«

Er machte eine Handbewegung, und ich sah mich um. Tatsächlich, abgesehen von den an ihrem Alter und ihrer Kleidung leicht zu erkennenden Studenten waren fast alle hier wie unser Viktor Iwanowitsch. Nicht ganz so jung geblieben, aber genauso ruhig und zufrieden. Obwohl sie keine Schulterklappen trugen, merkte man ihnen ihre Vergangenheit an. Die gleiche Schule. Und was für eine Schule!

Viktor Iwanowitsch biss von seinem Salzkringel ab, dass die Krümel zu Boden rieselten, und rief seinen Kumpels zu: »Bis heute muss ich an diese Halunken denken ... Ich habe eine Ehrenurkunde vom Genossen Stalin persönlich! Jawohl!«

Seine friedlichen, lächelnden Kumpels nickten und streckten die Gläser mit dem trüben Gesöff zur Mitte, um gemeinsam anzustoßen.

Zwangsläufig kam mir der Gedanke, dass sie noch leben, irgendwo existieren, alle diese Leute, die in Stalins Namen seinen Willen ausgeführt haben.

Sie leben, aber wie leben sie?

Werden sie nicht von Alpträumen gepeinigt, erscheinen ihnen nicht mitternächtlich die Schatten der Ermordeten, um sich in Erinnerung zu bringen?

Nein, sie erscheinen ihnen nicht.

Sie spielen mit ihren Enkeln, und wenn sie sich zufällig begegnen, erkennen sie einander an unsichtbaren, aber für sie eindeutigen Zeichen. Der Stempel, den ihr Beruf ihnen aufgedrückt hat, scheint dauerhaft zu sein.

In Dampfbädern oder Bierstuben kommen sie zusammen, stoßen trübe Gläser mit dumpfem Klacken gegeneinander und trinken auf ihre Gesundheit und ihre Zukunft.

Sie glauben, dass ihre Zeit noch nicht vorbei ist.

Im Morgengrauen, kaum dass der dichte Nebel, der das Tal zudeckte, zergangen war und eine Brise den Geruch verbrannten Grases vom Feld herbeitrug, schlichen wir zu zweit über den stillen Hof, wo neben dem gelben Hügel des Direktorgrabs das Fuhrwerk mit den Steinen stand. Es war gestern nicht mehr flottgemacht worden.

Wir krochen durch unser Schlupfloch und gingen auf den Friedhof.

Der Friedhof war nicht mehr vorhanden. Da und dort lagen zerschlagene, aus der Erde gezerrte Steine, fertig zum Abtransport, und die aufgewühlte Erde war rötlich.

Als wir aber übers Feld zum Fluss gingen, stießen wir wieder auf Grabsteine, die in einer Reihe lagen.

Es war eine Straße, eine ungewöhnliche Straße, die aus irgendwelchen Gründen nicht zur Siedlung führte, sondern in Richtung der menschenleeren Berge.

Gleich beim ersten Stein blieb mein Gefährte stehen. Er blickte zu Boden, bückte sich dann, hockte sich hin, kniete nieder. Den Kopf zur Seite geneigt, las er murmelnd etwas.

»Was ist?«, fragte ich ungeduldig. »Was liest du da?«

Ohne von seiner sonderbaren Beschäftigung abzulassen, sagte er: »Hier liegn Suiber …«

»Suiber? Wer ist das?«

Er zuckte die Achseln.

»Dada … Vata …«

Er kroch zum nächsten Stein.

»Hier liegn Umran …«

»Und wer ist das?«

Wie beim ersten Mal sagte er, ohne mich anzusehn: »Dada … Vata …«

Und weiter ging es, von Stein zu Stein: »Hassan … Deni … Toita … Wahit … Ramsan … Sozita … Waha …«

Ich blickte mich um. Es war schon so hell, dass man uns von weitem sehen konnte. Wir mussten schleunigst Deckung suchen.

Ich trieb meinen Gefährten zur Eile.

»Komm, komm … Wir müssen weg!«

Er hörte mich nicht.

Von Stein zu Stein kriechend, las er Namen vor, als memoriere er die Geschichte seines Geschlechts.

Ich weiß nicht, wie lange das so weitergegangen wäre, hätte die Straße nicht am steilen Hochufer des Flusses geendet. Vor dem Abgrund. Hier sollte offenbar eine Brücke entstehen, mit dem Bau war schon begonnen worden.

Wir umgingen den gefährlichen Steilhang, stiegen zum Fluss hinunter, durchquerten ihn auf Steinen und gingen in Richtung der Berge.

Mein Gefährte hielt fortwährend Umschau, um die Gegend in seiner Erinnerung festzuhalten.

Er und ich, wir konnten damals natürlich eines nicht wissen: Eines Tages würden die Kinder und Enkel der Menschen, deren Namen auf den Steinen verewigt waren, um der Gerechtigkeit willen in ihr Land zurückkehren.

Sie würden diese Straße finden, und jeder Rückkehrer würde den Stein seiner Vorfahren an sich nehmen, um ihn wieder auf seinen Platz zu stellen.

Sie würden Stein um Stein wegtragen, und die Straße zum Abgrund würde verschwinden.

»Komm, wir gehen zu unserem Gehöft hinter der Station«, sagte Kolka. »Weißt du, wie prima es da drüben ist? Wir können Tschureks backen … Kürbis … Hm?«

Alchusur schüttelte den Kopf.

»Hier schießn, da nix schießn«, murmelte er dickköpfig und zeigte auf die Berge.

»Na gut«, stimmte Kolka zu. »Wenn du mein Bruder bist, muss ich mit dir gehen. Mein Bruder und ich, wir haben uns nie getrennt. Verstehst du?«

»Verstähn.« Alchusur nickte. »Ein Bruda zwei Augn, zwei Bruda vier Augn!«

»Das ist ja 'n Ding«, rief Kolka, sah sich um und hielt sich den Mund zu. Halblaut sprach er weiter: »Du bist ja wie Saschka. Das hat er auch immer gesagt.«

»Ich Sasch«, sagte Alchusur fest. »Ich sein gut Sasch ... Und da ...« Er zeigte wieder auf die Berge. »Da ich sein gut Alchusur. Da Brot heißn Bepig und Mais Chatschkasch. Und Wasser heißn Hi.«

Kolka krauste die Stirn. In sein Gedächtnis war für alle Zeiten der dunkelrote Güterwagen auf der Station Kuban eingegraben, aus dessen vergitterten Fenstern sich Hände reckten. Dahinter hatte er Münder und flehende Augen gesehen, und bis heute gellte in seinen Ohren der Ruf: »Hi! Hi! Hi! Hi!« Um Wasser hatten die Kinder also gebeten.

Die Jungen liefen an engen Schluchten entlang, die in Bergfalten übergingen. Sie stießen auf einen mächtigen Walnussbaum. Alchusur schlug mit einem Stock geschickt Nüsse herunter, und Kolka sammelte sie in sein Hemd. Später aßen sie süße Hagebutten und fanden auch ein paar Pilze, aber die schmeckten bitter.

Schwerer Rauch folgte den Flüchtlingen auf ihrem Weg, und Kolka, noch schwach von der Krankheit, musste sich häufig ausruhen. Alchusur hingegen kraxelte so flink über die Felsen, dass Kolka nur seine nackten Beine unter der Wattejacke hervorblinken sah. Während sich Kolka ausruhte, suchte Alchusur das Gesträuch ab und brachte saure wilde Äpfel und Birnen.

»Große Nutzn«, sagte er dann lächelnd, wenn er Kolka die Früchte gab. »Und in Berge kein Rauch ... Da gut.«

Einmal stießen sie auf Soldaten, aber die bemerkten sie nicht. Sie hatten mit einem Lastwagen zu tun, der irgendwie von der Straße abgekommen war und auf der Böschung festsaß. Die Soldaten stießen wüste Flüche aus auf die Berge, die Tschetschenen und auch auf das Fahrzeug.

Kolka beobachtete sie von oben durchs Gebüsch.

Er flüsterte Alchusur zu: »Soll ich mal runter zu ihnen? Vielleicht geben sie mir was zu essen.«

Alchusur zitterte am ganzen Leib wie neulich in der Kolonie.

»Nein! Nein!«, schrie er.

Zwei der Soldaten fuhren herum. Die beiden Jungen konnten sich gerade noch ducken, da ratterte eine MPi-Garbe. Doch die Soldaten wandten sich wieder dem Wagen zu, sie hatten wohl nur für alle Fälle geschossen. Das Echo trug die Schüsse durch die Berglandschaft. Es hörte sich an, als würde von allen Seiten geballert.

Die Jungen krochen zurück vom Rand und gingen in die entgegengesetzte Richtung.

Zur Nacht gelangten sie zu einem baufälligen Schuppen, einer Koschara, in der gewöhnlich Hirten wohnten. So erklärte es Alchusur. Hinter der Koschara war ein kleiner Obst- und Gemüsegarten, gänzlich verwildert. Dennoch konnten die beiden ein paar Mohrrüben ausbuddeln. Sie wischten sie im Gras sauber und verzehrten sie. Auch die Walnüsse aßen sie auf.

Die Nacht war kalt, die Berge machten sich bemerkbar. Sie schliefen eng umarmt auf Stroh, froren aber trotzdem erbärmlich, denn sie hatten nichts zum Zudecken. Gegen Morgen war es nicht mehr auszuhalten, beide zitterten vor Kälte und konnten kaum noch sprechen, weil ihre Zungen ganz steif waren.

Da begann Alchusur um die Koschara herumzulaufen und sang dazu seine sonderbaren kehligen Lieder.

Kolka lief mit und brüllte aus Leibeskräften ein anderes Lied:

»Es schwingt über Gipfel und Täler und Auen
mit Schwingen des Adlers ein herrliches Lied,
das Lied über Stalin, dem alle vertrauen,
zu dem wir in Liebe und Freundschaft erglüht.«*

Aber das Lied über Stalin wärmte ihn nicht. Da kramte er noch die Lieder über Budjonny und Woroschilow aus seiner Erinnerung. Es waren Reiterlieder, und nach dem Pferderhyth-

* Nachdichtung: Erich Weinert.

mus ließ sich besser laufen. Schließlich kam ihm das Lied in den Sinn, das sie im Schlafsaal gegrölt hatten:

»Mein Kamerad und ich, wir gingn spaziern …
Mein Kamerad und ich spazierten lustig durchs Gebirg,
durchs wildeste Gebirg …«

Dieses Lied brachte er Alchusur bei. Zu zweit brüllten sie aus Leibeskräften, sprangen, liefen, rempelten einander mit der Schulter. Dann ging die Sonne auf, durchdrang den dichten Nebel, und es wurde etwas wärmer.

Sie legten sich ins Gras und schliefen wieder ein, glücklich, nicht mehr vor Kälte zittern zu müssen.

Alchusur träumte von seinem Elternhaus, und die Mutter schalt ihn, weil er seine Schulaufgaben nicht gemacht hatte. Kolka träumte von seinem Bruder Saschka, der zu der Koschara kam und ihn fragte: »Warum du schlafn? Schau, überall Berg, und du schlafn? Ja?« Und rüttelte ihn an der Schulter.

Kolka erwachte und wusste nicht gleich, was los war. Vor ihm standen Alchusur und ein Mann in einem rotbraunen Schafpelz, eine Fellmütze auf dem Kopf, ein Gewehr in der Hand.

»Du schlafn, ja?«, schrie der Mann mit sonderbar vibrierender Stimme, die gradewegs aus der Kehle kam. »Mit russische Schwein schlafn, ja? Und du wolln sein Tschetschen, ja?«

Alchusur zog ihn an der Hand, die das auf Kolka gerichtete Gewehr hielt.

Kolka begriff in seiner Schlaftrunkenheit gar nichts. Er rieb sich die Augen und wollte aufstehen, aber der Mann versetzte ihm einen Fußtritt, da stürzte er zu Boden und stieß sich schmerzhaft die Schulter.

»Liegn!«, schrie der Mann. »Ich schießn!«

Wieder richtete er das Gewehr auf Kolka, und Kolka legte sich mit dem Gesicht zur Erde. Er lag da und hörte den Mann und Alchusur sich gegenseitig anschreien. Alchusur sprach laut in seiner Muttersprache, der Mann dagegen antwortete auf

Russisch, bestimmt, damit Kolka es verstand. Damit er begriff, dass er jetzt erschossen würde.

Der Mann brüllte: »Mein Land! Er auf mein Land gekomm! Mein Haus! Mein Garten! Ich ihn dafür erschießn … umbringn.«

»Ma toha zunna!«, schrie Alchusur. »Nicht umbringn! Er mich rettn vor Soldatn … Er mich Bruder nenn.« Der Mann sah Kolka an.

»Han ze hun ju? Verstähn? Nein? Wie heißn?«

Kolka drehte sich um. Der Mann sah ihn kalt und hart an, seine Augen hatten die Farbe der auf Kolka gerichteten Gewehrmündung.

Kolka wollte sich wieder aufrichten, aber der Mann schnauzte ihn an: »Liegn! Antwortn! Han ze hun ju? Ho mila wu?«

»Na, Kolka«, sagte Kolka, lag da und betrachtete den Mann. Er ließ den Blick von dem Gewehr abwärtsgleiten und sah, dass der Mann an den Beinen Wickelgamaschen trug und an den Füßen Galoschen, kreuz und quer mit Bast umwickelt. Der Schafpelz war voller Risse, bestimmt vom langen Laufen durch stachliges Gebüsch. Auch die Fellmütze war voller Risse, und um den Schafpelz war ein mit blankem Silber beschlagener Gürtel geschlungen. Genau so einer wie der, den Saschka und er gehabt hatten. Seltsam, die Fellmütze und der Gürtel verblüfften Kolka, dabei hätte er doch lieber daran denken sollen, dass der Mann ihn erschießen wollte.

»Kolka?«, fragte der Mann zurück. »Warum du herkomm? In Berge, warum? Warum du Tschetschen verfolgn?«

»Ich verfolge keinen«, sagte Kolka. »Ich bin mit ihm gekommen.«

»Wir Bruder! Wir Bruder!«, schrie Alchusur.

»So kcheru choch«, sagte der Tschetschene zu Alchusur.

»Ma hewe so«, antwortete der.

Der Mann sah Kolka an und dann Alchusur und fügte auf Russisch hinzu: »Ihn muss erschießn! Er sonst Soldaten herbringn!«

»Ma hewe so«, schrie Alchusur. Und weinte.

Genau so war es: Kolka lag da und sah den Mann und das Gewehr an, daneben stand Alchusur und weinte.

Kolka dachte ohne Angst, dass er jetzt bestimmt umgebracht würde. So wie sie Saschka umgebracht hatten. Bestimmt tat es nur so lange weh, wie das Gewehr auf ihn gerichtet war, nach dem Schuss würde es nicht mehr weh tun. Dann würde er Saschka wiederbegegnen, da, wo die Menschen sich in Wolken verwandeln. Sie würden einander erkennen, über den Silbergipfeln der Kaukasusberge schweben, runde goldene Wölkchen, und Kolka würde sagen: »Grüß dich, Saschka! Geht's dir gut hier?«

Und Saschka würde antworten: »Aber ja. Gut geht's mir hier.«

»Ich hab mich mit Alchusur angefreundet«, würde Kolka sagen. »Er ist auch unser Bruder.«

»Ich denke, alle Menschen sind Brüder«, würde Saschka sagen, und dann würden sie schweben, schweben, weit weg, dahin, wo sich die Berge mit dem Meer vereinigen und die Menschen noch nie vom Krieg gehört haben, in dem der Bruder den Bruder umbringt.

Es dauerte eine Weile, bis Kolka wieder zu sich kam, und er wusste nicht, wie viel Zeit vergangen war, seit er erschossen werden sollte.

Vielleicht war er schon erschossen?

Neben ihm saß Alchusur und weinte noch immer. Aber der Tschetschene war nicht mehr zu sehen, und in der Dämmerung herrschte Stille.

Kolka wunderte sich, dass Alchusur noch weinte, und fragte: »Hat er dir was getan?«

Als Alchusur seine Stimme hörte, weinte er noch heftiger. Er wischte die Tränen mit dem Saum seiner Jacke ab, aus deren Löchern angesengte Watte quoll. Die Jacke roch brandig. Alchusur zupfte Watte heraus und ließ sie im Wind fliegen.

Kolka fragte wieder: »Was heulst du denn? Und warum zupfst du Watte raus?«

Alchusur wischte sich mit dem Ärmel übers Gesicht und sah Kolka an. »Ich denkn, du tot.«

»Wie kommst du denn darauf?«

»Dein Augn zu. Und immer: chrrr-chrrr.« Alchusur imitierte ein Röcheln. »Und mir ganz schlecht ... Ein Bruda kein Bruda.«

Kolka sagte: »Wenn er nicht geschossen hat, leb ich noch. Ist er weg?«

Alchusur zeigte zu den Bergen. »Er da ... Er sein Land bewachn ... Syshalt ... Er sein Land liebn.«

»Und wenn er mich totgeschossen hätte?«, fragte Kolka. Ihm war auf einmal kalt. Und sehr wehmütig. Selbst dass Alchusur bei ihm war, half da nicht. Er begriff, dass er wirklich hatte erschossen werden sollen. Dann würde er jetzt hier liegen mit heraushängenden Därmen, und die Krähen würden ihm die Augen aushacken wie Saschka.

Alchusur sah Kolka an.

»Ich wein«, sagte er und weinte wirklich.

Da fühlte sich Kolka leichter, ganz leicht. Er begann seinen Nennbruder zu trösten und erklärte ihm, sie müssten richtig verwandt werden. Das heißt, sie müssten sich in die Hand ritzen und ihr Blut vermischen.

Sie fanden eine Glasscherbe, und erst Kolka, dann Alchusur machten einen Schnitt in die linke Hand, dann rieben sie die Wunden aneinander.

»So«, sagte Kolka. »Jetzt sind wir richtige Brüder. Aber wir müssen hier weg. Sonst schießen die Tschetschenen mich doch noch tot.«

Alchusur schwieg.

»Lass uns umkehren«, schlug Kolka vor. »Da unten ist es wärmer.«

»Da Soldat schießn«, sagte Alchusur ängstlich.

»Und hier schießen die Tschetschenen«, rief Kolka.

»Überall schlecht!« Alchusur seufzte. »Warum schießn? Du verstähn?«

»Nein«, sagte Kolka. »Ich glaub, das versteht überhaupt keiner.«

»Aber sie doch groß … Sie klug … Nicht?«

Kolka gab keine Antwort. Wind kam auf. Sie blickten auf die Berge, die hoch droben glitzerten, und wussten nicht, wie sie weiterleben sollten.

31

In einem Gebüsch am Hang oberhalb eines Tals, in dem sie eng umarmt schliefen, wurden sie entdeckt. Ein junger Soldat stieß auf sie, als er abseits des Weges austreten ging.

Als man sie voneinander lösen wollte, schrien sie fürchterlich. Alchusur biss um sich, und Kolka wand sich aus Leibeskräften und brüllte wie ein Tier.

Die Soldaten fesselten sie, doch dann banden sie sie wieder los und gaben ihnen zu essen.

Sie aßen mit den Händen aus der Schüssel und sahen keinen an. Nur untereinander wechselten sie Blicke und verständigten sich mit Gesten und Brummlauten. Sie beantworteten auch keine Fragen.

Eine Ärztin kam und konstatierte, dass sich die beiden Jungen im Zustand der Dystrophie befänden und man unmöglich sagen könne, ob sie überleben würden. Außer der Auszehrung seien bei beiden psychische Störungen vorhanden.

Die Jungen ließen sich nicht trennen und erhoben ein unglaubliches Geschrei, wenn einer von ihnen zur Untersuchung gebracht werden sollte.

Einen Monat und zehn Tage später wurden die beiden aus der Kinderklinik Nummer sechzehn der Stadt Grosny zu einer Sammelstelle gebracht, in der aufgegriffene Besprisorniks lebten, bis sie auf verschiedene Kolonien und Waisenhäuser verteilt wurden.

Ich erinnere mich an dieses Heim, das in einer stillen Stadtrandgasse in dem Holzgebäude einer ehemaligen Schule untergebracht war.

Hier wurde nicht mehr unterrichtet, aber in den Räumen standen Schulbänke, an denen wir in Ermangelung von Tischen essen mussten. Es gab die übliche Reibesuppe, Wasser mit Mehl und Zwiebeln, an seltenen Glückstagen mit einer schwarzgefrorenen Kartoffel. Morgens kriegten wir zwei Datteln zum Tee oder zehn Rosinen, abends ein Stück vergammelten Hering und wieder Tee. Manchmal auch Grützbrei – an Sonn- und Feiertagen.

In unserem Schlafsaal waren Kinder der verschiedensten Nationalitäten. Da war der fröhliche, picklige, schlaksige Tatare Mussa. Er spielte allen gern Streiche, aber wenn er in Wut geriet, wurde er bleich, knirschte mit den Zähnen, imstande, einen abzustechen. Er erzählte von seiner Heimat, der Krim, von dem Lehmhaus weitab vom Meer an einem Berghang und von seinen Eltern, die beide im Weinberg gearbeitet hätten.

Balbek war Nogaier. Wo seine Heimat, das Nogaierland, lag, wusste niemand von uns, auch er selber nicht. Er war klein, hatte breite Backenknochen und liebte die Gerechtigkeit. Einmal versuchten er und Mussa, sich in ihren beiden Muttersprachen zu verständigen, und es ging sogar ganz gut. Beide waren gut im Würfelspiel. Balbek brachte uns nogaische Schimpfwörter bei.

Lida Gross wohnte mit im Schlafsaal der Jungen, weil sie das einzige Mädchen war und nicht ganz allein in einem kalten Schlafsaal bleiben wollte. Sie bat uns, sie russisch Grossowa zu nennen. Lida kannte alle Medikamente auswendig, außerdem war sie sehr ordentlich und machte allen das Bett. Sie fegte auch den Fußboden. Von ihrer Vergangenheit wusste sie nur noch, dass sie an einem breiten Fluss gelebt hatte, doch eines Nachts waren Männer gekommen und hatten ihnen befohlen wegzufahren. Die Mutter hatte vor Angst geweint. Dann im Zug war ihr schlecht geworden, man hatte sie hinausgetragen, da war Lida mit ausgestiegen; auf diesem Bahnhof einer fremden Kleinstadt war sie todkrank aufgelesen worden.

Außerdem lebten in unserem Schlafsaal die Kusmin-Brüder. Sie sahen sich überhaupt nicht ähnlich, im Gegenteil, der eine war ein hellblonder, stupsnasiger kleiner Russe, der andere dunkelhäutig, kurzgeschoren und schwarzäugig und sprach kaum russisch, doch die Kusmins behaupteten, obwohl niemand sie danach fragte, sie seien blutsverwandt.

Im Nebenraum wohnten Armenier, Kasachen, Juden, Moldauer und zwei Bulgaren. Noch ein Zimmer weiter wohnten die Blinden.

Die blinden Kinder lebten seit langem hier, das war daran zu erkennen, dass sie von selbst den Weg zum Speiseraum und zum Schlafsaal fanden, dass sie ihren Platz bei Tisch kannten und sogar draußen am Zaun entlang spazieren gingen.

Eines der blinden Kinder lernten wir kennen, der Junge hieß Antoscha. Er war klein und sein Gesicht mit schwarzen Flecken gesprenkelt wie von Schrot. Wie er erzählte, hatte er eine Handgranate gefunden und sie auseinanderzunehmen versucht. Dabei zeigte er uns seine Hände, an denen links drei und rechts zwei Finger fehlten.

Antoscha brachte uns ein Buch, ein sonderbares Buch mit Pickelchen auf dem Papier, über die ließ er die Finger gleiten und las uns ein paar Zeilen vor.

»Wenn ich groß bin, leg ich mir einen Papagei zu und verkauf Weissagungen auf dem Markt«, sagte er. »Das machen viele von uns. Was meint ihr, was die verdienen!«

Die Kusmin-Brüder schliefen zusammen in einem Bett. Es war Dezember, ohne Schnee, doch sehr windig, und im Schlafsaal war es hundekalt.

Wie wir alle warteten sie darauf, was für eine Wendung ihr Leben nehmen würde.

Das Leben konnte in der Sammelstelle verschiedene Wendungen nehmen: Die einen wurden in Verteilstellen und Kolonien geschickt, andere in Waisenhäuser, einige kamen in Berufs- und Handwerksschulen, wenn sie das Alter erreicht hatten.

Manchmal gab es auch Wunder: Dieser oder jener wurde von Eltern oder Angehörigen ausfindig gemacht oder von Leuten adoptiert, die Wohnraum hatten und für Nahrung und Kleidung aufkommen konnten.

Um solche Fälle rankten sich besonders viele Gerüchte und Legenden. Wie sollte es anders sein! Wir lebten wie die Kaninchen, die auf dem Markt feilgeboten werden: Kauft uns jemand oder nicht? Plötzlich erscheint ein Zauberer und nimmt dich mit. Wohin, das ist unwichtig. Wichtig ist, weg von hier. Und – für immer. Eine Phantasie? Ja, aber elternlose Kinder brauchen Märchen. Wie sollen sie leben ohne den Glauben an ein Märchen?

Eines Tages kam eine Frau in die Sammelstelle, und Kolka wurde zur Leiterin gerufen. Alle waren aufgeregt und drückten sich vor deren Büro herum. Womöglich wurden sie auch hereingeholt. Niemand bezweifelte, dass Kolka adoptiert werden sollte.

Alchusur wich keinen Schritt von Kolka, aber er durfte nicht mit hinein. Wie er auch schrie und lärmte, die Tür wurde verschlossen, und er blieb draußen.

Übrigens hatte Kolka ihm noch zugeraunt: »Keine Bange, ohne dich geh ich nicht weg!«

Die Leiterin der Kindersammelstelle, eine dicke, bejahrte Frau, hieß Olga Christoforowna. Ihr Nachname war Müller. Neben ihr, Kolka sah es schon von der Tür her, saß Regina Petrowna, schmal geworden, aber schön. Über den Haaren trug sie ein Tuch, und in der Hand hielt sie eine Papirossa.

Die Leiterin sagte: »Kusmin? Hier interessiert sich jemand für dich.«

Kolka stand mitten in dem Zimmer, das mit einem Schreibtisch voller Tintenflecke, einem ebensolchen Schränkchen und drei gleichen Stühlen möbliert war, und starrte zu Boden.

»Ich nehme an, ihr kennt euch?«, sagte die Leiterin.

Kolka schwieg.

Die Leiterin warf einen Blick auf Regina Petrowna und fügte hinzu: »Sie können hier miteinander reden.«

Sie erhob sich schwerfällig und ging hinaus.

Alchusur versuchte, sich durch den Türspalt hereinzuzwängen, er brüllte: »Ich hier! Ich hier!«

Die Tür wurde wieder verschlossen.

»Also, guten Tag«, sagte Regina Petrowna und lächelte. Sie drückte die Papirossa aus, erhob sich und ging auf Kolka zu. Kolka aber stand einfach da, ohne jede Regung. Sein Gesicht zeigte stumpfe Gleichgültigkeit.

Regina Petrowna blieb auf halbem Wege stehen, zögerte, trat dann doch zu Kolka und berührte ihn an der Schulter. Er wich ihr aus und machte einen Schritt rückwärts. Die fremde Hand störte ihn.

»Was hast du, Kolka? Erkennst du mich nicht?«

»Nein«, sagte er.

»Du erkennst mich nicht?«, fragte sie, und ihr Lächeln gefror.

»Nein.«

Sie lachte gezwungen. »Tu doch nicht so ... Übrigens, who is who? Bist du wirklich Kolka?«

»Nein.«

»Du bist Saschka, ja?«

»Nein.«

»Wo ist denn ... der andere?«

Kolka starrte auf Regina Petrownas Füße und holte tief Luft.

»Na, setz dich, setz dich!«, sagte Regina Petrowna und nahm Platz. Kolka setzte sich auf die Stuhlkante, so dass er jederzeit aufspringen und weglaufen konnte.

»Ich habe euch so gesucht!« Regina Petrowna holte eine Papirossa hervor und zündete sie an. Ihre Hände zitterten. Kolka sah auf diese Hände und blickte weg.

»Er hat mich damals weggebracht, Demjan ... Iwanowitsch«, fuhr Regina Petrowna fort und nahm einen tiefen Zug. »Er kam mit dem Fuhrwerk; die Jungs sind verschwunden, hat er gesagt. Wir müssen weg, hat er gesagt, die Tschetschenen sind ins Tal durchgebrochen. Da haben wir die Männlein auf den Wagen gelegt, sie waren ja krank nach eurem Geburtstag, und sind schleunigst zur Station … dann in einen Zug. Später bin ich zu mir gekommen, wollte zurück, aber Demjan Iwanowitsch hat mich nicht weggelassen. Dort sind Kämpfe, hat er gesagt. Dort ist längst kein Mensch mehr. Und nun haben wir dich gefunden … Übrigens, wer ist der Junge?«, fragte Regina Petrowna und wies zur Tür. »Dein Freund? Ich glaube, ich hab ihn schon mal gesehen.«

»Weiß nicht«, sagte Kolka.

Regina Petrowna zog die Stirn kraus. Ihr Gesicht lief dunkel an. »Du willst also nicht mit mir sprechen, nein?«

Olga Christoforowna kam wieder herein. Sie ging langsam zu ihrem Schreibtisch und fragte schwer atmend: »Na, habt ihr miteinander geredet?«

»Ja, danke«, sagte Regina Petrowna hastig. »Darf ich noch mal vorbeikommen?«

»Überlegen Sie nicht zu lange«, sagte die Leiterin mit einem Blick auf Kolka.

»Warum? Gibt's irgendwelche Anordnungen?«

Die Leiterin brummte etwas Unbestimmtes. Dann beugte sie sich zu Regina Petrowna und flüsterte ihr etwas ins Ohr. Regina Petrowna fragte verwundert: »Wo ist er denn her?«

Die Leiterin zuckte die Achseln.

»Sie wollen kommen und alles untersuchen. Deshalb wird er ja festgehalten und darf nicht weg.«

»Na gut«, sagte Regina Petrowna. »Ich komme in den nächsten Tagen … Na dann, auf Wiedersehen, Kolka.«

Kolka hob den Kopf. Sah ihr zum ersten Mal in die Augen. Mit einem Blick, dem sie nicht standhielt, sie wankte. Er drehte sich ohne Eile um und ging zur Tür.

Hinter sich hörte er die Leiterin sagen: »Der ist noch harmlos … Sie müssten mal die anderen sehen!«

32

Ein paar Tage vor Neujahr fünfundvierzig, als im Klassenzimmer schon ein Tannenbaum aufgestellt war und ein Kulturprogramm vorbereitet wurde, kam ein Auto, dem zwei Männer entstiegen, einer in Uniform und einer in Zivil.

Im nächsten Augenblick hieß es: »Die Kusmins sofort ins Büro!«

Die Kinder saßen gerade am Bett von Mussa, der Fieber hatte, und vertrieben ihm die Zeit. Balbek erzählte seine Legenden von den Recken, den Batyrs. Es war immer wieder dasselbe: Ein Batyr wächst heran und besiegt die Feinde, und das Volk wird frei.

Da wurden die Kusmins gerufen, übertrieben laut, als ob es brenne. An der Tür wurde Kolka festgehalten und Alchusur allein hineingeführt.

Kolka brüllte laut und hämmerte gegen die Tür, bis sie aufging und eine Männerstimme sagte: »Soll er reinkommen! Ist sogar besser, wenn sie beide hier sind.«

Kolka stürmte hinein und sah Alchusur auf einem Stuhl mitten im Zimmer sitzen. Ihm gegenüber saß der Uniformierte, der Zivilist stand am Fenster. Ersterer war kahlköpfig, trug eine Brille und hohe blanke Stiefel, hatte eine Akte in der Hand und redete ununterbrochen. Was er redete, begriff Kolka zunächst nicht. Dann wurde ihm klar, dass er Alchusur seine, Kolkas, Geschichte erzählte. Woher er das bloß alles wusste. Deshalb war er wohl so kahlköpfig wie Demjan. Glatzköpfe sind gerissen, hatte Saschka gesagt.

Der Uniformierte fragte: »Wo habt ihr euch getroffen, du und Kolka? In Berjosowskaja?«

Alchusur schwieg.

Der Uniformierte wandte sich Kolka zu und fragte mit falscher Freundlichkeit: »Aber du weißt noch, wo ihr euch kennengelernt habt? Dein Freund will es mir nicht sagen.«

»Er ist nicht mein Freund. Er ist mein Bruder.«

»Wieso Bruder?«, fragte der Uniformierte lebhaft. »Nennbruder?«

»Er ist mein leiblicher Bruder«, sagte Kolka.

»Wirklich, leiblich?«, spöttelte der Uniformierte.

»Ja.«

»Wie heißt er denn?«

»Saschka!«

»Das soll Saschka sein? Sieh doch mal her!« Der Uniformierte nahm Alchusur mit zwei Fingern bei den Schläfen und drehte sein Gesicht mit Gewalt zu Kolka. »Er ist doch schwarzhaarig! Und du bist blond! Was seid ihr schon für Brüder?«

»Richtige Brüder«, sagte Kolka.

Der Uniformierte flüsterte der Leiterin etwas zu, und sie ging hinaus. Er schritt mit knarrenden Stiefeln im Zimmer auf und ab und betrachtete Alchusur von verschiedenen Seiten. Auf Kolka achtete er nicht.

Der Zivilist schwieg. Er schwieg die ganze Zeit. Schien gar nicht da zu sein. Die Leiterin kam wieder herein, gefolgt von Regina Petrowna.

»Setzen Sie sich«, sagte der Uniformierte, und es klang wie ein Befehl. »Sie waren Erzieherin in der Kinderkolonie bei Berjosowskaja?«

»Ja«, sagte Regina Petrowna leise und blickte Kolka an. Ihr Blick war diesmal kläglich, bittend.

»Sie erinnern sich an die Brüder Kusmin, die dort gelebt haben?«

Regina Petrowna nickte.

»Sie erinnern sich gut?«, fragte der Uniformierte und sah Regina Petrowna ärgerlich an.

»Ja, ich erinnere mich«, antwortete sie.

»Schauen Sie hin. Erkennen Sie sie?« Der Uniformierte zeigte auf Alchusur. Kolka stand weiter weg.

»Ja«, sagte Regina Petrowna kaum hörbar.

»Wer ist das?« Er stieß mit dem Finger nach Kolka.

Regina Petrowna zögerte, dann sagte sie: »Ich glaube … Kolka.«

»So.« Der Uniformierte nickte zufrieden. »Und das?« Er zeigte auf Alchusur.

Regina Petrowna blickte weiterhin Kolka an.

»Ich glaube …«, begann sie und stockte.

»Sie glauben? Oder Sie wissen?«

Regina Petrowna schwieg.

»Ich warte! Ich warte!«, sagte der Uniformierte laut und sah den Zivilisten vielsagend an. Der reagierte nicht.

»Das ist … Saschka«, sagte Regina Petrowna mit schwacher Stimme.

»Sie sind sicher, dass es Saschka ist, sein Bruder?«

Regina Petrowna nickte kaum erkennbar.

»Haben Sie sich Ihre Antwort gut überlegt?« Der Uniformierte stellte sich hinter Regina Petrowna und sprach jetzt gleichsam zu ihrem Hinterkopf. Regina Petrowna erschrak und fuhr ruckartig herum.

»Was?«, fragte sie, dann wiederholte sie ein wenig hastig: »Ja. Natürlich bin ich sicher. Es waren freilich viele Kinder, und ich hab sie anfangs verwechselt.«

»Dann liegt es wohl nahe, dass Sie sie möglicherweise auch jetzt noch verwechseln?«, bohrte der Uniformierte drohend, über Regina Petrownas Kopf gebeugt. Sein fordernder Ton war selbst für Kolka quälend. Es war, als würden alle, die hier verhört wurden, mit einer stumpfen Säge bearbeitet.

Regina Petrowna seufzte. Sie hätte jetzt bestimmt gern geraucht.

»Nein, ich glaube, dass ich …«

»Sie glauben schon wieder! Sie sollen nicht glauben«, riet ihr der Uniformierte und lachte höhnisch. »Sie sind doch Erzieherin, oder? Bestimmt haben Sie den Kindern beigebracht, dass man nicht lügt? Wie können Sie dann jetzt lügen, noch dazu in ihrem Beisein?«

»Ich lüge nicht«, sagte Regina Petrowna und senkte den Blick wie ein schuldbewusstes Schulmädchen.

»Na großartig«, sagte der Uniformierte und machte ein paar

Schritte durchs Zimmer. »Sie sagen also aus, dass Sie möglicherweise die Kinder verwechseln und daher nicht sicher sind, jetzt hier die Brüder vor sich zu haben? Habe ich Sie richtig verstanden?«

Regina Petrowna gab keine Antwort.

»Ist es so?«, fragte der Uniformierte mit erhobener Stimme und berührte plötzlich mit der Hand Regina Petrownas Hinterkopf. Sie zuckte zusammen, wich aber nicht aus.

»Nein«, sagte sie und blickte Kolka an.

»Was nein! Was nein!«, schrie der Uniformierte und schlug mit der flachen Hand auf die Akte, die er in der anderen hielt. Es klatschte laut. Alle fuhren zusammen.

»Nein ... Das heißt, ich kann ... Ich will sagen ... dass sie ... dass sie Brüder sind.«

Der Uniformierte hörte ihr nicht mehr zu, er legte Papiere in die Akte. Ohne sich zu verabschieden, verließ er das Zimmer, und man hörte das Auto abfahren.

Die Übrigen blieben im Zimmer. Auch der Mann in Zivil. Alle warteten schweigend, was er sagen würde, aber auch er schwieg. Es entstand eine tote Pause.

Schließlich wagte die Leiterin ihn anzusprechen: »Und Sie ... Entschuldigung, haben Sie keine Fragen?«

Der Mann rührte sich nicht. Er starrte zum Fenster hinaus, als wäre nicht er angesprochen worden. Plötzlich drehte er sich um und sagte mit zusammengepressten Lippen: »Geben Sie mir bitte die Liste.«

»Die Liste der Kinder?«, fragte die Leiterin.

Er streckte die Hand aus, ohne etwas zu erklären, und die Leiterin gab ihm die Liste. Rasch überflog er sie und fragte dann: »Wer ist dieser Mussa? Ein Tatare?«

»Ja«, sagte die Leiterin. »Er ist schwer krank.«

»Wo kommt er her?« Der Zivilist überhörte das mit der Krankheit. »Nicht zufällig von der Krim?«

»Ich glaube, aus Kasan«, erwiderte die Leiterin.

»Ich glaube ... Und Gross? Eine Deutsche?«

»Weiß ich nicht«, sagte die Leiterin. »Was spielt das für eine Rolle? Ich bin auch Deutsche.«

»Na eben.« Die Stimme des Zivilisten klang sehr gleichförmig, sie hatte etwas Leises, fast Lautloses, als raschelten hinter ihm zwei Flügel. Er hätte Kolka eigentlich gefallen müssen, aber seine Lippen, dünn, ein wenig schief, führten gleichsam ein Eigenleben, und in der Art, wie sie sich krümmten, lag etwas Kaltes, Abweisendes.

»Was ihr hier alles zusammengesammelt habt«, sagte der Mann und warf die Liste auf den Schreibtisch, obwohl die Leiterin gerade danach greifen wollte.

»Wir sammeln sie nicht zusammen«, sagte sie, »wir nehmen sie auf.«

»Man muss wissen, wen man aufnimmt«, sagte der Mann etwas lauter, und wieder lag in seinen Worten weder Zorn noch Drohung. Aus irgendeinem Grund aber zuckten die Erwachsenen zusammen.

Nur Olga Christoforowna richtete sich auf, obwohl man ihr ansah, dass sie krank war und das Gespräch nur mit Mühe fortsetzte.

»Wir nehmen Kinder auf. Nur Kinder«, antwortete sie. Dann nahm sie die Liste und strich sacht mit der Hand darüber.

Am nächsten Tag wurden alle Kinder, auch die blinden, ins Theater geführt. Sie gingen zu zweien, je ein sehendes Kind führte ein blindes. Im Theater öffnete sich der Vorhang, und es begann ein Zauber – das Märchen »Die zwölf Monde«.

Kolka und Alchusur hatten Antoscha in die Mitte genommen. Sie versuchten, ihm alles zu erzählen, was sie auf der Bühne sahen, aber das war schwer. Eine böse Stiefmutter schickt ihre Stieftochter mitten im Winter nach roten Walderdbeeren, und das Mädchen geht in den eisigen Wald. Schon ist sie fast erfroren vor Kälte, da plötzlich ... Wie sollte Kolka das beschreiben, wie auf einmal mitten auf der Lichtung ein gewaltiges Feuer aufflammt und drumherum die zwölf Monde sitzen!

Alchusur war stumm vor Begeisterung, Kolka öffnete den Mund, und Spucke lief heraus.

Antoscha zupfte sie an den Armen und fragte bittend: »Was ist da? Was ist da?«

Die Kinder, die noch nie im Theater gewesen waren, kamen heraus wie berauscht. Unterwegs schwieg Kolka, er fürchtete, mit Worten das Gesehene zu zerreden.

Am Abend verteilte Olga Christoforowna an die Kinder je einen Bonbon, zwei Kekse und zwei Kringel, ein unglaubliches Geschenk, dann wurden die sehenden Kinder auf einer Seite der Tanne aufgestellt und die blinden auf der anderen.

Die Blinden sangen das Lied vom Tannenbaum, dann rief die Leiterin laut: »Wir danken dem Genossen Stalin für unsere glückliche Kindheit!«

Alle Kinder schrien: »Hurra!«

Selbst der kranke Mussa im Schlafsaal hörte es und schrie mit.

Dann traten die sehenden Kinder auf, jedes trug vor, was es konnte. Kolka sprach das Gedicht vom goldnen Wölkchen:

»Doch ein Schimmer schien von ihm geblieben
in des Felsen Furchen …«

Er verstummte und sah zu den Blinden hinüber, die mit gerecktem Hals angespannt zuhörten, als fürchteten sie, selbst sein Schweigen zu verpassen. Es zog sich in die Länge, denn Kolka war die Luft knapp, und es presste ihm die Kehle zusammen. Das Wort »einsam« wollte und wollte ihm nicht über die Zunge.

Am liebsten hätte er geweint.

Jetzt plötzlich, als er vor den Blinden stand, begriff er, dass sein Leben im Kaukasus zu Ende war; morgen, das hatte man ihnen gesagt, würden sie woanders hingebracht, wo für sie ein ganz anderes Leben beginnen sollte.

Neben der Tanne stand Alchusur und sah ebenfalls zu Kolka. Dem wurde schon der Text zugeflüstert, aber er hielt es nicht aus und lief hinaus in den Korridor. Die Blinden applaudierten ihm hinterher.

Am nächsten Morgen mussten sie früher als sonst aufstehen, schon um sechs. Auch Mussa musste sich anziehen, er sollte mitfahren. Nur die Blinden blieben zurück.

Als sie dann in Reih und Glied antraten, um zur Bahnstation geführt zu werden, kam Antoscha gelaufen und rief: »Kusmins! Seid ihr hier? Seid ihr hier?«

»Antoscha!«, rief Kolka und sprang aus der Kolonne.

Antoscha ertastete Kolkas Hand und schob einen Zettel hinein. Darauf stand etwas in den Pickelchen der Blindenschrift. »Das ist eine Beschreibung deiner Zukunft!«, sagte Antoscha und lächelte, wie nur Blinde lächeln: irgendwo in den Raum hinein.

»Aber ich kann nicht lesen, was da steht!«

»Geh auf den Markt, wenn du mal in unsere Stadt kommst!«, sagte Antoscha. »Ich werde dort sein. Dann les ich's dir vor! Du bist ein guter Mensch, Kolka!«

»Kinder, auf euren Platz!«, rief Olga Christoforowna. Das galt natürlich Kolka. »Alle folgen mir.«

Draußen war es kalt, und es herrschte dichtes Schneetreiben. Der Bahnhof war menschenleer. Die Kinder wurden in den Zug gesetzt, in einen leeren, unaufgeräumten Waggon. Außer ihnen verreiste an diesem ersten Tag des neuen Jahres niemand.

Kolka zeigte auf zwei obere Pritschen und sagte zu Alchusur: »Das sind unsere. So hab ich's immer mit Saschka gemacht.«

Olga Christoforowna kam in den Waggon und rief: »Kolka, da fragt jemand nach dir!«

»Wer?«, knurrte Kolka missmutig, er wollte nicht weg von Alchusur.

»Komm raus, dann siehst du's«, sagte die Heimleiterin. Schwerfällig ging sie durch den Waggon und vergewisserte sich, dass jeder einen Platz gefunden hatte.

»Mussa, ist dir nicht kalt?«, fragte sie den Tataren.

Mussa fröstelte, aber er mochte nicht klagen. Er freute sich viel zu sehr, dass er mitfahren durfte. Was hätte er allein hier anfangen sollen?

Kolka ging hinaus auf die Plattform und sah draußen Regina Petrowna stehen. Sie hatte Päckchen in der Hand.

Sie stürzte auf Kolka zu, stolperte aber. Hastig stieg sie die unbequemen Trittbretter hinauf und ließ dabei fast die Päckchen fallen.

»Da!«, sagte sie keuchend. »Die Anzüge. Na, die von damals, für dich und Saschka.« Und da Kolka schwieg, schloss sie bittend: »Nimm sie! Da, wo ihr hinfahrt …«

Sie legte die Päckchen vor Kolka auf den Boden.

Schweigend sahen sie einander an.

»Ich weiß nicht, wohin sie euch bringen«, sagte sie. »Das wird aus irgendwelchen Gründen geheim gehalten. Der reinste Quatsch. Aber überleg es dir noch mal. Vielleicht bleibst du hier bei uns? Ich habe mit Demjan Iwanowitsch darüber gesprochen. Er hat nichts dagegen, dich aufzunehmen.« Sie verbesserte sich: »Dich und diesen Jungen.«

Kolka schüttelte den Kopf.

Regina Petrowna seufzte. Sie holte eine Papirossa hervor, zerbrach sie aber und warf sie weg. »Na gut«, sagte sie. »Vielleicht schreibst du mal? Wenn ihr dort angekommen seid.«

Kolka schüttelte wieder den Kopf.

Regina Petrowna streckte auf einmal die Hand aus und strich ihm übers Haar. Er hatte nicht mehr ausweichen können.

»Schon gut. Leb wohl, kleiner Freund!« Sie drehte sich noch einmal um. »Kannst du mir eine Frage beantworten?«

Kolka nickte. Er wusste, was sie fragen würde, er hatte es erwartet.

»Wo ist dein Bruder? Ich meine, der richtige Saschka. Wo ist er?«

Kolka blickte der schönsten Frau der Welt in die Augen. Wie er sie liebte! Wie sie beide sie geliebt hatten! Jetzt aber … Saschka würde ihr ihre Flucht vielleicht verziehen haben,

Kolka konnte es nicht. Aber ihr nicht antworten, das konnte er auch nicht. Darum sagte er: »Saschka ist weggefahren.«

»Wohin?«

»Weit weg.«

»Na, Gott sei Dank! Also lebt er«, entfuhr es ihr.

Sie sprang vom Trittbrett, denn der Zug bekam grünes Licht.

Kolka stürzte in den Waggon, die Päckchen hatte er ganz vergessen. Er fürchtete, ohne ihn könnte Alchusur sich schlecht fühlen. Aber Alchusur guckte zum Fenster hinaus und dachte nach. Das taten sie nun beide.

Draußen stand eine Frau, und obwohl es kalt und windig war, sah sie zum Waggon her und ging nicht weg.

Endlich fuhr der Zug ab. Der Waggon ruckte an und kam langsam in Fahrt. Die Frau winkte.

Kolka drückte das Gesicht an die Scheibe, um Regina Petrowna ein letztes Mal anzusehen. Ihm schien, als rufe sie etwas. Er schüttelte den Kopf. Das bedeutete, dass er sie nicht hörte. Aber sie konnte es auch anders verstehen. Gleichwohl rief sie weiter, beschleunigte den Schritt. Dann rannte sie.

Das Tuch glitt ihr auf den Hals, gab die schwarzen Haare frei. Ihr Mantel öffnete sich. Sie merkte nichts davon. Sie lief, als gelte es, ihr Glück einzuholen. Und schrie, schrie.

Da winkte Kolka ihr zu und nickte, als hätte er etwas begriffen. Dann sah er sie nicht mehr. Er stieg auf die Pritsche, legte sich neben Alchusur und nahm ihn in die Arme. Und weinte, während er sich an seine Schulter drückte.

Alchusur tröstete ihn, er sagte: »Warum wein! Nix wein … Wir werdn fahrn, fahrn und ankomm, ja? Wir zusamm, ja? Ganze Leben zusamm, ja?«

Kolka konnte nicht aufhören, er weinte immer heftiger, nur der Zug bestätigte räderratternd: »Ja-ja-ja-ja-ja-ja …«

Nachwort
Von Navid Kermani

Beim Umräumen fiel mein Blick auf ein Buch, das mir Anne Dorn 2016 für eine Reise nach Tschetschenien geschickt hatte, eine Ausgabe noch aus der DDR, aber nicht einmal den Klappentext schien ich zur Kenntnis genommen zu haben, sonst wäre ich ihrer Empfehlung gefolgt. *Schlief ein goldnes Wölkchen* hieß der Roman auf Deutsch, und das, fiel mir ein, tat auch Anne Dorn, die älteste Schriftstellerin Kölns und meine Nachbarin, als ich ein, zwei Tage vor ihrem Tod spätabends an ihrem Bett im Pflegeheim wachte, damit ihre Tochter sich die Beine vertreten konnte, die Wangen eingefallen, die Lippen nach innen gewölbt, das warme Licht der heruntergedimmten Leuchte, das in dem sonst dunklen Zimmer auf sie fiel. Schlief ein goldnes Wölkchen. Erst nach ihrem Tod entdeckte ich, zu spät, daß ich genau einen solchen Roman, wie ihn mir Anne Dorn antiquarisch besorgt hatte, für meine Reise gebraucht hätte: Russen, die unter Stalin in die Häuser der deportierten Tschetschenen ziehen, versprengte Widerständler und mittendrin ein Waisenheim für russische Kinder, deren Eltern vermutlich selbst deportiert worden sind. »Der erschütternde Roman gehört zu den Büchern, die ein Schriftsteller nur einmal im Leben schreiben kann, da es um das dramatische Grunderlebnis geht«, versprach der Klappentext viel. Nicht zu viel, ahnte ich bereits nach den ersten Seiten.

Anatoli Pristawkin beginnt mit einer der eindringlichsten Schilderungen überhaupt des Hungers von Kindern, nicht nach Fürsorge, Kameradschaft, Spaß, geschweige denn Bildung, sondern des Hungers nach mehr als der täglichen Kruste trockenen Brots, mit dem die Waisen in den viertausendvierhundert Heimen rund um Moskau im Frühjahr 1944 abgespeist werden, des Hungers nach dem frischgebackenen Teig, den sich der Direktor und die Erzieherinnen für ihre Familien mit nach Hause nehmen. Lediglich die ältesten, stärksten oder brutalsten unter den Waisenkindern, die den Küchendienst unter sich aufteilen dürfen, kommen an die guten Bissen heran. »Die Starken fraßen alles weg und überließen den Schwachen die Krümel, oder nur den Traum von Krümeln.« Die Zwillinge Saschka und Kolka meinen das Brot in der Küche zu riechen, es ist nur durch eine Ziegelwand von ihnen getrennt. Um an das Brot zu gelangen, graben die Zwillinge – »Der Mensch wird besonders erfinderisch und zielstrebig, wenn er hungert« – über Monate einen Stollen, der jedoch einstürzt, kurz bevor er den Küchenboden aufbricht. Militärpioniere werden herbeigeholt, um zu klären, ob die Täter unter den Kindern zu suchen sind. »Unmöglich«, urteilen die Pioniere, als sie sich nach der Untersuchung den gelben Sand abklopfen: »ohne Technik, ohne Spezialausbildung ganz unmöglich, solch eine Metro zu graben.«

Ich mußte an die berüchtigten Nordafrikaner in unserem Bahnhofsviertel denken, die für die Kölner Silvesternacht verantwortlich gemacht werden, die meisten von ihnen ehemalige Straßenkinder, die sich unter die Flüchtlinge gemischt hatten, waren sich die Marokkaner im Viertel sicher. In Deutschland greife die Polizei nicht durch, klagten sie, deshalb breiteten sich die Jugendlichen nun hier aus; selbst das Wort vom Raab Kärcher hörte ich vorm Teehaus, mit dem das Viertel vom Abschaum gereinigt werden müsse. Ich selbst habe in Tanger beobachtet, wie die Straßenkinder – als sie noch Kinder waren – nachts am Hafen herumlungerten, um durch den Stacheldraht zu schlüpfen. Es hieß, daß es Einzelnen immer wieder gelinge, sich auf einer Ladefläche zu verstecken oder an den Boden eines Lastwagens zu krallen. Manche sollen auch um den Hafen herumgeschwommen sein, um sich an eine Schiffswand zu heften, so unglaubhaft das klingt. Für unser Viertel waren sie wirklich ein Problem, räuberisch, brutal, drogensüchtig, auch für die Marokkaner selbst, für jeden eigentlich und besonders die Frauen, die Kinder, die Alten, die sich noch weniger wehren konnten, so daß wir froh waren, als die Polizei das Viertel nach der Silvesternacht mit Hochdruck säuberte, froh fast über die Silvesternacht. Ob die Jugendlichen festgenommen wurden oder lediglich vertrieben, das erfuhren wir nicht, Hauptsache, sie waren weg. Ich mußte an die berüchtigten Nordafrikaner denken, als ich Anne Dorn zuliebe *Schlief ein goldnes Wölkchen* zu lesen begann, denn für Saschka und Kolka sind alle Erwachsenen, auch die sogenannten Erzieherinnen und selbst die Gleichaltrigen, die noch Eltern haben, natürliche Feinde, die es zu bestehlen, zu belügen und auszutricksen gilt, schließlich haben die Brüder selbst auch nie Rechte gehabt. Kriege und Armut sind nun einmal brutal, die mit den Flüchtlingen in unsere Realität eingebrochen sind. Vielleicht ließe sich ein genauso mitfühlender Roman aus der Perspektive der nordafrikanischen Jugendlichen schreiben, die wir fürchteten und die für die Frauen, die Kinder, die Alten ja wirklich auch eine Gefahr waren.

Kurze Zeit später werden die Zwillinge zusammen mit fünfhundert weiteren Waisenkindern in den Kaukasus verbracht. Auch die Schilderung dieser Reise über Wochen gelingt Pristawkin unvergeßlich, der Hunger, die Enge, der Gestank, die Angst und Ungewißheit wie in allen Zügen von Deportierten, die 1944 kreuz und quer durch Europa fahren, nur daß die Waisenkinder immerhin Hoffnung mit sich führen: Zwar wissen sie nicht, was der Kaukasus ist, zu dem sie gebracht werden, aber hungriger und verlorener als im Waisenheim werden sie dort schon nicht sein, sie müssen nur durchhalten. Der Lokführer ist so barmherzig, daß er einmal auf einem weiten Feld, auf dem Obst und Gemüse wild wächst, den Zug anhält, damit sich die Kinder das erste Mal in ihrem Leben den Magen vollschlagen. Der Durchfall, der daraufhin ausbricht, erst grün, dann gelb und schließlich pechschwarz, danach nur noch Schleim mit Blutgerinnsel, verwandelt die Fahrt allerdings erst recht in ein Purgatorium, das manche Kinder nicht überleben, in dem andere verlorengehen und in dem mittendrin, mitten in der flüssigen Kacke, Saschka und Kolka sind, die »in der ganzen weiten Welt keine einzige verwandte Seele« haben. »Sich gegenseitig hatten sie, das allerdings«, fügt der Erzähler an: »Mit anderen Worten, wohin man sie auch brachte, ihr Zuhause, ihre Verwandten und ihr Obdach, das waren sie selbst.«

Und dann geschieht etwas Seltsames. Von einem auf den anderen Absatz wechselt der Erzähler in die erste Person Plural und zugleich vom Präteritum zum Präsens. Und es braucht zwei, drei Sätze, bis der Leser begreift, daß Pristawkin selbst in dem Zug mitgefahren sein muß, einer der Zwillinge war und dann wohl Saschka, der stillere, beschaulichere von beiden, während er Kolka als zupackender und auch gerissener beschreibt. Nein, daß er immer noch in dem Zug sitzt (Seite 33):

> Irgendwo in einem Spalt, einer Ritze, einem zufälligen Erdloch werden wir hängenbleiben. Wenn Zärtlichkeit und Fürsorge uns laben wie Lebenswasser, werden wir wachsen. Wie ein kümmerliches Zweiglein, wie ein Grashalm, wie ein winziger blasser Kartoffelkeim werden wir heranwachsen, denn niemand interessiert sich für uns. Vielleicht gehen die Samen auch nicht auf, sondern verschwinden für immer. Und niemand wird danach fragen.
>
> Was nicht da ist, war nie da. Also wird es auch nicht gebraucht.

Nicht nur für die beiden Zwillinge habe das gegolten, fügt Pristawkin in einem anderen, mehr enttäuschten als elegischen Ton hinzu, vielmehr für alle Kinder im Zug und überhaupt alle Waisenkinder, Tausende und Abertausende, die 1944 durch die zerstörte, nach der faschistischen Besatzung noch nicht wieder zum Leben erwachte Sowjetunion verbracht wurden. An viele könne er sich erinnern, an die Gesichter und selbst an ihre Namen, und er habe als junger Mann hundert und mehr gelbliche Postkartenformulare an die Adressenauskunft geschickt, ohne einen einzigen Kameraden wiederzufinden. Nun veröffentliche er seit fünfundzwanzig Jahren Bücher, und die Namen seiner Helden stimmten, er habe sie nicht verändert, er schreibe nicht, um zu erfinden, und dennoch habe er nie eine Antwort erhalten, nie habe sich eines der anderen Waisenkinder gemeldet. Ob er der einzige sei, der überlebt hat?

> Dieser Roman ist wahrscheinlich mein letzter Ruf ins Leere: Meldet euch! Wir waren doch ein halbes Tausend in dem Zug. Irgendwer, wenigstens einer hört mich vielleicht von den Überlebenden, obwohl viele zugrunde gegangen sind, teilweise vor meinen Augen, gestorben in dem neuen Land, in das sie uns gebracht hatten.

Ja, das schreibt ein Schriftsteller wahrscheinlich nur einmal im Leben. An einer Bahnstation, an der die kranken Kinder behandelt und die Waggons vom Kot gereinigt werden, der in allen Ritzen steckt, geht Kolka am Bahndamm entlang, um Beeren zu sammeln. Da stößt er auf einem entlegenen Endgleis auf Güterwaggons mit vergitterten Fenstern, aus denen zwei Augen starren, ob von einem Jungen oder Mädchen, das erkennt er nicht, schwarze, glänzende Augen, dann ein Mund, eine Zunge und Lippen, die einen einzigen, sonderbaren Laut hervorbringen: »Hi«. Die Augen gehörten sicher Tschetschenen, deren verlassene Häuser den russischen Waisenkindern zugewiesen wurden, und Anatoli Pristawkin war vielleicht doch Kolka, der zupackende und gerissene der beiden Zwillinge, die keine Ahnung hatten, wohin die Reise ging.

Auf Seite 182 wechselt Anatoli Pristawkin zum zweiten Mal ins Präsens und in die erste Person Plural, da verlassen die Kinder gerade nachts den Klubraum ihrer Kolonie, nachdem die Wände von einer Explosion erbebt sind und Stuck von der Decke gerieselt ist. Im Halbdunkel ducken sie sich unwillkürlich oder werfen sich zu Boden, während sie von draußen Hufgetrappel, Pferdewiehern und kehlige Rufe hören. Als endlich Stille eingekehrt, eine lastende Stille, findet als erster der Direktor seine Stimme wieder und ordnet an, gemeinschaftlich ins Freie zu gehen, er mit der Aktentasche voran, die er wie einen Schild vor sich hält. Von Freischärlern ist noch nie gesprochen worden, überhaupt noch nicht, daß sie in Tschetschenien sind, aber die Kinder haben bereits gehört, daß es draußen Banditen gibt, Unmenschen. Dennoch sind sie leichtgläubig gewesen, unbekümmert, haben erstmals im Leben genug zu essen gehabt und keinen Gedanken an mögliche Gefahren verschwendet. Selbst die Banditen da draußen waren ihnen eher wie ein Spiel vorgekommen, wie ein Abenteuer. Der Krieg hatte sie gelehrt, um ihre Existenz zu kämpfen. Das Warten auf den Tod lernten sie erst jetzt. Statt geordnet hinterm Direktor zu marschieren, wären sie lieber einfach irgendwohin gerannt, verschwunden, allerdings nur alle zusammen, keiner hätte einzeln den Mut gehabt. Und natürlich seien sie kurz davor gewesen, zu schreien, und wenn einer angefangen hätte, hätten vermutlich alle fünfhundert Kinder aufgeheult wie ein Rudel Wölfe. Spätestens dann hätten sie den Verstand verloren. Jetzt, da er vierzig Jahre später auf diese Nacht blicke, den Marsch in eine feindliche, unbekannte Welt, erkenne er die nackte Gier nach Leben, die ihnen damals nicht bewußt gewesen sei. »Wir wollten leben, jeder Teil von uns – der Bauch, die Brust, die Beine, die Hände. Nicht alle von uns hatten Glück.«

Pristawkin war Kolka, nun wird es ganz klar, der zupackende und auch gerissene der Zwillinge. Weil er sich wegen Durchfalls dauernd im Maisfeld hinhocken und im Rennen den Hosenbund festhalten muß, verliert er auf der nächsten Flucht, die beiden sind inzwischen allein, den Bruder aus den Augen, den stillen, phantasievollen Saschka. Während Kolka scheißt, wird er fast von einem Pferd zertreten, spürt den Atem des Pferdes auf der Stirn, aber wie durch ein Wunder bemerkt ihn der Reiter nicht, der ein Ungeheuer sein muß, ein Tschetschene, das wissen die Kinder nun. Für die Nacht gräbt sich Kolka in die Erde ein.

Am nächsten Tag klopft ihm das Herz vor Freude, als er in einem verlassenen Dorf von weitem Saschka wiedersieht, am Ende der Straße an einen Zaun gelehnt. Zur Begrüßung pfeift Kolka auf zwei Fingern, wie es seine Gewohnheit ist, aber Saschka scheint seinen Bruder nicht zu hören. Als Kolka näher kommt, verlangsamen sich seine Schritte von selbst. Etwas ist seltsam, entweder ist Saschka größer geworden, oder er steht unbequem da, jedenfalls bewegt er sich überhaupt nicht. Unsicher geworden, geht Kolka noch ein paar Schritte und bleibt dann entsetzt stehen, der Körper erstarrt bis in die Spitzen der Finger und der Zehen, bevor sich die Spannung auflöst und er ins Gras sinkt, als würde alle Luft aus ihm entweichen. Nur den Blick vermag er nicht vom Bruder abzuwenden. Denn der Bruder steht nicht, er ist mit den Achselhöhlen auf spitze Zaunpfähle gespießt, und in seinem Bauch steckt ein Bündel gelber Maiskolben mit Fäden, die im Wind flattern. Ein weiterer Maiskolben ragt mit dem dicken Ende aus dem Mund heraus und macht Saschkas Gesichtsausdruck »grauenhaft närrisch, ja blöd«. Seine Augen haben Krähen ausgehackt, und unterhalb des Bauches hängen blutklumpige schwarze Eingeweide, auch schon von den Krähen angepickt.

Erst bleibt Kolka sitzen, aber dann streitet er mit den Krähen, die sich nicht vertreiben lassen wollen, sondern in einiger Entfernung warten, bis er wieder verschwindet, er brüllt sie an, heult, schreit und stürzt sich wie besinnungslos auf sie wie auf den verhaßtesten Feind. Der Mensch ist ja bei jedem Entsetzen froh, wenn er etwas zu tun findet, Laub einsammeln, jemanden anbrüllen, genau dafür ist schließlich auch das Beten da, den Mund bewegen, der sonst vor Schrecken erstarrt. Nun ist der sinnlose Kampf ein äußerer Vorgang, den ein Schriftsteller sich vielleicht auch ausdenken könnte. Daß Pristawkin Kolka ist oder jedenfalls einen Schock beschreibt, den er selbst als Kind erlitt, zeigt sich noch an etwas anderem: Es zeigt sich an der Losgelöstheit, die sich seiner paradoxerweise bemächtigt, als es am schlimmsten ist. Diesen Schwebezustand muß ein Mensch erlebt haben, um ihn zu beschreiben, also daß du außer dir bist und zugleich alles mit dem eigenen Bewußtsein wahrnimmst, auch das Gedächtnis funktioniert.

Auf Seite 279 wechselt Pristawkin zum dritten Mal in die erste Person, allerdings nicht mehr in den Plural, der Bruder ist schließlich nicht mehr da, und erinnert sich an ein Moskauer Dampfbad, wo sich der Masseur nach Kräften bemüht, die Wirbelsäulenbeschwerden zu lindern. Sie seien uralt, schreibt er, er habe sie, seit er als Kind inmitten dürrer Maisstengel in einer Grube lag.

> Reiter verfolgten uns. Ein Pferd kam ganz dicht an mir vorbei, ich spürte, wie es von einem Huf auf den anderen trat und sein geräuschvolles Atmen meine Haare bewegte. Aber es war schon dämmrig, und der Reiter konnte nicht mehr sehen, weshalb sein Pferd auf der Stelle trat.

Daß es ein Tschetschene war, ein tschetschenischer Freischärler, weiß Pristawkin nun. Nach dem Bad sitzen die Männer in einem Nebenraum auf Kisten beisammen, trinken Wodka, essen dazu Brot und Salzgurken, und ein ehemaliger Oberstleutnant erzählt, wie sie im Kaukasus »die Schwarzen rausholten«, die sich an Hitler verkauft hätten: »Die konnten sich gar nicht so schnell besinnen, da saßen sie schon unter Bewachung auf Lastern!« Das Dampfbad hat bereits geschlossen, da schwelgt der Oberstleutnant draußen weiter in seinen Erinnerungen. »Schließlich hörte ich etwas, was mir bekannt vorkam«, wirft Pristawkin ein, »ich musste es vor langer Zeit gehört haben. Sicherlich dort im Kaukasus.« »Die gehören doch alle an die Wand gestellt!«, sagte der Oberstleutnant: »Wir haben sie damals nicht alle fertiggemacht, und jetzt müssen wir's ausbaden.«

Nicht nur der Klappentext, auch Anne Dorn hatte recht, die mir den Roman mitgeben wollte, damit ich den Konflikt zwischen Russen und Tschetschenen besser verstehe. Obwohl er ausschließlich aus der Perspektive der Russen erzählt, noch dazu aus der Perspektive eines verängstigten, traumatisierten russischen Kindes, dessen Bruder von Tschetschenen aufgeschlitzt worden ist und das auch sonst an keiner Stelle etwas Versöhnliches, Freundliches von einem Einheimischen erfährt, sieht man allenfalls von einem gleichaltrigen Jungen ab, der ebenfalls eine Waise ist – obwohl Pristawkin keine Empathie vorgibt, die kein Opfer für seinen Täter zu empfinden braucht, vermag er dennoch Verständnis für die Tschetschenen zu wecken, die in Rußland bis heute die Schwarzen geblieben sind. Das ist dann schon die hohe Kunst der Literatur und womöglich noch wichtiger, als den Feind zu lieben: ihn zu verstehen. Weil er dann aufhört, einer zu sein. Der tschetschenische Junge, der Kolka halbtot auffindet und ihm zu trinken gibt, übersetzt ihm das »Hi«, das gequält aus dem Güterwaggon gerufen wurde, immer wieder »Hi!, Hi!«. Es bedeutet »Wasser«. Die Tschetschenen, die ihre Arme aus den vergitterten Fenstern reckten, hatten schlicht Durst. Das kann jeder Mensch verstehen.

Schlief ein goldnes Wölkchen ist nicht nur ein Buch über Qualen, die jedes Fassungsvermögen übersteigen. Es ist auch ein Buch über Lebenslust. Denn die Eigenschaft von Kindern ist übertragbar, die Anatoli Pristawkin an den Waisenkindern hervorhebt und jeder von seinen eigenen Kindern kennt: daß sie frohen Mutes sind, wo immer sich die Gelegenheit bietet. Kolka spricht den tschetschenischen Jungen, der ihn gerettet hat, bald nur noch als Saschka an und erklärt jedem, daß sie Zwillingsbrüder seien. Im Grunde brauchen sie nur frei von Schmerz, Hunger und Angst zu sein, um sich selbst unter den widrigsten Umständen dennoch abzulenken. Ihre Neugierde bewahren sie, gleich welche Schrecken lauern, und können sich auf ihre eigene Welt konzentrieren, ja sich ihre eigene Welt erschaffen und gegen Einwirkungen von außen schützen, ob Streit, Unruhe oder Verzweiflung unter den Erwachsenen herrschen. Mit dem Gedanken an die Vergänglichkeit wollen sie nichts zu schaffen haben, deshalb fallen ihnen Begräbnisse so schwer.

Enorm, jedoch nicht unbegrenzt ist ihr Vermögen, das Unangenehme, Lastende – ich will nicht sagen: zu verdrängen, das klingt zu negativ –, zu minimieren, im Geist so anzuordnen, daß es nicht übermächtig wirkt. Denn ja, es ist eine Frage der Perspektive, wie groß etwas erscheint; Schwermütige ordnen die Dinge genau umgekehrt.

Bestimmt ließe sich ein genauso mitfühlender Roman aus der Perspektive der nordafrikanischen Jugendlichen schreiben, aber womöglich muß man dafür selbst auf der Straße aufgewachsen sein. Anne Dorn hatte ja den Krieg ebenfalls durchfroren, durchhungert, durchängstigt, durchversteckt, durchtrauert, durchfragt, durchlebt und war bis 1969 im Osten geblieben, wo es solche Bücher gab, auch wenn sie offenbar nichts bewirkt haben, die Literatur wirkt fast nie. Denn obwohl *Schlief ein goldnes Wölkchen* 1987 zum Bestseller wurde, einen Staatspreis erhielt und sogar Pflichtlektüre an den Schulen war, führte Rußland bereits 1994 eine neuen Krieg in Tschetschenien und 1999 einen zweiten, an dessen Ende Grosny »die am meisten zerstörte Stadt der Welt« war, wie es in einem Bericht der Vereinten Nationen hieß (selbst dafür gibt es offenbar Ranglisten).

Ob Anatoli Pristawkin Kolka oder Saschka war, es kommt sich so viele Jahre später gleich, seit 2008 auch ihm selbst. Da ist er gestorben, und bei Wikipedia steht, seine literarische und politische Bedeutung sei »in Deutschland kaum bekannt«, obwohl er mit Lew Kopelew befreundet war und ihm heimlich Briefe nach Köln schickte. Er demonstrierte auf dem Alexanderplatz gegen das DDR-Regime und stand in Riga zwischen den Letten, als die sowjetischen Panzer auf sie zielten. Während der beiden Kriege reiste er mehrmals nach Tschetschenien, wurde Augenzeuge der Verbrechen und kritisierte die Politik seines Landes scharf, die er in seinem Roman vorausgesehen hat: »Wir haben sie damals nicht alle fertiggemacht, und jetzt müssen wir's ausbaden.« Immerhin ist es Pristawkins Einsatz als Leiter der staatlichen Gnadenkommission zu verdanken, daß die Todesstrafe in Rußland nicht mehr vollstreckt wird.

Die Kommission rettete 1200 Verurteilten das Leben und milderte 57000 unverhältnismäßig hohe Haftstraße ab. Ohne seine Bücher, ohne den Erfolg besonders seines Tschetschenienromans in der späten Perestroika wäre er kaum zum Leiter der Gnadenkommission der neuen Föderation ernannt worden, vielleicht hätte es die Gnadenkommission nicht einmal gegeben. Direkter, als es sich ein Schriftsteller auszumalen wagt, wirkt Literatur bisweilen doch und der Leser ein bißchen mit: Daß *Schlief ein goldnes Wölkchen* nunmehr in Deutschland neu verlegt wird – ja, darauf bin ich stolz, viel ungehemmter, kindlicher, als wenn es um mein eigenes Buch ginge, ich bin stolz, daß mein Werben erfolgreich war. Tatsächlich gebührt die Ehre Anne Dorn, und sie wiederum ist durch einen anderen Leser aufmerksam geworden, einen Bekannten, einen Buchhändler oder einen Kritiker, was weiß ich, und dieser wiederum durch irgendwen. Der unbekannte Leser hätte auf Erden eher ein Denkmal verdient als der Soldat.

Kann sein, daß Anatoli Pristawkin nicht der zupackende, auch gerissene Kolka war, sondern ein anderes russisches Waisenkind in Tschetschenien nach der Deportation. Fast am Ende wechselt er ein weiteres Mal ins Wir, aber diesmal schreibt er von den Brüdern Kusmin, die »in unserem Schlafsaal« lebten. Seit dem ersten Wechsel der grammatischen Person hat Pristawkin den Leser glauben gemacht, daß er seine eigene Geschichte erzählt und gar mit dem Hinweis auf die Wirbelsäulenerkrankung, »seit ich einmal als Kind auf einem dürren Maisfeld in einer Grube lag«, für die einschneidende Wirkung gesorgt; der Leser konnte gar nicht anders, als den freundlich lächelnden Herrn auf dem Umschlag in dem Kind zu sehen, das den Atem des Pferdes auf der Stirn spürt. Nun, fast am Ende, stellt er den Schein halb wieder her und erinnert daran, daß in der Literatur niemand identisch ist mit sich selbst.